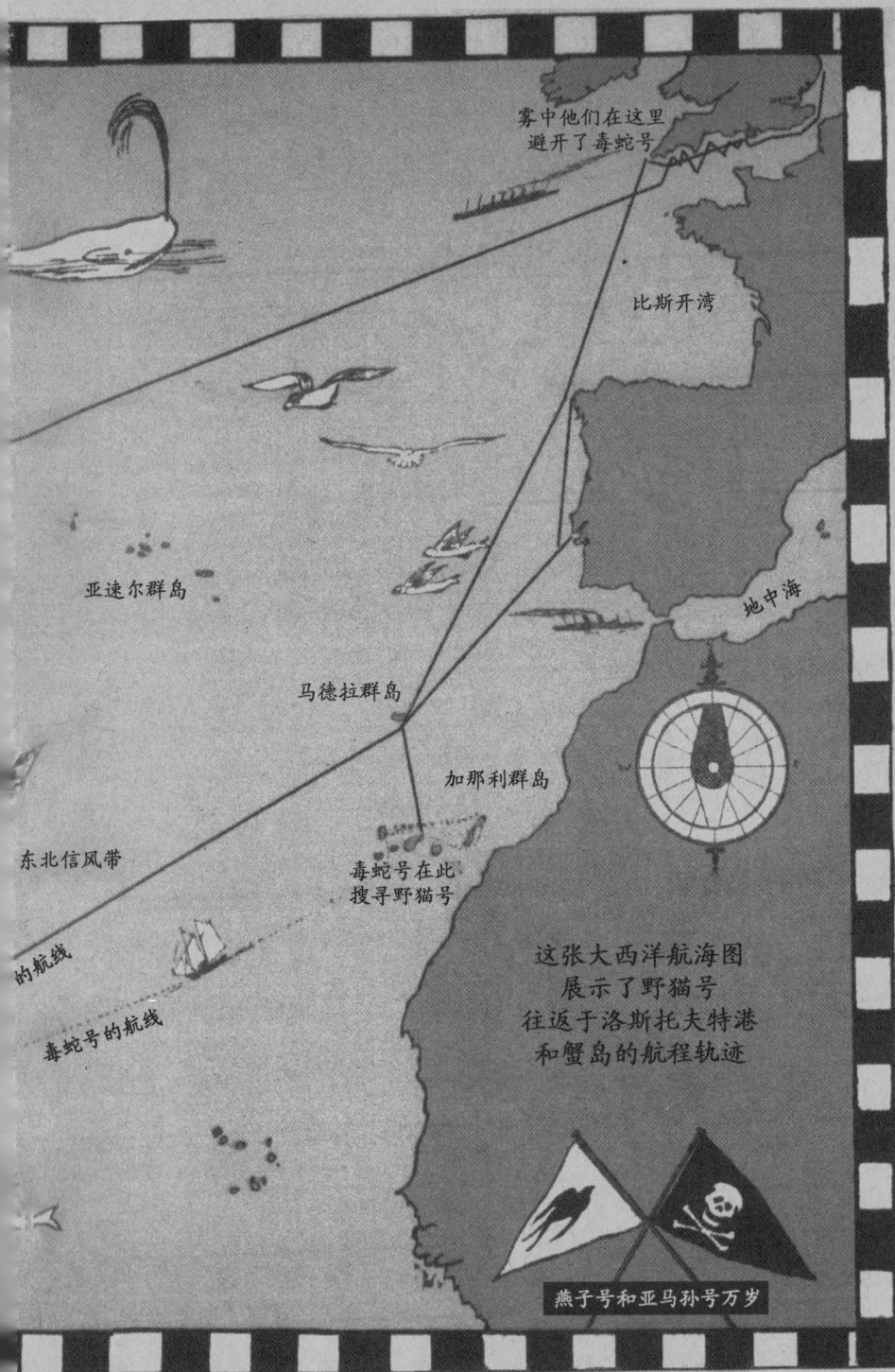

雾中他们在这里
避开了毒蛇号

比斯开湾

亚速尔群岛

地中海

马德拉群岛

加那利群岛

东北信风带

毒蛇号在此
搜寻野猫号

的航线

毒蛇号的航线

这张大西洋航海图
展示了野猫号
往返于洛斯托夫特港
和蟹岛的航程轨迹

燕子号和亚马孙号万岁

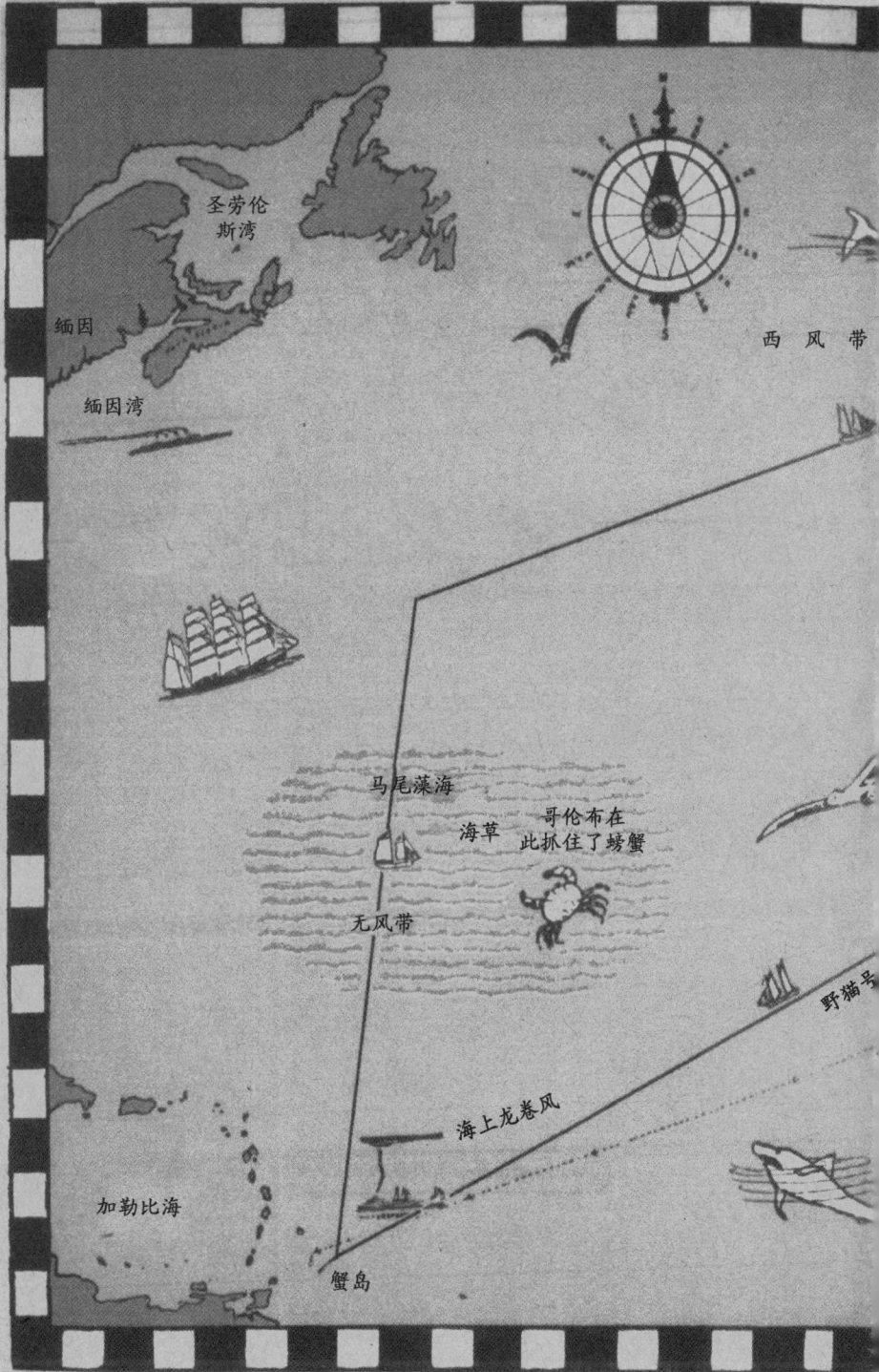

圣劳伦
斯湾

缅因

缅因湾

西 风 带

马尾藻海

海草

哥伦布在
此抓住了螃蟹

无风带

野猫号

加勒比海

海上龙卷风

蟹岛

燕子号 与 亚马孙号
探 险 系 列

PETER DUCK

ARTHUR RANSOME

蟹岛寻宝

〔英〕亚瑟·兰塞姆————著 龚萍 黄菊 刘惠卿————译

人民文学出版社
PEOPLE'S LITERATURE PUBLISHING HOUSE

图书在版编目(CIP)数据

蟹岛寻宝/(英)亚瑟·兰塞姆著;龚萍,黄菊,
刘惠卿译.—北京:人民文学出版社,2023
(燕子号与亚马孙号探险系列)
ISBN 978-7-02-017619-9

Ⅰ.①蟹…　Ⅱ.①亚…　②龚…　③黄…　④刘…　Ⅲ.
①儿童小说-长篇小说-英国-现代　Ⅳ.①I561.84

中国版本图书馆 CIP 数据核字(2022)第 224292 号

责任编辑　朱卫净　周　洁
装帧设计　汪佳诗

出版发行　人民文学出版社
社　　址　北京市朝内大街 166 号
邮政编码　100705

印　　制　凸版艺彩(东莞)印刷有限公司
经　　销　全国新华书店等

开　　本　720 毫米×1000 毫米　1/16
印　　张　28.75
字　　数　314 千字
版　　次　2023 年 1 月北京第 1 版
印　　次　2023 年 1 月第 1 次印刷

书　　号　978-7-02-017619-9
定　　价　88.00 元

如有印装质量问题,请与本社图书销售中心调换。电话:010－65233595

目录

第一部

第一章

码头相识

他转过头，

耳边满是海风呼啸，

眼前尽是水天一色。

——宾扬

正午时分，洛斯托夫特内港里阳光明媚，彼得·达克坐在北部码头边的系船桩旁，抽着烟斗，俯瞰着一艘绿色的小型双桅纵帆船，那艘船拴在那里准备出海。彼得·达克是位老水手，他留着一圈白色的络腮胡，古铜色的脸庞又黑又皱，像核桃似的。他曾经驾着快速帆船，从中国带回了茶叶，也曾驾船从澳大利亚带回羊毛制品，还曾一次又一次成功地绕过合恩角^①，对它可谓了如指掌，正如他常常说起的那样。但是，他已经很久不出海了，如今住在诺福克河流的一艘老旧摆渡船上，来回穿梭于诺里奇、洛斯托夫特、雅茅斯和贝克尔斯之间。他有时载一船土豆，有时载一船煤，有时又在甲板上堆满盖屋顶用的芦苇，草垛高得连船帆都差点放不下来。但他不算忙碌，经常把摆渡船停靠在奥尔顿，然后自

系船桩

————————

① 合恩角，位于智利的陡峭岬角，靠近南极圈，是除南极洲之外最南端的陆地，也是航海者心中的"珠穆朗玛峰"。

已溜达到洛斯托夫特，去看来来往往的船只和渔夫，闻一闻海边吹来的清风。一连两三天他都会在这个时候赶过来，坐在这只特别的系船桩上抽烟斗，只因为他喜欢拴在码头边的那艘绿色小型纵帆船的模样。

那艘小船有点古怪。船上似乎只有一个男人，是个秃顶的大胖子。彼得·达克知道他的名字，因为船上有两个女孩帮忙，他听见她们有时候叫他"吉姆舅舅"，但叫他"弗林特船长"的时候更多些。他也听到弗林特船长喊女孩们"南希船长"和"佩吉大副"，但他觉得船长很可能是在开玩笑。让彼得·达克最困惑的是，这艘船上似乎没有一个船员。然而，显而易见，这艘小帆船正准备出海。弗林特船长和那两个女孩之前跑到镇上，从船用杂货店带回了新的帆布桶、几听油漆、一些穿索针和备用木板，等等。看到这艘船上的储备，彼得·达克听一个在码头尽头海关大楼工作的朋友说，还以为它打算绕地球两圈再回来呢。年老的彼得·达克坐在码头上，俯视着这艘小船，满心希望自己也能去。他喃喃自语："它即将远航，拥抱蓝色海洋。"他想起曾经驾驶过的那些小型纵帆船，有的在纽芬兰浅滩，有的在南太平洋；想起在浪花里追逐翻腾的飞鱼和鼠海豚；想起海风吹过桅索时的阵阵呼啸、移动的罗盘上的闪闪灯光，还有在星空下摇曳的高高的桅杆。他希望趁时间还来得及，可以再出一次海，再远航一次。

那天上午，弗林特船长和他的两个外甥女比以往更忙，忙着整理自己的小船，打扫碎木块、擦拭甲板和漆面、把污水从排水口扫出去。他们不时地抬头看看码头，向海关大楼和港务长办公室张望，向从火车站出来的那条路张望。老彼得·达克在码头上抽着烟斗，也跟着转身看了看，挠了挠头，纳闷他们在找什么。不一会儿，一个电报邮递员骑着红色自行车来到码头，弗林特船长看到后，赶紧爬上梯子去拿信，接着撕开了装着电报的橘色信封，然后给了邮递员六便士，告诉他没有回电。"哎呀，这下糟了！"他对两个女孩说，"他来不了了。他完全不可能来了。没有他我们出不了海。而且现在也来不及发电报给燕子号了，他们随时会到。"船上的三个人随之闷闷不乐起来。但是，他们显然还在期待除了电报邮递员之外的其他人，因为南希船长和佩吉大副还在甲板上徘徊，每隔两分钟就抬头望一望。彼得·达克心想，他们可能在等自己的船员。突然，两个男孩和两个女孩从海关大楼拐角处走了出来，他们一边帮搬运工推着手推车，一边扶着车上的行李，防止行李掉下来。行李的最上面放着一只笼子，笼子里面装着一只绿鹦鹉，小一点的男孩还牵着一只猴子。彼得·达克看了他们一眼，心想他们一定走错了方向。

这四个人立刻七嘴八舌起来，刚刚发生了什么事惊动了他们。

"你看到他戴着金耳环吗？"一等水手提提问。

"为什么他看起来那么生气呢？"实习水手罗杰接着问道。

"既然老波利想说'八个里亚尔'，那它为什么不能说呢？"约翰船长反问。

"这也许只是个误会吧。"苏珊大副说。

"算你走运，幸亏你们要上的不是他的船。"搬运工在旁边说道。

"为什么？他也有船吗？"

"'黑杰克'可不是好惹的家伙，"搬运工说，"你们的鹦鹉说了'八

个里亚尔'。哎，镇上许多男孩在'黑杰克'背后这么大喊大叫，结果挨了揍，头都被打出包了呢。可别在'黑杰克'面前提钱的事情。千万别提！一丁点都不能提！看，那就是他的船——河对岸的那艘黑色纵帆船。这艘是你们的吧，它叫什么？"

"野猫号。"提提回答。

罗杰进一步解释："它的名字取自我们的岛名。"

"我看船身上没有标名字，"搬运工说，"一定是新喷了漆吧。"

就在那时，南希和佩吉刚好抬头看到了他们。

"他们来了！"佩吉弯下腰，透过天窗朝正在船舱里忙碌的弗林特船长大喊。

彼得·达克又看了一眼燕子号的船员们，心想，原来他们是来找这艘小船的，可不是吗？这样看来他们没有走错方向。

南希和佩吉跑向梯子，从纵帆船的甲板爬上码头。

"你们终于来了，"南希大喊道，"燕子号和亚马孙号万岁！快来看，这是我们的船——野猫号，它可真漂亮！铺位在船舱里，名副其实的上中下铺！腿最长的睡在最上面。弗林特船长还在为吉伯尔造笼子。这可是猴子能拥有的最棒的客舱！"

"我们做饭的地方也极好，"佩吉大副冲苏珊大副喊道，"也在甲板上，这样味道就不会飘到船舱里。"

"燕子号和亚马孙号万岁！"约翰、苏珊、提提和罗杰也大声回应。回想在北边湖区度假的最后一天的情景：他们分别驾着这两艘小船——燕子号和亚马孙号，返航时隔水相望，每次都会这样呼喊。再次见面，大家一一握手。南希和佩吉甚至还跟吉伯尔握了手，鹦鹉看在老交情的分上，轻啄了一下她们的手指。自从下了火车，这只鹦鹉一直兴高采烈，喊着"八个里亚尔"——这是南希很久以前教它的。

"它竟然没有忘记这句话！"南希说。

弗林特船长正好来到甲板上，四位燕子号船员热情地向他挥手示意。不过，一听到南希说话，提提立马转过身来。

"它当然没有忘记，"她说，"它的记忆力好得很，刚才一直在这喊呢。我们从车站出来的时候，有个戴金耳环的男人……"

"'说什么呢？说什么呢？'那个人说。"罗杰插话道，"那个人一直说着'说什么呢？那是谁的鸟？'他那张可怕的脸向我们凑过来，想要夺走笼子。提提不让他抢走，他就一直跟着我们，直到桥边的那个人制止他，要他别再跟着我们……"

"嗨，达克先生？"搬运工问候道。老水手则点了点头，望向码头对面，那里停泊着一艘好看的黑色纵帆船，"是啊，就是他。'黑杰克'比以前更坏了。他离开后我们就能彻底摆脱他了。听人说他要再去看看那帮狐朋狗友，驾着那艘小渔船，顺便捎上这些人渣。"弗林特船长踩着梯子上了码头。

他跟燕子号的一行人挨个打招呼："你好，约翰船长。你好，大副。很高兴见到你，一等水手。喂，罗杰，还没当够实习水手？喂，波利。还有吉伯尔，你怎么样？"

"我们担心坏了，生怕迟到，"约翰说，"火车不知道为什么延误了。你们一直在等我们吧？我们什么时候动身？"

燕子号船员们来了

彼得·达克注意到，弗林特船长和他的两个外甥女瞬间面露难色。

"问题就出在这儿。"南希率先开口。

"我们现在不能出发了。"佩吉接着说。

"我们刚刚接到电报，"弗林特船长补充道，"打算跟我们一起去的那个人抽不开身，我们得再找其他人。"

"可能会等很长时间。"佩吉说。

"我们也没办法。"弗林特船长话锋一转，"这些行李中有易碎的东西吗？"

苏珊回答："没有。"说话间，弗林特船长和搬运工把四只长长的帆布背包搬到码头边上，让行李直接滚落到甲板上。

"无论如何，来这儿真是太开心了。"约翰说。

"燕子号一路上没出状况吧？"提提问。

"没有，"弗林特船长说，"去看看船身有没有刮痕。它就在吊艇架 ①上。它会是一艘出色的供应船，而且我们还有一艘很不错的救生艇。"

"了不起的老燕子号。"提提说道，她低头看着那艘小帆船，弗林特船长把它放在一只板条箱里，千里迢迢从北面湖区运回洛斯托夫特。它就在那儿呢，吊在纵帆船右舷的吊艇架上，船桨、桅杆，还有它那旧旧的褐色船帆都整整齐齐地收在船身里，随时可以放下来入港。"了不起的老燕子号啊！"

他们已经把手推车上的东西全都卸下来了。苏珊带来一只黑色的铁箱子，箱子上画着红十字架，是只药箱，里面装满了碘酒、感冒药、胃

---

① 吊艇架，一对用于起卸船艇的小型起重臂。

药，以及一些贴膝盖的膏药。这是苏珊收到的最好的圣诞礼物，那个圣诞节以后，一有人摔倒（通常是罗杰），就会来找她帮忙。苏珊虽然会为他感到难过，却很乐意帮他处理伤口。约翰也带了一只小黑箱子，里面有指南针、气压计，还有一些不适合装在背包里的物品。罗杰把所有的东西都装在了背包里。吉伯尔也有只箱子，装着它的毯子和它最喜欢的锡制马克杯。南希帮吉伯尔搬箱子的时候，看到箱子外面写着"吉伯尔"，忍不住笑了。提提的箱子里装满了写字画画的东西。她还替约翰保管着小望远镜。

他们挨个顺着梯子登上了野猫号。

"当心下面的波利！"弗林特船长喊道。原来，鹦鹉笼子正挂在弗林特船长从搬运工那儿借来的绳子上，摇摇晃晃地滑到了末端，提提及时接住了它。罗杰和吉伯尔下到了船上。罗杰第一个下，身后拉着吉伯尔，但它下楼梯比主人快，没等罗杰登上甲板就开始把他往下拽。约翰等在码头上跟搬运工结算帮他们把行李从车站搬到这里的工钱。

"好了，"弗林特船长说，"船员们都上船了，要商量一下船的事情了。"等约翰和弗林特船长跟其他人在小帆船的甲板上会合后，佩吉说："晚餐已经在餐厅准备好了。"她又急忙补充道："不是我煮的，是旅馆送来的，不过下一顿饭我们就要自己动手了。"

"来吧，"弗林特船长说，"这边请。暂时把行李放在甲板上。我们边吃边谈，走这边，小心，注意别碰到头。噢！我忘记了，你们大多数是不会碰到的，我每次从这里走都会新磕出一两个包。"

他们都穿过了狭窄的舱梯，不一会儿，要不是他们的笑声一直从敞开的天窗传出来，别人还以为这船上空荡荡的呢。燕子号和亚马孙号全体船员，还有弗林特船长都到了甲板下面，连猴子吉伯尔也跟着他们下去了，只有鹦鹉在甲板室的屋顶上，待在笼子里沐浴阳光。它用喙一边整理着旅途后凌乱的羽毛，一边自言自语，时而说"波利真漂亮"，时而说"八个里亚尔"。

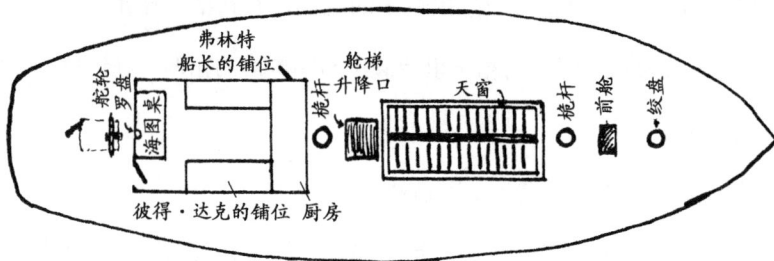

甲板平面图

码头上，彼得·达克独自坐在系船桩旁。搬运工已经推着手推车回了车站，但是彼得·达克还独自坐在老地方，抽着烟斗，若有所思。最终，他想，有何不可呢？他暗自发笑，仿佛能想到女儿会对他这个老父亲说什么。他几乎下定了决心。于是，他仔细观察帆船的桅杆，那上面有一两处稍加维护就能应付。

尽管他们饥肠辘辘，刚下来那会儿却没人在餐厅的桌子旁坐下来，因为甲板下面值得好好参观一下。没有人想到，弗林特船长会真的信守诺言，驾驶货真价实的船带他们出海。然而，他们确实站在这里了，又一次聚到了一起，登上了停靠在码头边的小帆船。这艘船曾是波罗的海商船，船上有一间甲板室，安置了几个铺位，前甲板下面是水手舱，里面也有几个铺位。但弗林特船长在货舱上面装了甲板，并且安上了长长的天窗。船长将之前存放柴火和土豆等货物的地方改装成了一间餐厅，餐厅周围有四间可以进出的小舱，一间约翰和罗杰住，一间苏珊和提提住，一间南希和佩吉住，还有一间在必要时用作医务室。弗林特船长说："当然，如果有人生病、病得很厉害、对大家来说是个麻烦的时候，我们就把他扔下船。"弗林特船长自己睡在甲板室里，那儿离舵轮和航海图很近。他把前甲板下面的水手舱也改装了，其中一部分改造成了猴子吉伯尔的大笼子，这样，吉伯尔就跟其他人一样，有自己的铺位，但这个铺位周围有栏杆，一旦猴子太碍事，就可以把它锁在里面。在餐厅的两侧、水手舱以及任何有空间的地方，都摆放着许多橱柜和储藏柜，里面塞满了各种各样的罐头。

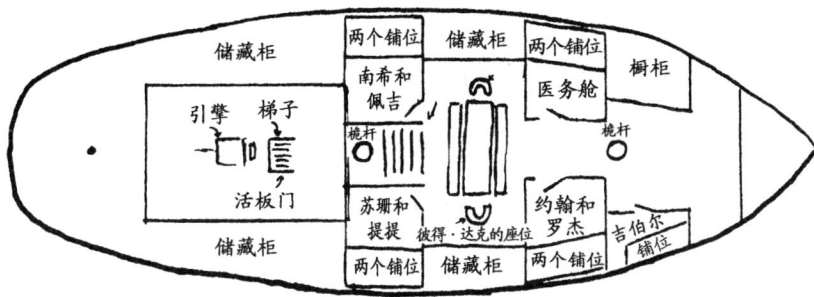

甲板俯视图

弗林特船长和佩吉自豪地打开一只又一只橱柜，苏珊惊讶地瞪大了眼睛。

"看，干肉饼，"佩吉说，"至少够吃一年的，还有果酱，够十个人吃。"

"可是，坏了的话不就很浪费吗？"苏珊问。

"不会坏的，"弗林特船长说，"你们猜猜我们在地板下面放了什么？"

"压舱物。"约翰答道。

"水舱，"弗林特船长说，"没有比这更好的压舱物了，你们绝对想不到随时都有水喝该有多高兴。"

"这并不意味着他想走很远，"南希说，"他只是觉得自己能走很远。"

"但现在，因为山姆·拜德福特不来了，我们也不能出发，"弗林特船长说，"可没什么能阻挡我们吃晚饭。我不知道你们是不是饿了，但我已经等不及了。"

笑声不时地透过天窗传来，但随着时间流逝，笑声变得稀稀落落，晚饭过后，整艘船上的人又都拥上了甲板，他们正严肃地交谈着。

"我们自己应付不了吗？"南希问。

"你可以教我们怎么做。"约翰建议。

"听着，"弗林特船长说，"说了也无济于事。你和约翰都是非常出色的水手，论厨艺没人可以跟两位大副媲美，我对一等水手和实习水手也无可挑剔，但是野猫号跟燕子号、亚马孙号都不一样。倘若我们想做一些配得上它的事情，我就必须另请一个人登船，负责瞭望或跟我一起瞭望……"

就在这时，彼得·达克在系船桩上敲了敲烟斗，然后起身走到码头边上，朝他们喊："船长！"

弗林特船长听到后，抬头看着这位满脸皱纹、皮肤黝黑的老水手。

"船长，"彼得·达克接着说，"可以跟您谈谈吗？"

"有事吗？可以，"弗林特船长说，"那边有梯子。"

彼得·达克身手敏捷，很快就下到野猫号的甲板上。

其他人都站在那儿，看着他，想知道他要说什么。

"船长，是这样的，"老水手说，"最近这几天，我一直在欣赏您的船，越看越喜欢它。如今，我特别想再去看一看碧海蓝天，我思虑再三过来问您，希望您可以明确告诉我，您是否愿意多加一名船员？"

约翰和南希面面相觑，心中都闪过一丝希望。但这太过惊喜，让人难以置信。弗林特船长会怎么回答呢？

"加一名船员？"弗林特船长大为不解，"为什么呢？现在船上加上我有三个船长、两个大副、一个一等水手和一个实习水手，还有一只鹦鹉和一只猴子。"

"我见过他们，"彼得·达克说，"我愿意担任一等水手，每个大副都可以配备一名一等水手，这并不是坏事。"

弗林特船长笑了，说："事实上，我们还缺一个人，但是您真的是一等水手吗？您知道，我对您一无所知，您连名字都没告诉我。"

"我叫达克，"老水手说，"彼得·达克，我天性跟鸭子一样，从小就一直待在船上，像小鸭子那样漂浮在水上。近几年我一直待在内陆水域，但从严格意义上说，我是深海水手，曾在赛姆皮雷号上航行……"

"什么号？"弗林特船长迫不及待地打断他。

"古老的赛姆皮雷号，"彼得·达克说，"没几个一等水手像我一样经验丰富。整整六十年，可能还不止。"

"好船。"弗林特船长说。

"船长，如果您已经考虑好了，"老水手说，"加不加入都不要紧，我看那上面有一处绳索快要松开了，我要上去扎绳头结。"话音未落，他已经把手搭在升降索上。还没等其他人明白他在想什么，他已经爬上主桅了。不一会儿，他把腿勾在桅杆横桁上，然后从口袋里掏出一把小刀和几根麻绳，在上面忙活着，其他人在下面注视着他。

"怎么样？"南希问，"你觉得如何？"

弗林特船长没有作声，他仰着头，用手遮住刺眼的阳光，密切注视着桅顶上彼得·达克的举动。

正在这时，罗杰冲了上来，生怕错过甲板上发生的一切，他原本在甲板室东瞧西看，正准备好好看一眼藏在那里的一台小引擎。

跟其他人一样，他也抬头看桅顶，问："喂，他在干吗呢？"还没等人家回答，他就四处张望起来。港口值得一看的东西可真多！他看着那座平旋桥，现在已经合了起来，桥上有很多手推车、摩托车，还有行人。他顺着码头看到了海关大楼，门楣上刻着大大的顶饰，再往后看，还看到渔船上高高的桅杆。他抬头向内港的干船坞望去，发现那里有一艘蒸汽拖网渔船正在维修，工人们在除锈拔钉，哐当哐当，忙得热火朝天。接着，他的目光落在了港口对面的另一艘纵帆船上，是那艘停靠在南码头上的黑色帆船。他看到有人在把补给品或货物搬上船。突然，他发现在黑色帆船的甲板上有个他认识的人。

"看，"他说，"那个想要对提提的鹦鹉动粗的人在那里，戴着金耳环的那个。"

"在哪儿？"提提问。

"在那儿，在那艘船上。他看见我们了，正在用望远镜看我们。"

"他是在想我们的桅杆是怎么回事吧。"约翰说。

这时，彼得·达克要下来了。他轮流交换双手，腿绕在桅杆上稳住自己，比往上爬时速度还快。

"太棒了！"弗林特船长说，"赛姆皮雷号，您是这么说的吧？几乎没有船能与之媲美。我想我们可以一起解决问题，但在这之前，您最好先认识一下我们这儿的其他人。这是约翰船长，这是南希船长，他们两个都独自指挥过属于自己的船。这是一等水手提提，实习水手罗杰。我们的大副呢？她们烧得一手好菜。啊，她们在这儿，燕子号的大副苏珊，亚马孙号的大副佩吉。这是达克先生，想要跟我们一起南下英吉利海峡……"

"南下英吉利海峡？"彼得·达克急忙问，"我笃定你们是要出国呢。"

"我们没有理由不去，"弗林特船长说，"倘若大家相处融洽。我们现在还没有任何计划。"

"可是我怀念的是碧海蓝天啊！"彼得·达克说。

"您觉得我们去得了吗？"

"你们的这艘船可是艘结实的小邮船，"彼得·达克说，"两个男人和一个小男孩可以驾着它去任何地方。"

"那女孩子呢？"南希气急败坏地问道。

"不好意思，我没有把女船长算在内，"彼得·达克说，"也没有考虑女大副和女一等水手。我自己也有三个女儿，她们都是出色的水手，现在都各自成家，生活安定。"

南希笑了。"没关系，"她说，"总有人不懂。"

"您多久后可以加入我们？"弗林特船长问。

每个人都在等答案，但彼得·达克想了一会儿才回答。

"是这样的，"他说，"我自己有艘船，在加入你们之前，我需要去安置一下。我的老摆渡船现在停泊在奥尔顿，我必须把它开到贝克尔斯去，将一切交给我的一个女儿，我不在的时候她能帮忙照看。这都需要时间。而且我还要收拾行李。距离我上次出海已经有很长一段时间了。"

所有人面露难色。说到底他们还是得等好多天才能出发。

彼得·达克仰头闻了闻空气，看了一眼海关大楼上的风向标，继续说："但现在去贝克尔斯是顺风，我的老船速度很快，所有人都认识它，都叫它'诺里奇之箭'。我不确定，但明天早上我应该能带着行李回来，那时你们应该还没出发。在我看来，整理索具得要大半天的工夫。"

弗林特船长笑了。"我还以为您会说下下个星期呢。没关系，您就是我们要找的人，如果您不介意跟我挤在甲板室的话，我们俩可以随时操纵舵轮……"

几分钟后，弗林特船长和彼得·达克沿着码头，朝港务长办公室走去。

"啊，真是解了我们的燃眉之急。"南希说。

"你们不觉得彼得·达克这个名字很可爱吗？"提提问。

"那个人还举着望远镜，"罗杰说，"但他现在没有对着我们，他一直盯着码头上的弗林特船长。"

他们望着对面的黑色帆船，对着鹦鹉发火的那个人就站在那艘船的甲板上，手里拿着望远镜，盯着弗林特船长和彼得·达克，这两个人刚刚迈入港务长办公室。

弗林特船长独自返回。他兴致勃勃。

"我们真是太幸运了，"他娓娓道来，"港务长告诉我，那位老人是洛斯托夫特港出过的最优秀的水手。他可是为赛姆皮雷号效过力啊！等老伙计结束与我们的航程，我们将学到不少航海知识。现在等我们准备好就可以出发了。明天试航。好吧，最晚后天。当我得知山姆·拜德福特不能来的时候，真是心烦意乱。有赛姆皮雷号的老水手加入我们，换谁都是撞大运！"

"赛姆皮雷号是什么啊？"罗杰问。

"是一艘非常厉害的快速帆船，"弗林特船长回答，"它得名于一场战争，不过是一场陆战，跟萨拉米斯号不同。对了，罗杰，我听说你画过萨拉米斯号，你是怎么把烟囱画到三层划桨战船上的呢？你在成为水手之前一定是轮机手，你应该已经看过我们船上的引擎了……"

罗杰有点害羞，咧嘴一笑："你怎么知道的？"

"你左脸上有一大块油渍，"弗林特船长说，"这只能是看引擎时沾上的。简单吧？好，现在一起过来，我们一块儿再看一次。顺便把你们的东西放在各自的船舱里。在明天早上达克先生回来之前，我们还有许多事情要做。"

这天接下来的时间，每个人都在忙。老水手彼得·达克正驾着诺里奇之箭号前往贝克尔斯，心里想着女儿听到老父亲要再出海的时候会说什么。罗杰在这艘绿色帆船上，担任船上的轮机手。他给引擎加了润滑油，猴子吉伯尔拿着油罐跟着他转，模仿着他的动作，煞有介事地把油滴在合适的地方。船尾放着块木板，约翰坐在上面，手里拿着一罐白漆和刷子，用大写字母写了"野猫号：洛斯托夫特"，非常好看。佩吉和苏珊逛了商店，把东西整齐地放在了甲板室最前面的小厨房里，她们以后会在这里做饭。南希和提提一边擦着铜器，一边聊着往事。弗林特船长这里搭一把手，那里帮个忙，到处都见得到他的身影。鹦鹉在学说话。在港口另一边的黑色帆船上，"黑杰克"戴着黑色发圈和金色的耳环，拉长着脸，一直用望远镜盯着这里的一切。

燕子号和亚马孙号万岁！

第二章

红发男孩

"昨晚睡得太好了，"南希说，"你们呢？"

"非常好，谢谢！"提提正提着鹦鹉笼子往甲板上走。估计每个人都会这么回答。他们都睡得很好，尽管第一晚很难入眠。船舱之间互相喊话，上铺的人还跟下铺的说着话呢，下铺的朋友又突然想起了什么，迫不及待地说给上铺的听。就这样，你一言我一语，此起彼伏。接着，他们听见码头跟帆船之间的护舷吱呀作响；听见拖船经过；夜深人静时，听见有人划船返航，停泊在海港高处的双桅帆船旁。那一刻，睡觉仿佛是虚度光阴，不过一旦入睡，便酣然入梦，醒来后精神抖擞，渴望开始船上的生活。

佩吉和苏珊在厨房里忙碌着。佩吉早早上岸买了一夸脱①新鲜牛奶；弗林特船长在甲板室里刮着胡子；约翰打量着燕子号，想看清这艘船是否随时可以出海。弗林特船长曾许诺，如果时间充足，他们可以放这艘船下水，驾着它好好在洛斯托夫特港湾内航行一番。约翰和提提一看见它，就萌生了这样的想法，要提出来却难以启齿，毕竟为了做好野猫号的出海准备还有许多事情要做。罗杰在甲板上转来转去，四处查看。猴子吉伯尔站在前桅顶端，望着远处的渔船。桅杆林立，或许使它想起了故乡的森林。提提把鹦鹉笼子放在甲板室的屋顶上，然后跟南希一同去观看那艘小船。

---

① 夸脱，英、美计量液体或干量体积的单位。用作液量单位时，1英夸脱=（1/4）英加仑≈1.137升。

"它上了新漆后真好看。"提提说。

"弗林特船长还给它安了新的升降索。"约翰说。

"那个人在那儿。"罗杰突然说。

他们望向对岸的黑色帆船，发现搬运工称其为"黑杰克"的那个人正倚在舷墙上，注视着他们。

"咦！那艘船的桅杆上有个男孩。不过，个头还没吉伯尔高呢。"

那个男孩红头发，个头没有约翰高，但比罗杰高一大截，已经爬到黑色帆船主桅的半中腰上，手里拿着板刷，提着桶，忙碌着。

"他应该是实习水手之类的，"南希说，"我们以前经常见到他。"

"我敢打赌，他一定过得很糟糕。"约翰说，"搬运工曾提到过，我们不上那艘船是幸运的。"

可就在那时，黑色帆船的甲板上突然一阵骚动。一个人站在前桅下面，边喊边指向港务长的办公室。"黑杰克"马上看向那边，然后爬上码头，急忙朝平旋桥跑去。

"他怎么了？"罗杰问。

不一会儿，野猫号的甲板上也响起一阵欢呼。约翰、南希、提提，还有罗杰都看见了老水手，他背着只大大的帆布背包，刚刚经过海关大楼，正沿码头急匆匆地往这边赶。

他们砰砰地敲甲板室的门。

"他回来了，他回来了，达克先生回来了！"

弗林特船长一边擦干下巴，一边赶紧跑出来。

"太棒了，他在哪儿？"他急忙问道。

彼得·达克走到码头边上，放下背包，背包砰的一声落在甲板上，接着他又把防水服扔在甲板上。他穿着大大的水手靴慢慢地顺着梯子下到甲板上，这么穿是为了减轻行李负担。

"报到，先生！"他说。

"太棒了！"弗林特船长赶忙跟他握手，"能再见到您，我们都非常开心。"

"您恰好赶上早饭，"苏珊把头伸出厨房说道，"两分钟后饭就煮好了，水马上就开了。"

甲板上的所有人，甚至包括弗林特船长，都无法将视线从彼得·达克的帆布包上移开。虽然只是只普通的背包，但上面画着巨大的盾形纹章。纹章分成了四个部分：左上角印着三只戏水的鸭子，右上角是一艘满帆的诺福克摆渡船，右下角是三条飞鱼，左下角印着三头海豚。徽章上方有个绞盘，上面缠着一两圈绳子，下方有几个大大的字母，清清楚楚地写着"海军上将彼得·达克"。

老水手发现他们在看什么之后，大笑起来。他说："那是很久之前画的，有一次，我们在中国海域漂了三天，海面风平浪静，所有水手就开始画盾形纹章，因为没有鱼上钩。"

"那您真的是上将吗？"提提问道。

"为什么不是呢？"彼得·达克回答，"我们那艘船上的厨师是画龙的高手，所以他在自己纹章的四个角上都画了龙，并自称中国皇帝。"

就在这时，罗杰拽了一下提提。"又是那个人，"他低声说，"他朝这儿来了。"

提提抬头看过去，吓了一跳，其他人看着她，也跟着抬头看去。

一个男人正站在码头边上，就在他们的正上方。他皮肤黝黑，满头黑发，头发下面露出那对金色的大耳环。他站在那里，紧绷着脸盯着野猫号甲板上的这群人。彼得·达克向上望去，瞥了他一眼。这个男人张了张嘴，但什么也没说。

"八个里亚尔！八个里亚尔！"正在晒太阳的鹦鹉又开始喊。

那个男人脸色阴沉，猛地转过身，急忙离开了。

"那个人到底怎么回事？"弗林特船长问。

"他就是这种人。"彼得·达克说。

"罗杰说得对，"提提说，"我们从车站出来时，想抢走鹦鹉的那个人就是他。"

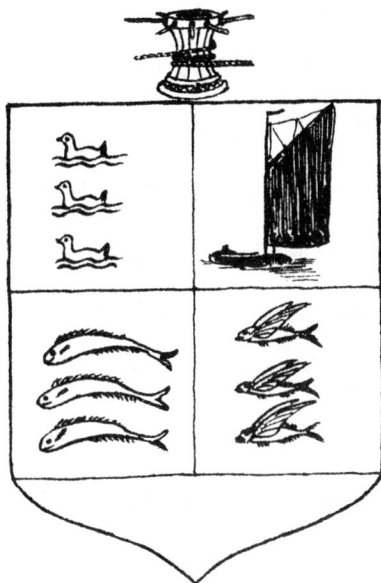

海军上将彼得·达克

"他不是真想抢，"约翰说，"他只是很生气，不愿意放我们走。"

罗杰说："他一直在那艘船上盯着我们。"

"那船是他的。"彼得·达克说。

"嗯？那艘船还在吗？"弗林特船长问道，"港务长告诉我，它昨晚就出航了。"

"那个男人去那儿了，在桥上。"罗杰说。

一两分钟后，他们看见那个男人从南边码头出来，同几个忙着弄帆船缆索的人交谈着。他们看见他指着野猫号。

"为什么叫他'黑杰克'呢？"提提问道，"是因为他的黑头发吗？"

"不，因为他的心。"彼得·达克答道。

"真是个古怪的家伙。"弗林特船长说，"达克先生，您现在可以先把行李放到甲板室里。在右舷铺位下面有只很大的储物柜，柜子挺不错的。然后我们去看看大副为咱们准备了什么样的早餐。"

这是他们第一次一起吃早饭，大家坐在又长又窄的餐桌旁，彼得·达克和弗林特船长分别坐在两端，每个人都有些拘谨。弗林特船长和彼得·达克偶尔交谈，大多是谈论赛姆皮雷号以及往昔的航海时光，其他人也都安静地听着。一吃完早餐，大家就开始埋头苦干了。第一，船上的每根绳子都需要全面检修。"谁都不希望航海时装备出问题。"彼得·达克先前说过，弗林特船长表示赞同。一切准备就绪之前，哪怕出去试航一下都没有意义。一个月前，船长就送走了木匠，所有刷油漆和上清漆的工作都完成了。然后开始船上的物资储备。船上的储备充足得没什么地方去不了，不管是地中海、美洲，还是南太平洋，他们都可以去，为此他很高兴。然而，把船驶出港口前，他们还有很多事情要做。

"不，不行，先看看我们进展如何吧。"提提之前向他提起燕子号出海的事情时，弗林特船长这样回答，"我们今天上午需要帮手，如果进展顺利，下午把它放下来。"

整个上午，他们都在干活，码头上的人经过时都停下来俯视这艘小帆船、仰望达克先生，他几乎一早上都在那两根桅杆的顶端。每个人好像都认识他，每个人都会跟他聊几句，就连港务局局长——整个港口最有权势的人也不例外。他戴着金色的帽子，穿着深蓝色外套，闲逛的时候都在这里驻足了一两分钟呢。

"达克先生，好像回到了往日时光啊！"港务长冲着达克先生高声喊道。

"往日时光真是美好啊！"达克先生从桅顶横桁朝下喊道。

早餐后，罗杰和吉伯尔就不见了。所有人都知道他们一定在轮机舱里；苏珊和佩吉去采购了；约翰、南希，还有提提一直在甲板上帮忙，弗林特船长或者彼得·达克在桅杆上的时候，会让他们帮忙递绳子，或者指示他们把绳子挂在这里或那里。他们三个帮了大忙，但也一直四处乱看，而且整个上午都忍不住注视港口另一侧的黑色帆船。那艘船上的人们没有再挪动锚缆。显而易见，它当天不会出海了。

野猫号上的所有人都饥肠辘辘，这时，苏珊和佩吉从市场满载而归，试着用厨房的炉子煮点什么，土豆煮的时间够长了，羊排再煮就煳了。佩吉一敲厨房门里侧的大铃铛时，船上所有人都兴高采烈地从各个角落冲了过来。他们没有一点点拖沓，厨师们也不会抱怨自己做的饭菜都凉了。实际上，罗杰从黑乎乎的轮机舱里爬出来，绕过舱梯，跑进餐厅，很不情愿地先去把手上的泥污洗掉。

工作进行得非常顺利。

"呃，达克先生，我们明天就可以出海了吧？"大家都在餐桌旁坐下的时候，弗林特船长问道。

"今晚我们都准备好的话，明天就可以出海了。"

"我们去哪儿？"所有人立刻大声叫了起来。

"试航，"弗林特船长说，"如果一切顺利的话，我们隔天就可以南下英吉利海峡。"

"那燕子号呢？"等这个好消息引发的激动再次平静下来之后，提提问。

"今天下午你们可以驾驶它出海。"弗林特船长说。

饭后的一个小时，约翰和南希还需要在甲板上帮忙，提提帮大副清洗难刷的煎锅。不过，他们翘首以盼的那一刻终于到来了。弗林特船长和彼得·达克停下手头的工作，过了一会儿，只见他们把那艘小船降下来，放到水中，在野猫号的一侧固定住绳梯，这样船员们就可以顺着绳梯下到燕子号，像许多飞行员索降到停泊在海面上的轮船那样。

"你们还好吗？"约翰和南希爬上桅杆、所有人都上船后，弗林特船长问道。

"好极了。"约翰回答，不过，他感到些许紧张，毕竟这是在陌生水域里驾驶燕子号，而且这也是近一年来第一次航行。

"接着！"弗林特船长把缆绳扔下来。罗杰接住后绕在了桅杆前。南希顶住野猫号的绿色船侧借一把力推开小船；苏珊和佩吉将棕色船帆拉上甲板，上面还有一块难忘的补丁；提提的小旗帜已经在桅顶飘扬了。他们出发了。

风从奥尔顿吹过来，约翰为了熟悉掌握舵柄的感觉，逆风航行了一会儿；不过，一旦他确定燕子号还跟从前一样、自己还没忘记如何驾驶它，他们就决定穿过平旋桥，到外港看一看。

"野猫号看起来确实不错。"约翰说。

"确实如此，"南希说，"绿色油漆很适合它，帆船的新升降索也好看。对了，约翰，我们去看一看那艘黑色的帆船吧。"

"它也相当漂亮。"约翰说道，这时他们滑过水面朝它驶去。

"好得根本不该属于那种人。"南希说。

"嘘！"苏珊急忙提醒。

"他就在那儿呢。"佩吉说。

他们现在离黑色帆船很近，抬头一看，发现"黑杰克"正在船尾怒气冲冲地瞪着他们。

风刮得更大了，为燕子号带来了助推力。它开得非常快，速度快得只够他们瞥见船尾上的白色大写字母——"毒蛇号：布里斯托尔"，然后驶向平旋桥，希望这时可以来一阵风，帮助他们顺利穿过桥。

"船名真有趣。"罗杰说。

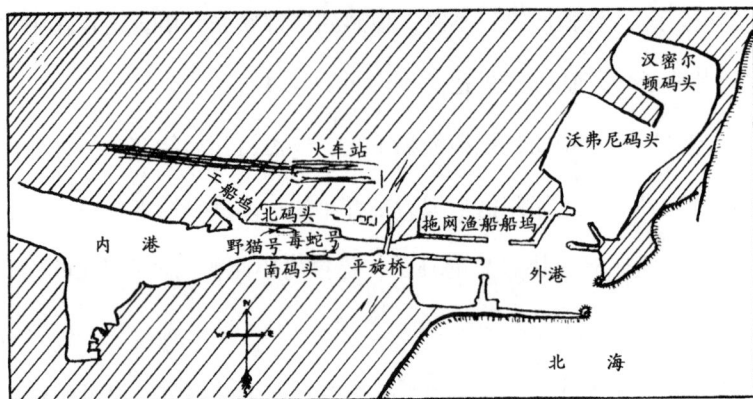

他们在外港爽快地航行了一番，海湾一座接一座地映入眼帘。他们看到了一艘政府渔船，船桥上绑着拉普兰驯鹿角。他们注视着其中一艘双桅纵帆渔船在码头防波堤之间来回穿梭。"我们明天也从那儿走。"南希说。然后，约翰把舵交给了南希，南希把船驶进了汉密尔顿码头，在那里他们看到了蒸汽拖网渔船。那时，苏珊和佩吉想着她们应该烧壶水，然后他们就回去了，不过他们在穿过平旋桥时不得不划动船桨。厨师们回到野猫号之后，约翰、南希、提提，还有罗杰又出去航行了半个小时。

他们驶进内港，经过干船坞和正在修理的船只，开过正在从水底把泥巴挖上来的灰色挖泥船。没走多远他们就折返了。考虑到弗林特船长和彼得·达克还在拼命工作，他们不想在外多逗留一分钟。返航时，他们乘着从海峡中央吹来的风航行，约翰正要改变航向朝野猫号开去，提提恰好看见毒蛇号，她突然开口说："看，是那个男孩。"

"什么男孩？"罗杰问，"在哪儿？"

"那儿，"提提说道，但她并没有用手指，"就是那个红头发的男孩。他正在钓鱼呢，在毒蛇号上，快看！"

现在大家都看见他了，他坐在毒蛇号的舷墙上，脚搭在墙外面。他拽着鱼线的一端，另一端垂在他正下方的水里。

听说过"黑杰克"的所作所为并见过他的真容之后，他们不由自主地同情在他的船上当差的任何男孩。他们觉得在他的船上干活肯定很可怕，跟野猫号相比简直有天壤之别。他们此前每次看到这个红头发男孩，他似乎不是在干活，就是在跑腿。但是现在，再次看见他，他们对"黑杰克"的印象都有所改观，至少他允许实习水手到船边钓鱼了。

当时，他们离毒蛇号大约二十米远，约翰正在用力改变航向，没有人看清到底发生了什么。突然传来一声尖叫，只见那个红头发男孩不知怎么就从舷墙上弹了出去，扑通一声掉进水里。

"真是笨啊！"南希说。

"有人推他下去的吧？"提提问，"好像是这样的。"

刻不容缓，他们来不及思考该怎么办。

"转帆！"约翰大喊道。

他几乎把燕子号完全调转过来。帆桁①摇摆，不一会儿，小船就迎着风向黑色帆船的一侧冲去。

"准备降帆。"约翰冷静地说。

燕子号靠近后，水面上漂浮着打结的乱蓬蓬的红色头发。

"降帆。"约翰说，南希和提提迅速把帆降下来，约翰随即放开舵柄，弯下腰来，紧紧地抓住红色头发。

"啊！哎哟！"男孩浮出水面，边叫边喘气，"不要那样扯我的头发，

---

① 帆桁，伸长状，用来固定支撑主帆底部。

31

帮我拿着鱼线，我只剩这一根了。只要抓住我的马裤裤带，我就能自己上船。别再抓我的头发了，真的不要再抓了。现在就把我拽上去吧。"

"拉上来了！"南希一把抓住了红发男孩的衣领，和约翰分立两侧，合力把他从船尾拽上了船。不过，之后很久，男孩还一直说自己上来更容易一些。

与此同时，提提把鱼线盘了起来。

"难道他会淹死？"罗杰问，仿佛不该救他。

"没关系。"约翰说。男孩头朝船上栽去，身上的脏水溅到救他的人身上，"你很快会回到自己的船上。"约翰抬头看向黑色帆船陡峭的船身。没有人往下面看。上面连人影都没有，似乎没有人听到落水声，也没有人知道船上少了个人。

"喂！毒蛇号，有人吗？"约翰喊。

"毒蛇号，喂！"罗杰在船头尖声喊道。

没有回应。

"太古怪了，"南希也喊了一声，"戴耳环的那个人呢？哦，对了，约翰，我们带他回野猫号，他可以跑回去，没有梯子是上不去的。"

她掸掉身上的水，从乱糟糟的船帆下面抽出船桨，朝绿色帆船划去。提提还没有盘完鱼线，越到最后盘得越慢。她知道男孩在海港钓鱼用什么鱼饵。比蚯蚓更可怕。不过，盘到最后她竟然发现只有两只光秃秃的钩子。

弗林特船长听到了落水声，也看到了营救行动，他在绳梯顶端等着他们。彼得·达克也在，他抓住罗杰绕起来后扔给他的系船缆绳，向红发男孩打了个招呼。

红发男孩落水了

"上来吧。"约翰说。

男孩抓住梯子，像猴子一样轻松地爬上了船。显而易见，绳梯对他来说不是什么新鲜事物。他往上爬，身上的水往下滴。提提跟在他后面，因为手里拿着鱼线，所以爬得并不轻松。然后是罗杰，还没等脑袋露出护栏，就开始讲救人的事情。南希和约翰放下桅杆，紧随其后爬了上去。

红发男孩站在野猫号甲板上，脚下是一摊水，水淌过白色木板，流向排水口。佩吉和苏珊听到外面有声音，从厨房里出来。彼得·达克手脚麻利地收起燕子号的缆绳，回头看了看这个男孩。

这么一群人都看着他，红头发的男孩不安地搓着脚。

"哦，是小比尔？"彼得·达克说，"大家都知道小比尔，出生在多格滩，他应该不至于自己从船上掉下来。"

红发男孩一下子涨红了脸。

"他当时在钓鱼。"罗杰说。

"然后大鱼把他拖下水了？"弗林特船长问，"你在内港钓哪种鱼？你用什么做鱼饵呢？"他的视线落在了提提拿着的鱼线末端的钩子和铅锤上，"提提，他的鱼饵呢？"

"本来就没有。"提提回答。

红发男孩更加局促不安了。

彼得·达克笑了。"这是小比尔第一次钓鱼没用鱼饵，"他说，"这一点，我敢肯定。"

"谁给他来杯热茶吧。"弗林特船长说道。然后苏珊进了厨房，不一会儿就端着一杯热茶和一块蛋糕回来了。

"听着，小伙子，"弗林特船长说，"出什么事了？你不用害怕船上的人，没什么好担心的，去洗个澡又不算错……"

彼得·达克仔细查看着鱼钩。

红发男孩突然大喊："告诉你们吧，我告诉他们钩子上什么也没有，但他自己把鱼线扔了出去，还让我爬到栏杆上，让我自己滚下去……"

"噢，瞧瞧。"弗林特船长说。

"都是因为达克先生，"红发男孩可怜兮兮地说，"他们想知道他是不是跟你们一起出海、你们要去哪儿，如果我问不出来，他们就要打死我。"

"就这些，是吗？"弗林特船长问，"尽管你以这种方式提问，但告诉你也无妨，我们没有秘密。我告诉你，你回去跟他们说。达克先生在野猫号上担任一等水手和代理水手长。至于其他船员，你看见了，我们有三个船长、两个大副，至于其他的就不必跟他说了。"

"哦。"红发男孩回答。

燕子号和亚马孙号的船员们面面相觑，谁都笑不出来。

"趁热把茶喝了吧，"苏珊说，"现在不烫，里面加了些牛奶，落水之后应该马上喝点热的。"

红发男孩一口接着一口，很快就喝光了，其他人都看着他。

"至于我们去哪儿，"弗林特船长看见杯子似乎见底后继续说，"我们自己也不知道。小伙子，你赶紧去换上干衣服，然后告诉你的船长，如果他想了解什么事情，最好自己过来问我们。苏珊，再给他拿一块蛋糕。提提，把钩子和鱼线还给他。"

红发男孩总算咧嘴笑了。

“谢谢您，先生。”男孩说。

“快走吧，”弗林特船长说，“你现在知道的跟我们一样多，而且即使你不‘游泳’，也会知道答案的。”

“小比尔，听我一句劝，”彼得·达克说，“你跟着‘黑杰克’出海是没有好结果的。”

男孩看了看周围这群人。“不管怎样，我必须出海，”他说，“如果没人带我去……”

“好了，走吧，”弗林特船长说，“我们还要忙，明早要出海。”

然后，男孩大口吃着黑色多汁的蛋糕，手里又拿了一块，这块是佩吉让他以后吃的。他顺着梯子爬上码头，慢悠悠地向桥那头走去，然后转到港口的另一边，朝那艘看起来空无一人的黑色帆船走去。

“至于我们去哪儿，我们自己也不知道”，还有“三个船长，两个大副”，倘若弗林特船长搜肠刮肚想找到更好的措辞来吊足“黑杰克”的胃口，以上这些再好不过了。

“为了问个问题就那样跳进水里，是我的话，可要三思而后行。”红发男孩走了后，弗林特船长说。

“可是他是被推下去的，”提提说，“我肯定是这样。”

“噢，胡说。”弗林特船长说。但过了一两分钟，他问彼得·达克：“那男孩是谁的人啊？”

“确切地说，他不属于任何人。”彼得·达克回答，“他出生在拖网渔

36

船上，还在襁褓中时母亲就死了，父亲一两年前在大风中失踪了，小比尔大部分时候自力更生，几乎每一艘从洛斯托夫特出发的船上都有他偷偷溜上船出海的身影。"

"嗯，"弗林特船长说着瞥了一眼对面的海港，"不知道刚才应不应该让他回去？"

当晚，野猫号船员还有很多其他事情要忙。他们需要把燕子号再次弄到船上，用帆布罩住。等它下次入水，会是很久以后了。大家一整天都在忙着整理索具，甲板上落了许多碎绳、铁丝等垃圾，这也需要清理。最后还要再进行一两次采购。约翰、苏珊、南希和佩吉去镇上采购，弗林船长带着提提和罗杰去了港务长办公室。他们需要确定，等他们试航回来时野猫号不会失去现在的泊位。他希望试航结束后可以回到老地方。罗杰抓住机会跟局长说了比尔落水被救的事情。提提再次说，她认为比尔是被人推下水的。局长笑了。"我知道了，"他说，"我不会让我的实习水手跟着那个家伙，他身边没一个好人。我倒认为他不会把男孩推下水，这没有任何意义，我看不出有什么意义。"

他们回来的时候，晚饭已经做好了。晚饭后没多久，鉴于要趁早潮起锚出海，弗林特船长催促船员早早地上床睡觉。

第三章

试　航

　　那天晚上，没有哪个船员以为自己会睡着，结果当他们听见船舱上面的甲板上传来哐当一声时，全都大吃一惊，醒过来才发现天已经亮了。他们全然忘记熄灭餐厅里的提灯，结果提灯像幽灵似的在那里晃来晃去。没等大家洗漱完，苏珊就爬上舱梯，发现岸上已经来过人，送过来满满一罐鲜牛奶，还有人帮她点上了厨房里的煤油炉，壶里的水也快开了。其他人匆忙洗漱完以后，赶紧来到甲板上，有的爬舱梯，有的走前舱口。他们发觉那天早上完成大量工作的不仅仅是后勤保障线。野猫号不知怎的也完全不同了。横桅吊索已准备就位，帆桁吊了起来；主帆和前帆——都是漂亮的奶油色新帆——已经松开，随时可以升上去；前支索底端的支索帆用细麻绳捆起来了，一拉升降索就可以扯断；艏三角帆也已经升了上去，卷起后用绳子绑住，也就是说，一拽帆脚索三角帆就可以撑开。

　　"有点像那么回事了。"南希说。

　　"我也这么觉得。"约翰说。

　　海港里的其他船只还在睡梦中，甲板室屋顶和护栏上还挂着露珠。尽管时间还早，但码头上已经有人了，防波堤堤头的灯已经熄灭了。薄薄的晨曦洒落在旗杆顶部迎风飘扬的红旗上，旗杆矗立在平旋桥旁，红旗升至顶部时提示人们水深至少三米。大家都望向靠边停在对面码头的毒蛇号，但那艘黑色帆船依然静悄悄的，还是一副空无一人的样子。

早餐和洗漱一样火急火燎。他们是在甲板上吃的早餐——只有厚厚的面包、黄油和几杯热可可。实际上，其他船上的人还在往面包上抹黄油时，他们已经吃完了，而后挤进甲板室，查看早已在桌面上摊开的航海图。所有人都凑过来，紧盯着航海图，听弗林特船长向他们展示试航路线。

"刚刚风几乎朝正东方向吹，"他说，"我们要借风把船头开出去，但我们不会满帆航行，况且我们的船上刚来了一个新船员。我们必须逆风作'之'字形航行以转变航向。在这之前，我需要你们所有人熟悉每个细节，吃透试航计划。噢，苏珊，我不需要了，谢谢。我已经吃饱了。现在全体船员到甲板上集合，研究一下怎么把主帆升起来。我们现在还是要升起主帆，尽管我们要开引擎出发。好了，罗杰，我们要先下去确认一下引擎。"罗杰已经打开了甲板室地板上的活板门，那儿有一架短梯，通向下面闷热的轮机舱。

"把船头驶出去？"约翰问道。

"扬起支索帆，使之迎风调转航向驶离码头。"彼得·达克回答。

所有人赶紧来到甲板上。

"现在，"弗林特船长说，"我跟达克先生把我们之间的主帆升起来，不过我们一次只能拉一根升降索，拖拉帆前上角帆索时，要拴紧顶桁吊索①。看看怎么给你们分配任务。来吧，南希还有佩吉和我一起拉顶桁吊索，约翰、苏珊、提提和达克先生一起拉帆前上角帆索。对了，罗杰，

---

① 帆前上角帆索是最靠近主桅的斜桁末端，顶桁吊索是另一端。

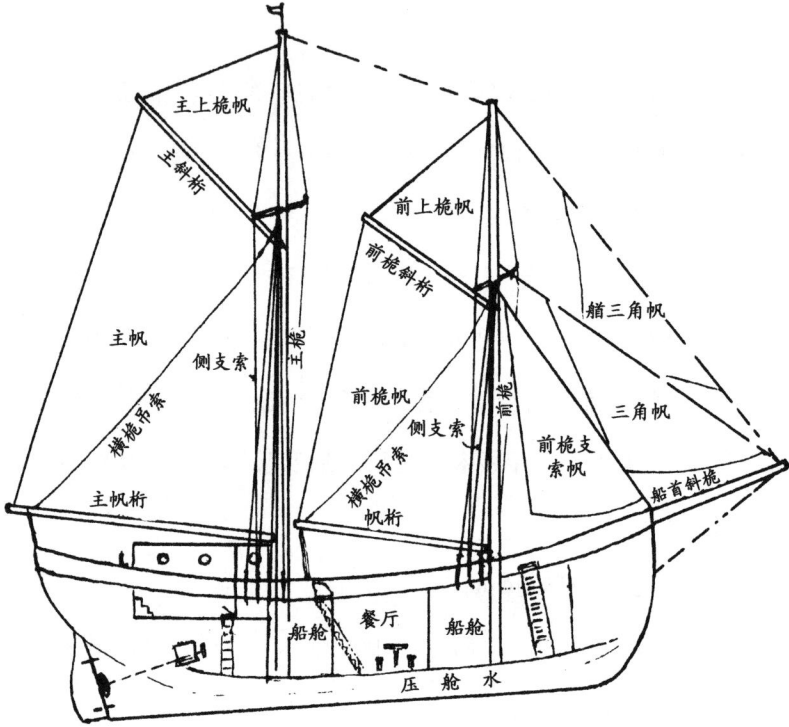

Arthur Ransome

船帆装置及野猫号侧视图

主上桅帆
主斜桁
主帆
侧支索
主桅
横桅吊索
主帆桁
前上桅帆
前桅斜桁
前桅帆
侧支索
前桅
横桅吊索帆桁
前桅支索帆
艏三角帆
三角帆
船首斜桅
船舱
餐厅
船舱
压舱水

42

你的位置在这儿。提提负责唱水手歌。唱吧，一等水手，就唱《很久以前》吧。所有人注意，唱到重音时我们大家一起使劲拽。"

固定有
升降索
的木桩

"给你，约翰船长，"达克先生说，"把手放在我的手下方，抓住。苏珊大副，你也是。"

提提开始唱：

> 漂亮的美国邮船停在港湾，
> 来到我身旁，嘿哟嗨哟。
> 等待风起时扬帆起航，
> 那是很久以前。

当唱到"嘿""嗨"，还有"久"的时候，所有人都全力拖拽，然后换手准备再次用力。

> 它依旧在等风吹起，准备扬帆起航，
> 来到我身旁，嘿哟嗨哟。
> 它依旧在等风吹起，准备扬帆起航，
> 来到我身旁，嘿哟嗨哟。

提提唱错了歌词的顺序，但这不碍事。斜桁摇摇晃晃往上升，跟着把帆提了起来。然后，一串木环缓慢地攀上了斜桁钳口后的主桅。

如果风未吹起，它依然停泊在岸，

来到我身旁，嘿哟嗨哟。

如果风未吹起，它依然停泊在岸，

那是很久以前。

"你漏掉酸橙汁那句了。"罗杰大喘着气。提提倒回去一两句继续唱：

可怜的水手全部病倒，浑身酸痛，

来到我身旁，嘿哟嗨哟。

他们早已喝光所有的酸橙汁，无处再觅，

那是很久以前。

要是他们的胳膊再长一点，可能就不会拉这么久了。尽管提提气息不足快要唱不下去，可她还是按照不同的顺序把歌词再次唱了出来。其他人气息更足，而且歌词更简单，他们只需要边拉帆索边唱"很久以前"和"来到我身旁，嘿哟嗨哟"。虽然花了些时间，

一个被固定住的结

但最终不负众望，船帆高高地在他们头顶飘扬起来。

"拉紧。"彼得·达克终于开口道，他赶紧绑牢帆前上角帆索，而约翰、苏珊和提提则缓了口气。

"拴紧。"弗林特船长说。南希和佩吉站起身来，气喘吁吁，只觉得

手掌生疼。"到了外港，我们才会把顶桁吊索拉起来。大家好样的！这是纵帆船上最难的工作。接下来，你们需要自己把支索帆升起来。罗杰，你跟我一起去检查一下引擎。"罗杰和弗林特船长消失在了甲板室。

约翰和苏珊把帆前上角帆索绕起来挂在一边，直到降帆时才会再用到这根绳子。

"什么时候刷碗呢？"佩吉问，"要不先把碗碟放到篮子里，以后再刷？"

"你现在可以去刷，"彼得·达克建议，"我跟船长要挪锚缆，得要几分钟，还要使小毛驴转起来啊。"

"什么小毛驴？"提提问。

"水手口中的引擎，"彼得·达克回答，"引擎和小毛驴是一回事，它们都是时而工作时而休息，你想让它们听话就要想办法。"

"无风时，船帆不起作用。"佩吉朝厨房走去时扭过头来说道。

"那不是它们的错，"彼得·达克说，"只要有风，它们就马力十足。但如果用石油或煤油浸泡小毛驴，它最多只会噼啪作响。不懂感激，这小毛驴。不过，听，船长让小毛驴转起来啦。"

下面突然发出突突声，然后寂静无声，然后又传来突突声，接着又消失了。没有人还有洗碗的念头。

"我们一会儿还有时间。"苏珊说。

彼得·达克爬到码头边，急匆匆地到系船桩挨个把锚缆解开，然后约翰和南希把缆绳拖上船。彼得·达克将船尾的一根锚缆在码头前面的一只系船桩上绕了几圈，然后把末端扔给约翰，约翰再把绳子系牢。

"我们一会儿还要解开。"看到约翰把绳子拴得很紧，仿佛永远不会再解开的样子，彼得·达克提醒道。

甲板下又传来噪声，"突突突突突"，然后声音趋于稳定，像是钟表规律的滴答声。弗林特船长和罗杰两个人都满脸通红，先从轮机舱爬到甲板室，然后又来到甲板上。

"都准备好了吗？"弗林特船长问，"很好，罗杰，你现在站在控制杆旁，我喊'全速前进'时，你就把它推到底。"

"是，遵命，船长！"罗杰站在甲板室里侧的小黄铜控制杆旁，眼睛闪闪发光。

"两个船长过来把支索帆升起来，两个大副站在舵轮旁，使其维持原样，船一旦开动，就把舵轮交给达克先生。达克先生，锚缆准备就位了吗？"

"就位，就位，船长。"

弗林特船长快步上前。约翰和南希抽出了支索帆升降索，桅杆上干净整齐，只待扬起船帆。彼得·达克和提提在船尾，他给了提提一张由粗绳子制成的护舷垫，可以将其悬挂在船侧以防剐擦到野猫号的绿色油漆。

弗林特船长高喊一声："扬起支索帆。"约翰和南希双手交替升起了帆。船帆在海面吹来的微风下漫不经心地摆动着。弗林特船长拉着朝向港口一侧的帆脚索，使支索帆朝向港口一侧绷紧，风又将其吹了回来。风越来越弱，尽管如此，野猫号也足以借助风力驶离码头。

"拉紧锚缆，达克先生！"达克先生用力拖拽他之前从船尾抛出去的锚缆。野猫号驶出了码头。

"突、突、突、突、突、呼哧、突、呼哧、突、突……"甲板下的小引擎又响了起来。罗杰依然站在甲板室门口，抓着控制杆，等待指令。

弗林特船长放开了支索帆的帆脚索，然后喊道："轮机手，全速前进！"

罗杰将控制杆推向前，随着螺旋桨开始工作，引擎的节奏也变了。提提发现不再需要护舷垫，就把它收了起来。彼得·达克放开了锚缆，另一端滑下系船桩，掉落在野猫号和码头之间，提提立即用力将其拉上了船。彼得·达克接过舵，开始转动舵轮，野猫号缓缓从内港两侧的灰墙之间驶了出去。平旋桥打开了，让野猫号通过，送牛奶的男孩骑着三轮车，等待平旋桥再次关闭，他俯视着水里的小帆船，吹着口哨，仿佛要为寂静的清晨平添一点声音。野猫号缓缓驶过平旋桥，小引擎在船舱内突突作响，呼哧声从船尾的排气管排出来。野猫号经过长长的防波堤，向南驶入外港。

弗林特船长走向船尾，约翰和南希紧跟在他身后。

"达克先生，"他说，"我们俩现在应该扬起前帆，约翰会负责继续直行，向防波堤前端行驶。"

约翰本打算说等船到达开阔的地方再掌舵，但已经来不及了。约翰的手刚搭在舵轮辐条上，彼得·达克跟弗林特船长已经急匆匆地离开了。南希用近乎嫉妒的眼神看着他，希望他可以胜任这项工作，不要出错。约翰将舵轮稍稍转向一侧，接着又转向另一侧。野猫号行驶缓慢，小引擎只能勉强推动野猫号前进。然而，舵轮易于操控。约翰希望南希没有发现他刚刚进行的小尝试。现在，他远远地望着外码头，那里有宝塔似的古怪避难所，顶部还挂着灯笼，他要准确无误地穿过码头，几乎开始觉得自己一生都在做这件事。他看到，弗林特船长警惕地环顾四周，又十分放松地投入工作。那也给了他安慰。

彼得·达克和弗林特船长站在前桅杆下。彼得·达克握住帆前上角帆索，弗林特船长抓住顶桁吊索。他们用力拉拽，前帆的斜桁在他们的头顶上方缓缓向上移动。彼得·达克使劲拽住升降索，使其绷紧，接着身体前倾，用力将松弛部分拉紧，然后绑牢，抬头朝桅杆一看，发现所有滑轮都碰到一起了。弗林特船长仍拽着顶桁吊索。斜桁竖了起来，大大的奶油色船帆不再松弛而是紧绷起来，帆上的褶痕不再是横向移动而是上下飘动。弗林特船长也系紧了他手里的升降索。他们再次放松横桅吊索，帆桁支撑起其自身的重量，帆上的褶痕也伸展开来。

他们又急忙跑到船尾的主桅旁，之前未完全提起的顶桁吊索越升越高，直到不能再高。横桅吊索再次被松开了，主帆终于升了起来，像扬帆起航的样子了。

"干得漂亮！"彼得·达克说。

约翰心无旁骛，专注掌舵。而船上的其他人则观察着升帆的所有细节。

"这跟在燕子号上升帆是一样的，"苏珊说，"只不过这艘船的所有东西都更重一些。"

"而且不需要把帆桁拉下来。"南希补充道，"船马上要扬帆行驶，肯定需要我们拉起支索帆和三角帆，来，我们过去帮忙吧。"

弗林特船长眯着眼睛看着主帆，发现主帆和前帆已在晨曦下飘扬。他看见南希和苏珊手里握着支索帆和三角帆的帆脚索。"很棒，"他说，"做好准备，再等一两分钟。"

野猫号驶出防波堤前端，进入北海。它缓缓驶过，水面泛起涟漪，防波堤前端上的两三个人兴奋地朝它挥了挥手。提提和彼得·达克挥手回应，罗杰没有看到那些人。尽管野猫号一切顺利、所有的事情也不难，但除了彼得·达克之外，大家都有些喘不过气。下次出海会更容易些。

弗林特船长和彼得·达克朝船尾走去。

"船长，清晰可见，"彼得·达克建议，"前方航线上有浮标，扬帆绕过吧。"

"那么现在，约翰，"弗林特船长说，"向东北偏北方向前进，躲过浮标。支索帆和三角帆帆脚索在那儿，左舷前侧。对，苏珊，用力扯开。"

一切发生得那么快。

约翰快速转动舵轮，他前面小玻璃下的罗盘随之转动，正东……东偏北……东北偏东……东北偏北……东北……主帆索猛然绷紧。彼得·达克稍稍拽了拽前帆的帆脚索。南希拉紧支索帆系牢。大三角帆有些松弛，南希转身帮助苏珊，大三角帆也被固定住、升了起来。东北偏北，野猫号正沿该方向航行。

"罗杰，关闭引擎。"弗林特船长喊。

罗杰将控制杆恢复原位，钻进甲板室。

"我说，罗杰，你知道怎么关吗？"提提焦急地问。

"我当然知道，"罗杰回答，"船长教过我。"

罗杰离开不一会儿，引擎就安静下来，不再发出突突声。约翰和提提面面相觑，明显感觉到甲板出现倾斜，船头也开始发出响声，行驶速度反而更快了。提提把手放在舵轮上，感到小船在微微颤抖。约翰左右转动舵轮，及时摆正偏航的船，保证船身沿正确航线稳定前进。提提回头看着船尾长长的浪花，仿佛驾驶着燕子号，不过不知为何感觉更好一些。轻轻触碰一下舵轮，小船就对船上所有的人服服帖帖。虽然只是一座普普通通的船屋，但它那高高扬起的船帆比许多房子都要高。提提有些哽咽，约翰也紧闭双唇。

罗杰再次爬出轮机舱，脸上虽然脏兮兮的，却洋溢着笑容，他用棉布擦了擦沾满油渍的双手。

"有了引擎，它开得真好！"他说。

约翰和提提只差嘲笑他了。

弗林特船长和彼得·达克在甲板上急急忙忙地跑来跑去，把这根绳子放松，然后又把那根拉得更紧些。他们尝试了各种方法，直到所有的船帆各就各位令他们满意为止。

他们经过黑白相间的铃铛浮标，任由其在寂静的清晨叮当作响。穿过红白条纹的足球状圆形纽康浮标之后，弗林特船长来到船尾，站在一旁，约翰则左右转动舵轮驾驶。彼得·达克、南希和苏珊松开了支索帆和三角帆的帆脚索，接着又不得不从另一侧拉绳。这一次他们更加小心地尝试，直到弗林特船长和老水手彻底满意为止。只要把这艘船的四张帆平衡好，驾驶野猫号就轻而易举了。

这次，他们顺利地出海了，到达雅茅斯前他们一直沿海岸向北航行，通过望远镜可以望见布拉斯码头、不列颠尼亚防波堤以及岸边绵延的城镇。他们一直向着红色的灯塔船行驶，灯塔船上有两个陀螺状的东西，其尖端与船的桅顶齐平。大多数时间都是约翰和南希轮流掌舵，尽管船上所有人，甚至包括轮机手，都可以体验掌舵。过了一会儿，提提把鹦鹉带到甲板上，沐浴阳光，近距离地感受大海。罗杰也带着吉伯尔散步，但弗林特船长禁止猴子靠近引擎，因为他们还要利用引擎驶进内港，带着猴子你真不知道会发生什么事。最后，弗林特船长再次下令转向，放松所有帆脚索，驶向科尔顿灯塔船，这艘灯塔船上的浮标球被切掉了一半，另一只浮标球就在剩下的半只浮标球上（他们必须安装这些东西用以区分不同的灯塔船），然后再次驶向纽康浮标，返回洛斯托夫特港。

"怎么样？"弗林特船长问。

"堪称完美。"约翰说，其他人异口同声表示赞许。

"您觉得呢，达克先生？"弗林特船长又问。

"它可以去任何地方。"

"可以南下英吉利海峡、横渡英吉利湾？"

"南下英吉利海峡？"彼得·达克反问，"我能带它绕过合恩角。"

"整个船身驶进码头前，我们都要扬帆。"弗林特船长说道，"达克先生，我们入港的时候您负责掌舵可以吗？现在我们需要齐心合力，移动帆桁。"

接下来几分钟，大家极其忙碌：约翰调转船头，弗林特船长和彼得·达克移动帆桁，南希和苏珊负责整理支索帆和三角帆。然后，彼得·达克掌舵，驶向海港，船头下面浪花四溅，泛起泡沫，船尾几乎无风。

野猫号刚驶入防波堤前端，就碰到一艘正驶出海港的黑色帆船，那艘船比野猫号略大，张着大大的船帆。

"那是毒蛇号吧？"弗林特船长问。

"是的。"彼得·达克肯定地回答。

"'黑杰克'在掌舵。"南希说。

"红发男孩也在，"提提急忙喊道，"好多人呀！"三四个成年人在甲板上忙碌着。

野猫号进港，毒蛇号出港，两艘船擦肩而过，相距仅几米。

他们经过时发现"黑杰克"在掌舵，并且正恶狠狠地盯着他们，仿佛认识他们但又由于某些原因诧异他们出现在那儿。

但当时没有时间考虑"黑杰克"和毒蛇号，野猫号上还有很多事情需要他们解决。野猫号一驶入外港，弗林特船长就抢风行驶并开始降帆。他钻进轮机舱启动引擎，但也在前甲板上随意放了几米的锚链以防引擎出错，这样他们就可以即刻下锚。他收回三角帆和支索帆，降低了前帆和主帆，然后，野猫号以半速穿过内防波堤，缓缓驶进海港，停在了原先的泊位。他们经过平旋桥时，桥边的人向他们挥挥手，和蔼可亲的港务局局长也心情愉快地向他们喊了声"你们好啊"。

他们回到内港，再次停泊在码头边，这时，提提说："看不到毒蛇号还真是孤单啊。"

"好你个斜椗索 ①，它又回来了！"南希大喊。

---

① 南希经常使用的水手语，表示感叹。

黑色帆船竟然正悄无声息地滑行进入内港。

"它怎么又回来了呢?"约翰好奇地问。

"可能忘带什么了吧。"佩吉猜测。

"我们那位红头发的朋友看起来有些忧心。"弗林特船长说。

罗杰跟他打招呼,但比尔并没有回应他。可能因为"黑杰克"离他很近,比尔认为最好不要回应。毒蛇号上貌似发生了一些争吵。此刻,它再次停在了南码头边。

"都看够了吧,"弗林特船长对所有人喊道,"大家都先来把帆收好,毒蛇号停下后也会先把船收拾得干净整洁,而不是像我们这样盯着别人看。"但毒蛇号似乎并不在乎是否干净整洁,它的船员沿着码头离开了,只把它留在原地。至于野猫号,此次试航之后,船上的每个人都为它感到自豪,以至于罗杰忘了提醒苏珊准备做饭。等大家收好船帆、盘绕完绳索,才想起来该吃饭了。整艘船收拾得干净整洁,没人看得出它早上出过海。

练习使用吊索

第四章

洗　锚

　　晚饭过后，野猫号全体船员来到甲板上，享受一天忙碌后的片刻宁静。下午，他们往水舱里灌满了新鲜的饮用水，足以支撑长途航行。"我们在地板下面储存这么多水作压舱物，完全可以环球航行了。"弗林特船长自豪地说。他们还在船上准备了许多新鲜的肉、黄油、鸡蛋、蔬菜和面包。除非没有其他选择，否则没有必要吃罐头食品。他们还买了一大堆新鲜水果，也买了半打像大樱桃那样红的荷兰红波奶酪，因为他们碰巧在橱窗里看到了。所有人都清楚，他们明天真的要起航了。现在船上物资充足，他们觉得可以去任何地方，且不必依靠陆地，所以聚在船首讨论着想要去的地方。

　　船上的鹦鹉波利唱着"八个里亚尔"，寻求大家的关注，在船桅支索和船首斜桅间跳上跳下，沿横杆走来走去，用喙不停地啄自己的爪子。吉伯尔独自待在甲板下，弗林特船长从镇上给它买了一袋坚果，算是小礼物。猴子不太相信其他人，它就把坚果带到甲板下，躲在铺位上偷偷地吃。弗林特船长坐在绞盘上抽烟斗，彼得·达克也吸着烟斗，同时把新锚缆的一端缠绕着绑起来。其他人在甲板上闲逛，偶尔闲聊几句，而且几乎同时开口。弗林特船长拿着英吉利海峡的航海图，向其他人展示自己的想法，他们将如何穿过泰晤士河口，如何在古德温斯和海岸间航行，如何经过多佛以及如何望见格里内角。暮色降临，他们很难看清航海图上的字，但大家都想继续聊下去，所以船长就让佩吉去甲板室取来提灯。在桥那边很远的地方，拖网渔船船坞的一艘船上传来手风琴的声音，那是有人在演奏《阿姆斯特丹》。野猫号上的所有人都在专心致志地看航海图以及倾听弗林特船长的计划——游览英吉利海峡港口，然后可能经过布雷斯特，向南到维拉诺角沙洲和维戈，如果遇上好天气，还可能去马德拉群岛。他们过于专注，以至于没有人再关心毒蛇号和"黑杰克"，尽管他们不久前还觉得毒蛇号突然返港很古怪。

　　狭窄内港的另一侧，毒蛇号依然停在老泊位上，"黑杰克"独自一人坐在舱口盖上，眺望着浓浓暮色中的野猫号。红发男孩比尔蜷缩在水手舱里的麻袋上，在睡梦中忘记了身体的疼痛。野猫号试航那天清晨，"黑杰克"来到甲板上，却发现野猫号的泊位空荡荡的，便将怒气一股脑发泄在比尔身上。他让船员急匆匆地从镇上的老巢赶过来集合时态度也很粗暴。他们升起船帆，缓缓驶出内港后，却遇到了由彼得·达克掌舵返航回到洛斯托夫特的野猫号，这时"黑杰克"却下令调头返航，这一出让船员对他极其恼火。他们再次将船停泊在码头边，然后愤怒地回到了旅馆，任凭整艘船一片凌乱，船帆降了下来，却未整理。"黑杰克"独自坐在甲板上，边咬指甲边盯着对岸的野猫号。

　　他们究竟在那儿——绿色小帆船的前甲板上——讨论什么呢？他亲眼看见彼得·达克带着自己的行李袋上船，是他搞错了吗？为什么彼得·达克在自己的摆渡船上待了多年后又决定出海呢？"船上有三个船长、两个大副。"不管怎样，那个傻孩子打听到了这么多。这只说明一件事：这么多高手一同出海，这次航行必定非同寻常。他确信，这次航行

57

必定计划周密。他曾发现那艘船每天都稳定地上货，日积月累，储货量必定很大，与他为毒蛇号计划的储备一样多。如果这两艘船的目的地相同，也不足为奇了。接着，"黑杰克"又想到彼得·达克。他咬着指甲，皱着眉头，美丽的夜景对他来说毫无意义。他听不到拖网渔船船坞里传来的手风琴老调，也没有听到手风琴演奏结束后，爱尔兰人一边拉小提琴一边穿着水手靴在甲板上跳舞。他满脑子只想着一件事：彼得·达克和绿色小帆船的主人——那个胖男人——在策划什么？彼得·达克是打算把这么多年一直拒绝告诉"黑杰克"或其他人的事告诉那个胖子吗？他们在看的航海图是关于什么的？如果他能看到那张图，说不定这些问题就迎刃而解了。要是他能听到他们围在绞盘旁盯着航海图说什么就好了。接着，那只大大的锚吸引了他的注意力，它悬挂在野猫号船头，锚链穿在与甲板等高的锚链孔里。"黑杰克"停止咬指甲，走向船尾，下面停着毒蛇号的小划艇。他朝空无一人的码头东张西望，又瞥了眼海港对面的那群人，暮色下，他们挤在野猫号前甲板上，借着提灯的微光盯着航海图看。他翻过船舷，顺着牵绳滑落下去进入小划艇，松开牵绳后任其在水中摇晃，然后悄无声息地划船离开。

他并没有直接划向野猫号，以防有人看到他。他划进内港，假装要参观停泊的双桅纵帆船。没有人发现这艘隐蔽的船只正在码头的昏暗处悄悄前行，没有人发现船上的黑影，没有人发现他穿过停泊的船只划向对岸，也没有人发现他正慢慢地、假装漫无目的地在野猫号周围徘徊。他从一艘锈迹斑斑的黑色拖网渔船船头下经过，等待时机。暮色中，他头顶便是绿色野猫号宽阔的船尾。他更加小心安静，放下船桨，费力地

沿陡峭的绿色船舷缓缓移动，最终来到锚的下方。他拿起小艇上系船的缆绳，打了一个圈后钩到锚爪上。潮水涌来，少量的潮水使划艇牢固地停泊在他心中的理想位置上。他抓住锚，尽可能探得更高。然后，悄悄地，悄悄地，往上攀爬，一只膝盖搁在锚上，手再往上探，抓牢更高的地方，接着一只脚踏在锚上，抓住上面的锚链。他缓缓站了起来，终于，头跟锚链孔齐平。他们到底在讨论什么呢？他暗自咒骂那只喋喋不休的鹦鹉。

甲板上放着约七米长的锚链。毕竟之前没有下过锚，没有必要把锚链装进船舱，这是因为：如果扬帆起航时下锚最好，明天早上可能就会用到它。没有什么比从水下提起锚链时更吵闹的了，弗林特船长知道一大早起来才能赶上从海岸涌来的潮水，所以他会尽可能不吵醒年轻的船员。反正甲板上的绞盘前有锚链。锚链在起重柱 ① 上绕了两圈半，经过甲板上的小系船桩进入锚链孔，系索栓固定在其中一节链环上。锚链是不会滑落的，除非拔下系索栓，松开锚链。彼得·达克听到了一点声音，向下看了看锚链。可能是"黑杰克"往上爬时导致某段锚链移动或碰撞发出叮当声，也可能是"黑杰克"的耳环叮当作响，提提现在依然这么认为。不管怎样，这一点声响成功引起了彼得·达克的注意，使他前去查看锚链。而且也引起了提提的注意，结果她发现鹦鹉有些异常。鹦鹉站在舷墙顶部的栏杆上，拍打着翅膀，叽叽喳喳叫个不停，还一直往下

---

① 起重柱，一根非常坚固的柱子，穿过甲板一直延伸到船的龙骨。

看。它不再喊"八个里亚尔",也没有唱"漂亮的波利",只是在喳喳叫,像是害怕或者生气的样子。

"发生什么事了……"

提提还没说完,就领会到彼得·达克示意她不要出声的眼神。这已经足够。其他人还在继续谈论。

"喂,对了,可以去加那利群岛。"南希激动地说。

"亚速尔群岛也可以。"约翰提议。

提提还张着嘴巴,话也没说完,看见彼得·达克悄悄地弯下腰,将锚链从起重柱上解了下来,然后拿起一根木槌。鹦鹉依然在叽叽喳喳,拍打翅膀。

彼得·达克挥起棒槌,敲掉了链环上的系索栓。七米长的锚链轰隆一声迅速从锚链孔里消失了,连同"黑杰克"一起狠狠地摔进小艇,砸碎小艇后沉入港湾,与此同时传来木头破裂的噼啪声和锚链落水时巨大的哗啦声。

所有人冲到船舷边向下看。小艇撞裂后零落的碎片在夜色中依稀可见,接着,水面上露出了一个黑乎乎的脑袋。

"又是'黑杰克'!"提提大叫。

"除了他还会是谁呢?"彼得·达克反问。

他们注视着他游向毒蛇号,黑影在黑夜中朦朦胧胧,顺着锚缆,翻上了毒蛇号船尾。

"天哪!"南希惊讶地说。

"达克先生，怎么了？"弗林特船长问道，语气轻柔而平静，仿佛只是有人掉落了茶匙。

"锚掉下去了，船长，"彼得·达克回答，"我只是觉得需要洗一洗，就把系索栓敲下来，然后放它下水，没想到'黑杰克'在上面。"

"在上面？"弗林特船长问道。第一次，他面露些许惊诧。

"他正从锚链孔偷听我们说话。"彼得·达克回答。

"这一切有些蹊跷。"弗林特船长说。

"完全可以这么说，"彼得·达克说，"甚至可以说不仅仅是蹊跷。"

其他人起初都看着弗林特船长，接着将目光转向老水手。

海港中的其他人似乎未注意到这一切。那个小提琴演奏者仍然在集市旁边的一艘船上演奏吉格舞曲，行人正在过桥。毒蛇号上的灯亮了一会儿，然后又灭了。

"他里里外外都得换。"苏珊说。

"然后会带一两个警察过来，控诉我们的锚砸碎了他的小艇。"佩吉猜测。

"你可真笨！"南希船长对她的大副佩吉说，"他怎么可能去报警？他还得解释是怎么'碰巧'跑到我们的锚链上，又为什么向锚链孔看……"

"他会做些别的事情。"约翰说。

苏珊说："他好像对我们有些不满。"

"即使之前没有，现在肯定讨厌我们，"南希满不在乎地说，"他从锚上掉下来时肯定受了惊吓。"

"可、可是，可是……"罗杰没有再说下去。

"他到底是为了什么？"弗林特船长问。

"这个，说来话长。"彼得·达克回答。

弗林特船长说："说来听听。"

彼得·达克看了一眼上面的码头，在越来越浓的暮色中，码头漆黑一片。

"你永远不知道谁在偷听。"他说。

"去甲板室吧，"弗林特船长建议，"我们可以时不时出来查看一下，确保没有人听得到。"

"这样更好。"彼得·达克表示赞同。

"快点。"提提急切地说。弗林特船长提着提灯跟在彼得·达克身后走向船尾，甲板上的其他人也赶忙往那里走。

"罗杰，你几点睡？"苏珊问。

"嗯，我呀，"罗杰回答，"也就这一次……"

就这样，所有人挤进甲板室，彼得·达克坐在他的铺位边，开始娓娓道来。

第五章

彼得·达克
娓娓道来

大家都逐渐习惯了彼得·达克的存在。不知怎的，他仿佛原先就是船上的一员，他们也仿佛在野猫号上生活了很久。燕子号的船员三天前才第一次登上野猫号，而亚马孙号的船员也不过比他们提前不到一周，如果有人突然提醒他们这些，他们一定会大吃一惊。但是现在，他们正等着老水手讲故事。达克坐在自己的铺位边，用一根长满老茧的拇指把吸剩的残烟丝塞进烟斗，他看起来与平时有些不同。提灯挂在横梁上，灯光照在他那慈祥而又布满皱纹的老脸上，他用犀利的眼神盯着他们，思绪飘到了另一个世界。也许因为他在回忆很久以前的事情。

"在我印象中，"他终于开口道，"没什么值得大惊小怪的。比如，有一小笔钱，如果有人把它放在自己的口袋里，结果发现自己花钱如流水，仿佛口袋破了个洞似的，而且觉得都花在了不该花的地方，最终他宁愿自己从未拥有这笔钱。这就是我记忆中的事，我曾经把这个故事讲给如今已经过世的妻子听。三十年前，或许更久以前，我还讲给了当时还是小女孩的三个女儿听，对此我一直非常歉疚。这件事一直深深地困扰着我，并不是如今大多数人知道的那样，以为我对此事无动于衷……"

"什么事呀？"罗杰先开口问道。

"是关于宝藏吗？"弗林特船长好奇地猜道。

"无论是什么，"彼得·达克说，"大概五六十年前，也可能是七十年前，我亲眼看见有东西被埋在了椰子树下。"

"那当时您在哪儿呢?"罗杰问。

"当然在椰子树上了,"彼得·达克回答道,"在椰子树上,清晨刚从睡梦中醒来。"

罗杰突发奇想。"您那时也打呼噜吗?"他问。

"罗杰!"苏珊正色道。

"他现在打呼噜,"罗杰说,"非常响亮!"

"我想我那时应该不打呼噜,"彼得·达克缓缓回复道,"否则他们就会听见我的声音,然后把东西埋在其他地方了。而且可能把我也一起给埋了。"他停下来想了想又补充道。

"谁?"

"闭嘴,罗杰,"弗林特船长制止道,"如果你想听,就闭上嘴巴,只管听就好了。"

"我最好从头开始说,"彼得·达克说,"告诉你们事情的原委。我厌倦了洛斯托夫特的生活,然后乘往来于港口的货船去了伦敦。接着在格林海斯下船,而后在码头登上一艘前往巴西进行贸易的豪华轮船。我当时在船上做实习水手,年纪还没这个实习水手大,总是没等锚离地就让我去扬起上桅帆。我们横跨大西洋的那段航程非常顺畅,但没过多久就结束了。轮船遭遇从南美吹向大西洋的冷风,或许是来自砂糖海岸的飓风,也可能是某一次暴风,操纵杆不见了,船底也破了,然后,我们转移到小船上,大船猛烈撞碎其中一艘小船,然后又撞到另一艘船,我当时坐的一艘船也没撑多久。船上的一名水手用绳子把我捆绑在一根散落的船柱上,接下来我只知道自己被海水冲上沙滩,安然无恙地来到一座小岛上。激浪拍岸，发出巨响，真希望当时我能选择在其他地方遭遇不测啊，但我并没有选择权。我被绑在船柱上，淹得半死，然后被冲到狭窄的岩石中间。海浪并未退去，涌浪在外面的岩石间原地打转，浪花飞溅。我再未见到那艘船上的其他人。看到的第一个东西是螃蟹。"

"大螃蟹吗？"罗杰问，提提用胳膊肘推了推他。

"大的小的都有，"彼得·达克回答，"不过大多是小的。而且这些螃蟹不是你们知道的那种。它们贪婪地看着我，挥舞着蟹钳，一开一合，朝我爬来。不到一分钟，其中一只螃蟹就抓到了我的小腿肚。你们得相信，我争分夺秒地摆脱那根船柱，然后一脚踢开那只螃蟹，接着用石头扔向其他螃蟹。我扔中了一只，那只螃蟹倒下了，然后它的伙伴们不一会儿就爬到它身上，钳子咔嗒作响，像是水磨，在它身上挥舞着，把它撕成碎片，塞进嘴里，嘎吱嘎吱，嘎吱嘎吱……多么可怕的画面啊……那些螃蟹一直贪婪地盯着我。

"然后我走向海滩，环顾四周，想看看还有没有其他人得救。我像是个乐队指挥，螃蟹军团跟在我身后横着爬行，时而抬起身子，挥舞着蟹钳，瞪大眼睛看着我，面无表情，你顺着海岸线看过去，像是圆形石造碉堡。那时我还没有罗杰高，也不喜欢螃蟹那副模样。

"但最后，我很高兴有它们在。刚开始的时候，我找不到吃的东西。后来，我杀死一些螃蟹之后，听到其他螃蟹噼里啪啦地撞击死掉的螃蟹，然后嘎吱嘎吱地把它们吃掉，当时我心想为什么我不来一份呢？所以下一只螃蟹离我特别近的时候，我就用石头砸死它，在其他螃蟹过来抢之前赶紧把它拿在手中，拽下蟹钳，用石头敲碎蟹壳，结果发现螃蟹真的很好吃，尤其是蟹钳末端，吸出的蟹肉非常美味，而且里面吸不出来的蟹肉嚼起来也不错。当然，我当时饥肠辘辘，但螃蟹的味道比你们想象的要好得多，不到一会儿我就吃了三四只。

"吃螃蟹似乎缓和了我和其他螃蟹的关系，没过多久，如果我走得快一点，它们就会赶紧溜掉；我只要捡起石头，它们就会立刻四处逃窜。但是，可想而知，最糟糕的事情就要发生了。白天四处乱窜的螃蟹，就像羔羊一样无害，到了晚上就不一样了。夜幕降临时，其他螃蟹出动，如果我朝其中一只扔石头，它会立刻用蟹钳夹住，然后再扔回来。它们就是那种螃蟹，似乎认为我就是它们想要的东西。它们厌倦了吃小螃蟹，我想它们一定认为我是某种新猎物，这个新猎物身上的壳更软。

"我立刻逃走，但其中最大的那只螃蟹满钳子都是从我的马裤上扯下来的布头，我真希望噎死它。后来，马裤就没用了，完全不能保护我。但是，正如我刚才说的，我逃走了，蹭蹭几下爬上最矮的椰子树，比海岸的水位稍高一点。椰子树最顶端有一些小椰子，我用小刀在其中一只椰子上切了个洞，然后椰汁慢慢流了出来，里面还有一些椰肉。那一整晚我都睡在树上，早上从树上下来，开始'报复'小螃蟹，蟹肉和椰子的搭配非常不错。但一到晚上，那些大一点的螃蟹再次出现，我非常清楚，千万不能让它们抓到。晚上，我就躲在那棵椰子树上，以免遭到螃蟹的攻击。

"就这样，经过几个日夜，我养成了有规律的生活作息，每当夜幕降临，我就爬上那棵树；每当太阳升起，感到饥饿时，我就再下来。那是一种慵懒闲适的生活，海风常常吹得椰子树摇摇晃晃，感觉就像睡在摇篮里或者吊床上。睡懒觉并不是我的错。没有闹钟，也没有水手长拿绳子在身后催促。那次经历仿佛度假一般。有一次，我睡得可能比往常久一些，听到有人在树下说话，赶紧醒了过来。"

"是谁啊？"提提屏息问，罗杰本可以也用胳膊肘轻推她，像提提推他一样，但他并未想到。

"幸运的是，我没有立刻喊出来，而是先默默观察。"彼得·达克说，"我透过树叶间隙低头看着他们，发现两个人在树下，正用长刀在地上挖洞。"

"是海盗？"提提问。

"在我看来是那样，"彼得·达克回答，"他们说话的腔调听起来就很像。其中一个人蹲着挖洞，另一个人四下张望。然后他们俩交换，后者挖洞，之前挖洞的人一边伸展胳膊，一边环顾四周。

"'我会很同情那个发现我们在这儿的人。'其中一个人说。

"'没人会想到跟踪我们，有了那只我让他们抬上岸的啤酒桶就不会。'另一个人说。

"常言道，哪个男孩不是挨鞭子长大的啊，还不知道何时该闭嘴？我很快就意识到那可不是该出声的时候。所以我躲在叶子后面一动不动，向下观察他们到底在做什么。不一会儿，其中一人便说，他觉得洞够深了，另一个人说没有人会到岛这边来寻找它，这座岛连停放船只的地方都没有。'不会被发现的，我们很快就会回来的。'另一个人又补充道。然后，他们从树的正下方取出了一只四四方方的袋子，我从未见过……

那只袋子，方方正正的……"

"会不会袋子里装了一只盒子？他们把它放在袋子里方便携带。"弗林特船长问。他擦亮一根火柴，几乎烧到手指时才把火柴扔掉。他本想点燃烟斗，但不知怎的忘记了。

"很可能就是这样，"彼得·达克答道，"可以看到盒子的角刺穿了帆布。话说他们拿出方形的袋子，将它放进洞里，然后再用刀和手把沙子刮进洞里，抚平地面，又用力踩了踩，使地面平坦光滑，直到他们满意为止，然后互相拍拍背，走进了树林。

"他们离开后，我迅速从树上下来。你们瞧，我现在明白过来了，海盗是人，螃蟹不是，那两个人一定有艘船，不知道在哪儿停着，我或许又可以回到洛斯托夫特了，之前我已经放弃了这样的念头。所以我赶紧穿过树林，悄悄地跟在他们身后。他们横穿整座岛屿，我用树作掩护，不近不远地跟在他们后面。翻过大山丘，我向下看，果然发现一艘漂亮的横帆双桅船停在那里。所以我赶紧跑向山那边的岛屿，发现一艘小船停在一条我完全不知道的小溪边，之前我可不敢深入树林。我看到那里有熊熊的火焰，还有六七个男人围在啤酒桶旁又唱又跳，啤酒桶垫在几块石头上。我明白要从树林间溜走，假装从岸边过来，然后开始大喊，引起他们的注意。"

"然后呢？"佩吉问。

"闭嘴，你这个呆子，"南希说，"他马上就要告诉你了。"

"他们问我怎么到这儿的，我告诉他们我乘坐的船失事了，又告诉他们我在这里一直靠吃螃蟹、喝椰汁过活的事情。然后，其中一个人递给我一大块面包，另一个人让我大口喝朗姆酒，那是我第一次喝，几乎要腐蚀掉我的食道。'你现在安全了，'其中一个人安慰我，'托船长的福，欢迎你。好像你知道我们正缺一个实习水手似的，因为老家伙开玩笑，把最后一个实习水手扔进海里学游泳，自那以后我们就没有实习水手了。'告诉你们，我当时宁愿还跟螃蟹待在一起。

"就在这时，那两个人来了，就是把方形袋子埋在我'卧室'下面的人。我过去常喊那棵树为'卧室'。那两个人一个是船长，一个是大副。他们对我盘问得更加尖锐，问我从哪里来，我说我不知道，也告诉他们我乘坐的一艘伦敦轮船失事了，想回洛斯托夫特的老家。他们最终让我上了船。他们前往伦敦，鲜少走这段航道。在横跨大西洋的返程途中，他们一直使唤我，总让我搬几桶朗姆酒送到船尾的特等客舱。我经常想，我们是如何走这么远的。他们一直在喝酒，你一言我一语地互相交谈，神神秘秘地讨论他们落下的某个东西，我以为是方形袋子。不过，很可能不是……"

"不可能是别的东西。"弗林特船长说。

"'把它们放在那儿，'他们说，'把它们放在那儿，等一切都弄清楚，他们就找不到我们了，然后我们再把它们接回来，逐步卖掉。我们会驾着马车，王子向我们脱帽致意时，我们会点头回应。'"

"他们的船叫什么?"弗林特船长问。

"玛丽·卡宏号，"彼得·达克回答，"但他们谈论的不是这艘船。那时他们刚得到玛丽号，他们驾驶另一艘船绕过了合恩角。我是从他们的谈话中得知的，因为他们喊另一艘船'老邮船'，却直接喊玛丽号的名

字。据我所知，老邮船的船长和大副死得有些突然，因为当时跟我在同一艘船上的船长和大副抢走了他们的证件和名字。他们喊船长乔纳斯·菲尔德，但他在前臂上纹了'R.C.B'。他没穿外套，坐在那儿喝酒时，一举酒杯便把文身露了出来，我看到过很多次。在我看来，很可能有问题。他们也知道。越靠近英国，他们喝得越多。他们一直交杯换盏，痛饮烈酒，又总是呛到，跟跟跄跄地撞到对方的后背。他们仿佛在害怕什么，又想转移注意力。其他时候，他们会拿出航海图一起查看，在上面钻个洞，用铅笔在岛屿处做记号，然后又擦掉。然后他们再喝点朗姆酒，这时，他们安静地坐着，挤眉弄眼，互相展示写了数字的纸片。第二天早上，等他们清醒过来，他们几乎都会在船舱地板上到处找纸片，努力回想自己弄丢了多少纸片，船员是否可以找到。如果他们找到了，就会鞭打我，怪我没有捡起来。如果他们没找到，也会打我，说我私藏了。到最后，我自然而然地非常了解那些纸片，并且我看见上面有同样的字母。我把其中一张缝在我的夹克衫里，就当是挨鞭子换来的。"

"是那座岛的方位吗？"弗林特船长又扔掉一根点燃却没用的火柴，然后把脚踩在上面。

"只有经度和纬度，没有其他的。那两个人还想再找到那座岛，这些数据足以找到方形袋子，因为那是他们俩亲自埋的。我确信他们已经知道所有必要的方位数据。他们背得滚瓜烂熟，确实如此，他们看了那么多次。不管怎样，这些数字对这两个家伙都不再有用，因为他们回家时遇上西风，每人又喝了一大杯朗姆酒，然后驾驶玛丽·卡宏号撞在韦桑岛的暗礁上。除我和水手长外，无一人生还。我们当时在暗礁待着，一旦涨潮，海水就会把我们吞噬，水手长肋骨骨折，头骨破裂，没等法国渔民经过暗礁把我们接走，他就死了。渔民如果再晚十分钟，我估计也死了，反正对水手长来说，他们到得太迟了。

"这就是我的故事。事情的来龙去脉就是这样，而且你们可能没想到，三十年后我最终把这个故事和盘托出时，它竟然会让洛斯托夫特一半的小伙子为之疯狂，或许远不止疯狂。"

"但这跟'黑杰克'有什么关系呢？"弗林特船长问。

"我马上就要说到了。"彼得·达克说。

第六章

故事结局

接着是短暂的停顿，大家全都屏住呼吸，一言不发。每个人稍微动了动，看了看身边的其他人。他们沉浸在沉船、海盗和遥远的岛屿的故事中，思绪飞到千里之外，远离此刻正稳稳当当地停泊在洛斯托夫特内港里的野猫号那舒适温暖的小甲板室。彼得·达克点上烟斗，吸了一两口，再次用拇指按了按斗钵里的烟丝。

提提向前探着身子，抬头看着他，满眼的迫不及待。

"那回家后发生了什么？"她急切地问。

"我没有回家，"彼得·达克回答，"不止那一年，我此后多年都未曾回家。我曾跟着那群法国渔民一起干活。离开韦桑岛后，有一天，一艘精致的快速帆船因为没有风而停靠在他们的捕鱼点附近，那群渔民划向快速帆船，用我换了一包'黑人头'。"

"那是什么？"罗杰问。

"烟草，"弗林特船长告诉他，"还是让达克先生继续讲吧。"

"依我看，他们把我卖得太便宜了，"达克先生说，"那艘快速帆船人手不足，如果渔民多要点，应该也会得到的。差不多可以换两包，有可能。不管怎样，他们把我卖到快速帆船上，使我离洛斯托夫特更远了，从没那么远过。那是一艘美式快速帆船，名叫路易斯安那·贝尔号。它的天帆飘在顶桅之上，走在帆下仿佛置身于华丽的殿堂。这艘船的航程可艰难了。我乘这艘船一路西行绕过合恩角，然后在弗里斯科（即旧金

山）下船，偷偷搭上一艘前往珠江的茶船。从那以后，我经常换船，可以说，今天还在某艘船上，第二天就下船了。那个时候啊，世界上没多少港口我没去过。有一次我从纸片上抄下那些数字，就是我之前告诉你们的，但你们要知道，我从没打算去那里，只是出于好奇。那座岛原来是有名字的，我也知道了岛名——'蟹岛'，跟我同船的船员曾给我指过一次，当时我们俩都在船首的水手舱，看到两座小山把那座岛遮挡住了。他告诉我，他曾经在西面的一处泉水那边补给过水。我被带走那天应该就是在那里发现海盗和他们的船的。"

"但您一直没想到办法返回那里吗？"弗林特船长问。

"我很害怕那里的螃蟹，"彼得·达克答道，"比起玛丽·卡宏号上淹死的那些人，我更害怕螃蟹。那两个人做过什么呢？他们不敢把麻袋带在身边，把它埋在岛上，除了螃蟹无人看护。它没给他们带来任何好处，那我要它有什么用？大海对我来说已经足够了。海上没有乱七八糟的汽轮。那段航海的岁月很棒，无论何时我拿到工钱下船，只要看到有船只沿河起航，没哪一次不希望自己也在船上的。钱呢？我拿到应得的钱后会赶紧花掉，免得在岸上浪费时间。但我当时确实留着写有那座岛的经纬度的小纸片，尽管我已经背下那堆数字了。只要用心记一下，就不会遗忘。扔掉那件粗呢短外衣之前，我剪下一小块布，之前我把纸片和夹克衫缝在一起，把布和纸片一同保留了下来，一直留到我希望自己没那么做的那一天。

"你们知道，多年以后，我终于在洛斯托夫特停泊下来，在伦敦河得偿所愿，然后乘火车前往诺福克，想去看看老家，那时我已成年，也不再那么年轻。有不少人还记得我，但我的家人都不在了。他们都去世了，但没关系，毕竟逝者已矣。在那里我遇到一个年轻女人，想来她身材匀称，凹凸有致，颇有船头神像的风韵，她父亲经营一家船具店，不过不是你们采购的那家，是另一家，早就从新市场上清走了。后来，我们结了婚，我继续出海，尽可能地回家，她继续和老父亲住在船具店，我们还生了三个女儿。有一天我出海回家时，她正好翻箱倒柜地整理房间，发现了那块用满是烟渍的麻绳缝成方形的夹克衫布片，然后问我那是什么。我就把刚才告诉你们的故事讲给她听，我的三个女儿也坐在旁边听，吃惊得张大了嘴巴。事情就这样开始了。她们总是听不够这个故事。然后她们又讲给别人听，而后别人又讲给另外一些人听，口口相传，以至于最后我每次在洛斯托夫特岸上，都会有一些乱七八糟的人找到我，让我再讲一遍那件事，并且跟我要写着数字的纸条，准备用它来发家致富。那只我跟你们讲过的方形袋子，逐渐演变成从金矿银矿挖来的好多箱金币和银条。他们一直缠着我，让我跟他们一起去挖他们想象中的宝藏，但我从没说过有宝藏，只是说装着某些东西的正方形袋子，里面的东西可能不属于把它埋在那儿的两个人，而且他们俩现在也在两百米下的蓝色海洋里沉睡了四十年了。"

弗林特船长张开嘴欲言又止。彼得·达克继续讲了下去。

"我的三个女儿长大了，像她们的母亲一样身材匀称、落落大方，大伙也不再追问我那张纸片的事情，我宁愿多年前把它丢在韦桑岛。后来，'黑杰克'出现了。那时，我的老伴已经去世了，我也不再出海，驾着摆渡船往返于诺里奇和洛斯托夫特之间，跟三个女儿相依为命。做手工和

用篙撑船 ① 对她们来说没有区别，而且她们都很拿手。她们独自驾驶着那艘旧船顶风逆流而上，而我坐在舱口，像海军上将似的抽着烟斗，喝着茶，真是太美妙了。

"唉，'黑杰克'出现了，他留着长发，带着耳环，口袋里总是装着许多钱，没人知道他从哪儿弄来的。他在洛斯托夫特酒馆中听说了那个故事，想方设法接近我。我一直摆脱不了他。无论我把船停在哪里，他都能找到我，而且总是跟我说起同一件事，其他一切都不能令他满足。我必须给他画一幅岛屿的示意图，制作一张航海图，告诉他那棵树的位置，还有我看见掩埋袋子的地方，然后我必须告诉他航向以找到那座岛，接着他会出海到那里取回宝藏，让我们俩都发财。你们已经见过他了，他并不像那种让人可以放心分享财物的人，不是吗？不管怎样，我压根就没想要发财，所以，我当然什么都不会告诉他。

"后来，他试图娶我女儿，想让我女儿哄我说出他想要的东西。他试了一个又一个，不过我的女儿们都很明智，绝不可能嫁给'黑杰克'，她们都嫁给了农民，一个住在贝克尔斯，一个在阿克莱，另一个在波特海格姆。这样正合我心意。如此一来，我就有三座停靠港，可以停好船顺便去趟女儿家，在炉边抽会儿烟。"

"那您最喜欢去哪儿呢？"罗杰问。

"这就要看风向了，"彼得·达克说，"南风的话，我方便驶向瑟恩河上游，那时我多是想到罗丝，就是住在波特海格姆的女儿。东风的话恰

---

① 无风借力或者航道太窄时需要用船篙撑船。

好可以去贝克尔斯，我女儿在那里有一座不错的小农场，桥正上方还有个可以遮风挡雨的系泊区。如果我在贝克尔斯遇到南风，或者在波特海格姆遇到北风，为什么适合去阿克莱呢？为什么呢？我只是自然而然地认为最好去安妮家，趁着涨潮去看看她。"

"我明白了。"罗杰说。其实过了一段时间之后等佩吉解释给他听，他才真正有些明白了。

"但我女儿结婚后，他也没有消停。"彼得·达克说，"'黑杰克'知道他不能通过这种方式得到他想要的东西后，每次出海回来，就围着我的摆渡船转悠，一次又一次地趁我上岸后在我的船舱里翻箱倒柜。后来我发现，缝在旧夹克衫布片上的纸片消失不见了。纸片连同布片还有上面的数字都不见了。我上上下下、里里外外都找遍了，还是没找到，虽然我记得那些数字。事情不是那样。我终究不想让'黑杰克'拿到它。后来，我就听说'黑杰克'和两个人一起消失了。第一次，我对那些螃蟹产生了好感。我当然知道他去了哪里，我希望螃蟹可以把他吃掉。

"他离开了大半年，我开始期望再也不会见到他。后来他一个人回来了，我就知道他一无所获。他怎么可能找得到？除非他挖遍整座岛。他说跟他一起去的两个人发热死了，因为他们跟他是同类，没人在意他们的死活。他怒气冲冲地回来，比以前更坏。因为洛斯托夫特的人们知道我怎么丢的旧粗呢短外衣布片和里面的纸片，他们也知道那个古老的故事，在街上遇见'黑杰克'且顺便到他那里串门的小伙子没有哪个不问起螃蟹给他留了多少宝藏。他总是怒不可遏，所以，大伙提醒我要留心半夜的飞刀。但从那时起，他只要一看见我出现在海港就觉得我是要

到外海去找那座岛，他发誓我不愿意告诉他的事情也绝对不能让别人知道……从他回来已经过去五年了，最近这四个月他一直在为出海装备毒蛇号，召集那些跟随他的奇葩人渣。他可能会再来窥探一次。看见我上了你们的船，他一定会跟踪你们的……"

"这就说得通他为什么晚上在四周窥探了，"弗林特船长说着放声大笑，"我还告诉那个红头发的男孩，我们船上有三名船长和几名大副。所以他紧跟我们出海，在港湾入口处碰见我们突然返航后也紧跟着回来了。"

"他肯定认为你们要去蟹岛。"彼得·达克说。

有那么一刻，弗林特船长好像看不见挤在小甲板室里的彼得·达克或其他人。他坐在桌边，头顶着天花板，思绪飘到遥远的地方。"这合情合理，"他终于说，"袋子里有东西，如果没有人找到，那它就是我听说过的最安全、最可靠的地下宝藏。我曾为寻宝翻越安第斯山脉，日夜奔波，而且手头的线索比这少得多。"

老水手身子往前倾，抬头看着弗林特船长，但绝不是因为提灯照得他花了眼。

"我不在乎是谁挖出那只袋子，只要不是'黑杰克'就好，"他说，"但不管里面装的是什么，最好还是随它去吧。您不会想要的，跟这样一艘整洁的小帆船完全没法比，它可以带您去任何地方。我不想要它，不想要，只要有那艘老摆渡船再多陪我些时候，陪我终老。"

弗林特船长移开视线，轻轻地把烟草从烟斗中敲出来。

"我忍不住想，把它留在那里岂不是便宜那群螃蟹了，"他说，"至于

'黑杰克'想去看一看，我一点也不奇怪。"

"他不是想去找，"彼得·达克说，"他想直奔目的地，然后取出来。没有我他做不到。他不会收手，'黑杰克'真不会。你们经历得够多了，足以明白这一点。如果您不想再惹麻烦，最好把我送上岸，为南下英吉利海峡之旅另寻一个一等水手，这样的话，'黑杰克'绝对不会再骚扰你们了。"

"不不不，哎呀！我说，您说什么啊？"大家突然惊慌失措，异口同声地反对。弗林特船长的头撞在了甲板室屋顶下的横梁上。他全然不理会头顶隆起的大包，立刻开口反对。

"我记得您曾说想再航行一次？"

"我确实想。"彼得·达克回答。

"那您跟野猫号还有船员合得来吗？"

"没有比这更好的了。"

"那就别再说要离开我们了，既然我们适合您，您也适合我们。如果您认为我会因为厨师那个爱戴金耳环、愁眉苦脸又心术不正的儿子而把您丢在岸上，那您就大错特错了。"

"说得好，弗林特船长。"南希高兴地说。

"您当然不能离开。"罗杰说。

"达克先生！"提提喊道。

"达克先生，我们明天起航，"弗林特船长说，"如果'黑杰克'蠢到紧跟我们出发，我们就带着他们团团转，让他们白费工夫。"

"他肯定会跟来的。"彼得·达克说。

"随他去吧,"弗林特船长说,"不管怎样,我们都要出发。您要和我们一起航行。其他人,到甲板下面去！回到各自的铺位上,都快一点。我们一大早就起航。"

"但是我们的锚怎么办？"约翰问道。

"现在应该够干净了。"彼得·达克说。

"那就用绞盘拉上来吧。"弗林特船长说,"收好锚,立刻下甲板,一分钟也不要耽搁。"

他拿起提灯,全体船员在昏暗的甲板上向前走去。港口里一片寂静。他们望着对面的毒蛇号,但它的泊位一片漆黑。绞盘摇把就在舷墙边,不一会儿,燕子号和亚马孙号全体船员,一共六个人,就把摇把塞到了绞盘头的狭槽中,然后一圈圈地把锚摇了上来,仿佛它轻如羽毛一般。令人惊讶的是,六个人,小小年纪的六个人,齐心协力竟可以用绞盘提起锚。

弗林特船长用手电筒照了照船上。锚已经提了上来,洗得干干净净。之前"黑杰克"小艇的缆绳肯定是从它上面滑下去的。

黑暗中突然传来生气的尖叫声。

"我把它忘得一干二净了。"提提颇为羞愧地说。

鹦鹉已经睡着了,栖息在舷墙上,不乐意别人把它喊醒。提提把它抱起来,带到下面的餐厅里,把它放进笼子里过夜。罗杰几乎和鹦鹉一样困,但其他人有很多话想说,根本睡不着。他们脱掉衣服开始聊天。而且,他们躺在各自的铺位上之后,仍然隔着船舱聊天。宝藏、"黑杰克"、蟹岛、彼得·达克,还有那个和"黑杰克"一起出海的红发男孩,他们有足够多的话题可以聊。

然后，他们说话时不再得到对方的回答；过了许久，他们不再说话，进入了梦乡；这样又过了许久，他们醒了，听到头顶甲板上传来来来回回的脚步声。

"是达克先生。"苏珊平静地说。

"是的，"提提说，"之前是弗林特船长，我听见他在轻轻地敲打烟斗。"

"他们一定觉得'黑杰克'半夜会再来。"约翰说。

"保持警惕。"提提说。

"谁？"这时亚马孙号船员的船舱突然传来声音。

"达克先生和弗林特船长，"苏珊低声说，"听。"

"我们都上去帮忙吧。"南希说。

"不，不，"佩吉说，"就待在这儿。"

"现在发生了什么事？"罗杰在黑暗中尖声问。

"没什么。睡觉吧，"苏珊说，"我们都应该睡觉。如果他们需要帮助，他们会拍打甲板，或者透过天窗朝下大声喊我们的。"

他们又睡着了。

但是整晚，弗林特船长和彼得·达克一直守在甲板上，在他们熟睡的船员头顶上来回走动。

第七章

出　发

"喂！怎么了？"南希第一个醒来，沉重的锚缆啪的一声拍在她头顶的甲板上。

"我的引擎启动了。"罗杰半睡半醒地说。他醒来，感觉到船身在颤动，听到小引擎发出突突声，他已经把小引擎当作自己的了。他从铺位上滚下来，伸手去拽约翰，然后穿着睡衣，跑出船舱，穿过餐厅，扭动着身子爬出船舱扶梯口。

"它在动。"提提说。

"把头移开一点，我这就下来。"苏珊说。

"听！"约翰坐在他的铺位上，在船舱里喊道，"是风吹动前帆的声音。"

噼啪声戛然而止，紧接着传来尖锐的吱吱声和滑轮的摩擦声。

"帆桁要提起来了。"南希叫道。

"它往另一边倾斜了。"佩吉说。

"你是说倾侧，"南希说，"是的，确实是。"

"他们一定是没等我们就扬起了帆。"提提说。

"有人启动了我的引擎。"罗杰愤怒地说，他去查看后又回来了。

甲板下一阵匆忙和慌乱。约翰、苏珊和罗杰穿过餐厅，从舱梯爬上甲板。南希、佩吉和提提从前舱口爬上梯子。夏日清晨，他们来到甲板上，发现阳光和强劲的东北风驱散了清晨的薄雾。野猫号已经扬起三角帆和主帆，正在驶离港口，还启动了引擎以防万一。

"你们为什么不等我们就起航了？"罗杰问，"谁是轮机手？"

"你是，"弗林特船长说，"再过一两分钟你就可以关闭引擎了。不过，现在不要碍事。准备出发吧，达克先生。"

"是，是，船长。"

弗林特船长转动舵轮，野猫号转过身来，彼得·达克则扬起左舷的三角帆。

"够聪明的。"他发现南希已经准备好在船帆吹过时抓住另一边。

"嗯，但是你们为什么没有等我们就出发了呢？"南希问。

"问船长，"彼得·达克说，"但不会把你们丢下的。"

"我们想趁你们不在时练习一下，"弗林特船长说，"刚好水流合适，不好好利用这阵风，有些浪费。"

"我们整晚都听到你们在甲板上来回走。"提提说。

"时刻准备赶走不请自来寄宿的人。"南希说。

"但是那个人没有再来。"佩吉说。

"是，他没有来，"弗林特船长说，回头瞥了一眼内港，"如果他现在想来的话，就太晚了。还有，你们这些淘气鬼，穿着睡衣到处乱跑，你们觉得别人会怎么看我们的船？漂浮的大寝室？所有穿睡衣的都赶紧下去，用最快的速度换好衣服。水面还算平静，我们要尽快赶到帕克菲尔德。今天的风比昨天大多了。"

"出港前我们都必须待在甲板上。"

"然后一起去拉前帆升降索，帮助达克先生扬起前帆。"

"快点，朋友们。"南希喊道，他们跑上前去帮达克先生扬起前帆。

"放松帆脚索，"达克先生说，好像差点忘了穿着睡衣的六名燕子号和亚马孙号船员还不是地道的水手，"可以了，拴紧绳子！现在，你们三个负责靠近主桅的帆前上角帆索，另外三个人负责顶桁吊索。把它升起来！往上走，继续拉。绑住顶桁吊索，用力拉帆前上角帆索，用力！来，我看一下，好了，拴紧吧。现在拉顶桁吊索，好，现在可以了，绑住！放松横桁吊索。不是那个，南希船长。对，是这个。把升降索盘起来，用力拽帆脚索……"

他一边说，一边自己拽帆脚索，约翰和南希也来帮他。

"拉支索帆的升降索！"他喊了一声，南希和约翰又飞奔过去。不一会儿，支索帆就升了起来。

"练习一两年后，你们就会是出色的船员了。"彼得·达克说。

"准备转向！"从舵轮处传来弗林特船长的声音。

一阵忙乱，松开帆脚索、抓住帆后，又拉住背风侧的帆脚索。然后一切又恢复平静，船员们聚在船尾的舵轮旁，罗杰和提提早就在那儿了，提提看着防波堤消失在身后，野猫号正朝港口驶去，而罗杰进进出出甲板室，等待各种指令，譬如关闭引擎、推动控制杆以全速前进，或者去查看引擎的导线。

"可以了，罗杰。"弗林特船长说，"关闭！"

那台小引擎的突突声慢慢消失了。罗杰又来到甲板上。

"引擎还需要再清理一下。"他说。

"你和吉伯尔负责吧，"弗林特船长说，"不过，先换好衣服，一起吃好早饭再说吧。"

罗杰去换衣服了。

"你们这些人也快点,"弗林特船长说,"我们都饿了。还有,我想自己看看航海图和其他东西,需要你们来几个人过来掌舵。

南希、约翰、苏珊和佩吉结伴走了。

"你还在等什么,提提?"

提提回头看着他们驶离的港口。远处,平旋桥那一侧的内港里,松散的灰色帆布正在高大的桅杆和索具之间攀升。

"毒蛇号正在扬帆,"提提说,"我肯定它会跟踪我们。"

弗林特船长回头瞥了一眼。

"可能是其他船只,"他说,"从这里看不能确定是它。您觉得呢,达克先生?"

"船长,我觉得一等水手说得对。看,他们正扬帆呢。"他从甲板室内的架子上拿出望远镜,用望远镜朝内港望去,"对,"他说,"他们在升帆,我敢肯定。我估计,他们有根升降索没有抽出来。我看到小比尔站在桅杆上。"

"祝他们好运。"弗林特船长说,"随他们扬帆去吧,欢迎,我们才不在乎呢。"

不过,彼得·达克一直用望远镜看着那张飘动的灰色船帆,直到野猫号远远地驶出了防波堤堤头。

"换下衣服,提提。"弗林特船长说,提提离开甲板到船舱去换下睡衣,穿上更适合一等水手驾驶纵帆船前往英吉利海峡的衣服。

甲板下面有些摇晃，换衣服不像野猫号停泊在码头时那么容易。"啪""啪""砰"！绿色的小纵帆船驶出避风港时，海浪欢呼雀跃地拍打船头，迎接野猫号的到来。这时的海浪声比试航时大得多，正在船舱换衣服的船员们听到这声音后面面相觑，满脸疑惑。突然，海浪变了脸，野猫号向右舷一侧倾斜，鞋子、衣服、发梳，还有人都猝不及防地摔倒，滑到了另一侧。罗杰坐了起来。约翰船长忘了他们已经驶出港口，把盛着刷牙水的搪瓷杯放到了餐桌上的架子上。眼看它要掉下来了，约翰想接住它，却被罗杰绊倒了，头朝下摔进下铺。

苏珊衣服换得最快，好像没注意到刚才的剧烈摇晃。她背靠在铺位上，继续梳头。提提滑到了一边。船舱内的地板也倾斜了。提提捡起地上的衣服和一双帆布鞋。"我要去甲板上换。"她急忙说，然后爬上倾斜的地板，走出门，跌跌撞撞地爬上舱梯。

南希在亚马孙号船员的船舱里，什么也没说。她只是看着佩吉，流露出一种奇怪的眼神。她不是在看佩吉，而是越过佩吉看向后面。她从凌乱的地板上捡起鞋子，结果掉了一只，伸手去接却滑倒了，等坐稳后，她打定主意过会儿再来拿那只鞋，然后冲出船舱，转身上了舱梯的台阶。头一探出甲板，她就感觉好多了。这不可能吧，她心想。她觉得刚才肯定是自己的错觉，不会那么糟糕的。她穿上捡起的那只鞋，用力吸气，然后回去找丢下的那只鞋。她发现苏珊和佩吉并排坐在舱梯最下面的台阶上，她们正艰难地穿着鞋子，两个人哈哈大笑，非常高兴地谈论打算在晃动的炉子上做饭，因为地板上的炉子倾斜得太严重。南希必须跨过

她们俩，这非常困难。但她还是这么做了，颇费力气地绕进自己的船舱，找到自己的鞋子，然后来到餐厅，抓住餐桌保持平衡。"喂，南希！"佩吉喊道，"是不是很有趣？"但是南希没有回答。她原本只打算来拿鞋子，而且她已经拿到了，但倘若还要再聊天的话就会受不了。她穿过餐厅，走进水手舱，把头伸到水手舱舱口外，使劲吸新鲜的冷风。这一次，南希——"海上魔王"，一点也不像是船长。她甚至觉得喊"吓死我了"更让人不安，实际上她已经吓坏了。滑稽的反倒是佩吉，她本来很害怕打雷什么的，却好像根本没受到这突如其来的颠簸的影响。

甲板上很快就恢复了平静。老彼得·达克四处走动，查看一切是否如常。升降索盘绕在一起，移了位，达克重新盘绕好并放在该放的地方。锚也被拖上了船，并牢牢固定归位。他现在正忙着系紧小划艇。护舷垫的作用是保护野猫号，防止驶出洛斯托夫特海港时弄脏刚刷的绿色漆面，它们现在也在船上，每块都已归位，以备下次使用。如果还把它们挂在那儿，会使经验丰富的水手开怀大笑。彼得·达克忙这忙那，之前一直待在那艘老摆渡船平坦的甲板上，沿内河顺畅的水域平稳航行，时隔多年，再次站在倾斜的甲板上，在海上摇摇晃晃行进，这似乎让他很高兴。

陆地正悄然溜走。野猫号终于出发了，充分借力风势正好的东北风，在浅滩内往南疾驰，经过克莱蒙特码头、医院和柯克利教堂。帕克菲尔德教堂空荡荡的。出海时，一艘沿岸航行的汽船正匆匆向南驶去，可能从纽卡斯尔、格里姆斯比或赫尔驶来，匆匆前进，但行驶速度还不如汽船冒出来的浓烟飘走的速度，长长的黑烟犹如一团泥云从船头飘过。渔船和一些拖网渔船正离开港口，远处的地平线上冒出三三两两的烟圈，说明那里有汽船，尽管距离太远看不见它们的身影。其他船员一个接一个地爬上甲板，随手牢牢抓住什么，四下环顾。与这相比，试航时的水面很平静。现在他们终于出发了，体验到出海的感觉。今天刮了一场大风。他们快速前进时陆地似乎在上下晃动。有时，一波海水从船下经过，野猫号的龙骨会从海面跃起，而后陆地会跌落到跟船舷齐平的位置。接着，陆地似乎又跳向天际，片刻前陆地所在的地方，灰色的海水沿着背风面飞快地掠过，连绵成一片。

不一会儿，弗林特船长把约翰叫来掌舵。

"你来接手，可以吗？我帮他们处理一下普利默斯汽化炉，朝那个浮标方向前进，黑白相间、上面套着笼子的那个。靠近它航行，左舷绕过。"

约翰倒吸一口气，但尽可能坚定地说："是，是，船长。"过了一会儿，他就感觉偏航了，于是焦急地回头看蜿蜒的尾流，并努力用曾经在北边湖区熟练驾驶燕子号学到的技能在海上驾驶这艘真正的船。但在满是狂风和充满未知的大海上，这并不容易。它又偏航了，朝浮标的右侧驶去。噢！麻烦了，离左舷越来越远了！南希在旁边看着。这样可不行。他必须让黑白色的浮标位于左舷一侧。渐渐地，野猫号稳定下来，约翰才有足够的自信去看南希，他担心南希刚刚一直满眼批评地看着他。

但是南希并没有注意到他，也没有想掌舵的事，甚至没有想野猫号。她目光呆滞、表情奇怪，好像在心算一些困难的算术题。约翰简直不敢相信这是南希，那个总是随心所欲地叫别人"亲爱的"、大胆放肆地喊"真见鬼"，还有口无遮拦地说别人是呆子，并教所有人海洋知识的南希。

"快来看，南希。"佩吉从甲板室前边的厨房喊道。南希回过神来，牢牢抓住舷墙走到厨房门口。厨房门开着。

"快进来，赶紧关上门，门口的风很大。"佩吉说，"来看看普利默斯汽化炉，它像指南针一样绕圈摆动，所以不管船上发生了什么，水壶都能保持稳定。"

南希松开舷墙，身体撞在甲板室的墙上。她再次拉开厨房门，把头探进去，但很快就缩回来了。佩吉、苏珊和弗林特船长都在小厨房里。弗林特船长一直在教她们如何使用汽化炉，他只用了很少的酒精，很快又添了一点，汽化炉便开始冒烟。现在它已经在燃烧，水壶里煮着水，厨房里充斥着蒸汽，弥漫着石蜡的气味。佩吉和苏珊在那股难闻的烟雾中，兴高采烈地把鸡蛋打进碗里，又用大大的咖啡壶煮咖啡。

南希迅速关上门，拖着身子回到舷墙边，抬起头，竭尽所能让风吹拂她的脸。这太可怕了。除了她之外，每个人似乎都很好。就在刚才，她看到罗杰正迫不及待地提问；彼得·达克稳稳地站在倾斜的甲板上，好像长在那里、生了根一样，他正在解释如何起锚。大海一直都是这样的吗？她根本不敢想到甲板下面去，尽管她非常想喝点热饮料。最后，她看到佩吉和苏珊大笑着走出厨房，手里拿着湿毛巾走向舱梯，然后放到餐桌上，这时，南希想回家。

把湿毛巾铺在餐桌上，当然是为了防止桌上的盘子和其他东西滑落。不一会儿，两个厨师便端来一大盘炒鸡蛋、咖啡壶和一大罐牛奶。然而，湿毛巾还不够，弗林特船长下楼取来桌边活动框安在桌子上。船上的桌边活动框是木制的框架，可以把桌子隔断成几部分，这样如果东西滑动时，也不会滑得太远。"饭碗，"罗杰说，"我们一人一只。"当一切都准备妥当后，佩吉来到甲板上，无情地敲打开饭铃。彼得·达克走到船尾，从约翰手中接过了舵轮。约翰匆匆跑下楼梯加入大家，而罗杰是从前舱口下来的。弗林特船长坐在桌子左舷侧的扶手椅上。南希只觉得好像有人用棍子打了她的头似的，艰难地走过去坐到弗林特船长右手边自己的座位上。早餐开始了。

"喂，提提在哪里？"弗林特船长问。

提提一直在船尾，望向洛斯托夫特，观察毒蛇号有没有跟过来。拿稳望远镜很难。最后，她放弃了，把望远镜放回甲板室的原处。她确定自己不想再离开甲板，哪怕是为了吃早饭。她就想静静地待着，用力呼吸新鲜空气。在她眼里，就连阳光的颜色也奇怪起来，令人不快。

"提提怎么了？"在甲板下的厨房里，弗林特船长趁咀嚼的间隙问道。

"我去喊她。"南希说。

"我去吧。"约翰说。

"我想去。"南希激动地说。然后她摇摇晃晃地从长凳上站了起来，恍恍惚惚地走出了餐厅，爬上舱梯。弗林特船长神情严肃地看着她，但什么也没说。

南希走上甲板，发现提提在船尾，还在看从洛斯托夫特驶出的船只。

"下来吃早饭吧，提提。"南希打起精神喊道，接着却突然放弃了。提提环顾四周，看到南希船长紧抓舷墙，头垂在护栏外，贴着甲板室的背风侧艰难地往前走。

过了一会儿，提提跟她一样了。如果亚马孙号的船长南希，这位令

人闻风丧胆的著名"海上魔王"都晕船，那其他人就没有必要觉得晕船可耻了。不消几分钟，一名船长和一个一等水手，趴在船舷上，分担着彼此的悲惨境遇。

彼得·达克那灰白的胡须在饱经风霜的脸上随风飘动，旧旧的绒线帽盖住耳朵，他抓住舵轮辐条，左右转动，眼睛注视着前方，聚精会神地驾驶着船。跟掌舵无关的事情，他似乎什么也看不见，什么也听不见。包括船长、大副和其他船员在内的全体船员都可能晕过船，但都未使他不安。不过，他确实时不时地回头看看离开洛斯托夫特的一群帆船，它们已经远远地落在他们的后面。

过了一会儿，弗林特船长从舱梯上来，两手各端着一杯热咖啡，来到甲板上。他看见了两个可怜人并告诉她们，尽管一些著名的水手在海上度过了大半生，他们每次航行开始时也会晕船。南希振作了一点点。提提说，若不是她一直看错方向，想看看毒蛇号是不是跟在后面，她不会这么难受。

"毒蛇号跟上来了吗，达克先生？"弗林特船长问道，他走到船尾接过舵轮，让达克先生下楼吃早饭。

"几艘船出港了，"达克先生说，"它们全部挤在一起，很难确定其中是否有毒蛇号。就算它现在还没出港，但也一定会追来的。您要相信这一点，船长。'黑杰克'昨天跟着我们返航，今天肯定会追出海港。他不会让我们逃出他的视线，除非他忍得住。"

"噢，得了吧，达克先生，如今不会发生这种事。"

"'黑杰克'不会放弃的，"彼得·达克说，"他知道我上了船，如果

共患难的南希和提提

他满脑子以为我要带你们去我跟你们说过的那个地方，他就会跟着我们满世界跑。"

"好吧，"弗林特船长说，"假如毒蛇号是其中一艘，而且它正在追我们，那这时候它应该已经朝南转向了。"

"您看。"彼得·达克说。弗林特船长抓起甲板室架子上的望远镜。

一艘船驶离了从洛斯托夫特驶向东方的帆船群。这艘船现在正独自向南驶去。

"是纵帆船，"弗林特船长说，"所有的下帆都扬起来了，上桅帆正在升起。是我们的老邻居——毒蛇号。"

"如果您说不是它，"彼得·达克说，"我反而会很惊讶。"

第八章

海上第一夜

　　那天，他们一直乘着东北风向南航行，经过沃尔伯斯威克，看见那里的教堂塔楼和风车，经过奥尔德堡和奥福德内斯，经过一艘艘海上灯塔船，穿过泰晤士河宽阔的河口。他们驶过桅顶有球的史普沃斯号灯塔船和镶着钻石的长沙滩号灯塔船，然后稍稍改变航向，从肯特诺克号旁擦身而过，这艘灯塔船的大球上面有一只小球。他们从肯特诺克号旁边经过时离它非常近，所以向灯塔船甲板上的人挥手打招呼，那人也挥手回应。然后，他们再次改变航向，由正南方向转向正南略偏西方向，驶向北福兰的肘形浮标。天气不算晴朗，很长一段时间他们都看不清海面，当他们看到北福兰陡峭的白垩质悬崖和悬崖上的白色灯塔时，已然觉得自己像是远航后登陆的古代水手。

　　他们也经历了一段相当艰难的旅程，但随着时间的推移，南希和提提开始感觉好多了。其他人对她们的不幸遭遇只字未提。他们都没有晕船，但无法肯定自己以后不会晕船。渐渐地，白天，他们能够在摇摆的小纵帆船甲板上保持平衡，他们已经熟悉走动时抓住哪儿的东西最合适。弗林特船长也把他们分成了几个轮班瞭望小组。他自己负责左舷，因为他坐在餐厅桌子左侧的扶手椅上，而坐在右侧扶手椅上的彼得·达克要负责右舷的瞭望工作。约翰排好轮班瞭望表并手抄了一份张贴在甲板室内：

左舷	右舷
弗林特船长	彼得·达克
南希	约翰
佩吉	苏珊
提提	罗杰

　　这份轮班瞭望表看起来不错，但是提提和罗杰不需要定期轮班瞭望，而是在需要时发挥作用，正如弗林特船长所说，他们不能指望大副既做饭又值班，而且还要在半夜值班。但张贴这份轮班表是有用的，这样所有人都清楚自己专属的位置。

　　"但是我们不在某个地方过夜吗？"佩吉问道。

　　"为什么？"弗林特船长问。

　　"难道要在黑暗中航行？"

　　"何乐而不为呢？夜晚如此美妙，风力又恰好合适，我们会很庆幸遇上这样的夜晚。"

　　恰好到了罗杰的睡觉时间，他通常睡得很晚，那时他们正驶向北福兰。罗杰想熬夜，但苏珊和弗林特船长不同意，不过大家都同意如果夜间需要启动引擎，就叫醒罗杰。提提也被打发去睡觉了，她并不拒绝，因为晚餐吃的雅茅斯腌熏鲱鱼（她午餐只喝了橙汁，跟南希一样，尽管其他人都吃了热羊排）已经消化了，她想如果立刻躺下，也许可以让自己不晕船。黄昏时分，她在甲板上最后一次环顾四周，最后一次看了看那艘已经跟着他们沿海岸走了一整天的黑色纵帆船。然后，她决心要在早上好起来，就匆匆下到船舱内，以最快的速度躺到铺位上。苏珊和佩吉可以熬一会儿夜，部分原因在于她们找到要对碗碟稍加清洗的借口，但当她们欣赏过布罗德斯泰尔和拉姆斯盖特那一排排、一簇簇若隐若现的灯光之后，就被催着下去睡觉了。

"我把所有船员都喊去睡觉了，"弗林特船长说，"但是四只眼睛总比两只好，我们要穿过白垩山丘，驶向英吉利海峡的狭窄航道，那儿有很多船只。今晚我跟南希值第一班，达克先生和约翰最好趁现在好好睡一觉，他们负责午夜班，他们值班时我跟南希再去睡觉。南希，怎么样？"

"很好。"南希坚定地说。

"很好，"弗林特船长说，"多穿一件毛衣，跟我值完剩下的班。"

他们四个去了船舱，苏珊和佩吉已经安顿好准备睡觉，南希去拿些保暖的衣物，约翰借了苏珊的闹钟后躺下，他设置了十一点五十的闹钟，然后把它放在自己的枕头下面。

达克先生提前点亮了舷灯，他上前看了看，确定油灯在猛烈燃烧，确保右舷亮绿灯、左舷亮红灯，以此向夜里途中遇到的船只提示野猫号的方位。他现在正忙着确保甲板室里的灯能清晰地照到罗盘，这样舵手就能透过小玻璃看清罗盘。一切安排妥当后，达克先生就立即把头探出甲板室的门，像提提一样向船尾望去，看看那艘纵帆船是否还跟在后面。周围有很多灯光，他无法确定。

"您最好睡一觉，达克先生，"弗林特船长说，"您只能睡一两个小时了。"

"是，是，船长。"老水手说。他又把脑袋缩了进去，躺到甲板室内的右舷铺位上，脑袋一碰到自己向来喜欢的卷起的外套，就开始打鼾，是轻松、舒适、柔和的鼾声。比起枕头，他一直更习惯用这件外套。

南希走上甲板，脖子上缠着围巾，毛衣外又套着一件防水外套。

"喂，"她一边走到舵轮边听到那平稳的鼾声，一边说道，"达克先生睡着了。"

"睡得不错，"弗林特船长说，"就应该这么睡觉。不需要浪费时间数羊，一沾到枕头就能入睡，醒来就可以精力充沛地投入任何工作。水手应该像他这样。"

"那边的灯是什么？恶作剧？"

"哪里？"

"照在左舷上的。"南希低声轻笑。

"这样说就好理解了，"弗林特船长说，"是北古德温号灯塔船。三束光同时每隔一分钟闪一次。我们要进入古德温斯。你过来掌舵，看看你在夜里使用罗盘掌舵的技术。方向南偏西。"

"南偏西。"南希接过舵轮说。

"正是这样。"弗林特船长说。虽然南希看不见他的脸，但她知道他在笑，"把注意力放在罗盘刻度盘上，直线行驶，这样你就不会晕船了。"说完，他把南希独自留在那里，沿着甲板向前走去，倾听野猫号船头下的水声和索具间的风声，感觉自己跟彼得·达克一样，非常高兴能再次出海。"去任何地方。"老水手曾说。有何不可呢？他又回到船尾。

"你觉得达克先生昨晚讲的故事怎么样？"他问。

"非常好。"南希说。

"是的。"弗林特船长非常赞同。

但是南希没有注意到他的失望。她手里握着舵轮，玻璃下的罗盘刻度盘不停地摆动，她无暇顾及其他。指针指示罗盘上的同一点从未超过十秒钟。刚刚指向南，现在又是西南偏南，南希忙着转动舵轮，竭尽全力把指针稳定在两者之间的某个点上。除了埋藏财宝的奇谈以外，弗林特船长还有很多事情要考虑。他时不时跳进甲板室，在桌子上的航海图上做个记号，然后再匆匆忙忙地跑出去。每次打开甲板室的门，彼得·达克的鼾声就会更响。

"那鼾声有些厉害。"弗林特船长终于说。

"我们几乎不需要那些雾角。"南希说，"如果能指望他在合适的时间睡觉，就不需要了。"

整个夏夜，野猫号匆匆赶路。它似乎也很高兴终于离开港口，可以去某个地方。右舷的绿色灯光照得向背风面翻滚的泡沫闪闪发光。凉风吹拂着舵手绒线帽下的头发。她转向站在身旁的弗林特船长，他的身影在罗盘玻璃反射的灯光下朦朦胧胧。

"我怎么也没想到，风这么小，它却能走得这么快。"

"风可不小，"弗林特船长说，"现在的风非常合适，如果我们走另一条路，你会觉得那是比这大两倍的狂风，那时我们就不得不与飓风作战。"

野猫号穿过白垩山丘。各处都有停泊在避风港的锚灯，等待着潮汐变化后向北前进。小纵帆船驶过格尔海峡，弗林特船长和南希看到，海浪涌过时，布雷克灯塔船如何使劲拉紧锚，在海上上下颠簸，以致从其

桅杆上射出的红光仿佛在空中画出半个圆圈。他们一度看到许多其他的灯塔船。东古德温号灯塔船每隔十秒就向另一侧危险沙滩发出闪光信号。南古德温号每分钟闪烁两次。迪尔镇的灯塔强光迸发，南福兰的灯塔在高高的悬崖上方，每两秒半一次，急促地闪烁个不停，在远处的右舷船头清晰可见。每艘灯塔船和每座灯塔都有自己的闪光信号，弗林特船长用秒表查看闪光，像大白天那样对自己所处的方位了如指掌。然后，除了这些海上的路标以外，还有船上的灯，如果舷灯分别是红色和绿色，上面的桅头灯是白色，那表示该船是汽船；如果只有红色和绿色舷灯，而没有桅头灯，那表示该船是帆船。野猫号离英吉利海峡越近，能看到的信号灯就越多，大大小小的船只挤在一起进出北海。一艘从伦敦河开往东方的巨型邮轮向南疾驰驶向英吉利海峡，其耀眼的灯光像是黑暗中躁动的小镇。

弗林特船长时不时地接过舵轮，让南希去数闪光次数，观察移动的灯光，不过，当她专心驾船时反而觉得不容易晕船。

午夜时分，南福兰的灯塔灯光出现在船的正横方向。约翰没有出现，彼得·达克的呼噜声仍然持续不断地从甲板室传出来。

"怎么办，南希？"弗林特船长说，"是时候把负责右舷瞭望的人喊起来了。但是我们可以在不升起三角帆的情况下再坚持一段时间，当我们要扬起三角帆时，我们就需要互相帮助。我们要不要让他们继续睡，一直到我们完全绕过福兰呢？"

"真见鬼，"南希说，"还不如坚持整晚呢。"

"再等半个小时就够了，"弗林特船长说，"不过，听到你又说'见鬼'，我很欣慰。"

小闹钟已经尽力了，熟睡的约翰却梦见一只蜜蜂在他耳边嗡嗡作响。不过，尽管他很疲惫，却还是在睡梦中苦苦思索着他得轮班瞭望的事情。他知道自己必须在午夜醒来，尽管蜜蜂的嗡嗡声没把他叫醒，但他确实在不到几分钟的时间里就醒了。闹钟响了吗？他把手伸进枕头下面去拿闹钟。从餐厅的门缝透过一道微弱的光线，但还不足以看清时间。他应该想到这一点，需要在床铺上放支手电筒。他猫着腰，以免吵醒睡在下铺的罗杰，然后溜进了餐厅。提灯在桌子上疯狂地摇摆，约翰借着光看了一眼闹钟，这足够了。彼得·达克一定是丢下他自己去值班了。他溜回船舱，从门后抓起他一直期待穿的防水服外套，回到餐厅，绕过桌子，爬上舱梯，匆忙中差点在甲板室前摔倒。

"非常抱歉我迟到了，达克先生。"他急忙开口说，没有注意到南希和弗林特船长还在掌舵。

"迟到的不止你。"弗林特船长说。

"听。"南希说。

约翰听着。水声，风声，但有一种截然不同的声音，近在咫尺，是那平稳惬意而自信的鼾声。

"要我叫醒他吗？"约翰问。

"最好现在就叫醒他。"弗林特船长说。

约翰走进甲板室，犹豫了一会儿，然后恭敬地拽了一下右舷铺位上的那个人。

一秒钟之后，鼾声戛然而止，达克先生醒了，坐了起来，一只脚已经踩在了甲板室的地板上。

"不是该轮到我们了吗？"约翰说。

"确实如此。"彼得·达克一边说着，一边急匆匆地走出甲板室，脖子上围了条旧围巾，穿着毛衣，肩上裹着防水服外套，"在岸上待的时间太长了，"他说，"不应该还维持诺里奇之箭号上的作息。您不应该让我睡觉的，船长。南希船长，什么航向？"

"南偏西。"

"南偏西。"彼得·达克说。

"再过十分钟，我们就要改变航向了，"弗林特船长说，"到时候我们就要把帆桁转过来。"

他们四个人一块儿在舵轮旁待了一会儿。彼得·达克看了看四周。"她做得很好。那是瓦恩沙洲，多佛海峡的灯都亮了。全都是快速小邮船。"

接下来是一阵忙碌，航向改变了。

"约翰船长，我们去调转帆桁，你来掌舵可以吗？"彼得·达克问。

"白天你已经掌过舵了。"弗林特船长说。

"夜里感觉有点怪。"约翰说。

"别担心天黑。你注意罗盘。继续沿南偏西方向航行一两分钟。"

"然后转到什么方向？"

"西南偏西。"

"我们值班时几乎都是我掌的舵。"南希说。

"不要和掌舵的人说话，"弗林特船长说，"你跟我一起到前面去整理三角帆和支索帆帆脚索。"

"一片漆黑，我肯定找不到它们。"南希说。

"你得学着点，"弗林特船长说，"来吧。您随时可以过来，达克先生。"

"我们现在就可以去。"达克先生说。

南希和弗林特船长离开了。约翰目不转睛地盯着玻璃下发光的罗盘刻度盘，尚未注意到达克先生正忙着处理主帆索。弗林特船长又到船尾来帮他。

"抢风。"彼得·达克喊，当约翰把野猫号驶向离风更近一点的地方时，他听到拖拽帆脚索时滑轮嘎吱作响。

"现在改变航向。"

"西南方向，"约翰大声说，"西南偏西。西南偏西。"帆桁吱吱呀呀地转过去，尽管约翰没有料到力度竟然这么大，但他正在将野猫号转入新航向，此刻他知道弗林特船长和彼得·达克会抽出帆脚索，然后将它绑牢。

"西南偏西。"彼得·达克厉声说。

"是西南偏西。"约翰说。

弗林特船长又急忙跑到船头帮南希整理前帆的帆脚索。

"好吧，就这样，"几分钟后，弗林特船长说，然后他们回到船尾，"就这么驾驶，除非风向改变。"

"风向不会变的。"彼得·达克说。

"南希，下去吧，"弗林特船长说，"你做得非常好。现在去睡觉吧。"

听到南希愉快的"晚安"，没人猜得到她一整天都在晕船。

"晚安。"弗林特船长喊道，"好了，达克先生，我也要睡觉了。我四点来换班。"他走进甲板室，约翰和彼得·达克全权负责野猫号，就像弗林特船长和南希之前那样。

现在一片漆黑，但多佛海峡内灯火通明，彼得·达克就像只数小鸡的老母鸡一样仔细地核对灯光的数量。任谁都会以为这些灯是他发明的，很明显，他很高兴能再次看到它们。

"这是法国。可以看见格里内角，还有福克斯通。现在你可以看到多佛的灯光。上次我路过这里的时候，信号灯东侧的悬崖下停着五桅德国船——普罗希安号。"

彼得·达克环顾四周，在黑暗中认出了他二十年前到过的地方。但不久他就想起了别的事。

"你上来的时候，弗林特船长有没有提起毒蛇号？"

"没有，"约翰说，"我都忘了它了，不知道它现在在哪儿。"

"你若告诉我它就在那儿，我不会否认。"彼得·达克说。

"什么？"

"在我们右舷的四分之一处。他们的信号灯。"

约翰环顾四周。他看到两束紧挨的红绿灯光。他注视着这两束光的时候，红灯消失了。绿灯还一直亮着。约翰低头看了一眼罗盘，当他再回头看时，一束绿光照在了左舷船尾。

"是帆船，肯定是，"彼得·达克说，"我只是想知道那是不是毒蛇号。绿光都很像，看不出有什么区别，但在我看来，那艘船似乎在监视我们。它不是在航行。看！它左舷的红灯又亮了。现在可以确定，'黑杰克'在掌舵。船长已经设定了航向，我们不能改变航向，但我想，如果我们发现那艘船跟踪我们，而我们不改变航向的话，那船长会介意的。我来掌舵！"

彼得·达克转动舵轮，突然将野猫号转向福克斯通灯光方向。

"你告诉我他们现在亮什么灯。"

"红色和绿色。"约翰回答。

"驶向英吉利海峡，跟我们一样。

"那么现在呢？"

"绿灯消失了。"约翰说。

"我猜也是，"彼得·达克说，"它要来看看我们为什么朝向福克斯通。"

他再一次转动舵轮，将野猫号调回原来的航向。"嗯，"他说，"他马上会亮绿灯追我们。"说话间，那艘船的红色灯光旁又亮起了绿灯，红灯灭了，帆船再次驶向英吉利海峡。

"确定是毒蛇号，"彼得·达克说，"千真万确。"

"但是为什么呢？"约翰问。

"他以为我要带你们去蟹岛，"彼得·达克说，"事情就是这样。应该把我留在洛斯托夫特，但船长没有。"然后他突然开始说别的事情，"你和我现在全权负责这艘船，"他说，"应该密切关注我们的航向，保持警

这是绿灯　　　　　这是红灯

毒蛇号灯光示意图

觉，报备信号灯变化。瞧，灯光在那边，右舷船头，一闪而过，好像有什么急事。你说是怎么回事？"

"我不知道。"约翰说。

"那是邓杰内斯，如果是白天，我们会看到它那座漂亮的黑色塔台，像精美的烛台，中间窄窄的一段是白色，然后再向上是灯笼和壁画，直到顶端，在哪儿都是独一无二的。我们也会看到劳埃德信号站，还有发送雾号的红房子，以及尽头处一直亮着微弱灯光的小白塔。不止一个人会把船驶进浅滩，因为不了解邓杰内斯，把内陆自来水塔误当成邓杰内斯的强光。然后越过邓杰内斯，我们会看见费尔莱特教堂，对可怜的水手而言，这里也是个好地方，他们强忍食用咸猪肉带来的胃痛靠近英吉利海峡。我以前就到过英吉利海峡，那是我们第一次看到陆地，还有比奇角，看到它们之前，只听到此起彼伏的雾号，什么也看不清，我们摸索着前进，祈祷海面上不会有汽船。"

当然，如果是罗杰，他会继续问关于"黑杰克"和毒蛇号的事情，但是约翰立刻会意达克先生不想谈论他们，便没再问，尽管他不时地回头看那艘帆船的绿色信号灯。他们虽然已改变航向，但那艘船仍跟在左

109

舷船尾不远处。不管那艘船上的人是谁，那艘船都紧跟野猫号向海峡行驶。约翰想知道"黑杰克"是否在掌舵、他们在海港救起来的那个红发男孩是否在监视野猫号，于是也向黑暗中望去，寻找毒蛇号右舷发出的绿色灯光。那艘船是否真是毒蛇号呢？算了，早上一切就会揭晓，约翰把大部分心思都集中在直线航行上。有天晚上，他在夜里驾驶燕子号，所有的灯都熄灭了，差点就撞到岩石上，现在比那次好多了。

然后，微弱的晨光终于从东方缓缓升起。向北望去，约翰又看到海天一色。水不再是黑色的，而是暗淡的灰色。黑暗中泛起白色浪花，船下的尾波四处飞溅。左舷船尾处，一盏右舷绿灯还亮着，但他们现在可以看到，那是一艘黑色纵帆船，黎明前天色蒙蒙亮，它向不超过八百米外的英吉利海峡驶去。

弗林特船长打着呵欠、揉着眼睛，走出甲板室，他戴着顶旧花呢帽子，围巾系在夹克里。凌晨四点钟了。

"船长，我们刚到邓杰内斯。"彼得·达克说。

"风势很好。"弗林特船长说。他环视天空，直到看到左舷船尾处朦胧的帆船。

"是那艘纵帆船，"他说，"但是它的上桅帆呢？"

"它不想超过我们，"彼得·达克说，"所以昨晚收起来了。"

"您确定它是我们的那个邻居吗？"

"我的确这么认为。"彼得·达克说。

"西南偏西。"弗林特船长接过舵轮时约翰说道。

"西南偏西。"弗林特船长重复道，"你现在下去，尽情睡个好觉。"

"要我把南希叫来吗？"

"不用。现在天已经够亮了，我自己可以。"

"晚安，"约翰说，"其实该说早安了。"

"早餐时见。"弗林特船长说，"您也去睡吧，达克先生。我自己可以的。晚些时候您再值班。"

约翰绕出甲板室，顺着舱梯走了下去。如果有人醒着看到他下来，他们会纳闷他为什么会自顾自地笑，而且笑得非常灿烂。约翰非常高兴。这是他第一次在海上瞭望值夜班，而且大部分时间他都在掌舵。现在可不止南希一个人可以为此感到骄傲了。他走进自己的船舱。借着餐厅投来的一丝亮光，他看见罗杰在下铺呼呼大睡。约翰高兴得几乎笑出声来。这一次，他悄悄地脱下衣服，穿上睡衣，然后爬上床铺。现在，床铺正朝一侧倾斜。他在床上躺了一会儿，但没有睡着。在这里，水声与船舷旁流过的水声听起来大为不同，那水声像是隔了层木板从另一侧传来的。甲板上肯定越来越亮了。天亮了。约翰拿枕头蒙住脸，睡着了。

第九章

从比奇角
到怀特岛

　　船舱中的所有人又睡过头了，他们醒来穿着睡衣跑到甲板上时，发现彼得·达克在掌舵；弗林特船长在等早餐，看起来有点睡眼惺忪，正坐在甲板室屋顶上惬意地抽着烟斗，双脚悬在半空中。他盯着黑色纵帆船，那艘船的灰色船帆在阳光照耀下几乎是白色的，仍然跟在左舷船尾航行，约翰从舱梯出来时一眼就找到了它。

　　"还在那儿。"约翰说。

　　"毒蛇号。"提提说。

　　"也许它想比拼一下速度。"南希说。

　　"如果它愿意，可以超过我们。扬起更多帆就可以。"彼得·达克说。

　　"我们先吃完早饭，"弗林特船长说，"然后我们扬起上桅帆，看看它会怎么做。你们两个大副还等什么呀？我们这些可怜巴巴的水手正饿着肚子，想吃点热腾腾的东西呢。"

　　"对不起，对不起。"苏珊说，"来吧，佩吉。昨晚我泡了些燕麦片。你能倒两罐牛奶吗？我们先煮几只鸡蛋，然后再洗漱。你下来吧，提提，赶紧穿衣服。"

　　"去吧，"弗林特船长说，"约翰和罗杰可以洗个澡。我们有只帆布桶，上面系着根绳子。"

　　"我先下去把吉伯尔放出来吧，"罗杰说，"我会顺便拿毛巾的。"

　　"罗杰，带到前舱口来。"约翰说，"悬崖下的那座灯塔是什么？"

"比奇角灯塔。比奇角帮了我们大忙，不然绝对遇不上这么顺的风。"

一两分钟后，有人从下面推开前舱门。吉伯尔出来了，先抖了抖身子，确定情况不算那么糟之后才爬上绞盘，坐在那里对着风做鬼脸。罗杰先把毛巾递上来，然后跟着爬出来。约翰和罗杰脱下衣服，扔进前舱，然后关上门避免弄湿衣服。约翰走到背风侧，把水桶系在绳子一端，然后甩下去，等帆船继续前进、水灌进帆布桶中，他又把水桶拖了上来。头一两次他只灌了一点水。有一次，他等了很久，差点拽不住水桶。不过，他很快就找到了窍门，不管多少，他和罗杰轮流接水然后泼到对方身上。第一次溅起水花时，猴子从绞盘上跳了下来，爬到前桅上，沿着前帆的木环跑到斜桁钳口上，接着又跳到上面的桅顶横桁上，在那里停了下来，然后俯下身子喋喋不休地叫个不停，很是愤怒，而约翰和罗杰则泼得甲板上到处是水。

冰冷的海水、明媚的阳光和明亮的白绿相间的比奇角，不知何故，让约翰很难相信昨晚轻易相信的东西。今天早上他发现，那边的黑色纵帆船看起来与其他纵帆船别无二致。它确实是毒蛇号。这一点毋庸置疑，但温暖的阳光和清澈的海水让人很难相信他们是碰巧遇到野猫号，然后一起前往英吉利海峡。毕竟，他们是相继离开洛斯托夫特海港的。

但是，约翰和罗杰穿好衣服、刷完牙后（苏珊曾从厨房探出头提醒罗杰不要忘了刷牙），又来到甲板上，发现提提和南希正等着吃早饭，约翰将他与彼得·达克轮班瞭望时发生的事告诉了南希。南希似乎深信不疑。

"他想蛮干，"她说，"鉴于在海港别人都那样躲着他。"

面粉

小面包

船长的饼干

压扁的苍蝇

米

淀粉

可可

盐

糖

茶

别碰这只龙头

厨房

"他可能是个真正的海盗,"提提说,"不像弗林特船长。他是个坏家伙,戴着耳环,看起来就很坏。"

他们紧紧抓住侧支索,隔着海浪观察那艘对他们紧跟不舍的黑色纵帆船。

"他可能想再看一眼那群螃蟹。"罗杰说。

"达克先生也是这么想的。"南希说。

他们望向弗林特船长宽阔的后背,他正坐在船尾甲板室的屋顶上。就在这时,佩吉突然敲响了他们身后的铃铛,他们环顾四周,看到苏珊也穿好了衣服,端着一大锅热气腾腾的麦片粥下了舱梯。

"你什么时候穿好衣服的?"南希问,"你们没时间洗漱呀。"

"我们轮流,"佩吉说,"苏珊换衣服的时候,我看着锅,她回来看锅时,我再冲下去换。"

"我这辈子从来没听到铃声后这么高兴,"弗林特船长说着,从甲板室的屋顶上滑下来,带着他们一起下楼吃早饭,"快点,让我赶紧吃完,待会儿把达克先生换下来。给他拿杯咖啡来。提提,你给他送过去。"

明媚的阳光和冰冷的海水让约翰一度怀疑他是否真的在夜里看到毒蛇号跟着野猫号亦步亦趋时发出的各种信号灯。但是现在,早餐过后,光天化日之下发生的事情让船上的每个人都很清楚,"黑杰克"的确在监视他们的一举一动。

弗林特船长让约翰和南希掌舵,向着奥沃号灯塔船朝西行驶,他和彼得·达克准备好上桅帆,等罗杰用一些坚果把吉伯尔哄到一边之后,很快就把帆扬了起来。上桅帆大大加快了野猫号的速度,立刻把黑色纵帆船甩在身后。

"这样就可以摆脱它了。"弗林特船长说，他和老水手一起走到船尾，拿起望远镜看向毒蛇号。

几乎就在他说话时，彼得·达克说："您能看到他们在前桅旁做什么吗？"

毒蛇号松开前桅顶的船帆，打开，继续展开，很快就填满了桅顶和斜桁之间所有的空间。毒蛇号没有落后太多。

"如果'黑杰克'把两张上桅帆都放下来，很可能超过我们，"彼得·达克说，他开口说话之前观察过毒蛇号是否会放下桅杆上的上桅帆，"但他并不想开到我们前面去。"

"它确实看起来很奇怪。"弗林特船长说。

"还会更奇怪的。"彼得·达克说。

"好吧，"弗林特船长说，"大海是公共的，如果那个家伙愿意浪费时间跟着我们南下英吉利海峡，那也不关我们的事。"

"他不达目的不会罢休的。"彼得·达克说。

"倘若这样，他会后悔的。"弗林特船长说。

在那天剩下的全部时间里，野猫号上的人都在观察毒蛇号，想知道"黑杰克"这样跟着他们到底要干什么。第一天，毒蛇号从洛斯托夫特驶出，驶过白垩山丘。对他们来说，毒蛇号和同方向航行的其他船只没什么两样。另外，他们在海上，已经开始了自己的航行。没有人能一下子想到所有的事情。那一天，能够在倾斜的甲板上站稳脚跟，驶过陆地、

浮标、灯塔船和来往船只，这就足够了。无论如何，"黑杰克"属于洛斯托夫特海港，他们已经将他抛在身后。他们几乎忘了他。彼得·达克的故事很精彩，但那是很久以前的故事，离他们很遥远。它解释了为什么"黑杰克"一直爱打听别人的私事。直到今天，他们才开始明白，也许故事还没有结束，也许"黑杰克"和彼得·达克、毒蛇号和野猫号，甚至他们所有人都已经身在其中。这天风和日丽，一帆风顺，有白色的浪花、蓝蓝的天空，还有岸上徐徐吹来的东北风。向北总是可以看到陆地，向南可以看到海岸线后白垩山丘一片绿色，还能看到供水地、肖勒姆、沃辛、利特尔汉普顿以及博格诺。但是燕子号和亚马孙号的船员几乎没注意到这些。他们适应了船上的生活方式，那天的晚餐时间也恰到好处。不过，当他们不在做饭、掌舵、擦洗甲板，不在展示自己仍然很熟悉各种操作的时候，就会密切注视毒蛇号，想起"黑杰克"的蟹岛之行，想起他那张愤怒的脸孔，只因为当时鹦鹉突然在他身后喊出"八个里亚尔"——南希花了很长时间教它说这个词语，鹦鹉对其暗含的寻宝之意一无所知；他们想知道红发男孩比尔的生活到底是什么样子的；他们救他之前，他实际上是被推下船的呢，还是只是不小心掉下去的？

傍晚时分，茶点过后，他们经过奥沃号灯塔船、准备驶向纳布塔时，发生的一件事再次改变了他们的想法。事情很简单，"黑杰克"在主帆上方扬起上桅帆，毒蛇号迅速跟野猫号齐头并进，并赶超了野猫号。

"它赢了，"罗杰说，"我们难道不要启动引擎吗？"

"喊一下达克先生吧。"弗林特船长过了一会儿说。这位老水手在睡觉，但不久后，他就从甲板室出来，像往常一样，看向船尾寻找毒蛇号。

"它超过了我们，"弗林特船长说，"怎么办？"

"满帆，"彼得·达克说，"把两张上桅帆都扬起来。'黑杰克'做任何事都是有理由的。他想做什么？"他环视天空，闻了闻海风的味道。然后他又看了看那艘黑色的纵帆船，它已经遥遥领先了。

"在我看来，"弗林特船长说，"它在确定航线以绕过怀特岛。"

"也许他认为我们也会这么做，毕竟我们向南走了这么远。"

"但为什么升起那么多的帆？"

"在我看来，他可能认为风势会减小，所以全速找到停泊处，潮水向东、跟行驶方向相反时他可以坚持一会儿。"

"您认为他没有放弃跟我们玩游戏吗？"

"那个人不玩游戏。他不会消失。"

"对，"弗林特船长说，"我们会证明他错了。我们继续往前走，让他以为我们要经过怀特岛，然后我们就在本布里奇海峡改向北行。如果他想继续跟着我们，那他就得折返。到目前为止，我们非常顺利，如果我们能在潮汐转向前到达考斯就更好了，如果你们真的认为风势会减弱，那么大家就可以停在那里安安静静地过一晚。但看起来并不是这样。"

"要不是毒蛇号匆匆离开，我会认为风可以保持一个星期呢。'黑杰克'可是行家。"

风向确实变了，风势更加强劲。风稍微向北偏移了一点，野猫号顺流疾驰前进，背风处激起滚滚浪花，而毒蛇号满帆时，船身像快艇一样大幅倾斜，飞速冲向避风岛。最后，弗林特船长和彼得·达克拉起帆脚索，野猫号改变航向越过岛屿北侧，而毒蛇号依然满帆，乘风破浪，很快就消失在本布里奇岬角的背后。

"没了它感觉有些奇怪。"佩吉说。

提提说:"我想知道,那个红头发男孩是不是也觉得没了我们很奇怪。"

"跟着'黑杰克'航行,很多事对他来说就没什么可奇怪的了。"彼得·达克说。

然后达克先生开始告诉他们华纳灯塔船、斯皮特黑德、堡垒,以及朴次茅斯的位置。这时,一艘驱逐舰因故疾驰而过,一如既往地令人畏惧。弗林特船长连忙把船旗升到主帆的顶端,再让南希放下来,想看看是否有事发生。确实发生了一些事情。尽管驱逐舰如此匆忙,但不一会儿其船尾的舰旗却垂了下来,然后又升了起来。后来,驶来一艘客轮,但不知何故它没有注意到野猫号的致意。"太傲慢了。"彼得·达克说。一旦看不见毒蛇号,他们就很难相信那帮人曾从洛斯托夫特一路尾随而来。那个夏夜平淡无奇,他们很享受第一次在著名的水域航行。他们经过赖德,正在靠近考斯,苏珊和佩吉正打算做晚饭,突然,桅顶的三角旗奄拉下来,主帆顶端的旗帜同样垂落下来,帆脚索也松弛了,野猫号开始减速。

不久,又吹来一阵风,但是,不知怎的,他们知道"黑杰克"已经猜到风会停,而且现在风力确实在减小,就又觉得毒蛇号追赶他们是事实。他们开始琢磨"黑杰克"匆忙离开时选定了到哪儿停泊。野猫号仍然在快速前进,但并未走多远。他们明白,潮水的流动方向与他们的前进方向相反,而且风力不久就会减弱,不足以支撑他们前进。风断断续续。考斯的泊地停着许多快艇，绿色的小帆船在其中穿行，速度越来越慢。

"放开支索帆帆脚索吧，放下前帆。"

野猫号再也走不动了。

"准备抛右锚。"船锚被抛下水，约翰和南希相互露齿一笑，不约而同地想起"黑杰克"落水的场景。

"达克先生，锚距三十米。"

他们在甲板上迅速收帆。

"不用把船帆盖起来。"弗林特船长说。

"明天早上就会来风的。"彼得·达克说。

就这样，野猫号迫不得已暂时停靠在考斯进行休整，等风力合适时继续出发。船员们面面相觑。旋涡般的潮水持续流过船舷。附近就有考斯餐馆，还有水上花园旅馆、海军中队的灰色旧建筑、沿山路蜿蜒而上的房子，还有忙碌地往返于登陆点和停泊快艇之间的小艇和大型汽艇。这是自离开洛斯托夫特后，野猫号第一次停船休息。房屋依偎在岸边，野猫号静静地停泊在房屋旁边。约翰、南希和提提互相看着对方。是的，他们感觉到了，好像缺了点什么。

弗林特船长和彼得·达克一边忙着整理船帆，一边在想毒蛇号。"我有点希望还能见到他，达克先生，"南希听到他说，"我讨厌想到他再去蟹岛挖宝。"

就在这时，佩吉敲响了厨房门口的铃铛，同时，船边传来划桨的声音，水上有人向他们喊道："有人要上岸吗？"

弗林特船长跳了起来。"哎！有！"他回答，"我猜应该有。谁要冰激凌？"

"晚餐已经准备好了。"苏珊说。

"我们晚点再吃吧，"佩吉说，"这是顿冷餐。"

"吃完冰激凌后，就会觉得饭是热的。"罗杰说。

"反正我要去，"弗林特船长说，"还有其他人要去吗？可以一起。您呢，达克先生？"

"年龄大了，不适合吃冰激凌了，"达克先生说，"而且我不是特别想上岸。我守在船上。"

"我们不会太久的。你们快点。请问这里的商店几点关门？什么？已经关门了？那就快点吧。就这么走吧。"

他扔下绳梯，除了彼得·达克，所有人都挤进岸边小船。彼得·达克正忙着拿出那盏大防风灯，准备挂到前桅支索上。船夫驾船离开，划向岸边。他们回头看野猫号时，看到一盏白色锚泊灯缓缓爬上前桅支索。彼得·达克准备让野猫号好好休息一番。

正如弗林特船长所担心的，考斯几乎所有的商店都关门了，但他发现一家甜食店还在营业，橱窗上贴着一张告示，写着："出售巧克力和香草冰激凌。"

他把所有东西点了一遍，告诉店主好好招待所有船员，并告知自己要去镇上找东西，然后就匆匆走出商店。半小时后，船员们开始吃第三轮冰激凌时（这次吃的是巧克力味），弗林特船长回来了，看起来非常急躁。

"这里的五金店都没有开门。"

"您想要什么，先生？"店主问道。

"铁锹。"弗林特船长说，船员们听了大吃一惊。

"您找不到了，都这么晚了，"店主说，"我想我这儿的东西对您没用。"

天花板上挂着许多海滨小镇的甜食店会放的玩具。有一些轮船模型，罗杰注意到，那些模型的龙骨上有一些铅。旁边有几只桶，上面写着"考斯的礼物"，还有装满彩色橡胶球的网兜。店员半关上门，去拿挂在门后的东西，取下一把玩具铁锹，木制手柄上涂了清漆。

"这个可以吗，先生？"他问。

弗林特船长用手指试了试锋利处。

"挖沙子没问题。"他说。

"就是用来干这个的。"店主说。

"总比没有强，"弗林特船长说，"您有多少？"

"只有这两把，"店主说着又从门后取下另一把，"如果您还要，预计下周到新货。"

"我就要这两把。"弗林特船长说。

"还要配套的桶吗，先生？"

"嗯？桶？不用了，谢谢。"

店主把两把铁锹绑在一起，用纸包起来，再用一些细绳固定，看起来像是什么好物件。

船员们吃完冰激凌、店主又准备给他们再上一轮时，他们说："不用了，谢谢。"

他们付了冰激凌的钱，急急忙忙走出甜食店来到街上，这时罗杰问道："你要那些铁锹做什么？"

"船上连一把铁锹都没有，"弗林特船长说，"我才注意到这个问题。这太荒谬了。我想我应该备好一切。"他拿着他的纸包，大步走向路中央。

"可是这两把铁锹质量一般。"趁他们正登上岸边小船请人载他们回去时，罗杰说。

"我知道，"弗林特船长说，"希望冰激凌质量更好一些。"

"相当不错，"罗杰说，"而且玻璃杯的厚度还不到有些商店的一半。"

第十章

坐立不安的
弗林特船长

　　"吉姆舅舅又那样了。"南希说。她坐在野猫号前甲板的绞盘上，看着倒映在考斯平静的海水中的快艇，水面上漂着一层油污。晚上，船舱里的船员睡得很好，不过，最后一个船员入睡后，弗林特船长和彼得·达克还在聊天。早餐早早就吃完了。罗杰坐在前舱口边和吉伯尔玩耍。提提把鹦鹉笼子吊在前支索上，取下挂了一整夜的锚泊灯。佩吉和苏珊在削土豆，约翰正靠在舷墙上观察停泊的船只，它们在静水中向四面八方驶去，约翰想知道什么时候可以看出潮水向西流。

　　"他怎么了？"佩吉问道。

　　"你看他，"南希说，"他就像最后一次去马来西亚的时候，也或许是爪哇岛。你不记得他过去常常大摇大摆地上上下下船屋吗？他坐立不安。"

　　他们都向船尾望去。彼得·达克正坐在他从甲板室拿出来的小帆布凳子上，忙着擦亮放在他身边的舷灯和锚泊灯。他奋力干活，但并不着急，惬意地抽着烟斗，享受着清晨的阳光，很是满足。但是弗林特船长在甲板上来回走动，从舵轮到主桅杆，一次又一次地点燃烟斗，然后把火柴扔到海里。他看起来好像并不关心阳光是否明媚。突然，他顿了一下，好像拿定了什么主意，但接着他摇了摇头，继续晃来晃去，一手拿着烟斗，一手拿着火柴盒。

　　"他去南美之前也是一样。"南希说。

"这绝对是弗林特船长的风格。"提提说。

"就是这种感觉,"南希说,"他就是急着去某个地方做点什么。"

"这说明他还没有完全放弃吗?"

"差不多吧。当他觉得自己马上要放弃的时候,总是会鲁莽行事,乱来一通。"

"所以他可以拥有这样的船,"提提说,"我听达克先生这么说过。"

"达克先生的故事挑起了他的兴趣,然后又得知'黑杰克'要再去挖宝。我知道他昨晚去买那些铁锹的时候在想什么。"

"我说,"约翰说,他一直在听,但始终没发言,"有人今天早上进过甲板室吗?你们注意到桌上的航海图了吗?"

"英吉利海峡那张。"南希说。

"不是,"约翰说,"是一张关于加勒比海的航海图。"

"啊!"南希说,"但我本可以猜到的。"

弗林特船长走上前加入他们。他看了看船头上方垂直悬挂的锚链。然后,他把其中一根好好放在齿轨上的绞盘摇把移到舷墙一侧。接着,他看了看前桅上所有的升降索,然后对鹦鹉说:"漂亮的波利呀。"但当鹦鹉高唱"八个里亚尔"回应他时,他猛地转过身去。然后,有一会儿,他低头看着放在苏珊和佩吉间的两只桶,一只装着半桶土豆皮,另一只装着许多又大又白、光滑发亮的土豆,浸泡在水中。然后,他点燃了那天早上的第一百根火柴,正准备点燃烟斗却停了下来,他看着烟斗,思考着什么,直到火柴烧到了他的手指,他不得不赶紧把它扔到海里。

"说出来吧，吉姆舅舅，"南希善解人意地说，"我们都等着呢。"

"他出海后就是弗林特船长了。"提提说。

"好你个斜桅索！"南希说，"那他在哼哼什么呢？"

弗林特船长瞥了一眼船尾。彼得·达克正在比较那两盏巨大的铜色舷灯，并再擦了一次他觉得略显暗淡的那盏。弗林特船长决定说出来。

"是达克先生的故事，"他终于开口了，"你们所有人都听到了。那你们怎么想？"约翰和南希看了看彼此，但什么也没说。

"故事很好，"提提说，"尤其是关于螃蟹的那部分。"

"螃蟹真的那么大吗？"罗杰问，"你见过那么大的螃蟹吗？"

"我没有想螃蟹，"弗林特船长说，"我在想宝藏。达克先生看到它被埋起来的。注意，他亲眼看见了。这是第一点。这个故事远远超越老水手的航海图故事——那种一个老水手从另一个老水手那里得到的满是骷髅和红墨水的航海图的故事，其中，另一个水手是从他叔祖父那儿拿到的航海图，而他叔祖父又认为自己的祖父曾活跃于西班牙大陆美洲① 一带。达克先生亲眼看见东西被埋。这是第一点……"

"他没说那是宝藏，不是吗？"苏珊说，"我认为他不知道，可能是任何东西。"

"我一直在想这件事，"弗林特船长说，"西印度群岛的天气太热了，所以没有人会步行八百米去埋一些他认为不值得的东西，而且还保密。

---

① 英国以此称呼新大陆被西班牙控制的沿岸和海域，主要包括佛罗里达、墨西哥湾及南美北岸。

不。我们有理由认为那是宝藏。而且达克先生亲眼看到它被埋了起来。这是第一点。现在。埋它的两个人渣都淹死了，没有人会去认领。他们没时间告诉别人这件事。宝藏还在那里。这堪比达克先生亲手埋的。而且我们知道它埋在那里。还是第一点。我们知道，除了达克先生没人知道它埋在哪里。这是第二点。这简直就是天上掉馅饼的事。这有点像欧几里得第一公理——和同一量相等的两个量相等。"

"那'黑杰克'呢?"南希问。

"他知道岛在哪里，他偷了达克先生缝在旧夹克上的纸片。"佩吉说。

"对，"弗林特船长说，"'黑杰克'是第三点。他知道岛在哪里，但他不知道东西埋在哪里。他乘船到蟹岛去找，但没有找到，因为达克先生没有告诉他具体位置，而且，回来后，他仍然认为那儿很有可能有宝藏，还想再去一次。这个男人看到达克先生和我们一起出海时几乎要疯了，因为他害怕达克先生会告诉我们那些东西埋在哪里。'黑杰克'是第三点。他见过那座岛，并且比以往任何时候都更加急切。"

"也许他这次会找到的。"约翰说。

"没有达克先生的帮助，他找不到。"弗林特船长说。

"听着，吉姆舅舅，"南希说，"你想怎么办?"

"嗯，我不禁想，把它留在那里几乎是罪过。这是肯定的。我一生都在寻宝，但我从来没寻找过这么确定的宝藏。我不得不说，我想办成这件事，就这一次。"

"你们知道，他从没这样过。"南希说。

"不去的话太可惜了，"弗林特船长说，"我们这艘船储备充足……而且达克先生本人也在。"

"但是达克先生再也不想去蟹岛了。"提提说。

"我知道,"弗林特船长不高兴地说,"但他可能会改变主意。"

"他不想让'黑杰克'拿到,不管是什么,他都不想。"南希说。

"对,就是这样。"弗林特船长说。

"但是'黑杰克'可能已经动身了,"罗杰说,"我们应该启动引擎。"

"达克先生认为他在等我们。"

"好吧,无论如何,我们去吧。"提提说。

"对,我们去吧,"苏珊说,"找个时间,等我们多航海几次后。明年吧。这件事需要做一些计划。"

"我同意,"听了苏珊说的第一句话,弗林特船长面露喜色地说,"不管怎么说,这是达克先生的宝藏,如果他不改变主意,我们就不能强求。但是……"他突然停了下来。

彼得·达克放下舷灯,朝他们走来。

"船开始摇晃了,"他兴高采烈地说,"我刚刚感受到风了。现在又感受到了。又是东北风。看到那边的涟漪了吗?如果我们开始扬帆,正好可以顺势出发。南下英吉利海峡时,绝不能浪费东风。东风非常少见。"

他们眺望着对面的南安普敦湾。停泊在考斯的船只开始摇晃,说明潮汐正在转向。野猫号也在摇摆,随着潮水的转向,一股柔和的微风从东北方吹来,逐渐增强为平稳的顺风。

"您说得对,达克先生,"弗林特船长说,"我们要好好利用。不管怎么说,没什么坏处。全体人员齐心协力扬起船帆。你得把那只鹦鹉从前

支索拿下来。"

风把土豆皮从桶里吹了出来，土豆皮飞到一边去了。那只绿羽"锚泊灯"被拿了下来，尖声喊着"八个里亚尔"，然后有人把它放到了甲板下面，像猴子吉伯尔一样，以防碍事。苏珊赶紧把土豆拿进厨房，把两只桶也放到屋里。约翰、南希和佩吉安置好绞盘摇把，弗林特船长和彼得·达克一起扬起船帆。几分钟后，船员们就伴着《阿姆斯特丹》的老调转动绞盘，而彼得·达克则在船舷上张望，盯着船锚上升，并给他们指令，告诉他们什么时候该停下来。野猫号再次出发了。

大家忙完起航工作，把绳子盘绕起来，把甲板清理干净，南希带着苏珊又一次坐到绞盘上的老地方。其他人都在船尾看彼得·达克掌舵。弗林特船长在甲板室里看航海图。

"很遗憾，我们现在不能让他这么做。"南希说。

"嗯，那条航线实在太漫长了。"苏珊说。

"那些点真的不是那么重要，"南希说，"不管走多远都不重要。探险是不同的事情，而且没有回头路。但是如果路上没有商店，你打算怎么办呢？我们真的全靠你和佩吉来维持食物和水的供应了。"

"食物当然非常多，"苏珊说，"但是我们真的不知道有多少。佩吉和我刚刚开始核对清单。"

"要不是船上还有我们，他早就去了。"南希说。

"是的，"苏珊说，"我想他会的。"

借助风和潮汐，野猫号很快就驶过了怀特岛最北端的埃及角，再也看不见考斯了。一艘有四根烟囱的大型客轮正沿着索伦特海峡驶来。"从纽约来的。"弗林特船长说，他已经从甲板室出来，正用双筒望远镜望着这艘客轮。

"全程水路。"提提说。

"你什么意思？"佩吉问，"当然一直在水上。"

"这就是水的神秘之处。我是说咸水，不像湖水。一旦你在上面，就没有什么能阻止你去任何地方。"

弗林特船长满怀希望地看着她。

"确实没有，"他说，"提提说得很对。"

"我可以用望远镜看吗？"罗杰问。

其他人来到船尾，挤进甲板室看航海图，看看实时位置及航线，然后又一起跑出来看浮标和地标，确保他们的观察正确。天气晴朗，阳光明媚，海风平稳清凉。仅仅是漂浮和航行，看到绿色的海岸疾驰而过，看到船尾泛起的尾流，看到扬起的所有风帆，时不时还能听到侧支索间持续不断的低沉拍打声，看到浪花击打小纵帆船船首、溅到背风面、在阳光下闪闪发光，眼前的这一切足以让任何人高兴。

提提说："我希望永远这样。"

"这种风势下没有必要停下来。"老达克说，他正在掌舵，熟练且平稳，以至于船首斜桅顶端只在空中微微晃动，指南针也几乎不动，野猫号船尾的尾流像是比着尺子画出来的。现在需要小心谨慎驾驶，因为它正通过尼德勒斯海峡向西南方向行驶，而船尾没有风。

"我们好像没再看到'黑杰克'。"南希说。

"他可能回去找我们了。"约翰说。

"他在和我们比赛，"罗杰说，"在我们前方几千米。"

但就在这时，黑色尼德勒斯礁石赫然出现在阳光照耀的蔚蓝海面上，与最后一座灯塔排成了一条线，野猫号船尾上的一群人可以看到岬角的尽头，看到白绿相间的悬崖后面的情况。弗林特船长吃惊地咕哝了一声。彼得·达克回头瞥了一眼。

"大多数风势下，这里都算得上少有的糟糕锚地，"他说，"但刮东北风时在这里停泊已经足够好了。他知道接下来会发生什么。别无他法，只好抬高斜桁外沿，然后再跟到我们后面。"

"真的是毒蛇号吗？"佩吉看到一艘似乎扬着帆的纵帆船，它停泊在悬崖的背风处，问道。

"当然是，"南希说，"它的前帆收起来了。它一直在等我们。"

黑色纵帆船的帆鼓得满满的，在陆地的掩护下，开始缓缓地往前驶去。野猫号不再孤单。

"但他为什么要等我们呢？"佩吉问。

"你真是个笨蛋，"她姐姐说，"你现在还不明白吗？他认为达克先生和我们一起出海是为了告诉我们宝藏在哪里。他也想跟着去。"

"是，但他这是浪费时间。"苏珊说，"我们返航时，他不会生气吗？"

"但是，"提提说，"如果他想跟着我们，昨晚为什么不和我们一起去考斯，停泊在附近呢？"

"他为什么要这么做呢？"彼得·达克说，"这不是他的作风。首先，他不想让他的人上岸。然后他告诉他们今早会在尼德勒斯追上我们。我

们确实到这儿了。这件事需要船长和船员齐心协力。你看，他十分有把

握自己知道我们要去的港口。"

　　"但愿他是对的。"弗林特船长说。

第十一章

暗夜惊语

　　不明真相的人，如果只在那个阳光明媚的夏日清晨看到野猫号和毒蛇号一前一后沿英吉利海峡航行，一定会觉得这两艘船关系很好，正结伴航行。那艘黑色纵帆船不再刻意与绿色纵帆船保持一定距离，而是越来越近，先后从两侧追赶。它迎风前进，紧跟野猫号，然后又猛地扑向野猫号。"黑杰克"似乎想炫耀他的船更快些，并表明他不打算放过他们。

　　没人喜欢这样。早上离开考斯前，也许除了彼得·达克没人想得到，他们会因为某种理由害怕毒蛇号。毕竟，它不过是另一艘船罢了，正沿着英吉利海峡急速行驶，与他们同行。英吉利海峡是世界上最大的可自由通行的海峡。毒蛇号与野猫号一样，同样有权沿其航行。它是否出于好奇跟踪野猫号，又为什么这样做呢？正如南希所说："猫可以看国王，而毒蛇为什么不能看猫呢？""尤其是野生的。"提提说。但是，"黑杰克"在尼德勒斯等待他们，然后又毫不掩饰地跟在他们后面，看起来像是碰巧，其实他早已打好如意算盘。一提到这个，就没人喜欢毒蛇号。

　　这就像在街上被某个陌生人跟踪一样。一想到这件事，便破坏了一段原本令人愉快的航行。他们急速穿过圣奥尔本斯角旁的海湾，离岸边足够远，两艘船可以互相较量，但也恰好可以用望远镜看到山顶上荒废的老教堂。然后，他们看到了远处又长又矮的楔形波特兰岛。在这里，他们不再追逐。有时，海上狂风大作，海浪突然就涌向四面八方，所以

即使风平浪静，小船也小心翼翼，免遭不幸。但是，他们那古怪而又讨人嫌的"友舰"总是靠近他们航行，离他们近得可以看到"黑杰克"在掌舵，还看到另外三四个人，有次还看到红头发男孩在甲板上急匆匆地忙前忙后。

"有些过头了，"弗林特船长终于说，"我要让他知道我们不需要他陪伴。"

"我们可以试一试。"达克先生说，然后他把所有人喊到甲板上。

毒蛇号再一次稍稍领先于野猫号时，弗林特船长突然放下舵柄，在毒蛇号的船尾抢风航行。船员们拽得帆脚索嘎嘎作响。帆脚索在风中飘荡。三角帆和支索帆也扬起来了。野猫号竭尽全力抢风调向，沿英吉利海峡北上，前往波特兰岛和怀特岛。

"这个暗示再清楚不过了。"弗林特船长说。

"它也在调向。"提提说。

毒蛇号正在重复野猫号刚刚的操作，并沿着英吉利海峡追赶它。

"我们不能因为它就回去呀，"南希说，"我们索性不理它算了。"

"绞死那个家伙。"弗林特船长说。

"在处决码头。"南希说。

"用丁零当啷生锈的锚链锁住他。"提提说。

他们又拽住帆脚索，野猫号再次调向，驶向起始湾。这时，毒蛇号迎面而来，当他们从它身旁经过时，响起一阵嘲笑声。他们的暗示动摇不了"黑杰克"。

他们正在穿过莱姆湾宽阔的入海口，毒蛇号依然紧追不舍，这时风力突然增强。第一阵狂风袭来时，他们看到毒蛇号向右倾斜，就连餐厅里的苏珊和佩吉也赶忙跑出来，看看发生了什么。

"你们两个在下面做什么？"南希问道。紧握着迎风飘曳的侧支索，大副们吓了一跳，从舱梯口探出头来。

"清点船上储备。"苏珊说。

"很好，"南希说，"我一直希望你们这么做。"

"嗯，想使它更牢靠些，"苏珊说，"幸好所有东西都是罐装的。"

大副们在甲板上待了一两分钟。清晨明媚的蔚蓝海洋仿佛一直伴随着一些突如其来的事。风仍然是东北风，但是，经过两三场狂风之后，风刮得要比以往猛烈得多，完全出乎他们的意料。

天空乌云密布，海浪一片漆黑，只有白色的浪花在翻腾着。

"引擎现在如何，罗杰？"约翰问。

"真正航行时，我不想发动引擎。"罗杰说。

"它能撑过去吗？"弗林特船长问。

彼得·达克迎风抬着头，看着弯曲的桅杆，又看着船尾激起白色泡沫的尾流。

"它能承载现在的力量，但再加一根针也不行，"彼得·达克说，"可以以九节 ① 速度航行，也可能是十节。对，它能应付的。风太猛了。我们要先到起始湾停泊避难。"

"我一直在想布里克瑟姆。"弗林特船长说。

---

① 一节为每小时一海里。

"如果这样的话，我们明天能到锡利群岛。我们最好能最大限度地利用风力，风会越来越小。就是这样。之后，我们很可能会遭遇从西边吹来的强风。"

野猫号经历第一次暴风后，前进时像一只被烫伤的野猫。随着这股大风吹过船尾，弗林特船长稳住航向，可以说是破浪前进。

随着风力增强，毒蛇号似乎第一次有充足的时间思考，而不是时刻关注野猫号。它似乎也开始好好利用风势。它疾驰而去，船头激起高高的白色浪花，美不胜收。野猫号的水手看着毒蛇号飞速前进，几乎忘了他们有多讨厌它。黄昏时，它似乎改变了航向，他们看到它向北驶去，夜幕降临，他们看不到它了。

直到那天半夜，他们才又得到它的消息。

就在彼得·达克刚轮班瞭望时。约翰和老水手半夜准时到甲板上来换班，而南希和弗林特船长本该去睡觉。但是弗林特船长又把达克先生带进了甲板室，观察航海图和晴雨表。他们只进去了一会儿，风依然在呼啸，弗林特船长认为最好有两个人掌舵。因此，南希船长和约翰船长共同掌舵，使船沿航线航行。夜里漆黑一片，除了起始湾和埃迪斯通灯塔上闪烁的灯光外，他们什么也看不见。天空、陆地和海洋都是黑色的，尽管从头顶的乌云间不时可以看到星星点缀的夜空。但没什么好担心的。远处的海面上，灯塔欢快地闪烁着信号。两位船长知道他们在哪里。他们有前进的航向。透过小窗，可以看到罗盘刻度盘发出明亮的光；如果他们弯下腰，就能看到弗林特船长的手，手里拿着铅笔，指着航海图上的某处。舷灯一直亮着。侧支索在风中嗡嗡作响，野猫号急速前进。

然后，突然，黑暗中传来陌生的声音。那是另一艘船船头下的水流声。近在咫尺。不知谁在何处迎风大喊一声。

"把他们叫来。"南希说。然后约翰重重地拍甲板室的门，彼得·达克和弗林特船长马上跑了出来。

"有艘船，"约翰说，"离我们很近。"

"没亮灯。"南希说。

转瞬间，野猫号突然变得平稳起来。它的船帆松了，沉闷地拍打着。右舷的绿光在船帆上微微闪烁，除此之外，船帆上只剩下漆黑的夜色。有那么一会儿，他们都看到了不到十几米远的一丝微光。另一艘更大的船在黑暗中与他们并驾齐驱。

"保持航向。"彼得·达克说，约翰和南希紧紧地抓住舵柄。

"野猫号，哈哈！"黑暗中传来一个声音，声音近在耳畔，仿佛就只隔着右舷墙。

"别回答。"彼得·达克说。

那个声音又传来了，声音中夹杂着嘲讽与欢快，就像没有船员和声时唱船歌的人的声音。

"彼得·达克！彼得·达克！"

"一个字也不要回。"弗林特船长说。

那个声音又响了起来，语气刻薄，像之前一样充满嘲讽。

"彼得·达克，你要去哪里？"

约翰感到南希抓住了他的胳膊。

声音又传来了。

夜色

四周漆黑如墨，什么都看不见。——罗杰

"彼得·达克，你最好跟我们一起走。"

然后，野猫号舵轮旁的那一小群人中响起一个约翰和南希以前从未听过的声音，尽管这是南希认识了一辈子的弗林特船长发出的。与其说是打招呼，不如说是咆哮。

"给我抢风驶船！抢风驶船，否则，我撞沉你的船！"

另一艘船上突然传来吵闹声。甲板室的门打开又关上，短暂地照亮了那些无赖。

"当心，"彼得·达克叫道，"它的船尾在向我们这侧摆动。"

"护舷垫在哪儿？"弗林特船长摸索着舷墙，低声说。

幸运的是，并不需要它。两艘船几乎要碰到一块儿了，但还差一点，毒蛇号向前移动，抢风驶去。声音再次传来，但已经远了许多。

"向里约热内卢进发。向里约热内卢进发。噢，再见了，漂亮的小船，我们要去格兰德河了！"

"他们一直在喝朗姆酒。"彼得·达克说。

南希松开抓住约翰胳膊的手，约翰知道她在黑暗中看不见，所以允许自己揉了揉她抓过的地方。

"我说，吉姆舅舅，"南希问，"你真的会弄沉他们的船吗？"

"我怎么会那样做呢？"弗林特船长说。

是啊，他怎么会？但是，从那一刻起，约翰和南希知道有什么使野猫号上发生了变化。发生的事情将彼得·达克和弗林特船长紧紧地捆绑在一起。现在，毒蛇号是敌人，对他们俩来说都是，不再只是彼得·达克一个人的敌人。弗林特船长不是那种能忍受"黑杰克"在黑暗中玩猴

子把戏的人，这些把戏很容易损坏野猫号的新油漆，如果掌舵时有一丝慌张，甚至会发生严重碰撞，那时，一切就结束了。

"你该下去了，南希。"弗林特船长说。

"好的，"南希说，"轮到我值班时我再上来。不管怎样，如果他们再来，你们就喊我。"

"如果他们想上船，你就狠狠揍他们一顿。"弗林特船长说。他虽然是笑着说的，但任何人都可以从他说话的语气中判断，他不再认为英吉利海峡是一条不太可能出意外的安全通道。

那是他们当晚最后一次见到或听说毒蛇号。它又一次在黑暗中消失了。然而，弗林特船长没有休息，甲板上有三个人密切警戒。没人知道诡计多端的"黑杰克"接下来会想到什么，他们既没有看到它的灯光，也没有看到有关它的任何其他迹象。直到南希又回到甲板上，睡眼蒙眬，但又急切地想知道消息，他们才又看到了那艘黑色纵帆船。它一定是在黑暗中越过他们的船头，然后等着他们，因为他们在灰蒙蒙的清晨的第一缕微光下第一次看到它时，它已经在野猫号东南方向几千米远的地方，或者更远一点。

那股大风吹过，推动他们以惊人的速度一路前行。他们先是在右舷船头上方看到了利扎德闪烁的灯光，然后又在正横方向看到闪光。现在，他们经过利扎德后，它最后闪了一次灯。向船尾望去，可以看到赫德角陡峭的悬崖，在黎明的映衬下，冰冷而严峻。

"我们现在要去哪里？"南希问。

"去看看兰兹角和锡利群岛，"弗林特船长说，"如果风向不变，那个家伙还跟着我们，我们就带他去爱尔兰兜一圈。"

"我们最好摆脱它。"彼得·达克说。

但是风慢慢停了，正如彼得·达克所预料的那样。把他们从海峡的一端吹到另一端之后，风就停了。英吉利海峡的潮水带他们经过兰兹角，他们的舵几乎没起作用。大副、一等水手和实习水手一边磨磨蹭蹭吃早饭，一边听南希讲他们因晚上睡着而错过的疯狂事件。弗林特船长、彼得·达克和约翰在甲板上，看着长舟灯塔和狼岩灯塔，看着那艘黑色纵帆船，尽管风很小，但它似乎又在悄悄地朝他们驶来。警报只持续了几分钟，它便消失在浓浓的白雾之中。

第十二章

捉迷藏

遇到大雾、薄雾、下雪等天气，航行船只需要使用雾角，鸣笛间隔不可超过两分钟，右舷受风时每次鸣笛一次，左舷受风时每次连续鸣笛两次，正横后侧受风时每次连续鸣笛三次。——《贸易委员会条例》

海面上突然起雾了，同时，一股海浪从大西洋缓慢涌来，慢悠悠地抬高野猫号，然后又轻轻地使它滑落下灰绿色海水那平坦的山丘和山谷。还有一股微弱的风从东北方向吹来。弗林特船长一看到大雾逼近，就赶紧观察长舟灯塔和狼岩灯塔的方位，然后走进甲板室，在航海图上标记位置，确定时间为上午八点五十七分。上午八点五十七分，他们知道自己的确切位置——兰兹角西南偏南方向、长舟灯塔北偏西方向，以及狼岩灯塔北偏东方向。他们也知道毒蛇号当时的位置。大雾遮住它之前，他们已经发现了它，它正向西航行，位于野猫号南偏东一千米远的地方。

在被大雾笼罩之前，彼得·达克就改变了野猫号的航向。

"这场雾对我们来说再好不过了。"他说，然后即刻转动舵轮，驾驶野猫号朝正北方向驶去，"现在，"他说，"你跟南希船长可以去拽下帆脚索吗？风中没有东西可以承重。但我想让他看到我们正向都柏林行驶……"

在大雾还没有遮住这两艘船之前的一到两分钟里，野猫号迎风航行，似乎要绕过长舟灯塔，向北驶向爱尔兰海。

约翰走进甲板室取雾角。

"最好用大的。"弗林特船长说，他正忙着计算，然后约翰拿着支老式的巨大雾角出来了，雾角要用力吹，但发出的声音微弱得跟小拖船的汽笛声差不多。他猛吸一大口气正准备吹，彼得·达克拦住了他。

"别，"他急忙说，"不要用这个，就敲铃铛吧。快点，趁他还知道我们在哪儿。让他以为我们没有雾角，或者让他以为我们的雾角掉进海里了。无论如何，不要让他觉得我们有一支他们那样的牛吼雾角，声音大得能吓跑客轮的四副，让他打点别的主意，而不是准时停泊在南安普顿。就让他以为我们只有铃铛吧。那个男人的眼睛像猫眼似的。黑夜对他来说就像白天。我只知道怎样在大雾中摆脱他。"说完，他重重地敲了一下甲板室门外的船铃，就在舵轮旁唾手可及的地方，"右舷抢风航行，向北行驶。"

弗林特船长冲出甲板室。

"为什么敲铃？"他问。

"我们违反了规定，船长，"彼得·达克说，"'黑杰克'很可能会因为我们没有他们所谓的有效雾角而向贸易委员会举报。"

"但是我们有两支啊，"弗林特船长说，"其中一支新的用手操作，还有一支旧的，我刚给了约翰，可以发出四倍高的响声。"

彼得·达克伸出手，又狠狠地敲了一下铃铛。

"敲铃铛的话比较妥当，"他说，"我们可能待会儿再用那支雾角。"

雾中响起三声沉闷的雾角声。

"是毒蛇号。"南希说。

"是的，"彼得·达克说，"它正往西走。正横后侧受风。"

"但是您想做什么呢？"弗林特船长问道，"当然，您想怎样都行，只要我们能摆脱那个家伙。"

"雾后会起风，"彼得·达克说，"现在几乎没有，但是如果'黑杰克'在最后几分钟密切关注我们的话，他会看到我们向北走，同时听到我们的铃声。"

"但为什么要往北走呢？"弗林特船长问。

"如果是西北风，根据浓雾的气味和潮汐的移动方向，我们可以选择迎风驶向爱尔兰海，或者前往西班牙，而毒蛇号正穿过布里斯托尔海峡。约翰船长，你再敲一次铃铛好吗？"

"吃晚饭的时候我们把铃铛再敲响一些。"约翰说。

"那就这样吧，"弗林特船长说，"每两分钟敲一次。我们是右舷风航行。这不会有什么坏处的。您刚才是说西班牙吗，达克先生？为什么不是马德拉呢？"

达克先生说："去西班牙的话，等返航时，会有助力的西南强风。"

砰！砰！右舷船头不远处传来两声低沉的响声。其中一声鸣响持续时间很长，整整四秒钟，声音从南边传来。

"灯塔在发信号，"弗林特船长说，"是长舟和狼岩灯塔。我刚刚还在观察它们。每隔五分钟我们就会听到那种砰砰声，而狼岩灯塔每隔三十秒长鸣一次。现在，我们可以乘着宝贝似的微风离开这儿。"

波涛汹涌，帆桁摆动。斜桁也在空中摇晃。船帆鼓得满满的。

"风要来了。"彼得·达克说。

"嗯,但愿快点来,"弗林特船长说,"我们不想让计划失败,不想漂泊在这里,一直在兰兹角和锡利群岛之间,而且离狼岩灯塔和七石岩非常近,这让我们很不好受。"

"风来了,"彼得·达克说,"再敲一下铃铛,要重击!听好了。"

在浓雾之外,从他们的南面,传来三声小雾角的响声。

"他保持着自己的航向,"彼得·达克说,"或者希望我们这么想。"

其他人带着早餐后需要放到厨房的食物和需要洗刷的锅碗瓢盆来到甲板上,以为他们听到的铃声是要他们快点,但也很纳闷其他噪声是什么情况。

"喂,"南希说,"真的有雾。那些枪声似的声音是什么?"

"浓雾信号。"约翰回答。

"这就像是山里的雾。"佩吉说。

"真的很冷。"罗杰说。

"我把波利放在餐厅里。"提提说,"还有,罗杰,你最好不要把吉伯尔带上来,会感冒的。"

"你们两个马上下去,把围巾找出来戴上。"苏珊说,"你也是,佩吉。顺便把我的拿上来。"

"还有我的,"南希说,"我轮班瞭望完去吃早饭的时候把它落在下面了。"

让人措手不及的寒冷伴随浓雾袭来。

"几乎称得上冰山,"彼得·达克半自言自语,"我曾多次在雾中感受到这种寒冷。但并不是这么冷。浓雾后吹来的是西北强风。夜幕降临前，我们可能会遭遇狂风。通常先是刮东风，然后刮西北大风。"

几乎就在他说话之际，三角帆和支索帆在风中呼呼作响，正处于顶风位置。

"放下三角帆和支索帆帆脚索，"彼得·达克说，"然后，拉到右舷。就这样。约翰船长，别把三角帆放得过于平坦。"

风，一阵微风，从西北面吹来，掠过雾气，却没有将其从海面上扫走。野猫号正左舷抢风航行，尽管它仍在向北行驶，似乎要绕过长舟灯塔，穿过布里斯托尔海峡。

"好，船长，"彼得·达克说，"我们现在有机会摆脱'黑杰克'了，让他瞎猜，如果雾不散去的话，可能会成功。"

"试试看又没什么坏处。"弗林特船长说。

"准备，"彼得·达克说，"现在，轻手轻脚。如果可以的话，您能把支索帆转到迎风方向吗？这里只有一丁点风。"

弗林特船长匆匆向前走去。野猫号几乎是不情愿地慢慢顶风航行，有一会儿似乎原地不动，然后又慢慢转向右舷抢风航行。它转过身来，直到驶向南略偏西方向。

"南希船长，猛敲两次铃铛。"

"但不应该是三次吗？"南希问，"我们在正横后侧有风。"

"两次，南希船长。我们想让他认为我们还是左舷抢风航行，并仍在往北走。你看，风向变了。"

"好，"南希说，"这是场战争。"她重敲了几下铃铛，铃声响起。

“现在，听着。”彼得·达克说。

砰，砰，长舟灯塔再次传递出信号，狼岩灯塔也再次响起持久的长嚎。

“不。不是那个。继续听。”

他们听到从他们南边的某个地方传来一声小雾角的鸣响，仍然是一次性鸣笛三次。

“他在右舷抢风航行，仍向西走，”彼得·达克说，微笑着扭头看了一眼南希，“或许不是。我可不敢保证他不会用我们对付他的方法来对付我们。那么现在，我们不能发出声音。我相信他马上就会向北追我们。谁的视力好？约翰船长。你替我瞭望一下。你往前走，走到船头，睁大眼睛仔细看。如果你看到什么，就大声叫出来。如果你听到什么，保持安静，但要让我们知道。弗林特船长，让所有的船员在甲板排开，这样我们不用喊叫就能传递信息了，您觉得怎么样？”

“好。”弗林特船长说，他正忙着查看计程仪[①]。他知道他们目前的方位，但可能要过一段时间才能再看到陆地。

约翰和苏珊走上前甲板。佩吉和罗杰坐在燕子号两根主桅之间的天窗上。提提斜靠在甲板室的一侧。南希在厨房门口等着，准备再敲几下铃铛。

“不用再敲了，南希船长，”彼得·达克及时说，“它现在正向我们移

---

① 计程仪，轮船上最精密的仪器之一。其工作原理跟汽车的里程计相似。一个螺旋桨状物体在长绳末端旋转，长绳的旋转带动一个小仪表盘内部的齿轮，上面的指针显示轮船已行驶的距离。

动，'黑杰克'马上就能判断出声音更近了。"

就在这时，被独自留在餐厅里的鹦鹉愤愤不平，厉声喊道："八个里亚尔！八个里亚尔！"

"幸好我没有把它带上甲板。"提提一边说，一边匆匆下楼，把那蓝色的罩子盖在笼子上制止它，"行行好，波利。"她边说边离开，又一次跑上甲板，恰好听到同样短暂的号声，号角只响了一声，野猫号正朝雾中的某个方向驶去。

"正南，"彼得·达克平静地对弗林特船长说，"雾角声的方向非常接近正南。"

野猫号行驶得非常缓慢，几乎没有留下尾迹，在西北风吹来之前，它悄悄地驶过平静的大西洋，在雾中向南移动。提提抬头一看，不确定三角旗是否在主桅顶部。船头上的约翰和苏珊看起来像幽灵，他们身后的白色三角帆似乎是雾做的，而不是用帆布做的。船外，除了几米内灰绿色的水，什么也看不见。

彼得·达克转动舵柄时传来一声轻轻的吱呀声。提提看见老水手对弗林特船长说了些什么，然后弗林特船长移到甲板室的背风处又说给南希听。南希溜上前去低声说给坐在天窗上的罗杰听。罗杰踮起脚尖，匆匆走向舱梯，消失在下面。一分钟后，他又上来了，手里拿着吉伯尔的油罐，然后递给了达克先生。达克先生在适当位置加了一两滴油，转向齿轮就不再吱吱作响了。

灯塔发出的大雾信号、长舟灯塔每五分钟发出的两声轰鸣以及狼岩灯塔每隔半分钟发出的号叫声都有规律地传来，但他们都在倾听其他的声音。

不久，毒蛇号的雾号再次响起。

"还在往南走。"彼得·达克低声说。

"刮西北风时，如果它一直右舷抢风向西航行，那就有点奇怪了。"

"这更奇怪。"彼得·达克说。

罗杰在甲板上摔了一跤，身上沾了雾气，湿漉漉的。

"嘘！"佩吉低声说。

每个人都看向罗杰，然后面面相觑，继续听。

野猫号上几乎没有发出任何声音，就像微风吹过柔软的草地时那样。

但是突然间，约翰在船头举起手。苏珊向佩吉示意。佩吉传给南希。大家一动不敢动。毋庸置疑，雾中离他们很近的某处，传来了船舵转向齿轮吱吱作响的声音。所有人都知道那不是野猫号发出的。然后，背风方向传来木制滑轮在松散的绳子上轻敲主桅的声音。接着，传来男人的声音，愤怒而低沉。

提提看着彼得·达克。与其说他在掌舵，不如说他握着舵柄，保证它丝毫不转动。他不相信仅靠上油就可以使其保持安静。野猫号继续前进，慢慢地，慢慢地。咕哝声先是从船头附近传来，然后又出现在船尾。

"是他们，"提提低声自言自语，"肯定是他们。"

除了彼得·达克，每个人都向雾中望去。彼得·达克专注地盯着甲板室窗户内的罗盘刻度盘。他身体前倾，用一块红绿斑点的手帕擦了擦窗玻璃。

接着，那短促的雾角声在野猫号前方响起，声音跟之前相同。

所有人都盯着前方，除了彼得·达克。彼得·达克把他那块有斑点的手帕塞进口袋，继续盯着罗盘刻度盘，紧紧地抓着舵柄。

"刚刚那是毒蛇号，不是吗？"弗林特船长低声说。

"我们待会儿就知道了，"彼得·达克小声说，"从雾角声判断，依然向南。"

如果不是他们，那会是谁呢？提提想，弗林特船长和船上的每个人都很疑惑——也许除了彼得·达克，他只关注罗盘刻度盘。

大西洋客轮低沉的汽笛声吓了他们一跳。

"客轮远着呢，"彼得·达克小声说，"它在这以南很远的地方。我们追上它之前，它就会到锡利群岛以西十六千米处。"

又一次，传来一声雾角的鸣响，这次声音更近了，音调与他们在大雾笼罩毒蛇号使其隐没其中之后不久听到的雾角声完全相同。

"还是向南吗？"弗林特船长刚刚静悄悄地来到甲板室，看了一会儿航海图，现在又出来了，目睹了彼得·达克的判断是对的，客轮没有什么好担心的。

"南边，"彼得·达克说，"如果这艘船沿右舷抢风航行，那么它一定在船尾下锚了。船长，现在准备，拿着我们那支大雾角，声音跟牛吼一样的那支，不是贸易委员会的小玩意儿。"

弗林特船长再次把大雾角拿出来，放在甲板室的屋顶上。

又是一声雾角鸣响，就在他们前面不远处。

"吹吧，船长，"彼得·达克说，"三声就能惊醒海魔。"

弗林特船长深深地吸了一口气，嘴巴对准雾角，然后吹响了。如果

海魔戴维·琼斯沉睡在一千米以内，这声音肯定能把他吓得摔下床。那声雾角声又悠长又高亢，震得提提耳朵都快聋了。南希就在厨房门口，没有注意到身后发生了什么事，受了惊吓，仿佛大西洋客轮此刻正驶出浓雾，若隐若现地向他们逼近。佩吉和罗杰吓得差点尖叫起来，尽管他们立刻制止对方。苏珊和约翰站在船头，好奇发生了什么，转过身，刚好弗林特船长又深吸了一口气，再次吹响雾角。

弗林特船长还没吹完第二声，他们就听到前方传来响声。与他们的高亢雾角声相比，那声音显得无力且哀怨。这一次的响声不止一声，也不再短促，而是一声接着一声，快速又连贯，生怕停下来。

弗林特船长第三次吹响雾角。

另一支雾角现在正在野猫号船头下拼命地吼叫。

提提看到弗林特船长疑惑地看着达克先生。而达克先生一动不动。

突然，约翰大声喊叫起来。

"船就在前面！在左舷船头。"

"跟我们猜的差不多。"达克先生说。

在提提和其他在船尾的人听来，船首斜桅下传来一阵狂野的尖叫声。但他们看到苏珊沿着左舷向船尾跑去。

"扔给他一根绳子，"她喊道，"快！快点！"

每个人都匆忙赶到左舷。一艘黑色小船在野猫号附近漂着。船上有个小男孩，手里拿着支手工操作的雾角，他抬头看着正从他身边滑过的野猫号和倚着野猫号护栏处看他的人，满脸惊恐。

"接住。"弗林特船长喊，捡起主帆索松散的一端，系在护栏上的套索栓上，然后将缆绳盘绕起来，利落地扔到船下。

那男孩毫不犹豫。他扔下雾角，使劲伸手抓住绳子，跳出船，爬了上去。又过了一会儿，弗林特船长把他拽进了护栏内，而那艘船上，除了一支雾角外，空无一物。小船在雾中随波逐流，消失在船尾。

男孩站在甲板上，浑身发抖，他环顾四周，紧紧抓住舷墙。

"哎呀，是比尔。"彼得·达克说。

"是那个红头发男孩。"提提说。

男孩湿漉漉、红通通的脸上突然露出笑容。

"我上船了，达克先生。"

在雾中浮沉

第十三章

决　定

"烧烤的公山羊 ①，"南希船长喊道，"但是……"

彼得·达克打断了她。

"声音会在雾中传播的，南希船长，"他说，"我们已经发出了太多的噪声，包括叫喊和把他接到船上。约翰船长，我都替你不好意思了，你身为瞭望员在做什么，是在船尾徘徊吗？佩吉，我以为你在船中间。苏珊大副，你不是和约翰船长在前甲板吗？在我看来，所有船员都在船尾，乱七八糟的。我们解决完这件事后有足够的时间处理比尔。弗林特船长，您介意再吹三声雾角吗？以防毒蛇号还在监听我们的响声。我不想让他们马上就疑惑为什么只听到一次雾角声。吹三声，船长，跟以前一样。"

弗林特船长再次俯身越过甲板室的屋顶，又响亮地吹了三声雾角。

"噢，"比尔说，"这样听起来比在雾中好多了。我刚才以为我死定了。"

"少说话，"彼得·达克说，"我们还没工夫管你。你上船后为什么不把主帆索盘起来呢？不是，从右端，拴住的那端。你应该知道的。"

所有人都匆匆回到各自的岗位上。

"那现在怎么办，达克先生？"弗林特船长问。

"您来决定，船长，"彼得·达克说，"或许我们应该把那艘小船拉上来，然后去找'黑杰克'，把他的小船和实习水手都还给他。如果他丢了

---

① 南希的口头禅，表示惊讶。

那艘小船，还有雾角，他会很难过的……"

"那我将第一次见到他急得像热锅上的蚂蚁。"弗林特船长说，这时南希发出一阵笑声，然后立刻憋住了笑，她离得很近，所以完全听得清谈话。

"我宁愿留下来。"比尔说。

"没人问你。"彼得·达克说。

"我很抱歉没有将那艘小船弄沉，"弗林特船长说，"等雾散了，他可能会再找到它。"

"我们最好改变航向，"彼得·达克说，"大雾可能还会持续一两个小时，也许不到。但西北风非常强劲，去西班牙会非常顺利。西南偏南或者偏西风向可以把我们从长舟灯塔吹向维拉诺角。上桅帆会助我们一帆风顺的。"

就在这时，客轮的汽笛又响了，弗林特船长伸手去抓雾角。

"不要吹，"彼得·达克说，"我们是完全不同的船。我们野猫号不该有牛吼雾角，不，但也不是只有开饭铃，'黑杰克'在兰兹角和七石岩之间搜寻的就是这个声音。如果我们要发出任何响声，就照贸易委员会条例来办，不过，倘若我们真不出声，短时间内也没关系。"

"那我就把上桅帆升起来。"弗林特船长说，"帮我一把，南希。"

他从风帆柜里拿出上桅帆，把捆住的前桅帆交给提提，而他和南希则勾住升降索，向下拉绳，在钩子上打结，免得绳索滑开。然后，就在小三角帆升到桅顶的时候，帆脚索卡住了。南希使劲拉。弗林特船长也试过了，但没用。这东西在某个地方卡住了。

"再把它拿下来。"弗林特船长说。

拔不出来。

潮湿的甲板上突然传来啪嗒啪嗒的光脚脚步声。一个小小的身影跑上前去。他一头红发，两只脚红通通的，穿着破旧的外套和屁股上打了补丁的蓝色旧裤子，突然从弗林特船长和南希中间冲出，跳到主帆的木制桅杆环上。蓝色的裤子和黑色的补丁消失在雾中。

"搞定了，船长。"他们头顶上传来沙哑的低语声。小小的人影双手交替地从升降索落到甲板上，当南希和弗林特船长再次拉上桅帆时，船帆下角沿斜桁向下移动，一切都恢复正常了。

"表现不赖。"弗林特船长说，这时比尔又跑回去待命，等着达克先生吩咐。

"他和吉伯尔太像了，"南希说，"但是他一个人拿着雾角，在那艘小船上做什么呢？"

"我有个好主意，"弗林特船长说，"我待会儿说。现在先要扬起前桅帆。谢谢你，提提。你们两个，别挡道。佩吉，给刚来的乘客准备一杯热可可怎么样？但是用平底锅时不要发出咔嗒咔嗒的响声。"

佩吉踮着脚走进厨房，小心翼翼地关上了身后的门。她知道彼得·达克是对的，弗林特船长以及其他所有人都这么想。比起那个红发男孩，还有更紧急的事情要处理。浓雾仍然笼罩着他们。他们听到毒蛇号从他们身边经过，向北去寻找他们，但据他们了解，它可能又转回来，也许就在几米远的地方，隐藏在模糊不清又令人窒息的浓雾中，所以很难被发现。风开始刮起来了，穿过浓雾，吹过索具和甲板，但没有将雾吹散。扬起上桅帆后，野猫号在水中急速前进。能够摆脱"黑杰克"

就好了，与此同时，他们每分每秒都在向公共航道靠近。尽管被"黑杰克"和他的手下发现很糟糕，但与匆忙赶路的大轮船相撞也好不到哪里去。他们每隔半分钟就听到狼吼般的汽笛声，声音方位不再是南方而是在北方。他们经过那艘船，朝西南偏南方向驶去，好像开进马路中央一般，无法立刻看清两边来来往往的车水马龙。彼得·达克说得对，现在不是质问红发男孩的时候。只能保持安静，提高警惕，同时希望雾不会散去，希望还能够继续在雾中安全行驶，不被人撞到。他们很快就发现彼得·达克是多么正确。

弗林特船长和南希抬头看着前桅帆，想看看它是否成功扬帆，这时右舷船头外的某处响起了一声汽船的汽笛声。这种声音比大型客轮的轰鸣声更刺耳，正如彼得·达克所说，那艘客轮已经向西边驶出很远了。接着，这艘船又响起了一声长长的、刺耳的轰鸣。

"蒸汽船。"弗林特船长说。

"声音听起来又近了一些，"约翰平静地说，"那艘大点的已经走远了。"

"非常近。"弗林特船长说，然后转身走向船尾。

就在这时，甲板室旁响起了雾角声。三声清晰的鸣响，声音很大，但不像可怕的牛吼雾角发出来的噪声那么响。

弗林特船长和南希匆匆赶到船尾，恰好看到那个红发男孩吹响了贸易委员会的雾角，他就像是打气筒。罗杰站在那里，目瞪口呆地看着他，羡慕不已。

"三次，"彼得·达克说，"吹得更响些。我们正进入英吉利海峡海运航道。"

那刺耳的汽笛声在靠近右舷船头处再次响起。

所有人瞪着眼向雾中看去。一分钟过去了……时间一分一秒地流逝。

"等他们再鸣笛。"彼得·达克说。但红发男孩再没有机会吹响雾角。

"正前方有东西。"当轮船汽笛再次响起时,约翰用力高声喊道,这次他立刻传递消息。

他们面前的白雾突然变黑了。彼得·达克转动舵轮,使舵柄左满舵。野猫号迎风急转弯,船帆都在摇晃。一艘从大西洋开来的不定期远洋货轮摸索着缓缓前行,激起的海浪犹如一堵堵高耸的铁锈色水墙向两侧倾覆,野猫号的船首斜桅顶端正好躲开了。在野猫号上空,一张张脸孔透过浓雾俯视着小纵帆船船尾惊恐万状的一群人。

"你们在下面干什么啊?"头顶传来愤怒的吼声。

"喂,应该问你们吧,"彼得·达克说,"你们差点就把我们撞死了。"

南希说:"蒸汽船必须给帆船让道。"

"按照法规,他们确实应该让道,"彼得·达克说,"就因为都这么想,整个镇子上所有出色的水手全都沉到了海底。他们,那些笨拙、刺耳又喧嚷的废铁块,必须给我们让道。但我问你们,他们有吗?他们曾经让过吗?尤其是在大雾天里?"

那艘大货轮仍然笨重地摇晃着前行。大西洋的巨浪掀起它的船尾时,它的螺旋桨猛烈地击打海水。它激起的水花冲开大西洋的汹涛骇浪,掀起一层层汹涌而陡峭的小型海浪,其中一阵海浪层层叠叠堆积起来后泼溅到野猫号的腰部,让人始料未及。佩吉此刻正拿着一杯可可走出来,海浪溅到厨房门向船尾奔涌而去。

"出了什么事?"佩吉问道,她看到船上的人满脸惊慌,看到船帆松弛啪啪作响,听到轮船引擎的轰鸣声,也听到它的螺旋桨发出哗啦哗啦的拍打声,看到那艘船在雾中渐行渐远。

"差一点就把我们撞倒了。"南希说。

"而且没有人能像你们把我拖上船那样用绳子把我们拉上船。"比尔说,当他独自在小船上漂浮在大海里时,非常害怕其他船只撞到他,一想到能和这么多人一块儿落水,他甚至有些高兴,"非常感谢您,小姐。"

"当心,很烫。"佩吉说。

"你最好心存感激,"彼得·达克说,"傻乎乎地独自划船让我们以为你是毒蛇号,我们很有可能淹死你。"

"但是我没有,达克先生,"比尔开口说,"我真的没有。"

"去吹雾角,"达克先生说,"等我们有空了,再问你真相。"

他又把野猫号拉回到它的航线上。帆鼓得满满的,穿梭在浓雾中的小船驶过英吉利海峡入海口时,可以说一切都平静了下来。那艘笨重的大货轮把他们吓坏了,它突然从雾中冲出来,出现在他们的头顶,虽然每个人都急于知道这个红发男孩独自在船上做了什么,但每个人都知道现在最重要的事是继续倾听和航行。除了鹦鹉和猴子,所有船员都在甲板上。彼得·达克一直掌舵,每隔两分钟,红发男孩就会听从达克先生的指令吹三声雾角,弗林特船长则一直在安静地来回走动,专心倾听海面上的声音,然后不时地溜进甲板室,再看一眼他几乎了然于胸的航海图。

野猫号在水中平稳地前进，速度越来越快。它已经把狼岩灯塔远远地甩在了后面，最后慢慢地听不到那儿的号角声了。提提和罗杰在船尾看着比尔，想知道他到底是怎样的人。每次当达克先生向他点头示意时，他都用力地吹雾角。忽然，提提发现三角帆似乎不再是雾做的，逐渐清晰了起来，船头上的约翰和苏珊也不再被错看成幽灵了。

"雾散了，"彼得·达克突然说，"我们可以看得更远了，看得见那些蒸汽船了。"

"我们没法两全其美。"弗林特船长说，"我想让'黑杰克'到爱尔兰找我们，如果大雾不散的话，这是很有可能的。不过，如果我们不再遇到这些笨重的轮船，我不介意有雾，至少别像那艘船离得那么近。"

"'黑杰克'要去爱尔兰吗？"比尔问，"那我呢？他要先来接我吧。"

"他可能会，"彼得·达克说，"你很有价值。他可能会为了他的船或雾角回来，但是我想他会下定决心忍痛失去它们。你认为他会为了你回来吗？这不太可能。"

"我真幸运，抓住了你们的绳子。"比尔说。

"你真幸运，"彼得·达克说，"那我们呢？"

"船上这么多船长，"比尔说，"他们一定、肯定有人想要个实习水手。"

雾确实开始散了。不久，从纵帆船甲板上就可以看清一百米左右的海面。野猫号仿佛正在一个圆圆的池塘中央航行，四周围着一堵高高的雾墙。只是，尽管"池塘"很小，但一股巨浪正在翻滚而来，这种巨浪经常从大西洋席卷到比斯开湾。在那堵墙之外，他们隐隐约约听得到汽

笛声从远处传来，而在小"池塘"里面只有他们。

"您觉得怎么样，达克先生？"弗林特船长终于问，"现在没人会撞到我们了。提提，跑到船首告诉约翰和苏珊他们可以到船尾来，还有南希。我想让他们接替达克先生掌舵，我们要听听这个乘客有什么要说的……"

比尔突然严肃起来。

提提匆匆向前走去。她走得很快，因为她也想听听比尔说什么，一个字也不想错过。那个红发男孩独自在雾中漂泊，这是怎么回事？他是站在"黑杰克"那边还是他们这边？他们救了他还是把他囚禁了？昨晚毒蛇号几乎在夜里撞到他们时发生了什么事？彼得·达克假装让野猫号向北前往爱尔兰，其实向南前往西班牙时，雾中发生了什么？

"来吧，苏珊。"她悄悄地说，好像"黑杰克"就在船首斜桅顶端偷听，"约翰，南希，快来。弗林特船长认为一切步入正轨了，雾也没那么严重了。他想找人掌舵。他们要决定红发男孩的……"

他们都匆忙赶往船尾，恰巧听到弗林特船长说："如果我们认为他值得留下，我们得待他好点。"

"但是你也不能把他扔回去。"提提说。

"有何不可？"弗林特船长说。

"我有一把备用牙刷，可以给他用，"苏珊说，"我给我们每人都带了两把。"

红发男孩疑惑地看看彼得·达克，然后又看了看弗林特船长，接着又看了看挤满这艘船的孩子们。

"西南偏南，舵柄向西转半圈。"彼得·达克说着放开舵柄。

"西南偏南，舵柄向西转半圈。"约翰说着接过舵柄。

彼得·达克突然转向那个红发男孩。

"现在，小比尔，"他说，"说说你驾驶小船、吹着雾角、在我们右舷边抢风航行干什么呀？你对此有什么要说的吗？我们只听真相，别撒谎。"

"我跟他出海不是我的错。"比尔说。

"别扯远了，"弗林特船长说，"说说为什么吹雾角。"

"'黑杰克'让我带着雾角到小船上，然后他告诉我要吹响雾角，每隔一段时间吹一次，这样他就会知道我的位置，然后会回来接我。"

"回来？"弗林特船长问，"从哪里来？"

"他打算趁大雾爬到你们的船上，抓住达克先生。"

"啊？他觉得几个人能抓住达克先生？"

"一共有五个人。包括'黑杰克'，然后是西米恩·布恩，他坐了两年牢刚刚出狱。还有莫甘迪，他是个黑人，比'黑杰克'还黑。然后是'黑杰克'的一个兄弟，我们起航前他一直躲在船舱里，因为他犯了事，警察要逮捕他。还有一个人，是'尽情畅饮'帆船酒馆的打手。"

"那是洛斯托夫特的一家渔人酒馆，船长，"彼得·达克说，"它还有另外一个名字。您应该不知道。"

"然后就是我。"

弗林特船长仰头笑了起来。

"我们一共有六个人。"比尔说。

"好，"弗林特船长说，"所以留在毒蛇号上的五个人要登上我们的船，是吗？"

"'黑杰克'告诉他们这件事很容易。甲板上的人不会超过两个，他希望其中一个是达克先生。如果达克先生不在甲板上，'黑杰克'想占领舱口，如果你们不交出彼得·达克，就把你们炸死。"

"请便，"弗林特船长说，"但如果他是这么想的，那他昨晚为什么不试试呢？他昨晚经过野猫号的时候，一片漆黑。"

"昨晚，他们一半人喝醉了，"红发男孩说，"还有些人吓坏了。因为他们错失了这个时机，'黑杰克'整晚都在打他们，然后，今早起雾的时候，他马上督促他们按计划行事。'船长，大副，朋友们，'他说，'我们到了的时候，所有人都大声喊，交出彼得·达克。他们会心服口服地把彼得·达克扔给我们的。'"

"这么说来，你吹雾角引起我们注意的时候，他们就趁着大雾悄悄潜入我们的船？"弗林特船长问。

"反正我没什么不可以说的。"比尔说，"自从我们离开洛斯托夫特码头防波堤之后，他们一直都在拿我出气，一次又一次。我全身都是伤痕，全身！'黑杰克'把我扔进小船我能怎么办？'把桨给我，你用不到。'他说，'如果你不按时吹雾角，就把你撞翻，淹死你。''他真不干怎么办？'莫甘迪问。'船上就没这个人了。''黑杰克'说。然后他把缆绳扔到船尾，接着，他们就向雾中驶去，没有桨我能怎么办呢？游上岸？除了吹雾角，我还能做什么呢？"

"嗯，有道理。"弗林特船长说。

"然后你们正好经过，朝下看着我，扔给我一根绳子，把我拉上了船。我会努力工作的，船长，"他急切地补充道，"如果您让我和您一起回洛斯托夫特的话。"

"如果我们不回那里呢？"弗林特船长问。

约翰和南希焦急地看着苏珊。

"如果我们不去那里呢？"弗林特船长又问，"您觉得怎么样，达克先生？偷听满足不了他，他竟想绑架。简直就是海盗行为。这家伙毫无顾忌。达克先生，为什么不自己取走宝藏，带回家，破坏他的计划呢？一旦他知道宝藏没了，您就可以过安稳日子了。"

"我从来没有说过那个地方有宝藏，"达克先生说，"而且我一直说我永远不会去那里。但经历过昨天发生的事情之后，我支持您，船长。我会尽我所能带您去那里。如果这是您想要的，那也很好。即使那些螃蟹把袋子和里面的东西都吃光了，一路沿着东北信风航行也很美好。"

不过，最终，是苏珊投下了决定性的一票。

"不管它是什么，"她说，"都不应该属于'黑杰克'。听了你们在考斯说的话，我和佩吉昨天一整天都在清点储备，我们还可以支撑很长时间。"

"六个月的储备物资，"弗林特船长说，"如果任何物资短缺，我们可以在马德拉补给满。"

"我想我们应该去，"苏珊说，"'黑杰克'几乎是个杀人犯。不能再让他跟着我们。"

"苏珊，"弗林特船长说，"握握手。你是制胜法宝啊。"

"干得漂亮，苏珊，"南希说，"我觉得你最终会同意的。"

"约翰，你呢？"弗林特船长问。

"苏珊说得很对。我们应该去。"约翰说。

"燕子号和亚马孙号万岁！"南希喊道。

"别喊了，南希。"约翰说，彼得·达克回头向北看。

"接下来要干吗？"罗杰问，"发生了什么？什么呀？什么呀？"

"我们要去蟹岛取宝藏。"提提说，她一直张着嘴巴听。

"那我们就真的能看到那些螃蟹了。"罗杰说。

比尔看看这个，又看看那个。

弗林特船长匆匆向前走，一直走到船头，然后又走了回来。他兴奋地咯咯笑着走向船尾。"我们会成功的，"他说，"没有什么能阻止我们。'黑杰克'把他的实习水手扔在小船上是搬起石头砸自己的脚，咎由自取。至于你，你这个小海盗，"他转向比尔补充道，"你在毒蛇号上睡在哪儿？"

"风帆柜。"比尔说。

"如果你跟我们达成协议的话，你的待遇会好很多。"

"不管达克先生说什么，我都照办。"比尔说。

"我们会在医务舱给你安排一个铺位，"弗林特船长说，"里面除了罐头食品什么都没有。你们把他带到下面去，让他跟吉伯尔还有鹦鹉认识一下。其实，"他转向彼得·达克补充道，"自从约翰和南希把他从港口捞起、我们把他送回毒蛇号以后，我一直有些为他担心。"

比尔听了这话，又兴高采烈起来。

"来吧，比尔。"南希说。

"来吧，"罗杰说，"吉伯尔会很高兴认识你的。"

"你们的船长和大副都到哪里去了？"比尔说。

一阵哄堂大笑。

比尔惊讶地来回盯着他们看。

"来吧。"罗杰又说，比尔鼓起勇气要迎接一屋子的长官，跟着罗杰下了楼梯。

"你最好和其他人一起下去帮他收拾，"弗林特船长对约翰说，"我来掌舵。问问苏珊和佩吉能不能给我们点吃的。"

"西南偏南，舵柄向西转半圈。"约翰说。

"西南偏南，舵柄向西转半圈。"

"终于驰骋在这蔚蓝大海上了。"彼得·达克一边说，一边环顾着四周的薄雾。

弗林特船长看着罗盘刻度盘，脸上露出开心的笑容，驾着野猫号驶向菲尼斯特雷角，想起马德拉和遥远的加勒比人。

第十四章

摆脱毒蛇号

　　弗林特船长吩咐约翰让厨师准备点吃的，但约翰转身就忘了。因为把比尔留下以及去蟹岛的决定，就连罗杰也忘了吃饭这件事。

　　"好了，"南希兴奋地说，他们挤进餐厅后，比尔环顾四周，出乎意料地发现周围没有长官，"我们现在就要出发了。我知道他绝不会满足于只在家附近航行。欢呼三声，向克里斯托弗·哥伦布致敬！"

　　苏珊说："幸好我们一开始就谨慎行船。"

　　"这将是一次真正的航行。"提提说。

　　"什么意思？"比尔问。

　　"要去达克先生的岛。"约翰说。

　　"还会看见那些螃蟹。"罗杰说。

　　"我很感激差点撞上你，"约翰说，"你知道，我是说，这件事让我们下定了决心。"

　　比尔盯着他。

　　"啊，"他说，"我们在洛斯托夫特就知道你们要去那里。你们第一次登船那晚我们正准备出海，不料'黑杰克'看见达克先生正跟你们船长说话。第二天，当他看到达克先生带着行李上船时，他就什么都明白了。后来他把我推下船，然后我回去把你们船长说的话转告了他……"比尔降低了声音，环顾四周。

　　"他那天真的把你推下船了吗？"提提问，"我就知道是他干的。"

"当然是他，"比尔说，"我不是天生的潜水员。当我回来告诉他你们船长所说的话时，'黑杰克'告诉了其他人。第二天早上他来到甲板上，发现你们已经离开了港口，把我们抛在身后，然后又揍了我一顿。然后我们出海追你们，恰巧碰到你们返航，我又被其他人揍了一顿，他们下手更狠。我们知道你们试航顺利。'黑杰克'告诉莫甘迪、布恩还有其他人，他们只管抓住达克先生，那他们一辈子都可以衣食无忧。今天早上，他们又打算这么干。"

燕子号和亚马孙号的船员们面面相觑。比尔如此肯定他们从一开始就要去蟹岛，这让人觉得很奇怪，就连苏珊都觉得奇怪，他们从洛斯托夫特出发时，并没有打算去寻宝。弗林特船长把舵轮交给达克先生后，也跟着他们匆匆下楼进入餐厅，有一会儿，他把大西洋的航海图在餐桌上铺开，给他们指了指他们要去的地方（他自己也已经忘了吃饭的事），他们可以看出，比尔根本不相信他们是第一次看这张航海图。这件事可能略显古怪，但也许正是因为比尔理所当然地认为他们起初就踏上了那趟伟大的航行，其他人很快就习惯了这个想法。

事实上，他们几乎忘记了这次航行，忙着让比尔迅速融入他们。南希给了他一顶白色帆布帽。约翰给了他一条短裤，但比尔更喜欢他那条打补丁的长裤。他的脚和佩吉的差不多大，幸好她有一双备用凉鞋和旧的水手靴。至于防水服，有很多备用的。"无论如何，"约翰说，"我们不会同时穿防水服的。"苏珊和佩吉帮他清理了医务舱下铺的罐头，提提在墙上钉了张洛斯托夫特港的明信片，给他家的感觉。他们决定了他在餐桌上的位置，然后突然想起弗林特船长曾要过食物，非常惊慌。苏珊和佩吉赶忙跑上舱梯,去厨房干活。罗杰给比尔看了看引擎。约翰和南希把他带进了前舱。罗杰把他介绍给吉伯尔,吉伯尔让比尔给它的耳后挠痒痒。提提把他介绍给了鹦鹉,鹦鹉狠狠地啄了下他的手指。

"但是船长和大副都到哪里去了呢?"比尔终于压低声音问道,"他们还在睡觉吗?"

"根本就没有这些人啊。"提提说。

"我们就是。"南希说。

他们试图向比尔解释他们驾驶燕子号和亚马孙号时的冒险经历,但不知何故似乎没有什么效果。比尔只是哈哈大笑。"我一直小心翼翼,"他说,"因为害怕他们。"他突然严肃起来,"幸运的是,你们船长告诉我你们这儿有三个船长。啊,如果'黑杰克'知道……如果他知道,他会在南下英吉利海峡途中绑走达克先生的,他不会等着雾散的……"

就在这时,弗林特船长带着一丝全新的自信语气,从天窗朝下喊道:"你们上来看看吧。雾已经散了。我们成功了!"

他们挤在甲板上。船只的颠簸情况已经告诉他们天气完全改变了,一如彼得·达克猜测的那样。他们发现西北风刮得很猛,而且风力每时每刻都在加强。除了海浪,还有波涛,波涛汹涌,白色的浪花翻滚。狂风拍打着索具,野猫号身后留下一条长长的、汹涌的尾流。雾散了,但依然看不到陆地,也没有发现黑色纵帆船的踪影。

"我们成功了,"弗林特船长说,"那儿有一艘、两艘、三艘轮船,两艘货船和一艘油轮……可以看到它们的桅杆……还有一些法国渔船……

没有毒蛇号的踪影。确实没有。我们甩掉它了。"

"希望他会喜欢都柏林。"南希说。

"或者北极，"约翰说，"走得越远越好。"

"是的，"彼得·达克悠然而仔细地环视过地平线之后开口说，"看来我们摆脱它了，千真万确。"

"多亏了您，达克先生。我们已经甩掉他了，而且我们得到了他们的一个船员，他们却抢不走我们的。"弗林特船长高兴地说，"对了，比尔，我猜'黑杰克'是不是很想你？"

"现在毒蛇号上没有可以随便痛打的人了。"

"所以你认为他们会在狼岩灯塔周围拿着鞭子找你？"

"算了，反正我不在那儿。"比尔说。

那天的午餐晚了几个小时，尽管这顿饭晃动得很厉害，大家却吃得非常愉快。海况变化迅速，越来越糟。昨晚沿英吉利海峡南下，他们浅尝到风的味道，后来风又从远离陆地的方向吹来。现在，他们向南奔赴西班牙，置身于茫茫的大西洋之中。老彼得·达克很享受这个过程。"我了解这一带，"他告诉正在给他们做午饭的大副们，"从这个海湾到韦桑岛。我当时在法国人的渔船上，他们把我卖给了路易斯安那·贝尔号的船长，换了一袋烟草，就在这附近。我之前告诉过你们。先是东风，然后是雾，然后又是西北风。我们可以在夜幕降临前顶风停船休整，明天早上天气会好起来的。"他吃完饭，点上烟斗，弗林特船长下来吃饭的时候他又走过去掌舵。

弗林特船长是第一个喊饿的人，但苏珊说，如果他只说话不吃饭，给他做饭简直是浪费时间。他从甲板室的架子上带了两卷哈克里特的《航海全书》下来，又把那张大航海图带了下来。他翻翻这本书又看看那本书的时候，根本没忘记把图摊开在餐桌上，还顺手用盘子把图压住。不过，最后他想起达克先生已经值了大半夜的班，便派约翰和比尔上去掌舵，然后狼吞虎咽地吃完饭，赶忙跟在他们后面上去了。

当他赶到甲板上时，发现他们围在舵轮旁，而彼得·达克还没有回到自己的床铺上。他站在甲板室里，把头探出门口，看着舵轮旁的两个男孩，又抬头看了看天气。

"风速很快，"他见到弗林特船长时说，"雾后的风，向来如此。如果风吹得不是太猛，对我们很有利。"

"这里没有避风港。"弗林特船长说。

"但我们不需要，"彼得·达克说，"我们每向南走一千米，水就会变得更深。我们要的莫过于此。它在深水航行经受得住一切。引发事故、淹死可怜的水手的是浅滩。我们最好收帆，如果情况再不好转，我们可以顶风停航过夜，它会像海鸥一样贴着水面滑翔。"

收帆并不容易，但他们最终完成了，然后，弗林特船长留在甲板上，老水手回到铺位上歇息了一小会儿，但他在那里待不住，又出来站在甲板上，仔细观察小纵帆船行驶的情况。

"您不打算睡一会儿吗，达克先生？"弗林特船长问。

"等会儿有的是时间睡。"达克先生说。

野猫号一刻不停地驰航，现在收帆后航行更加容易了。但是海况持

续恶化，风也刮得越来越大。吃完饭后，大副们试图在甲板上洗碗，但涌上来太多的水，感觉要把她们冲走。罗杰把吉伯尔带上来看一看，陪它坐在舱梯最上面的台阶上。但是许多浪花溅到了那里，把他和猴子全都淋成了落汤鸡。他们不得不关上那扇门，防止餐厅进水。他们已经关闭了天窗。那天下午，上甲板的每个人都穿上了防水服。那些不掌舵的人在甲板室的背风处躲避海浪，还要躲避从屋顶上吹过的水灌进他们的衣领里。总有两个人负责掌舵，水花一直吹过来，拍打在他们穿着防水服的背上。行动也更加艰难，苏珊和佩吉想要烧些热水，轮流艰难地把水壶放回原位。最后，天黑下来的时候，约翰听到和他一起掌舵的彼得·达克对站在身旁的弗林特船长喊道："它做得很好，做得很好。我们现在顶风停航，静静地待上一夜后再赶路，如何？"

"如果那个家伙追上我们怎么办？"弗林特船长问，他现在正前往蟹岛，一刻都不想停下来。

"他非得走这条路南下，"彼得·达克说，"除非他想要全程逆风航行。没有什么捷径，只有经过西班牙和葡萄牙的旧帆船航道，乘着从马德拉群岛和加那利群岛吹来的东北信风。如果天气对我们不利，对他就更糟。如果毒蛇号此刻不在兰兹角北部的某处停船，'黑杰克'也会希望它在那儿。毒蛇号虽然是艘特快船，却不能在恶劣天气中行船。"

"我们还会遇到比这更糟的天气吗？"南希舒舒服服地裹在自己的防水服中问道。

"等我们到达菲尼斯特雷角，天气会转好，"彼得·达克说，"不过，午后天气不会一直这么差劲。"

"只要不会变得更糟就还好。"南希说，她发现自己没有晕船，确实很高兴。

"嗯，"弗林特船长说，"您比我更了解海湾。还有一件事，经历了昨晚的一切之后，我们都可以好好睡一会儿了。"

在接下来半个小时的艰巨任务中，比尔赢得了大家的好评。尽管他没办法分身，但他工作相当卖力，发挥了巨大的作用，以至于看起来他似乎确实分身有术。当他们做完准备工作，休息的时候累得直喘气。他们把沉重的帆桁在原位系牢，收起所有的普通船帆，留下一张小小的暴风雨三角帆和风暴时用的斜桁帆，它们俩互相平衡，这样野猫号就静静地停泊着，迎接来袭的海浪，但不会继续前行。

"停得真漂亮。"一切妥当之后彼得·达克说。陆地上的人没有体会，但傍晚连续艰苦奋战几个小时之后，野猫号上的人感觉好像迎来了一个安宁的休息日。再没有水冲上来，船也不再摇晃得那么猛烈。但是大副们没有尝试做晚餐。当她们摇摇晃晃地拿着一大罐热可可走到下面的船舱时，每个人都开心地欢呼起来。

提提和罗杰赶在去各自铺位睡觉之前获准再在甲板上看最后一眼。那是大自然的画卷。浩瀚的海洋不时地把纵帆船抬高时，他们瞥见远处一艘轮船的灯光。除了头顶上流动的云彩和下面翻滚的白色波涛，再也看不到什么。然而，野猫号上已经够舒服的了。不得不说，在两张小帆的作用下，小帆船似乎自由自在地徜徉在波涛汹涌之中。它看起来像是在大海的起起伏伏中安稳地酣然入梦。野猫号独自停在黑暗中，自信而明亮地闪闪发光，就像彼得·达克说的那样，它像沉睡的海鸥一样怡然自得地紧贴着起伏不定的水面。

令比尔吃惊的是，晚饭后不久，他也被喊去睡觉了。

"大家最好趁机睡个好觉，"弗林特船长说，"舵轮固定住了。我和达克先生会留意的。你去睡觉吧，比尔。闭着眼在这儿坐着没有意义。收帆时你做得很棒，我的孩子。你现在可以走了。早上你想多早起就可以多早起。"

在餐厅里，其他人走后，约翰、苏珊、南希和佩吉坐在摇晃的灯下的桌子旁。他们聊了一会儿前面的航程以及达克先生的岛，但话题很快就转到了比尔身上，毕竟他就在不远处。

"他非常擅长爬桅杆。"南希说。

"谁都看得出他以前出过海……是真正的出海。"约翰说。

"在拖网渔船上一定很可怕。"苏珊说。

"我认为他没怎么想过这种事。"佩吉说。

"想什么？"

"在暴风中停船。"佩吉说，野猫号突然倾斜侧滑时她立刻抓住桌子。

"嗯，这算不上坏事。"南希说。

"他在各个方面都能帮上忙。"约翰说。

"如果我们没把他接上船，他会怎么样？"佩吉问。

"很可能会淹死，"南希说，"'黑杰克'甚至没有给他留一支桨。"

"嘘，"苏珊说，"他可能没有睡着。"

他们四个紧紧抓住桌子、舱壁和任何方便抓的东西，悄悄走向曾经当作医务室的船舱，但现在它半开的门上有了个新的标签——"一等水手比尔"。约翰往里看，其他人都在听动静。

"他穿着衣服睡着了。"约翰说。

"哦，我没想到这个，"苏珊说，"这是我的错。他需要别人给他一件备用睡衣。"

"我去给他拿我的。"佩吉说。

"现在叫醒他不好，"苏珊说，"他可能累得要命。"

在楼上的甲板室里，彼得·达克躺在他的床铺上补袜子。苏珊主动提出帮他补，但他说他喜欢出海时补袜子。弗林特船长坐在航海图桌旁，非常专注，跟随船的动作在椅子上摇摆着。他专注地玩纸牌游戏"密里根小姐"，他已经赢了两把。每把结束后，他都会在甲板上转一圈，吹吹风，检查一切是否正常。

"如果我赢了第三把，达克先生，"他说，"就说明命运操控着这个游戏，我们会把您的宝藏挖出来。对了，达克先生，您觉得我和'黑杰克'谁会赢？"

达克先生的针线活做得越来越慢。

"东北信风，一路顺风。"他说。

几分钟后，弗林特船长得意洋洋地转过身来。

"赢了三次，达克先生，"他喊道，"不会有这么明显的暗示了。"

但是达克先生的袜子掉到了地板上，织补针穿在灰色羊毛长线的末端。达克先生倒在他的铺位上，嘴巴微微张开。他的呼吸变得更有规律

了，开始发出熟悉的音调。达克先生睡着了。

弗林特船长捡起袜子，把织补针穿进去，然后把它扔进挂在达克先生床头的那只什么都有的袋子里。接着他站起来，又走进夜色之中。

"赢了三次，"他说，"赢了三次。说明什么呢？好像我们已经把宝藏装上船了。"

燕子号和亚马孙号万岁！

第十五章

比尔的
用武之地

比尔躺在铺位上微微一动，感受到令人不安的舒适，突然惊醒过来。盖到下巴的怎么会是条柔软的毯子，而不是毒蛇号风帆柜里的硬帆布？比尔一下子就清醒了，全身都警惕起来，他就像只小动物，急忙扭动身子，使劲贴在铺板上。紧贴在墙角，不管是在铺位上、风帆或是其他地方，男孩都能及时躲过鞭打之类的欺凌。但是，他没有看到绳子，也没有听到绳子甩在木板上的啪啪声。不是的。他弄错了。他没有睡过头。没有人因为他没有去厨房生火而咒骂他。周围没有人，只有他自己，还有铺位上的两条暖和的棕色毯子。在这个铺位上，他可以尽情舒展身体，而且还不会撞到。

他想起自己身在何处，那红润又有雀斑的阔脸上慢慢露出了笑容。

到底是谁在老毒蛇号的厨房里做饭呢？他想了想，然后颤抖起来，想起了昨天的浓雾、漂浮的小船、汽笛和雾角的轰鸣声、雾中突然落到他身上的某艘船船头的影子、扔给他的绳子，还有看到达克先生掌舵时的惊讶，记起了救他的船。这是他遇到的最幸福的事。

光线透过走廊和餐厅上方的天窗射进小船舱里，但比尔看不见外面。他并不想看。他生在多格滩不是没有理由的。从船只的动静来看，比尔立马判断出野猫号还停着。这样很好，不用着急。比尔轻声笑了起来。

他在想船长和大副，还有所有人。哎呀，如果"黑杰克"知道船上没有别人，他会立刻从野猫号上绑走达克先生的，他会……但孩子们不是他的对手。

没有人提醒他，他其实还没南希年龄大。跟其他船员相比，他仿佛觉得自己有一百岁。在他看来，船长和彼得·达克非常靠谱。船长可以驾驭这艘船；众所周知，驾船驶出防波堤堤头的水手没有哪一个比老彼得·达克更优秀。这都是老生常谈了。每个人都知道。但是剩下的人！"船长和大副！船长和大副！哎呀，'黑杰克'和他身边的小混混会吃掉他们的。我上船算是件好事。不管怎么说，现在有我们三个。"

他从毯子里伸出手，伸到头顶的小架子上，从架子上拿下苏珊前一天晚上给他的新牙刷。他好奇地看着它。"船长和大副！"他又说了一遍，"而且他们不知道怎么用一段线绳清洁牙缝！"

但就在这时，有人在头顶的甲板踩了一脚，他听到约翰和罗杰匆忙走出船舱，向甲板跑去。他手里拿着牙刷，过了一会儿也跟了上去。他们似乎都穿着奇怪的衣服，像艺人在雅茅斯码头表演时穿的服装。他跟在他们后面，冲上舱梯，跑到甲板上。

"早上好，弗林特船长！早上好，达克先生！"他们匆匆跑上来，还没在颠簸的甲板上站稳就开口说道。他急匆匆地跟在他们后面，也跟弗林特船长和达克先生打招呼，还得到了船长点头回应。

弗林特船长和彼得·达克正忙着用六分仪①和经线仪②进行观测。透过一片片灰蒙蒙的云层不时可以看到太阳。白色的浪花没有以前多了，

---

① 六分仪，用来测量远方两个目标之间夹角的光学仪器。通常用它测量某一时刻太阳或其他天体与海平线或地平线的夹角，以便迅速得知海船或飞机所在位置的经纬度。
② 经线仪，在海面上测量经度的仪器。

虽然风仍然很大，但也不再掀起整个浪头。

"来吧。"约翰喊道，他把睡衣扔进舱口，把帆布桶甩到船边。

"来吧。"罗杰说，他脱下睡衣，然后扔到约翰的身后，等着约翰把一桶海水从他头顶浇下来。

他们的那些奇装异服看起来确实很容易脱掉。比尔把夹克塞进升降索间的安全地带，然后拉扯下他那件破旧的针织套头衫，费力脱下打了补丁的蓝色裤子。他脱下了近几个星期贴身保暖的背心。天气很冷，但如果这些孩子能忍受，他也可以。

"来吧。"比尔说，鼓起勇气迎接那桶泼在脸上的水。

"来吧，"约翰说，"你拿起水桶，朝我泼一个……我说，你确实知道怎么灌满水桶吧。你泼给我的第一桶水从来就没有满过。喂！你没有毛巾吗？快点，罗杰，拿一条毛巾上来。我们再灌桶水。我也努力给你泼一整桶。"

几分钟后，比尔用罗杰从舱口递上来的毛巾好好擦了擦身子。不知何故，他把潮湿的胳膊和腿塞进衣服里，感到出奇的暖和。他一旦做事，就会有始有终。他拿起帆布桶，又从船侧灌满水，然后拿出牙刷，在水里蘸了蘸。

"不用这样，"约翰想到了海水的咸味，说道，"苏珊总是给我们定量配无盐的刷牙水。"

"我只是稍微沾了点水。"比尔说。那是错的，是吗？算了，一个人不可能一下子就懂得这些技巧。他满怀希望地瞥了一眼船尾。也许他们马上就会扬帆前行。如果真要扬帆起航，他又会胜孩子们一筹。不会像使用牙刷时这样！

他必须等到早餐后才知道自己有没有机会，但机会并没有伴随风帆而至。

早餐推迟了。尽管大家肯定都饿了，但奇怪的是，没有人大喊大叫。两个大副飞奔过来，说了声抱歉，然后绕过拐角跑进厨房，船长自己已经把粥放在双层煮锅里煮了起来。这一点毋庸置疑。野猫号的确非常奇怪。后来，除了船长，大家都来到餐厅，苏珊在舀粥，佩吉往杯子里倒热可可。比尔看看这个看看那个，满腹狐疑。这其中可能有鬼。但是老彼得·达克吹掉可可上的热气，大口喝了起来，好像极其平常。算了，人们确实说，关于大海，没有彼得·达克不知道的。野猫号上的生活与格里姆斯比拖网渔船上的生活有些许不同，与毒蛇号上的那些日子大相径庭，那些日子让比尔伤痕累累，但他认为他活得越久，可能学到的东西就越多。他瞄了一眼达克先生，同时吹掉自己可可上的热气，喝下粥，像他欣赏的老水手那样平静、那样有板有眼。至于那些孩子……他们吃完早餐后，弗林特船长下来取早餐，达克先生上了甲板，弗林特船长也上去了，只有船员们留在餐厅里，比尔发现他有机会展示自己也懂些东西。机会就这样来了，有人说野猫号剧烈颠簸导致南希晕船了。比尔摸了摸口袋。太好了，那四分之一的黑烟草还在里面……

弗林特船长和彼得·达克在甲板上待了一段时间了，他们在甲板室屋檐下抽着烟斗，享受着清晨时光，思索着何时能够风平浪静，野猫号可以再次迎风起航，前往菲尼斯特雷角。弗林特船长在护栏上轻敲烟斗，发现早饭后除了他和老水手以外没人上过甲板。

"奇怪，他们在下面太安静了，"他说，"我猜他们和小比尔有许多要聊的。喂！是南希……"

南希从前舱口爬了上来。她摇摇晃晃地走到一边，倚着舷墙，探出头去，看着灰色的海水和连绵不断翻滚着涌向野猫号的白色浪花，它们来势汹涌，想要攀上船，但并未成功。

"喂，南希？"弗林特船长喊道。

南希回头看了看，但没有回答。

"南希怎么了？"弗林特船长说，"我还以为她已经克服了第一天出现的晕船症状。"

就在这时，提提面色苍白地从舱梯口爬了上来，紧紧抓住桅杆，站在那里。

"你也晕船吗？"弗林特船长问，"你们在甲板下都做什么了？你们昨晚都没问题啊，而且昨晚船只颠簸得更厉害。"

提提看着他，仿佛看着一个站在三米之外的人。她慢慢移动，努力站稳脚跟，但几乎要摔倒；她用力地爬到舷墙处，紧紧抓住侧支索。

"发生了什么事？"弗林特船长又问。

"很……很好。"提提说道，她非常难受地趴在船舷上。

"他们在下面做什么呢？"弗林特船长说着绕过甲板室，顺着舱梯进入餐厅。

他发现餐厅空无一人。但是前舱口传来嘈杂的谈话声。弗林特船长开始往前走。他听到了下面的对话。

“两个。”那是比尔的声音，他正坐在一卷缆绳上，跟约翰、苏珊、佩吉和罗杰聊天。

“唉，我告诉他们不要再试了。”苏珊说，“比尔，请别再往地板上吐了。去吐在旧油漆桶里。”

“我觉得我现在到极限了。”约翰说。

“我就不能试一试吗？”罗杰问。

“不能。”苏珊说。

“我不打算试了。”佩吉说。

“不用那个我也可以把你们治好的，”比尔说，“晕船没什么大不了的。嚼烟草不管用。要我告诉你们他们是怎么治好我的吗？‘忍住，不去想，感觉会好一点。’他们说。他们用肥熏肉治好了我。你们有肥熏肉吗？”

“有。”佩吉说。

“好，需要一段绳子，”比尔说，“然后你把绳子系在你能吞下的最大的一块肥熏肉上。接着抓住绳子的另一端，吞下它。然后你……”

传来窸窸窣窣爬上梯子走出前舱口的声音。

罗杰的脸色如同老式捕鼠器上的奶酪一般，他冲出船舱，船突然倾斜，他被船猛地一甩，伸手去抓舱壁，滑过走廊，一直滑进餐厅。他避开了弗林特船长，艰难地在桌子旁站起来，扑向舱梯，拼命爬上甲板。

前舱口又响起比尔的声音，语调略带惊讶。

“好吧，”他说，“如果他们不想知道的话……”

弗林特船长忍住没笑出声来，转身回到甲板上。现在，全船的人都在那儿，当然，除了比尔。南希、苏珊和佩吉站在船头，疑惑地看着对方。

约翰紧紧抓住绞盘，使劲地咽着口水。提提抱着罗杰的头，和他一起靠在船舷上。达克先生根本没有注意到他们，他在看天空中飞舞的云彩。

弗林特船长什么也没说。他慢慢地往前走，恰好看到前舱口里冒出一头浓密的红发。比尔把蓝色裤子破烂不堪的裤脚塞到佩吉借给他的备用水手靴里，从前舱口爬了出来。

"你抓住绳子的一端，"他说，"然后摇晃它……"

南希、苏珊和佩吉匆匆转身离开。约翰深呼吸。

"听着，年轻人，"弗林特船长对比尔说，"如果你一开始就让我四分之三的船员不能工作，我们现在就让你下船。"

"我只是告诉他们如何治疗晕船。"比尔说。

"好吧，我不建议你这么做，"弗林特船长说，"那两个大副负责做饭，如果你继续，就吃不到午饭了。你最好停下来，帮他们削土豆。"

"我很擅长削土豆，"比尔积极地说，"还有处理鲱鱼内脏。在这方面，洛斯托夫特没有男孩比得上我……"

"好，"弗林特船长说，"叫那些大副给你些土豆削。但是不要和他们谈论鲱鱼。现在不要。"

"他们好像不喜欢了解这些东西。"比尔说。

没人再提比尔治疗晕船的方法。没有人对此怀有恶意，但他那天了解到，毒蛇号允许的一些事情，在野猫号上是不允许的。午餐后，弗林特船长迫不及待地要出发，他认为，在将帆大幅收起的情况下，野猫号可以承受残存的狂风。然后，当他们扬起已收起的前桅帆时，比尔展现

了其他孩子无人能及的一些优势。扬起小小的前帆后，野猫号船身倾侧，铆足了劲准备启程，飞也似的穿过比斯开湾向西南方向冲去。比尔走到船尾，再次掏出他的黑烟草块，给自己掰下一小块，紧靠在舵轮旁，静静地嚼着，以专家的眼光平静地看着弗林特船长身为舵手的表现。

"你嚼烟草多久了？"船长突然问道。

"从我小的时候就开始了。"比尔说，"您不必担心，船长，我总是朝下风方向吐。"

"好吧，"弗林特船长说，"但是不要给其他人烟草，也不要在甲板下或你的船舱里嚼。"

那天剩下的时间、整个晚上，还有第二天，除了弗林特船长和彼得·达克，所有人都不能掌舵，野猫号仿佛正在层峦叠嶂的汹涌波涛中向南前进。比尔一有时间就待在甲板上，看他们掌舵。直到第三天风势开始减弱，比尔却非常不满意。他在心里承认弗林特船长的驾船技术很好，不过比不上"黑杰克"。当然，彼得·达克的掌舵技术是无可挑剔的。但第二天他确实认为，他们可能要展开一张收起的帆，扬起更多的船帆。

有一次，彼得·达克派他到甲板室传话时，他停下来看着弗林特船长放在那里的猎枪，这些枪竖起来放在架子上，枪口里塞着沾满油污的破布，防止落进灰尘。

"这是什么？"他问。

"步枪。"弗林特船长说着把目光从航海图上移开，抬头瞥了一眼。

"这个呢？"

"火枪。"

"这个是猎兔子之类的？"比尔更感兴趣地看着第三把猎枪问。

"那是猎大象的，"弗林特船长说，"我在锡兰买的。"

"毒蛇号上没有大象，"比尔说，"但我觉得您幸好有枪。"

"经过上回奋力一搏，我们已经甩掉毒蛇号了，"弗林特船长说，"即使它没有在大雾中径直前往爱尔兰海去找我们也没关系。"

比尔说："'黑杰克'执着于某件事时，不会那么容易收手的。"

"振作起来，"弗林特船长说，"我们不会把你交出去的。"

"我也觉得你们不会。"比尔说。

野猫号确实不同寻常，船上也有一些奇奇怪怪的人。他们似乎从不把事情当真。他们不了解"黑杰克"和他的狐朋狗友。比尔没有再说什么，就出去了。

南希本来一直在看弗林特船长在航海图上用铅笔做的记号，这时也跟着出去了。她发现比尔在甲板室的背风处，抬头盯着船帆。

"怎么了，比尔？"她问。

"如果这艘船是我的，"比尔说，"而且船上有达克先生，知道'黑杰克'在追他，我就不会这么惬意地航行。我会升起更多的帆，一直航行，直到桅杆折断，直到它沉没。如果我知道'黑杰克'跟在我后面，我会这么干。"

第十六章

黄昏下的
马德拉群岛

野猫号甩开毒蛇号收留红发比尔后的第四天，轮班瞭望员（当时是佩吉）第一次看到菲尼斯特雷角。暴风雨过后，雾很大，弗林特船长每隔半个小时左右就看一次航海日志，在甲板室花大量时间一次次计算他们航行了多远。当佩吉突然喊她看到陆地时，他确实非常高兴。薄雾正慢慢笼罩东南方，薄雾下，是又长又尖的海角以及与其隔海相望的森托洛岩石，还有三三两两高高扬起风帆的金枪鱼渔船。弗林特船长走了出来，坐在甲板室的屋顶上，自豪地盯着菲尼斯特雷角，仿佛那是属于他的。毕竟，他在浓雾中离开了兰兹角，在暴风雨中停留了数小时，然后穿过比斯开湾好不容易来到这里。如果某个海角或灯塔恰好在期待的时间和地点出现，任何人都会很高兴。野猫号上的所有船员沿护栏排开，轮流用望远镜望着这个著名的海角。

他们离那里很远，没有必要再靠近。至少，弗林特船长是这么想的，最后大家都同意了。他们中的一些人起初认为在维戈和里斯本登陆会很有趣，不管怎样，沿着西班牙和葡萄牙的海岸航行都会很有趣。但他们完全有理由不把一分一秒浪费在单纯的观光上。

"假如我们在维戈登陆，"弗林特船长说，"然后在那里待上几天，那两天可能正好让'黑杰克'超过我们先到蟹岛。"

彼得·达克同意弗林特船长的意见，但他还有其他理由。"港口，"他说，"全都是污垢。如果我们食物短缺、水已耗尽，完全可以去，但

装备齐全的船只不需要停靠。想当初赛姆皮雷号离开上海航行多达一百二十天，它在不需要停靠交货时停在港口了吗？当然没有。那我们为什么要这么做呢？我对蟹岛不是很确定，但那是我们要去的地方，我完全赞成一直航行，直至抵达。我们有必要这样做。"

"'黑杰克'又不是不知道怎么去那里，"比尔和其他人商量着说，"如果他先到那里，我们只能去别的地方。"

因此，虽然野猫号不是赛姆皮雷号那样的快速帆船，只是一艘配有桅杆以及相对其体型来说较小的船帆的小型纵帆船，每个人都赞成不要浪费任何可以节省的时间。弗林特船长每晚都要将上桅帆取下来，因为，他说，在这片水域里，风向风势不确定，你永远不知道什么时候不得不在黑暗中匆忙取下它，那种滋味可不怎么样。但是黎明时分，他又将帆挂了上去。每个人都为这艘小纵帆船尽了最大的努力，约翰、南希或比尔对彼此说的最糟糕的话就是指出谁掌舵时最不平稳。

在菲尼斯特雷角以南，他们又遇到了好天气。他们顺着海岸，航行在伯林斯群岛和法里霍斯群岛之外，许多船只在这两处岩石群附近失事。他们深夜经过那里，观察伯林斯群岛明亮的闪光灯很久以后，才看到法里霍斯群岛那微弱惨淡的绿光，尽管伯林斯群岛要远得多。然后，第二天早上，他们从里斯本以外的罗卡角出发，结束了沿岸航行。弗林特船长向马德拉群岛驶去，当罗卡角沉入地平线以下时，他们知道在看到近一千米以外的圣港岛之前，不会再看到其他陆地。

在横渡比斯开湾的那四天里，他们已习惯了看不到陆地。有些人可能会认为这很枯燥，但似乎总有一些东西可以看。可能是在船后飞行

的海鸥，几乎没有扇动它们那宽大的翅膀，俯冲下来叼走某人掉到船上
的一小块饼干，或者从舷墙附近掠过，接住为它们扔向空中的食物碎块。
可能是一艘轮船，或是一艘来自南美的大型客轮，也可能是一艘运载石
油的又长又低的油轮，其烟囱在船尾且没有起重机，没有人能立刻判断
出那是什么。或者，可能是一群海豚，一起纵身跃过波峰，像是在进行
水上跨栏比赛。它们跃出水面，又扎进水里，背部在阳光下闪闪发光。
它们在水中翻来覆去，一同追逐时，所有人都会冲到船舷一侧观看，直
到白色的水花越来越远，再也看不清。也可能是飞鱼，是从浪边跳出的
闪闪发光的银色东西，它们的长鳍在呼呼作响，看起来就像飞起来的白
色小雏鸡，扎入另一个波峰，径直穿过然后从另一边出来，有时在水面
上掠过很长一段距离，而后消失在水中。

　　总有一些东西可以看。而且，再说了，总有事情要做。苏珊和佩吉
从早到晚忙于做饭和家务。有一天，苏珊说她做家务太忙、没有时间为
吉伯尔织绒线帽时，罗杰指出："船务，应该这么叫。"顺便说一句，吉
伯尔有了绒线帽，不过是彼得·达克补完袜子后给它织的。他按照自己
的样式用蓝色毛线织的，苏珊看到了，就将船务搁置，做了一条红色的
羊毛流苏挂在上面。

　　每天，主水舱都必须用存放在地板下的带有小螺旋盖的水箱加满水。
这样，苏珊能够准确地计算他们用了多少水。她以前从不擅长算术，佩
吉也不擅长，但在那次航程结束之前，没人发现她们计算出错。她们一
直在计算，苏珊通常一大早就会醒来，想到之前的计算出了错，她就会
坐在床铺上，再算一遍，然后告诉提提。提提在下面的铺位上，也会尝

试用铅笔和纸进行计算，想要帮点忙。甲板室的门里侧有一张卡片，每次将下面一只小水箱里的水全部倒入主水舱时，苏珊都会在这张卡片上打勾，这样弗林特船长也能密切关注淡水的使用情况。他们非常注意节约用水，大部分的洗涤工作都用海水，使用特殊的盐水肥皂。它不会产生太多的泡沫，用过之后感觉黏糊糊的，但缺什么都比缺少饮用水好。最后，弗林特船长说，一切能进展顺利都要归功于苏珊。如果不是她谨慎用水，他们永远做不到现在这样。

　　他们也一直坚持轮班瞭望。天气好的时候，约翰、南希和比尔中的两个人下午负责驾船四小时，有时他们三个人一起。他们按照罗盘航向驾驶。没有陆地可撞击。不管怎么说，在遇到船只或者海风作怪的情况下，他们总可以砰砰敲响甲板室的门，把试图在白天休息的彼得·达克或弗林特船长拉出来，因为晚上他们俩总有一个人要在甲板上值班。当然，比尔自打记事起就一直驾驶小帆船，约翰和南希自从出发已经学到了很多。全天内，无论船务进展如何，到甲板上的人都有义务密切警戒。

　　彼得·达克教他们如何织网。他们轮流操作，经达克先生略微指导，他们织了一张吊床，把它挂在前桅和迎风的侧支索之间，野猫号在海浪上漫不经心地上下摇晃时，他们轮流玩吊床，结果撞了好多个包。吊床做得非常成功，但是没有人愿意在上面待很长时间。如果不想从上面滚下来，那就要几乎保持不动。他们试着在上面玩甲板投环游戏，来回扔绳环（彼得·达克教他们做的），接住它们，然后再扔回去。但太多的绳

她们一直在计算

环被扔到了船舷外，他们也慢慢厌倦了再重新做新的，而且彼得·达克说，如果他们继续玩这个游戏，玩得太久的话，备用绳就不够用了。

然后他们开始跳绳。当弗林特船长第一次提出这个建议时，所有人都认为这个游戏有点幼稚，但他们很快就发现，跳绳比吊床更容易撞出包来。在小纵帆船颠簸的甲板上跳绳并不容易，尤其甲板每次稳定时间不超过一两秒。就连比尔看到弗林特船长非常认真地先用右脚跳了一百次、又用左脚跳了一百次、接着又用双脚跳了五十次、然后精疲力竭地倒在天窗上后，也觉得这一定很有趣。比尔尝试了一番。他没有疲惫地坐在甲板上，因为没有时间。没等他跳完三次，甲板就突然抬高，他狠狠地撞倒在甲板上。最后，他们都跳得相当不错，而且比起用吊床玩甲板网球节约绳子。

一切都进行得有条不紊。马德拉群岛已进入视野。他们已经经过了圣港岛，除了要在某天下午晚些时候向水舱里灌满淡水，他们还盼望着到丰沙尔停泊，然后上岸到这座外国港口采购。罗杰玩望远镜时，看见他们身后很远处有一艘纵帆船。

当天早些时候，他们驶过了一支小型葡萄牙捕鱼船队，现在罗杰把大望远镜架在船尾护栏上，努力想看到他们，以此消遣。整支小船队都扬起了船帆，跟在野猫号后面，无疑是要把捕获的东西运到马德拉。野猫号的船尾向下倾斜，望远镜也随之向下倾斜，那一刻，他们突然出现在罗杰的视野里。然后，野猫号船头下沉，船尾抬起，罗杰通过望远镜只能看到天空。尽管如此，罗杰抓住了野猫号给的时机，足以看到渔民小船队，还注意到船队之外有另一艘帆具不同的帆船。

"有艘船在追赶渔船。"他说。

他的话没有引起任何人的关注。所有人都了解罗杰，知道他独占大望远镜总是为了看什么。比尔和约翰在掌舵。除了船长和彼得·达克之外，其他人都站在船头，热切地看着前方越来越清晰的马德拉。弗林特船长在甲板室里忙着研究航海图，想知道是否可以在没有领航员的情况下驶入丰沙尔。彼得·达克正在午睡。

"它有两根桅杆，"罗杰说，"两根桅杆上张着大帆。"

比尔清清楚楚地听到了。

"让我看看。"他把舵轮留给约翰，蹲下来，扶稳大望远镜。

下一秒，他迅速冲进甲板室，吓了弗林特船长一跳。他摇了摇彼得·达克的脚，彼得·达克当时正愉快地、心满意足地躺在那里打鼾。

"醒醒，达克先生！弗林特船长，船长。是他！他又追上我们了。"

"说重点，"达克先生坐起来说，"怎么回事？"

他们都通过望远镜看了一眼后，表情严肃，一致认为，即使不是毒蛇号，也跟它长得非常像。

"他们速度很快。"弗林特船长说。

当其他人看到弗林特船长和彼得·达克走出甲板室时，也匆匆来到船尾。

"那是谁？"南希问。

"又是'黑杰克'。"约翰说。

"不见得。"苏珊说。

"当然是，确实是，"罗杰说，"我先看到它的。"

"我想知道的是，"弗林特船长说，"那家伙看见我们了吗？如果是这样的话，我们最好做些什么。"

"算了，我们还是喝茶吧。"苏珊过了一会儿说。

等他们刚把茶喝完，所有人都清清楚楚地看见，这艘像他们一样向南行驶的纵帆船就是毒蛇号。如果不是葡萄牙渔船的话，他们早该看见它了。

"他怎么猜到我们要做什么的？"弗林特船长很生气地说，当时他们已经来到餐厅，只有南希在掌舵。

"不用猜，"彼得·达克说，"他要走最短的路线去蟹岛。这是肯定的。他知道您也会这么做的。他也知道您会到丰沙尔或加那利加满水，他自己也是这样想的。"

弗林特船长突然从椅子上站了起来，眼神变了。

"苏珊，"他说，"让我们再看看你统计的用水量。"

十分钟后，他们又回来了。

"多亏了苏珊，"弗林特船长说，他拍了拍苏珊大副的后背，向她举茶表示感谢，一饮而尽，"多亏了苏珊，我们还会甩掉他的。我们继续前进。我们的水完全够用。丰沙尔在马德拉群岛南部。在我们转过岛之前，天就黑了，然后，我们不会停在丰沙尔，也不会进入海港，而是径直向加勒比海和达克先生的岛进发。"

彼得·达克凝视着杯子底部，思索着什么。

"达克先生？"

"不得不说是个好计划，如果您对淡水的用量把握准确的话，船长。

他肯定要补水。只有千分之一的纵帆船才会运载成吨的淡水作压舱物。他会在丰沙尔补水，他希望您也这么做。但现在您有更多选择。他过几天才会猜到您不会在丰沙尔停船。然后他一定会认为您要到更南边的特纳利夫岛或者大加那利岛取水。他永远也想不到您会驾驶这样的小船不停地往前走，不在任何一处停船。"

没有一个船员会对这么棒的计划表示反对，即使这确实意味着他们不能到丰沙尔上岸喝冰果汁。他们会再次摆脱"黑杰克"，如果彼得·达克是对的，如果"黑杰克"去加那利岛，这会给他们时间去蟹岛，看看达克先生在树下埋的是什么，然后在毒蛇号到达之前返航。

当海面上酷热的夏夜降临时，野猫号的船员们在船尾看着后面疾驰的黑色纵帆船，眼下仍然离得很远。现在，他们希望"黑杰克"和他那群狐朋狗友认为他们正前往马德拉群岛。黄昏时分，他们驶过马德拉群岛最东端，毒蛇号转弯时，天色早已漆黑一片。除非出现奇迹，否则毒蛇号上没人能想到野猫号不会驶入丰沙尔，而是继续航行。野猫号没有驶向海边和山坡上闪烁的丰沙尔灯光。它在黑夜中平稳前行，在午夜时分驶向西南偏西方向，进入广阔的大西洋。

当船尾丰沙尔的灯光逐渐暗淡时，弗林特船长落下一句惋惜的话。

"糟糕，"他说，"我一直指望到马德拉买把像样的铁锹。"

第二部

第十七章

信 风

第二天黎明时分，只见一大片低云堆积在遥远的马德拉岛的地平线处，没有毒蛇号的踪迹，野猫号也再次安顿下来，恢复日常生活。从拂晓到日落，野猫号顺着从东北方持续吹来的信风一路前行，风势到晚上才稍有减弱，因此，弗林特船长和彼得·达克一致认为在这段航程中没有什么能阻止他们整夜满帆航行。每天早晨，还没等阳光变得炙热起来，全体船员就都穿着泳衣来到甲板上，他们把帆布桶灌满咸咸的海水，清洗甲板，然后互相冲洗，新的一天就这样开启了。日复一日，每天都重复着前一天的事情：放哨敲铃，煮饭吃饭，刷锅洗盘，清洁杯盏。大部分时间彼得·达克拿出一根末端系着大钩子的钓鱼线，在钩子上扎一束条状熏肉皮，满心希望能钓到一条鲨鱼，却从未成功过。不过他偶尔能用小钩子钓到好吃的东西，除此之外，不小心飞到船上的飞鱼也深受厨房欢迎。他常常说，只有诺福克湖区才是真正的钓鱼天堂。

彼得·达克教给大家很多关于绳索和绳结的知识，这些都是书上学不到的。弗林特船长则教约翰和南希如何使用六分仪进行观测，并与他们一起绞尽脑汁解决数学难题，这些问题可比他们在学校遇到的难多了。起初，他们尝试观测太阳（在摇晃的甲板上使用六分仪可不容易），最终得出的结论是，野猫号穿过了安第斯山脉，或经过了一些中西部著名城市，目前在撒哈拉沙漠中航行。但不久后他们就确定野猫号位于大西洋，并且在航行的最后几天里，他们的计算结果与弗林特船长的计算结

晨间冲洗

211

果很少有超过八九十千米的差值。这也许是大家在船上做过的最像上课的事情。弗林特船长曾经跟他们讲起过去有名的采矿热潮，但那很难被称为历史，就像你无法将彼得·达克被鲨鱼拖走的离奇故事称作自然科学一样，更别说相信竟然存在"罗盘"佩洛勒斯·杰克这回事——它是一条曾经引导船只进入悉尼港的鱼，为了保护其安全，人们还制定了一部法律。

　　每天中午，弗林特船长都会计算出船的位置，用红墨水在航海图上画一个小小的十字标记，并将日期整齐地写在它旁边。每个人都会去甲板室看一看那张图。那张航海图以及图上标出的一个个红色小十字——从利兹角出发，到菲尼斯特雷角，接着到马德拉群岛，然后沿西南方直下到东北信风带，再继续西行，就这样一直航行下去——它们几乎是唯一能证实他们在移动且已靠近大西洋另一端的事物。不同的海域如出一辙，而这些红色的小十字，一个个地横穿航海图，走得越来越远，看似在巨大的盘子中央努力地飞驰，却不知为何被固定在中间，结果纹丝未动。

　　连日来，他们没有看见其他船只。一天早晨，天空慢慢地亮起来，星星逐渐隐去，太阳从船尾升起，正在轮班瞭望的南希和弗林特船长看到他们正前方遥远的地平线处有一艘装备完整的三桅船，扬着巨大的帆，朝西北方向行驶。有那么一会儿，他们能隐约看到船上有什么东西，但现在，阳光低斜地照在水面上，照亮它的船帆，朦胧中宛如一簇树篱玫瑰。每一张帆，都被风吹得鼓鼓的，像花瓣一样卷曲而明艳。

　　"这一幕值得把达克先生从他的铺位上拉下来看看。"弗林特船长说，于是他走进了甲板室，由南希掌舵。

彼得·达克立即翻身跳下铺位，他警觉而又机敏，好像还在值班一样。他走出甲板室，举起望远镜，望向远处的船只。太阳越升越高，如玫瑰似的船帆也变得越来越暗淡。

"它让我想起了路易斯安那·贝尔号，"他说，"它是一艘返航的新英格兰快船。看到这样一艘船真好，真让我高兴。顶桅帆上有天帆。主桅支索帆和后桅支索帆都放下来了。"

他悲伤地望着野猫号的船帆，希望它能在什么地方多一些帆布。

弗林特船长大笑起来。

"这可没办法，达克先生，我们可没法再给它多缝上一针了。"

达克沉默不语。他想起了赛姆皮雷号，想起了自己的青春，想起了逝去的岁月。他再次举起望远镜，望着远在天边的那艘船。现在，它的船帆在阳光下像白色的火花一样闪闪发光，南希和弗林特船长用肉眼都能看见了。

"一小时后就只能看见船桅了，"彼得·达克终于开口，"我们可能在整个航程中再也看不到另一艘船了，该死的螺旋桨蒸汽船，"他恶狠狠地吼道，"把像它这样的帆船都从海上赶走了，它属于这片海！"

当其他人来到甲板上时，船已经消失在地平线下了。南希告诉了他们这艘船的事情。

"我们真的必须穿越大西洋了，"她说，"达克先生认为这艘船是从合恩角出发的，前往波士顿或纽约。"

"那我们应该开始寻找树枝，"提提说，"还有鸟儿。哥伦布在发现大陆之前看到了很多东西。"

"他的航线比我们的偏北，"弗林特船长说，"所以他看到了马尾藻杂草。"

"他找到了一只螃蟹，就把它养了起来，"提提说，"还发现了很多花。你不记得上周给我们读的那段了吗？"

"我们要开始留心它们了。"弗林特船长说，不过他似乎并不认为他们很快就会有所发现。

但是两天后的晚上，约翰掌舵、与彼得·达克一起轮班瞭望的时候，他听到了黑暗中有一种惊恐的吱吱叫声，天色渐亮后，他发现一只绿色翅膀的斑点鹟正躲在救生艇下面。它不吃米饭跟燕麦片，连饼干也不吃，大家都担心它会饿死。但后来，佩吉想起苏珊想扔掉的面粉，因为里面长虫子了。罗杰曾说："想想如果我们的船失事了，那我们就不会介意这些虫子了。"于是苏珊便说，他想要的话就拿去吧，只要别弄得到处都是就行。罗杰把面粉装进一只旧可可粉罐子里，放在自己的船舱里，以防船只失事。幸好他这样做了，因为这只小鸟对任何普通的食物都不感兴趣，唯独对这些虫子情有独钟。它吃了约十来条虫子，喝了些水，然后在一只茶碟里洗了个澡，落在阳光下的主帆索上晒干了身子，接着突然飞过船头，往西飞去。

"我们一定是快要到陆地了，"提提说，"否则它会待得更久。"

"鸟类有点愚蠢，"比尔说，"我们在北海顶风停船的时候，我就知道它们会砰的一下撞到提灯上。鸟儿和飞蛾一样，它们毫无判断力。"

"不管怎样，我们一定离陆地很近了。"提提说。

"我怀疑那里是不是我们要去的地方。"佩吉说。

"这我倒没想过,"罗杰说着便走进甲板室想要弄清楚,"我们现在在哪儿?"他问弗林特船长。

"你自己看看吧。"弗林特船长说。

于是罗杰上前查看。

在甲板室桌子上的航海图上,红色十字越来越靠近外岛,并渐渐指向一个用红墨水圈出的小圆点。

越过罗杰的肩膀查看航海图的约翰上前量了量,想看看各红色十字之间相距多少,以及最新标记的红色十字离标记着蟹岛的小圆圈有多远。

"依我看,"约翰说,"如果我们今天的航程和昨天一样多,那么我们明天应该就能到那儿了。"

"这个我不敢肯定,"弗林特船长说,"我们现在的情况和以前很不一样,除非海面再次归于平静,否则明天晚上之前我们应该看不到蟹岛。"

他说着从甲板室里走出来,向四周望了望,风力变大了一些,野猫号仿佛听懂了他的话,决心开足马力,好让他们早点到达蟹岛。

"难道我们不应该在船桅上钉一枚杜卡特金币 ① 吗?"提提说,"把它赏给第一个看到陆地的人,还是用别的钱币作赏赐?话说哥伦布就是这样做的。"

"船上没有杜卡特币。"弗林特船长说。

提提思索了一会儿。

---

① 杜卡特金币,意大利威尼斯铸造的金币,1284 年至 1840 年发行,近似足金,在中世纪欧洲很受欢迎。

"有了，"她说，"让第一个看到陆地的人先下船。这样一来，对其他任何人来说，那片陆地都不会是一座荒岛，因为已经有人上岸了。"

"这话有道理，"弗林特船长说，"而且我们也可以用他或她的名字来命名登陆点。在这艘船上很可能是个'她'。"

自此，大家便不停地走到船头朝西看，尽管弗林特船长说过，在明天之前什么也看不到。

"我们的反应可能有些超出他的预期了，"罗杰说，"船员们争相使用望远镜，每个人都想抓紧机会观察前方。"

"谁今晚会通宵轮班瞭望？"南希问，她用完茶点后来到甲板上。

"没人，"弗林特船长说，"轮班瞭望人员今晚都下去睡觉，假装我们离陆地还有千米之遥。"

"可惜我们没那么远。"彼得·达克说，"不管怎么说，除了船上的储备外，没什么好东西，而且这些东西大多数都是挂羊头卖狗肉。"

没有人介意。大家都知道，彼得·达克想要的是一条畅通无阻的航线，可以绕着地球转啊转，无论航行到哪里都没有陆地阻碍他前行。他在飞翔的荷兰人号①上当水手再合适不过了，这艘古老的船已经航行了数百年，还将永远在海上漂泊。

"晚上什么也看不见。"弗林特船长说，"南希，你和我负责一班瞭望，达克先生和约翰负责另一班，如果甲板上还需要人，就派人下去把他们叫醒。明天每个人的工作都很繁重，好好睡一觉才能养精蓄锐。看

---

① 又译作"漂泊的荷兰人号""彷徨的荷兰人号"，是传说中一艘永远无法返乡的幽灵船，注定在海上漂泊航行。

見陆地不算什么，真正的工作还在后面。"

尽管如此，那天晚上没人急着下去休息。彼得·达克和约翰负责第一班瞭望，但在弗林特船长和南希午夜时分来值第二班之前，甲板上还有其他人。连苏珊也不像往常那样理智了，她对事情的进展很满意。他们储藏的罐装食品还没吃到一半，水舱里的淡水足以维持六个星期。她觉得，也许自己不必再那么小心翼翼了。要是换作别的晚上，她一定会先催促罗杰和提提去休息，然后自己立即上床睡觉，态度坚决得连佩吉也必须跟着这么做。但是，在这次远航的最后一个晚上，她和佩吉在甲板上走来走去，一直到将近十点才去休息。提提在甲板室周围转悠着，她望着月亮在海上悠悠前行的脚步，不禁开始在脑海中构想哥伦布站在高高的船尾的情景。罗杰在上床休息之后又从前舱口爬上来，告诉其他人，他在和吉伯尔道晚安时发现这只猴子一副焦躁不宁、紧张不安的样子，因此，他敢肯定空气中已经有棕榈树的气味了。南希知道自己晚上要负责值班，所以她是唯一一个准时上床睡觉的人。在不值班的人当中，比尔睡得最晚。他从不浪费自己的睡眠时间，但在这最后一晚，他并没有在晚饭后回到自己的船舱。所有人都以为他回去了，他却冒险从前舱口爬了出来，爬到船头斜桅的尽头，然后跨坐在桅杆上，随着船头在月光照耀下的漆黑水面上摇摇晃晃。

"你在那里干什么？"弗林特船长快午夜时来到甲板上，慢悠悠地朝前走去时，看见比尔在前桅三角帆下，正骑在船头的斜桅杆上。于是他大喊了一声："小心掉下去！"

比尔扭动着身子回到船上，像受惊的兔子窜进洞穴一样猛地钻进前

217

舱口。

　　"他就在船头斜桅尽头，是吗?"老彼得·达克在听弗林特船长谈到
这件事时说,"想当年我还是个小伙子的时候,有很多个夜晚也是这样度
过的。那里可是个好地方,可以看见布满夜空的点点繁星,还能感受到
自己随着船徐徐前行。"

第十八章

陆地！

这天，野猫号上的船员们比平常早了一个小时开始洗漱，咸涩的海水从他们的身上和甲板上滴了下来。弗林特船长和南希在凌晨四点的时候回去睡觉了，彼得·达克和约翰去换最后一次班时天色已渐渐亮了起来，一片漆黑的帆也变得灰白，他们亦最后一次坐在船尾观看冉冉红日从海面升起。但弗林特船长和其他船员在听到七声铃响时便起床了，在掌舵的约翰听见甲板室里有人拉开抽屉，然后又把它砰的一声合上。接着，弗林特船长走了出来，手里拿着水砣和一大卷线，上面用彩旗、小块皮革和打着结的绳子做成的标签来标记水深。看起来他们真的离陆地不远了，但目前看来，野猫号可能并没有比一周前更接近陆地，四周都是一望无际的大海。不过船长仍然拿出了水砣并把它挂在系索栓上，以备使用。身上仍滴着水的船员们则以一种崭新的目光凝视着地平线，仿佛他们期望地平线的另一边有东西出现。

早餐时，大家都缠着彼得·达克，让他再讲一讲蟹岛是什么样的。

"我已经有整整四十年没有见过它了，"彼得·达克说，"我们从远处经过时，是一个水手把它指给我看的。那儿有两座小山，不管你走到哪儿都能看到它们。最大的一座在岛中央，另一座大一点的在它的西北方，还有一座更小的山，人们常注意不到，位于东南方。那个水手告诉我，他是到那儿去找水的。我敢说我看到它时一定认得出来，但现在我也不知道那里的情况，告诉你们也没什么用。"

"您要留在甲板上先睹为快吗?"当彼得·达克起身下到甲板室时,提提问道。

"就算我待在甲板上,你们也不会早点看到那座岛。"老水手说,"我先回铺位休息了,轮到我掌舵再出来,我相信你会时刻留意那座岛的。"

的确,他们谁也没心思去想别的事情,就连被带到甲板上的吉伯尔和那只鹦鹉,此时也都上蹿下跳的。这也许是因为它们隐约知道陆地就在附近,或者只是因为它们感受到了船员们的心神不宁。没有人能定下心来好好做事,苏珊也抱怨说,早上的餐盘是这次航程以来洗得最不干净的。

正午时分,达克先生再次来到甲板上,弗林特船长则对太阳进行了观测,并推算出了船的具体位置。因此,除了达克先生,其他人都挤进甲板室去看那个用铅笔画后又用红墨水描的小十字标记,正是这个标记让他们知道了自己离那座岛还有多远。

"现在,我们随时都可能到达那里,"弗林特船长说,"不过那对你而言无所谓,"他抓住正准备冲出去找个好地方观察的佩吉,补充道,"厨师们还是会像往常一样为我们端上午餐。"

很快,大家用完了午餐,这一次就连苏珊也觉得还是不要马上洗盘子的好。佩吉说:"我们看到蟹岛后会把盘子洗得更干净。"苏珊也赞成这个提议。每个人都在密切观察着,比尔是第一个爬到高处的,他攀上了前桅,站在桅顶横桁上观望。约翰爬上了梯绳,在靠近比尔下方的侧支索上等着。南希则爬上了主桅索。佩吉、苏珊、罗杰、提提、吉伯尔和船上的那只鹦鹉都在前甲板上看，弗林特船长把双筒望远镜给了他们，把小望远镜给了约翰，彼得·达克负责掌舵。弗林特船长则站在甲板右侧，在甲板室和绞盘之间来回踱步，并不时地用大望远镜扫视地平线处。

"看！看！"罗杰突然说，"你们快看吉伯尔。"

只见吉伯尔一本正经地跟在弗林特船长后面小步快跑着。它一只手上拿着一只系索桩，每当弗林特船长使用望远镜的时候，它也装模作样地将系索桩贴在自己的眼睛上，活脱脱一副船长的模样。

所有人都哈哈大笑，弗林特船长摸不着头脑，很好奇他们在看什么，于是猛地转过来，正好看见吉伯尔相当专业地用系索桩扫视地平线的一幕，于是，大家笑得更欢了。

就在这时，当甲板上谁也没有在想那座岛时，一声短促又尖锐的喊叫声在他们头顶的前桅上响起。

"陆地！"

比尔火急火燎，这两个字脱口而出。

"在哪儿？在哪儿？"甲板上和对面的主桅上纷纷传来呼喊声，南希竭力睁大眼睛，希望看到的不只是无边无际的大海。

"在船头右舷方位！"比尔喊道，"把望远镜拿出来，约翰船长。"

"我也看到了，"约翰说，"差不多在我们正前方，你认出来了，干得漂亮！"

"干得好，比尔！"船上各处响起一片赞扬声。

见大家都抬头望着比尔，吉伯尔扔下手里的系索桩，从比尔身边跑过去，最后紧紧抓住了前桅顶部。

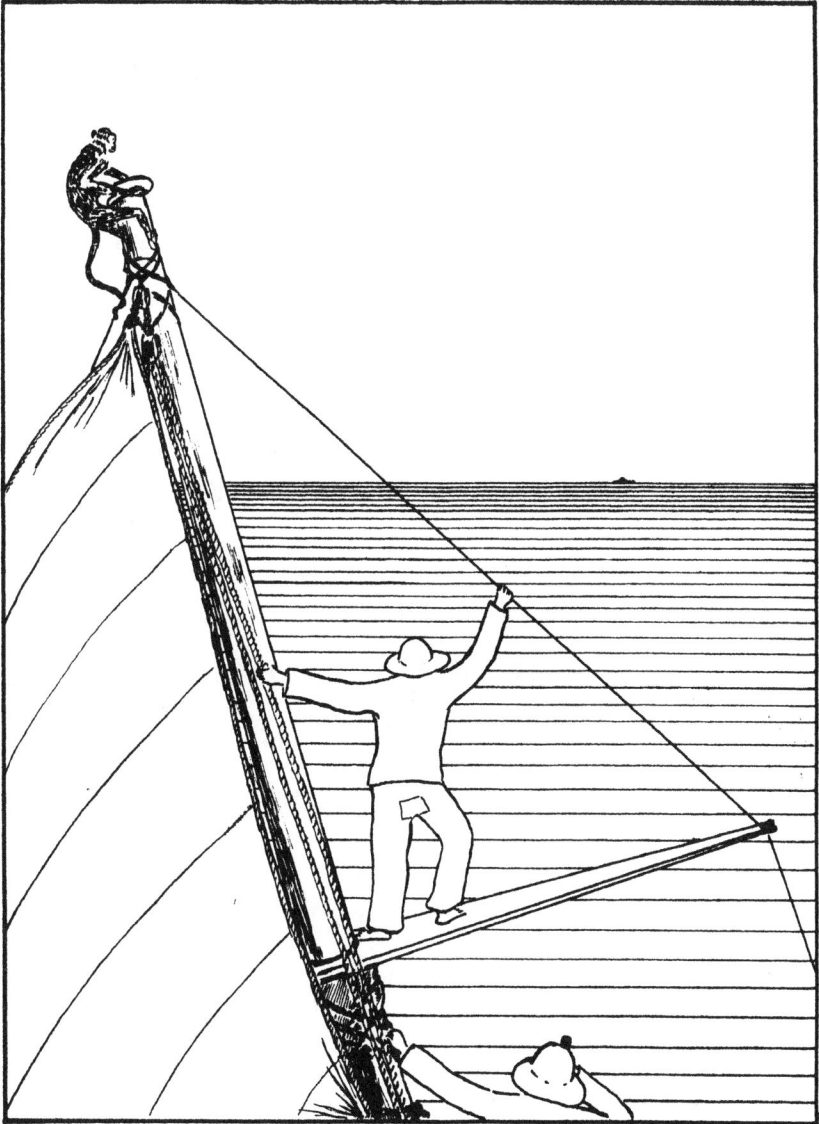

初见蟹岛

弗林特船长冲上前桅索。

"我想让达克先生来看看。"他说,"喂,约翰,你能下去掌会儿舵吗?"

全体船员中只有彼得·达克在听到比尔喊叫时没有说一句话,他几乎没有抬头看一眼。那一刻,他正在掌舵。无论其他人在叫喊什么,或是吊在上面的侧支索上,还是坐在桅顶横桁边沿上,他的职责始终是驾船,使其继续沿着罗盘上的航向航行。

但一得到船长的消息,他就把舵轮交给了约翰,不一会儿,就爬上了前桅索。

"那就是陆地。"弗林特船长说着,将双筒望远镜递给彼得·达克,那是他在爬上桅杆之前用大望远镜从苏珊那里换来的。

"是蟹岛,"彼得·达克说,"那儿有两座山,但在这个方位上我们和它们排成一行,所以看起来只有一座。我们最好稍微改变一下航向,把舵转向左边。趁着这阵风,我们最好绕着北端寻找锚地。这边没有地方,只有船的残骸。说实话,船长,我从未想过自己有生之年还会再见到这个地方。"

现在,大家都可以看见陆地了,就是那座从海面上朦朦胧胧、隐隐约约凸起的土堆,每个人都确切地知道看向何处就能找到它。然而,第一眼看到它的时候,尚有一段很长的距离。缓缓地,慢慢地,野猫号似乎靠近了那座岛,令人难以置信的是它的航行速度竟然和前天一样快。直到快天黑时,他们才终于看到那一长排标示着海岸的白色海浪。整个下午,他们都轮流用望远镜来观察,看着那座小山的模糊虚影慢慢变成

深色的坚固实体，山坡上遍布绿色的森林。最后，弗林特船长实在受不了了，他不再继续观察下去，转身走进甲板室玩了一局又一局考验耐心的"密里根小姐"纸牌游戏。

傍晚时分，他们看到岛上的确有两座山，更确切地说，是三座。南边一座山稍低一点，中间一座大山，黑色的岩石顶峰耸立在树林中。还有一座大山，尽管遍山都是树林，起初却一直隐藏在另一座山的山肩里。沿着这座岛的东岸，似乎有一排连绵不断的海浪拍打着海岸，激起一层层白色的浪花。

"您的船是在哪里失事的？"提提问道。

"那时天很黑，"彼得·达克说，"所以我也说不准。但我认为，它会被冲到这边的浅滩上，汹涌的海浪将它托起来，再重重地摔下去，猛地拍打它的底部，它很快便支离破碎了。那天晚上，没有船只可以挺过去，在波涛汹涌的海面上奔波行驶，我能活着上岸真是个奇迹。要是我没活着上岸，就会省去好多麻烦，对'黑杰克'如此，或许对我们的船长也是如此。沿岸只有一处海水比较平静，只消稍微偏一两米，不管怎样，我现在都不可能站在这里欣赏这座岛了。恐怕早就喂螃蟹或鱼了。"

"看，棕榈树。"提提突然说，眼前的新景象使她将心思从那艘沉船上抽出来，"你们看，在天空的映衬下它们耸立在那座山顶上。"

"你能看见螃蟹吗？"罗杰说着拽了拽弗林特船长，这会儿船长已经把纸牌收起来了，正举着望远镜远眺这座岛。

"这么远看不到。"弗林特船长说，"现在告诉我，达克先生，您是在这个海岸的某处看到有人埋东西的，对吧？"

"就在我的树下，我看见他们两个把一只袋子放进洞里。就在树林边上，棕榈树从那里一直长到海滩处。是的，他们就是从这边来的，我跟着他们翻过山肩，又从另一边下去，来到他们的小船在海湾里靠岸的地方。他们俩可能很熟悉这座岛，所以，得心应手地把船沿着附近的小溪划到了岸边。"

"我们今晚就用他们的锚地，"弗林特船长说，"苏珊大副非常乐意将自己的水舱再次储满淡水。"

"明天每个人都能享受淡水浴。"苏珊说。

"好好洗个澡。"提提说。

"南希要洗头。"佩吉说。

"噢，难道你不洗吗？"南希反问。

"鹦鹉也要好好享受一番戏水的乐趣，"提提说，"我给它洗澡时，它好像从来都不喜欢海水浴。"

"这些山真不错，"约翰说，"在这里攀岩应该妙不可言。"

"一旦我们把宝藏弄上船，我们就去探险。"弗林特船长说，"就把这里称为'比尔登陆点'，这个名字不错。再把那座大山称为'吉伯尔山'怎么样？在这个地方，我们会玩得很尽兴。"

"船抛锚停泊的时候，麻烦就来了。"彼得·达克说，他对岛屿一点也不感兴趣，只想再航行一次。

比尔注视着这座小岛，一句话也没说。他熟知北海，就像大部分人熟知自己的出生地一样。过去，对他而言，出海通常意味着在多格滩钓鱼。但这次出海不一样。在他看来，他们在黄昏时分看到的马德拉岛不

过是一个侥幸发现的掩护，让野猫号成功甩掉穷追不舍的"黑杰克"以及紧随其后的毒蛇号。但他即将登上的这座绿色小岛，这里的沙滩在阳光下闪闪发光，黑色的山峰像悬崖一般陡峭，信风吹拂而过，如羽毛般的棕榈树随风摇曳、沙沙作响，一切都是那么的陌生。这一次，比尔不敢开口，唯恐让别人看出自己很惊讶。所以，最好还是静静看着眼前的一切，什么也别说，这些孩子会说出所有他想说的话。

接着，他又想起一件事来。这些孩子似乎很快就忘了"黑杰克"，但比尔了解他。彼得·达克非常肯定，"黑杰克"发现他们不在丰沙尔港时，会以为他们已经跑到加那利群岛去了，但要是他并没有这样想呢？要是他已经想办法到达了这座岛呢？毒蛇号是一艘速度很快的船，上面配备的风帆比野猫号多。比尔急切地环顾着羽毛似的棕榈树和亮晶晶的海滩，不过他是在寻找别的东西。有人在那些海岸边活动吗？有人在那些摇曳的树下挖洞吗？

当野猫号快速绕过小岛的北岬角时，太阳已经在向海面西沉了，风也渐渐平缓下来。听到其他人闲聊着他们在陆地上看到的种种，比尔再也抑制不住自己的担忧，又一次爬到了高高的前桅横桁上。如果这座岛的背面停着一艘船，那么至少他会知道最坏的情况并渡过难关。

这艘绿色的小帆船绕过岬角驶来了，船帆被风吹得鼓鼓的，在高地掩护下相对平静的水面上飞速行进，好在弗林特船长因为担心船只搁浅或触礁而与陆地保持着很远的距离。弗林特船长亲自掌舵，彼得·达克则在用大望远镜仔细观察海岸。他本来想到前桅顶上去，以便更好地看清岩石和浅滩，却看到比尔已经在那儿了，于是，他便向比尔喊话，让他看见浅滩时就喊一声。约翰和南希在前甲板上测水深，水深十几米。下午，他们帮达克先生把大锚拴在锚链上，做好抛锚的一切准备。而提提和罗杰、吉伯尔和鹦鹉则跟弗林特船长一起待在舵轮旁。吉伯尔在甲板室的屋顶上手脚并用地来回奔跑，它每次一兴奋便这样，鹦鹉则待在笼子里。

苏珊推着佩吉和她一道进了厨房。

她说过："不要让大家因为晚饭吃晚了而把事情搞砸了。"于是，她们俩就一起好好做了顿好吃的，然后看着小岛海岸从厨房门口经过，勾勒出一幅幅奇妙壮观的图画。

火红的太阳下山了，这时达克先生悄悄地转向弗林特船长说："我知道小溪是从哪里流出来的，现在我记得很清楚。那帮人带我离开时所乘的玛丽·卡宏号就停泊在那头的南边。"

"降下风帆。"弗林特船长大喊道。

比尔闻声从前帆的升降索上匆匆爬了下来。

"'黑杰克'还没到呢。"他高兴地一边说，一边和达克先生一道降下主帆索。

"谁说他会来？"达克先生问，"你现在到一边待命，随时准备在船长离开时掌舵。"

野猫号在迅速洒落的薄暮中驶向岸边。

"我不会让船靠岸太近，尽管大部分岛屿的西侧都有深水。"弗林特船长说，"达克先生，您能在旁边测一下水深吗？"

在其他人屏息静气的注视下，达克先生轻松地抡起水砣，让它转了一圈又一圈，然后突然甩手，任其向前飞去，掉进了船前面的水里。

"十个刻度深。"彼得·达克大喊道，他拉紧砣线，看着通过一个小孔固定在引线上的小皮条，"约翰船长，把我在甲板室门口准备好的那罐牛脂拿来。"

不一会儿，约翰就把它拿过来了。彼得·达克用拇指将一些牛脂塞进了水砣底部的一个洞里，仿佛他在往自己的旧烟斗里塞烟草一样。

野猫号继续前行。水砣又一次在达克手中旋转起来并向前飞去，接着扑通一声掉进了水里。

"八个刻度深，有沙子。"彼得·达克叫道，一边摸索着粘在水砣底部牛脂上的东西。

"八个。"站在弗林特船长旁边的比尔回话说。

又是扑通一声。达克先生拉着砣线，感觉它快要触底时，全场一片寂静。

"五个刻度深……有沙子。"

弗林特船长驾着野猫号迎风前行。

"降下三角帆和支索帆！"

前帆飘落下来。

彼得·达克则继续不慌不忙地勘测水深。

"五个。"

再测一次。

"五有二分之一个。"

再来一次。

"五个。"

"下锚!"

只听砰的一声巨响,锚链嘎嘎作响起来,约翰和南希放开铁链,野猫号开始一米一米地往后退。

"放出去二十七米了,长官。"约翰喊道。

"再放九米。"弗林特船长喊道。

野猫号的海洋之旅暂时告一段落,在新世界停泊下来。

夜幕很快降临,但甲板上的人们仍然忙忙碌碌。弗林特船长、彼得·达克、约翰、南希和比尔放下了陪伴他们整个旅程的大帆,然后装好了吊艇架,将小艇从船边放了下来。

"不,不,"弗林特船长说,"今晚没人可以上岸,但是达克先生要在我们收帆的时候抛小锚。比尔,你跟达克先生一起去吧。约翰,你把船帆一层层叠好了吗?我们开始收帆吧。"

十分钟后,野猫号可以安全地过夜了。它的两边是低矮的岬角,高大的棕榈树在黑夜笼罩下一片漆黑。突然传来一群鹦鹉的尖叫声,波利听到后也回应了一声。于是,它在甲板上最后逛了一圈后被带了下去,而吉伯尔已经在自己的铺位上了。每个人都窃窃私语,以便能听到来自陆地的喧嚣。棕榈树吱吱嘎嘎地响着;微风吹拂它们干枯又似羽毛般的叶子,沙沙作响;树蛙呱呱叫着;蚱蜢则发出响亮的唧唧声。然后,突然间,无数个光点一闪一闪地沿着森林边缘移动,仿佛无数明亮的小火花在夜幕中跳舞。

"是萤火虫。"弗林特船长说。

"怎么可能？"提提说。

"至少这些都是真实存在的。"南希说。

紧接着，走廊里一阵响亮而欢快的叮当声打破了船上的寂静。

"尽管晚了一些，"苏珊说，"但该用晚饭了。"

"快吃吧，"佩吉说，"她做了一顿丰盛的正餐。"

"是呀，我们是该好好吃一顿了。"弗林特船长说。

第十九章

清晨的蟹岛

　　年龄小有时也有好处。假如提提比苏珊大，那么她就得睡在她们船舱里的上铺，那样的话，在船停泊在蟹岛后的第一个早晨，她起床时很难不吵醒苏珊。但因为她睡的是下铺，所以这件事就容易多了。于是，她匆匆穿上泳衣，蹑手蹑脚地走出船舱，一路上没有碰到任何东西。接着，她踮着脚尖走过餐厅，悄悄地穿过走廊，然后在敞开的前舱口下面驻足倾听了一会儿才到甲板上去。她想在看到蟹岛之前先听一听岛上的声音，这样就能多享受一次它的美妙了。从记事起，她就一直盼望着能去一座荒岛上好好体验一番。她站在梯子底部仔细倾听着，听到了清风轻轻拂过树林的沙沙声、蚱蜢的唧唧声，还有鸟儿的啁啾声。此外，除了这些陆地上的声音，还有海洋和陆地一起发出的声音，是那种将一枚螺旋状的大海贝放在耳边时才能听到的无穷无尽的海浪声，是那种海浪卷起来拍打在海岸上的澎湃声。她还听到鹦鹉笼子里有动静，但不敢说一声"嘘"，生怕波利万一不懂她的意思，反而大叫一声。不过她看到吉伯尔仍然蜷缩成一团，睡在它的铺位上。

　　提提将手扶在梯子两边，一脚踏上最后一级阶梯，然后闭着眼睛爬上了甲板。她想登上甲板后再倏地一下睁开眼睛，将岛上的风光尽收眼底。然而，还没从舱梯爬出去一半，她就听到舷墙上传来敲击水管的声音，看来，终究还是有人起得比她早。她睁开眼睛，看到彼得·达克在甲板室旁的船尾处，正倚在舷墙上，似乎低头看着水里。他并没有察觉到提提。因此，这一刻，她没有大声叫他，而是假装自己只身一人横渡大洋来到了这个热带海湾。

映入眼帘的真的是蟹岛，天空火红得似在燃烧一般，棕榈树羽毛般的叶子在阳光下呈鲜绿色，黑色的岩石高高矗立在山顶上，一切比她想象中的更加明亮灿烂。太阳慢慢地从岩石后面爬上来，将炽热的阳光洒在岩石上，但岩石脚下的绿色丛林仍隐藏在阴影下。野猫号的甲板上现在有阳光了，但山下仍然阴森森的。突然，一群鹦鹉从那片昏暗的森林里飞了出来，阳光透过树隙从高处洒下来，落在它们五彩缤纷的翅膀上，使其闪闪发光。是的，这里真的是蟹岛，它那种热带特有的麝香味从水面飘过来，与提提从舱口爬上来时闻到的缆绳上的焦油味截然不同。

彼得·达克突然猛地站起来，提提看到，他正双手交替着往回拉一条线。不一会儿，一条在阳光下闪闪发亮、色泽如彩虹般鲜艳的鱼扑通一声落在甲板上，彼得·达克抓住它，将它从钩子上拿下来，然后把它丢回海里。已经跑到船尾的提提从侧面望去，看到那条小鱼扑通一声掉进水里，在那里停留了一会儿，便摆动鱼鳍和尾巴游进了茫茫大海之中。

"早上好，一等水手，"彼得·达克说，"你和我是船停在这座陌生港口后最先登上甲板的人。两个一等水手一起。这是情理之中的。"

"早上好，"提提说，"不过您为什么要把它放回去？"

"色彩艳丽的鱼并不好吃，"彼得·达克说，"现在，你来看看这些鱼。（他指了指甲板上自己身边的一只旧箱子，被他用作鱼篓装满了鱼。）没有哪一条像刚才那条一样色彩斑斓，但也没有哪一条的鱼刺有它一半多。它不过是在一身骨头外面套了身华丽的皮罢了，连老鼠都不愿去啃

235

它。好了，我们有足够的鱼来做一顿丰盛的晚餐了，现在我们来清洗甲板吧。"

"好吧。"提提说着，眼睛再次瞥向丢掉鱼的那一侧。

"水很清澈，"彼得·达克说，"这儿有九米深，但它看起来最多只有一两米深。要不我再钓一条，然后把鱼线收起来。"

提提低头看着比上好的玻璃还清澈透明的水面，只见铺满沙子的水底长满一片片绿丝带草，一群五颜六色的鱼游走其间。它们一起慢悠悠地从一片水下森林游到另一片水下森林，然后，突然之间，它们像合体为一条鱼似的猛冲向两侧，或者向前冲去，或者改变主意急匆匆地折返，朝来时的路赶去。

"那是以它们为食的'大嘴巴'们，"彼得·达克说，"在那儿，有四五条呢，是灰色的。慢慢地，慢慢地，它们会靠近，然后，底牌一亮！到时这群披着彩衣的鱼会四散开来，快速游走，而那条正在神游或躲闪速度慢的鱼则沦为'大嘴巴'的盘中餐。现在，你看那条鱼，正在往这边游。它要犯错了。"

在水底两块杂草之间，提提看到了彼得·达克用作诱饵的银色鱼片，鱼片在动。接着，一条被达克先生称为"大嘴巴"的大灰鱼慢慢地转向了它，鱼饵猛地向上蹿了一米，像一条小鱼般试图逃脱，刹那间便消失了，直到彼得·达克大喊"抓住它了"，他开始收线时提提才反应过来，"大嘴巴"已经扑了上去。这时，她看到那条"大嘴巴"拼命挣扎着想要挣脱，银色的宽边在晃动中闪闪发光。它浮出水面，其他鱼紧随其后。就在这时，正当彼得·达克准备把它拎上来的时候，只听到哗啦一声，

水花四溅，鱼饵在钓线尽头来回晃动，"大嘴巴"又游了下去，其他因为好奇跟它一起浮上来的鱼吓坏了，纷纷四散开去。

"还是让它溜走了。"彼得·达克说，"好吧，就算没有它，我们也已经有足够多的鱼了。趁阳光还不是太猛，赶紧把甲板冲洗好，怎么样？"

"我不能把绳梯拿出来先去游个泳吗？"

"你还没吃早饭就要让鲨鱼饱餐一顿，这不太公平吧？"

"但这里一点也不像有鲨鱼的样子，况且弗林特船长答应过我们一到这里就可以洗澡。"

"今天早上我遇到过两次，当时我正要钓起一条大嘴巴鱼，结果它后面跟着一条鲨鱼，好家伙，把它吃得干干净净，我的鱼钩上只剩下一个鱼头。"

"哦，好吧，"提提说，"那我还是不去的好。"但她根本不确定达克先生是在逗她还是说真的。

除了游泳外，她最喜欢的事情就是洗澡了。她将一只帆布桶吊在绳子的一头抛进水里，装满水后把它拉上来，接着把它举过头顶，将水从头上浇下来。彼得·达克也打了满满一桶水，把水洒在她身上。然后，提提和彼得·达克这两个一等水手便从船头开始认真冲洗甲板。他们打了一桶又一桶的水，将水全部倒在甲板上，再用几把长柄大拖把将水在甲板上推开。

他们干到船尾处时，弗林特船长突然走出甲板室，从舷墙上跳进了水里，着实把他们吓了一大跳。

彼得·达克立即放下拖把，沿着船侧放下绳梯。

"有鲨鱼！"他大喊道。弗林特船长正准备爬上来，他一边摇着自己光秃秃的脑袋，一边擦去钻进眼睛的海水。"小心点，先生！"

突然间，提提吓得喘不过气来，她终于看到是什么让彼得·达克刚才的声音那么急促了。

只见水里有一团巨大的阴影，长长的三角鳍探出水面，正疾速游向水里的人。彼得·达克弯下腰，从早上捕获的鱼当中一把抓起一条大嘴巴鱼，然后用力地丢出去，刚好丢在弗林特船长和那移动的黑鳍之间，溅起一阵水花。这条死鱼刚到水面，就出现了一个巨大的旋涡，它和那个庞大的三角鳍也都消失在旋涡里。弗林特船长赶忙向船游去，爬上了野猫号绿色一侧的绳梯，就在这时，一道长长的灰色阴影在水里闪现白光，鲨鱼翻过身子，张开血盆大口，在他脚下仅五六厘米的地方猛地一咬。有那么一会儿，提提觉得自己要疯了，她抓住弗林特船长湿漉漉的胳膊就往上拉，仿佛他自己没法那么快爬上舷墙似的。

"好了，提提。"弗林特船长说，"达克先生，我真的太感激您了。那条畜生很可能会让我少一条腿，再也不能这么行走自如了。"

其他人穿着泳衣匆忙跑上甲板。

"刚才谁先下水的？"南希喊道，"我听到有人在戏水。不管怎样，我要当第二个下水的。约翰，快来跟我比谁游得快，你从这里上岸怎么样？"

"南希，这里不能游泳。"弗林特船长说。

"啊！为什么呀？"南希说。

"他刚刚差点被鲨鱼吃掉。"提提说。

罗杰跑到船侧，头伸过舷墙去看。这时，弗林特船长笑了。

"你还记得我们在船屋边找鲨鱼的事吗？那天你让我走在木板上，还怕鲨鱼不够大，没法吃掉我。"

"这次不一样。"罗杰说。

"天哪！"南希惊呼道，"那真是一条鲨鱼，看！"

他们都看到那三角鳍在七八十米以外的水里划过，接着它便消失了。奇怪的是，自那之后，他们再也没看见过一条鲨鱼。

"我就那样下去真是太傻了，"弗林特船长说，"来到这里真是太令人开心了，我一直满心希望哪天要来游泳，而今天在我看来再合适不过了。噢，天哪！你们俩已经把甲板冲洗好了。来吧，我们这些懒家伙赶快浇水冲一冲，然后去吃早餐。"

"现在，"弗林特船长吃早饭时说，"我们要做的第一件事就是穿过小岛，找到达克先生的树，然后把东西搬上船。"

"不好意思，先生，"彼得·达克说，"但我们的当务之急是修整这艘船。谁知道我们什么时候会离开这里，或者会遇到这样那样的坏天气，而我们要做的第一件事就是把水舱重新注满，不再担心淡水不够用。另外，还要彻底检修索具。经过这么漫长的旅程，肯定有磨损，因此在我们再次航行之前，我要趁此机会把一切收拾得井井有条。"

"我们已经用光了右舷四十三箱水，左舷四十四箱水，"苏珊说道，"总共八十七箱水。"

"现在的天气再好不过了，我们可以把这些水箱拖上岸，给它们装满水。"彼得·达克说，"我觉得这是一个不容错过的好机会，气压计上的指数稳得很。"

"我知道，"弗林特船长说，"但这正是我们直接穿过岛到另一端去搬那个东西的原因。听着，您来告诉我它在哪里。"

"只要是我知道的，我都会告诉您，但我无法保证那东西还在。不管是什么，现在可能都没了。"

"没关系，"弗林特船长说，"没了就没了，但您不穿过这座小岛的话就无法带我去那里，所以您得下船。您自己也说我们不能指望天气稳定，因此，这也许是你我能一起穿越小岛而不用担心船出问题的唯一机会了。"

有那么一会儿，彼得·达克和弗林特船长两个人看起来几乎要吵起来了，但他们并没有。

苏珊说："我们何不在你和达克先生过岛时取水呢？"

"对呀，"弗林特船长说，"我们必须留下人手来负责这艘船，我们走后由约翰船长和南希指挥，如果他们和两个大副都不能像我们一样搞定这些水箱的话，那就太出人意料了。"

"嗯，有道理，"彼得·达克说着用力把烟草塞进烟斗里，"但如果我必须下船，那么最好是在天气比较好的时候。"

然后，当然是罗杰开口了。

"可是，难道不是我们全都要去寻找宝藏吗？"

"既然要不了多久，那我们就都去吧。"南希说。

"噢，南希，你听着，"弗林特船长说，"我就靠你和约翰来负责这艘船了，以及帮大副们弄水等事项。"

比尔坐在那里什么也没说，却是一副闷闷不乐的样子，他只想紧紧跟着彼得·达克。虽然这些孩子都很能干，但达克先生去哪儿，他就去哪儿。水手们就应该待在一起。

"没事，比尔，"弗林特船长笑着说，"他不会丢下你不管的。"

比尔咯咯地笑了，开心极了，尽管他很纳闷弗林特船长是怎么猜出自己在想什么的。

最后，大家一致同意，约翰、南希、两个大副，还有猴子和鹦鹉留下来看管这艘船，弗林特船长、彼得·达克、比尔、提提和罗杰则一起上岛。罗杰非常坚定地要去，弗林特船长很难把他留在船上。那既然要带上他，干脆连提提也带上好了，毕竟达克先生说过此行并不是很凶险。于是，苏珊和佩吉开始为这些探险者准备干粮，之后他们就要一起上岸去看看那条小溪。

小划艇此时已经浮在水面上了。一确定谁去谁留的事情，弗林特船长和彼得·达克就在约翰和南希的帮助下把小燕子号拖到船边，钩在吊艇索上，然后把它吊起来，放下水。提提则全程在旁边紧张地盯着，生怕刮花燕子号新刷的油漆。

"这些吊艇架正好可以用来吊水箱。"彼得·达克说。他把一只空水箱放在甲板上，然后教南希如何将绳索穿过水箱边上的把手、如何用吊艇索将其吊起，以及如何向内摆动吊艇索来把水箱放到甲板上。

"这些小水箱并不是很沉，"他说，"但你操作时最好还是轻一点。"

终于一切准备就绪，厨房里的水桶也已经放在了小划艇上。"不管发生什么"，苏珊说过，"我们都得把桶清洗一下"。两只水箱已被放入燕子号，约翰竖起了燕子号的桅杆，南希则站在一旁准备扬帆起航。提提和罗杰坐在水箱上，比尔服从命令，满脸不情愿地在燕子号上坐了下来，因为他看到彼得·达克和两个大副已经在小划艇上了。他紧紧抓着绳梯。

"嗨，吉姆舅舅！弗林特船长！"南希喊道，"我们开始打水的时候你们不在这里，那你们会在哪儿？"

弗林特船长正越过舷墙，爬下梯子。他手里拿着一只长长的纸包，一上船，他就开始解那根从考斯甜食店得来的漂亮细绳。他将纸包塞到座板下面时，摸到了两把鲜蓝色的玩具铁锹。

"它们当然很劣质，"他说，"但我敢说还是可以凑合着用的。"

比尔从野猫号的侧面把燕子号推了出去，南希升起了那张棕色旧帆，于是，燕子号小船右舷抢风驶离了这里。

提提长长地吁了一口气。

"我们上一次驾驶燕子号还是在洛斯托夫特呢。"她说。

"之前在湖上，"约翰说，"我们从马蹄湾乘船回家的时候，从未想到今年会乘着它在一座荒岛上登陆。"

"我真希望亚马孙号也在这儿。"南希望着那艘已经快靠岸的棕色小船说。船上坐着彼得·达克，两个大副一个坐在他身后的船头处，另一个则与他面对面地坐在船尾处。

"你们的燕子号是个能干的小水手。"比尔说。

"野猫号看起来也很漂亮。"提提说。她想，如果他们只谈论燕子号，那么也许会伤了弗林特船长的心。

的确，停泊在那里的那艘绿色大帆船真是好看。

不过，那天早上弗林特船长和罗杰可没心思欣赏野猫号，他们满脑子想着登陆蟹岛后可能会发现的东西。

燕子号驶过海湾，然后调转方向，再次驶回小溪源头处明亮的沙滩。约翰发现他们一时间无法靠岸，因为海湾其实是被一小块陆地分成两半的。后来他们才明白这是怎么回事，他们看到溪水有时会改变流向，导致原来的河床干涸了，又形成了一个新的河床。而这块土地正是在新旧河口之间堆积而成的。

燕子号的船头刚到岸边时，彼得·达克和两个大副也划着小船过来了。

"去吧，比尔，"提提说，她感觉到了船身碰到沙地时的刮擦声，"这里是真正的荒岛，而你是第一个踏上此地的人。"

比尔将缆绳哗啦一声扔进水里，然后把燕子号拖到离岸边一两米的地方。

"你刚才说这个海湾叫什么来着，先生？"他咧嘴笑着问道。

"比尔登陆点。"弗林特船长回答。

"欢迎您的到来。"比尔说。

第二十章

开拓好的道路

其他人在比尔上岸后也都争先恐后地爬上岸，跑去迎接划着小艇靠岸的达克先生和两个大副。他们试着跑了跑，却发觉有什么地方不太对劲，要么是他们的腿出了毛病，要么就是海岸有问题。在海上经历了漫长的日夜颠簸之后，他们终于在这里踏上了坚实的地面，但是有那么一两分钟，他们居然觉得在蟹岛的海滩上站稳比在野猫号摇晃的甲板上还要难。

"这海岸就是不停地晃动。"罗杰说。

比尔听了哈哈大笑。

"我有一次看到一个人从洛斯托夫特港口的码头上摔了下去，他在海里待了一会儿才回到岸上。"他说着，沿着海滩跌跌撞撞地走着，仿佛自己还在船上，仍然不习惯颠簸，其他人见状也都哈哈大笑。

不过，海岸很快就稳定下来，尽管那一整天，上岸探险的人一个接一个地感到有些力不从心，摇摇晃晃的。最初只有一个人感觉到地面像船上的甲板一般突然间上下摇摆，后来其他人也都有这种感觉了。

"我们开始干活后，腿脚就会没事了，"弗林特船长喊道，"马上行动吧。"说罢，他将那两把小铁锹笔直地插进沙子里，然后继续往岸上拖燕子号，但是那根本没有必要。达克先生已经从小划艇里取出水桶，用一支桨挑起来递给两个大副，两个大副挑起水桶，拔腿就向小溪奔去，架势颇像海盗。弗林特船长从燕子号里取出空水箱，急忙跟在他们后面。

"不，不，再往上游去一点。"他说着，在树荫下黑色岩石间的一个小水塘里找到了他想要的水。于是，他跪了下来，用手捧起一些水，送到嘴边尝了尝。

"太好了，"他说道，"达克先生，您也来试试。"

每个人都尝了尝，都觉得这水很好喝，只有罗杰例外。他尝了下游从沙地流过的水，那儿的水当然是咸的。

"到这儿来试试，"弗林特船长看到罗杰急忙把水吐了出来，就冲他喊道，"下游的水肯定是咸的。"

"过来漱一下口吧。"苏珊说。

于是罗杰走了过去。

"我觉得这里不会有很多螃蟹。"他说。

他脑子里一直在想着螃蟹，却只看见了零星几只小得可怜的黄色螃蟹，颇令人失望。

"它们是昼行螃蟹，"彼得·达克说，"比我在岛的另一边见过的个头小。你应该看看晚上的螃蟹帮。"

岩石下是一个很深的小水潭，由穿过林间的溪水汇聚而成，虽然它只有几米宽，也不够用来洗澡，却足够大到让他们压低水箱将水灌满。这是很幸运的，如果他们只能用杯子一下一下地舀水倒入水箱，那得要多久才能灌满水啊。

"走吧，"弗林特船长说，"留给他们来做吧，时间在流逝啊。有两位船长负责，他们还需要什么？不过得有人回到船上，我们可不想让吉伯尔驾船航行。"

比尔登陆点

"好的，吉姆舅舅，"南希说，"那我走了。我们乘燕子号回去装一船空水箱吧，约翰和我会轮流留在野猫号上。你回来之前，我们会早早地把所有水箱装满并存放好，达克先生也教过我们怎样使用吊艇架将装满水的水箱吊上船。快过来帮我们推一下燕子号，你把它拖得太高了。"

"现在看好了，南希船长，"彼得·达克认真地说，"把水箱吊上船的时候，别忘了把滑轮两头的绳子拴在系索栓上。抓牢了，别松手，你可不想看到水箱掉进海里。你也一样，约翰船长，你一定能穿好另一根绳索，这一点我十分肯定，水手是不会犯这类错误的。我们可不会让那种水手上野猫号。好了，如果需要我和你们一起留在船上的话……"

"我们要出发了，达克先生。"弗林特船长听到他的最后一句赶紧说道，"他们不会出差错的，我们该走了。"

南希笑了一声。苏珊最后看了一眼，看到罗杰把背包背好了，两条背带的长度一样。弗林特船长把两把小铁锹夹在腋下。大家高喊着："再见！""祝你们好运！"于是，寻宝者一行便沿着小溪上游，进入了森林。

海滩上突然间安静下来。

"要是我们也能去该多好啊。"约翰说。

"瞎说！"南希说，"这是我们全权掌管这艘船的唯一机会。过来帮我把这只水箱放下来。你们两个大副把它们推过来，不是特别沉。"

几分钟后，棕色船帆的燕子号离开了海湾，轻快地划向那艘停泊着的帆船。苏珊和佩吉已在溪边安顿下来，把那老旧的橡木水桶好好冲洗了一番。在漫漫海上航行的最后几天，连饮用水也沾上了小木桶那种特别难闻的气味。

"这里变样了。"彼得·达克在进入这片绿色森林深处时不停地念叨着。弗林特船长和他并肩走着，比尔、提提和罗杰跟在他们身后。"不一样。这里看起来不一样。溪流从别处流出来，我彻底迷失方向了，在我看来，连树木都与以前不一样。但是，如果我们顺着溪流上山，然后越过山肩朝东走，也许就不会出错。"

小溪在树下潺潺流过，经过一条充满黑色淤泥和石块的窄小沟渠，有时又在树根处消失得无影无踪。有些树很像松树，让提提和罗杰想起了远方家乡湖畔边的树林。在这些树下，红褐色的土地上铺满了烧焦了的棕色松针，蚂蚁穿梭其中，窸窸窣窣片刻不息。那儿有足有罗杰那么高的成堆的蚁丘，里面的蚂蚁一有动静蚁丘就会微微颤动。除此之外，还有桉树、巨型蕨类植物、各种棕榈树和许多他们叫不出名字的奇异的开花树。最令他们开心的是，路上，他们碰到了一棵野香蕉树，上面挂满了一串串熟透了的香蕉。于是，比尔、提提和罗杰摘了一些香蕉边走边吃，弗林特船长则砍下了一大把，塞进自己的背包里。

"你们几个脚上穿的什么？"他突然问道。

"沙地鞋，"提提说，"苏珊不会让我们光着脚丫的。"

"苏珊大副把她的那双也给我了。"比尔说。

"她本来还想让我们穿上水手靴。"罗杰说。

"她说得很对，"弗林特船长说，"走路时要尽量弄出点声音。"

"你们不仅要留心蛇，还要当心毛蜘蛛，可别让它们附在你们身上带上船。"

"快看，这里有条蜈蚣，"提提惊呼道，"我从没见过这么大的蜈蚣。"

"最好别碰它，"彼得·达克说，"但比起我在马来岛见过的蜈蚣，它不算什么。你会看到它们像浸满焦油的缆绳一般垂下来，如烟丝般漆黑一片，其中还有一些……很危险。"

"马来岛？"弗林特船长问道，"您还记得槟榔屿高处的那座山吗？有很多寺庙的那座。"说着说着，他们俩就谈起了他们很久以前见过的事物，仿佛蟹岛上的这片原始森林根本不值得一看似的。

比尔折下一根长长的树枝，一边走一边敲打着地面和树干。提提和罗杰跺着脚走着，但一会儿就忘记跺脚了，这里吸引他们的东西实在是太多了。

他们并没有碰到什么危险，却遇到了许多以前从未见过的东西。这里有茶碟那么大的美丽的蝴蝶，还有缠在树上的攀缘植物，一簇簇姹紫嫣红的花朵从树上垂下来。成群的小鸟围着这些花簇嗡嗡叫着，它们太小了，一开始提提还以为是大蜜蜂呢。这些鸟儿中有些羽毛是蓝色的，像翠鸟一样；另一些穿梭于树叶间，时而沐浴在阳光下，时而又隐没于树荫处，羽毛闪着紫色和暗红色的光泽。当然，也有大鸟，有绿色的鹦鹉，大多跟波利一样，还有叽叽喳喳的燕雀，它们可比鹦鹉聒噪多了，但鹦鹉一受到惊吓，就会成群飞到树的上空，这群探险者看不到它们，只听到它们狂乱的尖叫声从一层绿色羽毛屏障上方传来，这层屏障遮天蔽日，只留下几小片天空。

有些地方长满了茂密的灌木丛和缠绕在一起的攀缘植物，所以格外难走。

"我们就不应该带上你们这些孩子。"弗林特船长说道，他们缓慢地穿过一段艰难的小路。

"现在我们可不回去。"罗杰说。

"我们根本回不去。"提提说。

"这样吧，"弗林特船长说，"一离开小溪，我们领先去开路，你们几个孩子留在溪边扎营，我们回来时再和你们一起回去。"

但是没人赞同这个主意，短短几分钟之后他们就把这件事抛到脑后了，因为他们发现前方的路被巨大的松岩和泥土堵住了，上面还长着树木和蕨类植物，像峭壁一般耸立在他们眼前。

"是山体滑坡。"弗林特船长说道。

"这里有水，先生，"比尔说道，"是从山上流下来的。"

"那我们就向左拐，上山。"

他们沿着滑坡陡峭的边缘爬了上去。在这里，一等水手提提和实习水手罗杰像船长和水手长一样灵活地躲开树枝，爬上树根和岩石。他们越爬越高，比尔在前面带路，用他的棍子沿着那股细流砰砰地敲着。最后，他们终于爬上滑坡高处，可以俯视那崩塌的大块岩石、泥土和长在里面的小树苗了，那就是他们刚才立足的地方。他们看得出，山坡的这一边一定是沿着溪流的旧河道滑下去的，如今，这条溪流在旧河道的上游缓缓流淌，接着沿着山坡蜿蜒而下，流入山谷中。

"我很好奇那是什么时候塌下来的。"弗林特船长说。

"我上次来这儿就这样了，"彼得·达克说，"但应该没有那么久，时间不会很长……大概十一二年的样子。您看长在里面的小树有多高就知道了。"

巨大的山体滑坡形成了一个断截面，光秃秃的山坡上也新长出了小树。

比尔、罗杰和提提穿过树林向前冲去，突然间，前方连一棵树都没有了，只有摸起来很烫的黑色岩石。

但当他们不经意间穿过树林爬上去后，首先注意到的并不是岩石，而是山下延伸到天边的大海。

"哎呀！"比尔惊呼了一声，停下脚步，一手按住自己的帽子，以免它被大西洋上的风吹走。

"这有点像站在达里恩峰峰顶俯视下方的感觉，"提提说道，"不过，胖子科尔特斯一定不这么认为。"

"是大海啊，"罗杰说道，"从上面俯瞰它真是浩瀚无垠啊。"

"谁是胖子科尔特斯？"比尔问道。

"他是个西班牙人，"提提说道，"他爬上了一座小山，眺望太平洋。"

"原来是外国佬，"比尔说，"不过，大多数外国船员都很瘦。我曾认识一个，是一艘蒸汽拖网渔船上的司炉工。大家都叫他'瘦子'，他不招人喜欢。他辛勤铲煤，所以一天比一天瘦，为了能把皮带扎紧，他不断地在皮带上打新孔，直到不值得费心再打孔了，因为整条皮带都松垮垮地挂在皮带扣外面了。他就是这种外国佬。这个科尔特斯一定不寻常。"

"他有点像诗里的人物。"提提说。

"外国佬都很瘦，"比尔又说道，"但作这首诗的人可能从没见过他。"

彼得·达克和弗林特船长爬了上来，来到他们面前。他们也俯瞰着那绵延起伏的森林之巅，俯瞰着那泛着点点白色浪花的蔚蓝大海，那是他们经历了漫长航行的地方。

弗林特船长嗅了嗅空气，就像狗追踪气味一般。他知道，在下面的某个地方，就藏着他远道而来寻找的东西。

"浅滩离海岸还有很长一段距离，"彼得·达克说，"这些岛屿大多在浅滩的东部。大海不停地堆积沙子，你不登陆就无法靠近那里，况且也无处躲避信风。如果你想要从这一侧进入那里，就必须等风平静下来，风一吹起来就马上离开。即使是在风平浪静的时候，海浪也会沿着东海岸翻腾奔涌。"

"一艘船也看不到，"弗林特船长说，"我们下去吧。"

于是，探险者们在断崖顶部几米处继续前进。

"那里就是小溪的尽头。"弗林特船长说着，抬头看着他们上方从黑色岩石的悬崖下冒出来的一股细流，那岩石陡峭得好像要从山坡一侧探出来一般，"我不喜欢那副模样。"他补充道，"太陡了，我一点也不喜欢。我可不想爬到那上面去，稍稍一耸肩就有一堆东西掉下来，那恐怕是最不愉快的。我记得有一次在……"

"谁在那棵树上刻了记号？"提提说道。

"什么树？在哪儿？"弗林特船长大声问道。过了一会儿，他手脚并用地从一块岩石的斜坡上滑下来，来到一棵粗糙的类似松树的树前——这棵树是伫立在山峦之侧的森林前哨中的一棵，那粗糙的树皮被削掉后留下了一大块伤疤。

"这不是樵夫干的，"弗林特船长急切地说，"樵夫会从上往下砍两下。"

提提发现自己走神了，想着是谁让刽子手磨利他的斧头，大胆地砍下去。人在思考的时候，脑子里总会突然冒出一些风马牛不相及的想法，真是奇怪。

"可能是船上的木匠干的。"彼得·达克说着小心翼翼地走了下来。

"这是在山体滑坡之后发生的，"弗林特船长说，"肯定有什么目的，否则在这里给一棵树做记号毫无意义。喂，快过来，这里还有一棵树上有记号。你们三个不想等到我们回来的话就过来吧。"

"怎么会呢？"罗杰问道。

"那就跟我来。"弗林特船长说。

"依我看啊，"彼得·达克说，"也许是'黑杰克'在树上做了记号。他来这儿还不到五年。他和我们一样得把船停在西边，而且他很清楚，我在船失事后被抛到了东边，这是明摆着的。他们会跟我们一样，顺着溪流从那边往上走，然后沿着标记一直走下去，最后再原路返回。"

"我相信您是对的。"弗林特船长说着一只手攥着两把小铁锹，大步朝山下走去。

"这是什么？"罗杰一边问，一边拽着另一棵做过标记的树上的什么东西。那东西在他手里断了，掉了下来。

"是把旧鲱鱼刀，"比尔说，"你不知道吗？你这样抓住鲱鱼，再这样切开它，然后……"

"除了东海岸渔民，其他人都不用这种刀。"彼得·达克说道，他看着那根骨制手柄，上面锈迹斑斑，像真菌一般，钢铆钉从中穿过，将手

255

柄固定在刀片上，罗杰把它从树上扯下来时刀从他握住的地方断裂了。

"也许是'黑杰克'亲自把它插在那儿的，"提提说，"也许是给他的一个朋友传信。"

"他的朋友中不止一个收到了他的飞刀传信，"彼得·达克说，"不过，他可不会把刀插在树上。"

"还有一棵树上有记号。"比尔说。

"走吧，"弗林特船长说，"我渐渐觉得我们真得好好谢谢'黑杰克'。要不是他，您就不会告诉我们这个故事。要不是他追赶我们，我们就不会走这么远。他还给了我们一个非常棒的一等水手。那就是你，比尔。现在啊，我觉得他为我们开辟了一条通往东岸的道路，一切就容易多了。"

"您可能会后悔曾经遇到过他。"彼得·达克说道。然后，他透过树林间隙最后看了一眼大海，跟随弗林特船长一头扎进森林里，比尔、提提和罗杰紧跟在他们身后。不过，罗杰已经拿回了那把刀，他试着把上面的锈迹清理干净，然后放回自己的口袋里。

"你并不是真的想要它。"提提说。

"不，我想要它，"罗杰说，"我当然想得到它，我要把它收藏起来。"

最后，那把生锈的小刀在他手里变成了碎片，但他用手帕把骨柄碎片和生锈的钢片包了起来，然后让提提帮忙塞进他背包的外口袋里。

"这是一把海盗刀，"他说，"几乎没有博物馆拥有这种东西。"

提提不得不承认，这听起来倒是不错。至于比尔，他什么也没问。像这样的东西，直到用来投掷某物的时候才会派上用场。如果是比尔发现的，他可能会用来砸鹦鹉。可是用手帕包起来？好吧，你根本搞不懂这些孩子。他们当然是一群令人费解的人！

做了标记的树木清楚地指示出一条古道，不过，他们还没有发现树与树之间是否存在一条有规律的路径。腐朽了的树木倒在曾经是小路的地方，沦为蚂蚁的食物，或分解成一碰即碎的红色纤维。那里长满了各种各样的植物，密密麻麻的，要不是树上有标记，没人会想到这里是通向某处的一条路。但是标记实在是太多、太明显了，弗林特船长和彼得·达克走在前面，为其他人扫清道路，他们踩着脚下的低矮植物，时不时地用刀砍断像金银花之类的藤蔓，有些地方的藤蔓甚至扭成了一张网，光靠推是走不过去的。这一行探险者从山肩上下来，尽管头顶的树叶挡住了阳光，但一路相伴的却是受惊的鹦鹉和燕雀吵闹的叽叽喳喳声。

除了鸟儿的叫声使人有时难以小声说话，他们的耳朵里还传来另一种声音。他们经过滑坡、沿着吉伯尔山山肩上做了标记的树木往下走的时候，就一直能听到下方远处海浪拍岸的声音。当船停泊在宁静的比尔登陆点时他们也曾听到过这种声音，但现在他们从吉伯尔山东坡的森林下来时，这种声音开始变得震耳欲聋，这种波涛汹涌的无尽的隆隆声，变成巨浪拍打着岸边，激起阵阵白色浪花，卷起岸边的沙砾不停翻滚。弗林特船长听到声音越来越大，等不及其他人，匆匆地从一棵做了标记的树快速走到另一棵，满心希望前面的树越来越稀疏，这样他就可以看到开阔的天空以及拍打着岛岸的大西洋。

"别走那么快，船长。别走那么快。"彼得·达克时不时地说，弗林特船长听到后会道声歉，再退回来慢慢地走，让其他人喘口气。然后，他又禁不住海浪声音的诱惑，不自觉地加快脚步，越走越快，对勾住他膝盖的灌木丛很不耐烦。

最后，就算彼得·达克大声喊他也无济于事了。弗林特船长瞥见了大海。他跑出棕榈树林，低头望向陡峭的沙滩，阳光从沙滩上折射过来，射进他那习惯了森林里阴凉绿荫的眼睛里，使他一时什么也看不见。

彼得·达克还是不紧不慢地走着。比尔飞奔向前，提提和罗杰急忙追赶过去，只剩下老水手一个人踏着慢悠悠的步子走出最后一排高大的棕榈林。他听到弗林特船长大喊了一声。接着，其他人也急切地喊叫起来。然后，就在快要走出树林的时候，草地上什么东西引起了他的注意，那里的草只有零星几根，在沙子中变得灼热。他透过树林望过去，弗林特船长和其他人正在林子边上弯腰挖着一些旧的半填坑。彼得·达克摇了摇头，再次低下头去看四处散落着的白骨，他打一开始就注意到了。他弯下腰，从中捡起一只破旧的、印着古怪图案的陶制烟斗，长长的斗柄托着一只小小的斗钵。然后，他用脚搅动沙子，翻出了一具破碎的白色头骨。他用沙子把它盖上，手里拿着烟斗，从棕榈树下走出来，加入大家的行列。

"'黑杰克'来过这里。"弗林特船长说。

"是的。"彼得·达克说。

"他在这里可真是大费周折啊。"比尔说。

"您手里拿的是什么？"提提问。

彼得·达克伸出手来。"看，"他说，"印有'一九一五年'的烟斗。在战后的那些年里，洛斯托夫特周围的人都用烟斗抽烟，这里来过洛斯托夫特人。"

"看来'黑杰克'挖了不少坑，"弗林特船长说，"您不觉得他可能会找到它吗？"

"他挖错了地方，"彼得·达克说，"我没有被扔在这里，而是再往北一点。这里没有岩石。我敢说，我一看见那个地方就知道了。"

比尔、提提和罗杰不等他继续说下去，就沿着海滩向北跑去。

彼得·达克再次转向弗林特船长。

"'黑杰克'在这儿待了很久，"他说，"而且有人为此付出了代价，要么是打斗，要么就是谋杀。他们挖累了、又不知道该去哪里挖的时候，很可能会打斗一番。"他把弗林特船长带回树下，给他看那些骨头和破碎的头骨。"这可不是摔碎的。"他说。

"我很高兴我的一等水手没看见它。"弗林特船长说。

"我们不需要走这条路回去了。"彼得·达克重新掩盖好头骨后说道。接着，他们一起走出了树林。

有那么一会儿，弗林特船长表情严肃，他在想如果"黑杰克"和他的船员真像彼得·达克认为的那样跟踪野猫号来到了岛上，那他要面对的又是一群什么人。

他举起望远镜，望着东方的地平线。但除了白色的浪尖，海面上什么也没有。

他再次转向彼得·达克。"那么，"他说，"我们最好快点完成任务。

我们只需要找到您的树，把埋在树下的东西拿出来清理掉，这座岛就留

给'黑杰克'，随他怎么处置。"

"我一点也不反对。"彼得·达克说道。接着，他们便跟着几个孩子

继续往前走。

第二十一章

达克港

几个孩子沿着那片闪闪发光的海滩蹦蹦跳跳地向北跑去，弗林特船长和彼得·达克则跟在他们后面往前走。很长的一段路上，树下都有一些旧战壕和深坑的痕迹，半数以上都被风吹来的沙子填满了。他们不时地停下来，查看路上遗留的破旧的铁锹柄、生锈的水壶，还有一口破破烂烂、底部有洞的炖锅。

"看来这里就是他们挖掘的尽头，"弗林特船长最后说，"他们似乎已经厌倦了这里。"

"很有可能，"老水手说，"他们从我们走出树林的地方一直挖到这里，足足挖了几百米。他们挖呀挖，就这样一直挖下去，却毫无收获，这在我看来真是太愚蠢了。"

"嗯，"弗林特船长说，"我不喜欢计算自己每次挖了多少，也不喜欢去大家觉得最理想的地方挖，这样下一波想要寻宝的人只消挖几铲子就能挖出那个东西，一个月后回到家就发财了。"

"挖金矿吗？"

"是啊，"弗林特船长说，"采到的金子还远远不够给猴子的小指做枚戒指呢。"

"人们常说习惯成自然。"彼得·达克说，"经历过这么多倒霉的事情，轮到我们挖出那只根本不值一提的旧袋子而后起锚返航时，您就不会难以接受了。"

"那么，达克先生，我们越快把那只袋子挖出来越好。喂，那些孩子在做什么？"

在他们前面五百米的地方，一排黑色的岩石从森林里伸出来，穿过沙滩，扎进海里。有时，巨浪滔天，拍打在岩石上，像喷泉般喷射出阵阵水花，给海滩洒上一层如羽毛般的白色水雾。岩石上，他们看到提提在向他们挥手，而比尔和罗杰则在沙滩上看着什么东西。

任何人都看得出来提提可能在喊叫着什么。但是，海浪汹涌咆哮着，彼得·达克和弗林特船长什么也听不见。

"海水喷出来的地方，"彼得·达克说，"我记得很清楚。看来，他们似乎不需要我带领就能找到那个地方。"

"走吧，达克先生。"弗林特船长说着，沿着海滩匆匆走去。

他们走近岩石时，提提跑过来迎接他们。

"这是座港口，"她大喊道，"是港口，并且真的有船的残骸。"

比尔和罗杰正在捉螃蟹。

"要是你们动作稍微快一点，"罗杰责备地说，"就能看到它们了。刚才这块岩石下面有很多黄色的螃蟹。不过没关系，反正沉船的残骸里还有无数只呢。"

"这座港口是不是特别漂亮？"提提问道。接着她就发现弗林特船长压根没有在听她讲话。除了彼得·达克，他谁也看不见。

彼得·达克低头看着黑色岩石之间的一个窄窄的水湾。它的上端有一片小沙滩，那是船登陆的绝佳地点。沙滩的两边都有岩石，在岩石之间，海浪翻滚着带动海水起起伏伏，轻柔地拍打着岩石。在岩石以外的北方和南方，一长排翻涌的波浪翻滚着互相碰撞，浪花破碎，泛起圈圈白色泡沫。只有在这里才能感受到大自然的平和。大西洋掀起的海浪撞在外围的礁石上，落在已经被制服了的、毫无锋芒的岩石上。海浪飞快地冲向礁石与海滩上的岩石的汇合处，岩石陡然从靠近岛屿的海面上拔地而起，咆哮的海浪时不时猛地冲向空中，一浪响过一浪，他们刚才从远处看到的阵阵水花正是从这里飞溅出来的。

"附近有一些上等的大螃蟹，"比尔说，"你看这些钳子，用来挂衣服怎么样？"他从一大堆被冲进岩石缝隙的旧蟹壳里，挑出一对漂亮的橙黄色钳子。

"不过这里确实是一座美丽的港口。"提提说。

"是的，"弗林特船长说，"你可以把燕子号拖上岸。"但提提知道他并不是真的在想燕子号。因为他说话的时候看着彼得·达克。而彼得·达克正眯着眼睛，奇怪地微笑着。

"怎么样，达克先生？怎么样？"弗林特船长急切地问道。

"我真没有想到这里居然这么小，"彼得·达克终于开口说，"它和这些螃蟹一样都变小了。当年我独自一人在这里时，它们看起来比现在要大一些。"

"就是这个地方？"弗林特船长说着抬头眺望海滩那头森林外围的椰子树。

"对，"彼得·达克说，"就是这里。有喷涌的水柱。"他擦掉喷到脸上的水花，"可笑的是，我竟然还记得这件事。没错，就是这里了。要是我没有到这里来，或者没有被海浪冲上来，那我早就粉身碎骨了。要是

我撞上了暗礁，那我就会像螃蟹壳一样摔得稀巴烂。我一定是没有碰到礁石的末端，而是被卷入了平静的海水中。这简直就是个奇迹！如果我当初在其他任何地方上岸，就不会有后来六十年的海上航行。我会错过六十年的美好时光，你们想想看。"

提提凝望着他。她试着想象六十年前彼得·达克在这里时的情景，那时的他弱小无助、处境悲惨，被绑在一根船柱上，海水把他从一艘失事的船上冲到岸上，他没有鲁滨孙·克鲁索那么幸运，有许多有用的东西可以帮忙，他身边除了一把小折刀什么也没有。

"那艘旧船就在这儿吗？"她问道。

他们在岩石的那边找到了一艘装有甲板的旧船的残骸。如今，只有船头竖立在沙地上，船板间的捻缝早已经腐朽了。船的一侧被撞出了一个大洞，因此，个头不大的人都能爬进它的骨架。他们一看到这个洞，都想进去瞧瞧，走近一看却发现洞里爬进爬出的都是黄澄澄的螃蟹，便都打消了这个念头。就连比尔也不愿意和螃蟹们一起爬进去。

彼得·达克来到岩石的边缘处，从另一边看着沉船的残骸。

"从我到这里起它就毁了，"他说，"不过被沙子淹没成这样也要好几年。"

"那您的树呢，达克先生？"弗林特船长急着要用他的小铁锹，他似乎没有听到大家在议论一艘船的残骸。

彼得·达克慢慢地走到海滩上，看着在大西洋的微风中摇曳的椰子树。其他人都跟着他。他随时都可能说出来，然后他们就会知道要去哪里挖。

"好吧，我认输，"彼得·达克终于说，"这些树就像系索桩或锚链上的链环一样。没有人能分清哪棵是哪棵。"

"但是那树就在附近吧？"

"就在岩石上面。当初，它是这儿最小的一棵树，也是最容易爬的。我那时还没有罗杰大。"

"它之后会长大的。"提提说，"现在，它也许是这里最大的一棵树。"这里的确有一棵高大的棕榈树，羽毛状的树冠在其他棕榈树的上方高高飘扬。

"它们会长大很多。"彼得·达克说。

"该死的，"弗林特船长说，"我们来这儿之前，它们可能已经长大、倒下、被蚂蚁啃噬、腐烂成纤维并随扬尘一起被吹走。我不知道棕榈树能活多久。也许它们没有老水手这么硬朗。"

"这倒是真的，"彼得·达克说，"我倒是忘了这一点。我还在想怎么把我的老树床挑出来。这些树像一根根铆钉似的，我感觉就跟不带地图去芬兰海岸一样。船长，您去过芬兰海岸吗？那里到处都是粉红色的岩石，像一只只系船桩似的。"

"我们最好先吃晚饭吧？"罗杰说。

比尔满怀希望地看着周围的人。

"我们目前能做的只有这件事了。"弗林特船长说，"这件事情比我想象的还要耗时，我没料到我们可能在找树上遇到麻烦。"

"我们到港口去吃午饭吧。"提提说。

他们又走下海滩，把背包丢在岩石旁边，这样他们就可以俯瞰那个小小的、有着天然屏障的沙湾。弗林特船长翻出自己路上切下的香蕉，还有佩吉早餐后做的一大袋干肉饼。每个人都有一包船用饼干和一包甜饼干。南希把她的背包借给了达克先生，苏珊放进包里的东西中，有一

块很大的荷兰奶酪，那是他们在洛斯托夫特的最后一天买的。她知道他特别喜欢它。除此之外，每个人都有一瓶水。

午餐时间已经很晚了，他们都饿了。不过，尽管如此，这顿饭还是没让人心定下来。弗林特船长一刻也忘不掉，他们离宝藏只有几米远了，不管宝藏是什么。他不停地站起来来回走动。他手里拿着一块饼干，越过岩石，第一次仔细地看了看那艘破船，然后回去问达克先生，他是否认为除了"黑杰克"之外，还有其他人也在寻找宝藏。达克先生说他也不知道，但不会有人特意坐那艘船上岸，它不过是在风暴中被冲上岸罢了。

"可以用它来搭座小屋。"弗林特船长说。

"这里螃蟹太多了，搭不了。"提提说。

"那我们就只能搭帐篷了。我们可能要挖足足一个星期。"

"如果我们要留在这儿，"提提说，"那能不能把燕子号驶过来停在这座港口？这里会是它停过的最好的地方。"

弗林特船长又一次一屁股坐下来。

"这正是我们要做的，"他说，"我们所有人都得到这儿来，在每棵树脚下挖一挖。但这里没有道路运送东西，我们总不能把所有的食物和被褥都背在身上吧？更不用说饮用水了。我们得把燕子号变成一艘货船，从海上运来这些东西。然后我们就在这儿扎营，直到找到宝藏为止。"

"如果达克先生不介意的话，我们就把这儿叫作达克港吧，"提提说，"因为达克先生就是在这儿被冲上岸的。"

"我不会介意的，"老水手说，"而且，达克港听起来是个养鸭子的好地方，这倒也不错，能挡住螃蟹。要不是这座达克港，那个小达克早就死了。达克港很可能就是个地名。从航海图上看，应该是这样的。"

"我可以再吃一块干肉饼三明治吗？"罗杰问道。

"你手里的还没吃完呢。"提提说。

"这点碎屑我要派别的用处，"罗杰说，"我想用它把进入那个洞里的螃蟹引出来，你不给我一块我就没法引螃蟹。"

"给他两块，"弗林特船长说，"让他立即把两块都吃掉。达克先生，您说，把燕子号驶到这儿来怎么样？能不能不让它冒太大的风险呢？"

"轻而易举，和在偌大的合恩角后退一米一样容易，"彼得·达克说，"不过您可别在信风吹拂时这么做。在日出之前或黄昏时分，风渐渐减弱并离开海岸的时候，再把它开到这儿来，如果您把它停对了地方，那就很简单了。"

"我要做个记号。"弗林特船长说罢，又站了起来，大步走上海滩。达克先生跟着他。提提等了一会儿，然后追了过去，比尔和罗杰还在忙着把螃蟹从洞里引出来。

"最高的那棵树怎么样？"弗林特船长说着，掏出了他的小指南针，"谁都不会看不见，它正好耸立在岩石上。只要能让船远离暗礁尽头，没哪个标记比它更好了。"

他径直走到那棵树跟前，背靠在上面，望着大海，然后低头看着他的小指南针。

"礁石的尽头指向这棵树的东南偏东方向，如果我们开进来的时候一直朝这棵树的西北偏西方向行驶，就不会找不到地方了。"

"你忘了带上你的三明治。"提提说。

"太谢谢你了,"弗林特船长说,"你这座港口有很大用处。"

"近海岸有风时,您就必须重新挑个时间过来,"彼得·达克说,"不过,您不费什么事就能办到。"

"天哪,他们两个在做什么?"弗林船长望着海滩下面的达克港惊呼道。那里,比尔和罗杰正在一块岩石附近慌忙地往后退。

"救命啊,"比尔大声喊道,"这些螃蟹在狂吃我们的食物。"

其他人赶忙前去营救。到那儿之后,他们发现在小港湾那一汪平静的水面旁边,他们刚刚坐下来吃午餐的地方已经沦为几百只螃蟹的地盘。

罗杰解释道:"我们刚才在观察用那点三明治能不能引螃蟹出洞,它们没有上钩,接着我们听到声音四处看了看,发现背包上爬满了螃蟹,可我们什么也做不了,因为比尔的棍子正好在它们中间。"

"唉,你们这两个笨蛋。"弗林特船长说着,跳上岩石去救背包。各种黄色和棕色的螃蟹四处乱窜。弗林特船长一把抓起背包,一只螃蟹却紧紧地钳住了它。他用力抖掉螃蟹,它重重地摔在一块岩石上,顷刻间,其他螃蟹蜂拥而上,把它撕成了碎片。

"太可怕了,太可怕了。"提提说着,转过身去。

"这些螃蟹可没有感情。"比尔说。

彼得·达克很反常地哆嗦了一下。

"还是跟以前一样,"他说,"哪怕只看它们一眼,我都会吓得发抖,真的。不过,它们看起来比以前小多了。也许它们变大只是因为我回想起它们,而且频频说起这个故事。可是到了晚上……"

"我想这些螃蟹在黑暗中会显得更大，"弗林特船长说，"如果要在这里扎营，我们就得想办法对付它们。"

"那您晚上得安排人放哨，不然它们会撕下您的皮。"彼得·达克说。

探险者们仍然有充足的食物。他们饿极了，丝毫不介意饼干曾被螃蟹用它们黄色的钳子翻了过来。弗林特船长给他们每个人的水瓶里倒了一滴柠檬汁，于是，他们干杯祝挖掘成功。

然后，为了碰碰运气，他们来到那棵大棕榈树前，比尔、提提和罗杰轮流用一把铁锹挖，弗林特船长则用另一把，彼得·达克坐在沙滩上俯视着这座港湾，很多年前他在这里时还是一个担惊受怕的小男孩。这时，弗林特船长却笑了起来。

"这样不行，"他说，"太傻了。我们得认真对待这次挖掘行动，像这样儿戏般地挖可不行。"他抬头看着已经落到山侧的太阳，"快，"他说，"我们不能再浪费时间了。快收拾行李。我们得从这儿找条捷径回去。开辟一条新路，做好标记，这样我们明天早上来的时候就能找到它了。"

"晚上更好吧，"彼得·达克说，"没有鹤嘴锄您什么也做不了，我明天要花大半天才能做一把，'黑杰克'留下的锈铜烂铁毫无用处。另外，要等到天色够晚信风才会减弱，而后您就可以乘那艘小船靠岸了。"

于是，他们再次来到达克港，赶走螃蟹，背起背包。

"不，"弗林特船长说，"那艘沉船的残骸对我们没用处。我们得搭顶帐篷。"

"用帆吗？"提提问，"还有桨？南希船长会非常高兴的。她去年就告诉我们要这么做。"

"先生，"他们朝海滩走去时彼得·达克说道，"能故地重游我很高兴，我以为我再也看不到了呢。"

"您明天还会看到它的。"

"那谁来守船呢？"达克先生说，"不，我跟您一样都不知道那只袋子现在在哪里。我已经指给您看过它可能在哪里，我从没想过要这样帮助别人。不，还是我来守船，要是刮来一阵强风，把这艘船吹到岸上去，那它就会跟那艘沉船的残骸一样对我们毫无用处。我们可不想等'黑杰克'回来送我们回家。我也不想因为没有其他食物只得再吃螃蟹和椰子。你们更不想这样。"

这时，他们一行人已经走到了沙滩边界处，正要进入森林。弗林特船长已经取出了一枚指南针，对准了吉伯尔山方向，那里是森林的尽头，黑色的岩石耸立在他们上方。一旦进入森林，就只有指南针来指引他们了。所以，他在环绕着海滩的高大椰子树下停了一会儿。

"想想看，"他说，"此刻我们可能就站在宝藏上面。"

接着，他带领大家走进森林。

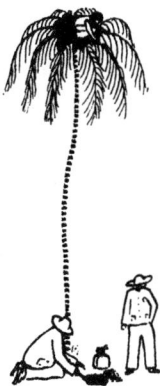

第二十二章

再见，野猫号

他们花了很长时间才穿过森林，爬上吉伯尔山的山坡。每走几米，他们就得停下来，彼得·达克或弗林特船长会在一棵树上做个大标记，更不用说提提、罗杰和比尔做的各种小标记了。小刀该用的时候就用，一直收着又有什么用呢？刻上标记，明天他们就能轻松地原路返回达克港。弗林特船长还特地为他们开辟了一条没有人走过的平坦大道。他这里砍一刀，那里劈一下，攀缘植物缠绕着的、长长的藤蔓从树上垂下来，也被他劈了个干净。说实话，与其说这是在开路，不如说是为了让第二天的行程更加轻松。大家一致决定，几乎所有人都要走陆路去达克港，并且不需要带任何行李。至于食物和用来搭帐篷的帆以及营地需要的其他东西，都由燕子号运送过来。

最后，他们已经爬到山坡高处时，比尔看到了"黑杰克"留下的一个标记，同时，罗杰也看到了一个，然后他们才知道，原来，现在走的这条新路与当天早些时候他们沿标记找到海滩的旧路汇合了。这样一来，就不需要再看指南针了，连标记也不用做了，直接用旧标记就好。现在，他们上山的速度快多了，很快就来到大滑坡的上部。然后，他们在山峰的黑色峭壁下沿着滑坡顶部艰难地爬行，找到了涓涓流淌的溪水，用手捧着喝了几口，顺着溪水下到滑坡另一侧的最深处，最后，赶在天黑之前，匆忙穿过树林回到比尔登陆点。

从新海口与旧海口之间望过去，野猫号停在海湾里，它的前桅上有一盏锚灯在夕阳的余晖下宛如一只淡金色的蝴蝶闪闪发光。岸边燕子号旁，约翰堆了个小火堆等待着大家。小划艇早已返航了，正摇曳在纵帆船身后。早上，彼得·达克在去的路上落在了后面，但在回到岸边的路上，他加快了脚步，抢在前面。他第一个走出树林，然后，仔细端详着纵帆船，又看了看燕子号，一切正常，他释然地哼了一声。

"喂！"约翰叫道，"你们找到宝藏了吗？"

"我们还没找到它，"提提大声说道，"但我们找到了它所在的那块地方，找到了达克先生当年被冲上岸的地方。"

"那里到处都是螃蟹。"比尔说。

"很大的螃蟹。"罗杰说。

"一切都好吗，船长？"弗林特船长问道。

"一切都好，长官，"约翰说，"我们大约一小时前才把水装完。八十七只小水箱都装满了。南希点起了锚灯，这样你们要是回来晚了就不会走到海岸的另一边去了。我还生了堆火。"

"干得好。"弗林特船长说，"水箱都装满了，尽管还没有开始挖掘，但我们的确没有浪费时间。"

一两分钟后，燕子号载着一船脚酸腿疼的探险者们漂在了海上，约翰驾着它驶出内湾，径直奔向锚灯处。在渐渐暗下来的天色的映衬下，锚灯显得越发明亮。

"听着，约翰船长，"弗林特船长说，"明晚你驾着燕子号来一次环岛航行怎么样？"

"好呀，我非常乐意，"约翰说，"我从未在真正的海浪中驾驶过它。"

"我希望不会超载，"弗林特船长说，"因为这关乎到往它上面装货的问题，那边只有一个地方可以停靠。"

"达克港，"提提说，"它跟燕子号差不多大，就像我们家乡岛上的海港一样，是座美丽的小海港。而且，岩石的另一边有一艘旧船的残骸，壮观极了，可惜我们没法进去瞧瞧……"

"里面全是螃蟹。"罗杰说。

"那是唯一一个我们可以带燕子号进去的地方，我们也只有在那里才能挖掘宝藏。那是个好地方，礁石探出海面，海面也非常平静。我已经记录好方位。我会跟你一起走，把你领航进达克港。"

"可以把我们全都带上吗？"提提问。

"不好意思，一等水手，燕子号今晚要载的东西很多，装完大家的食物、寝具、搭帐篷用的旧帆、大副最好的水桶，以及一两样炊具后就没有多少空间了。"

"我们要在那儿扎营吗？"约翰问。

"是的，除此之外，我不知道还能做什么。埋宝藏的地方离我们大约有一百米，我们要找的树则藏在一百棵不同的树里。因此，我们可能必须做大量的挖掘工作，每天浪费三分之一的时间疲于奔命、来回搬运东西毫无益处……"

船上立即传来一阵热烈的欢呼声。

"嗨，南希船长，我们能上船吗？嗨，苏珊，你的船上饭香四溢，你做了什么好吃的呀？"

"我们至少要八份，"罗杰说，"只要不是咖喱就行。"

"不是咖喱，"佩吉说，"本来我们想做咖喱的，让弗林特船长开心一下。可后来我们又想到上次辣到大家的情形就没做。我们煮了很多达克先生钓的鱼，此外，还做了一大份奶酪通心粉，现在，我们把它烤得焦黄一点。"

浑身酸痛的探险者们一个接一个地爬上梯子，再次登上了他们的家。

"哎呀，"彼得·达克说着，跌跌撞撞地走进甲板室，在森林里走了那么久，又翻过了小山，他现在累坏了，"回到船上真好。我可受不了待在一动不动的岛上。我还是最喜欢在船上的感觉。"

"这座岛上曾有过不少动静，"弗林特船长说，"山体滑坡不就是吗？"

"那不是我要的那种动静，"彼得·达克说，"我要的是船。"

"他没找到吗？"南希悄悄地问约翰，她在其他人回到自己的船舱后，偷偷溜上燕子号，帮约翰收拾行李。

"没有，"约翰说，"但他的状况不错。他们已经找到了地方，所以，我们要把燕子号开到那儿去，扎营挖掘，直到我们找到宝藏为止。"

当天吃晚饭时，他们制定了一个计划。按计划，南希是陆上探险队的领队，罗杰和提提作向导。

"把波利也带上怎么样？"提提问。

"那你得带上它的鸟笼，"苏珊说，"要是你让它飞走了，它就会被野鹦鹉围攻。待在船上它会更加无忧无虑。"

"那就让它陪着达克先生吧。"提提说。

"很高兴能有它作伴。"达克先生说。

277

"我要带上吉伯尔，"罗杰说，"应该让它去看看自己的山。"

"好吧，反正它可以自己走路，"苏珊说，"但你晚上得看好它。"

"它很可能会睡在树上。"罗杰说。

"但愿如此。"苏珊说。

"它身上连一只跳蚤也没有，"罗杰气愤地说，"上次洗完澡后就再也没有了。"最后，大家同意吉伯尔可以加入陆上探险队，不过在去的路上，罗杰必须让它走在前面，避免它因为不明白他们很着急，自顾自地去探险而耽误了他们的行程。苏珊觉得光说还不够，她打算用毯子给吉伯尔做一只睡袋，还要在开口处弄一根绳子，这样就可以在必要时把它装进睡袋。

弗林特船长和约翰要驾驶燕子号航行，彼得·达克、比尔和那只鹦鹉留在野猫号上，其他人则都要上岸。彼得·达克不想再踏上这座岛了，而且，不管怎样，他都得照看这艘船。比尔只想跟彼得·达克待在一起，弗林特船长也觉得应该找个人陪着彼得·达克，以便送信什么的。当然，其他人都想乘着燕子号航行，但弗林特船长必须亲自驾船，带领它穿过礁石尽头的碎浪间隙，而约翰是燕子号的船长，想把船长赶下他自己的船可不容易。因此，由约翰驾船，弗林特船长担任港口领航员把它带到达克港。再加上他们必须带上的一船货，就没有位置来载其他人了。

"另外，"弗林特船长说，"如果我们靠岸时出了错，就得游过去，而在那样的地方游泳，两人结伴，三人不欢。约翰和我可以互相照顾，但如果其他人也乱作一团地在海水里挣扎，那就难办多了。"

大家都意识到了这一点，便没有再提起这件事。他们转而开始聊挖

掘需要的工具。他们有两把从考斯甜食店买到的小铁锹，而且弗林特船长也越来越喜欢用它们。不过，他们急需一把鹤嘴锄。他们在挖掘中发现的"黑杰克"一行人留下的遗物，已经变得和那把小刀一样锈迹斑斑，这些碎片由一只手小心翼翼地传给另一只手，然后由罗杰用一张纸包裹起来，上面写着："博物馆收藏。海盗刀。R.沃克呈送"。这些旧铁片一点用处都没有。但现在彼得·达克起身走进水手舱，点亮提灯时惊醒了吉伯尔，接着他在一只橱柜里翻找，那里装满了他从这艘船的各个地方弄来的零碎旧物，因为他觉得这些东西或许会派上用场。他拿出了一只断了只锚爪的旧船锚并把它带回餐厅，那船锚看着十分笨重，其他人也借着提灯的光凑近看了看。但彼得·达克说，他可以把锚爪磨尖，并把它的长铁柄拼接到备用绞盘杆上，来改装成什么新的工具。"这可是上等的榆木，"他说，"并且，它们经得住任何考验，更不用说挖只旧袋子了。反正他们埋那只袋子的地方除了沙子什么也没有。我不是说过吗？他们是用刀挖的。"

弗林特船长听后更加开心了。

"我们没有工具照样可以挖出它来，"他说，"那东西离我们那么近，怎么会找不到它呢？即使最坏的情况发生，我们还可以用小铁锹把它挖出来。"

然而最坏的情况并没有发生。第二天早上，早在船员们起来冲洗甲板之前，弗林特船长就忙活着制作了几把木铲，足以铲开松散的沙子，彼得·达克则在用锉刀打磨用锚做成的鹤嘴锄尖端，锉刀的噢嚯声传遍了船上的每个角落。早餐后不久，他就把它打磨好了，镐头的样子怪怪的，还很小，但足以对付海滩上松软的沙土。

这是一个忙碌的早晨。两个大副正在列一份所需食物的清单，她们先将罐头从橱柜里拿出来，然后在清单上把它们一一勾掉。提提和罗杰忙着把东西搬到甲板上，堆在那里，准备装进燕子号。弗林特船长和彼得·达克则在索具库里找一些没用的旧帆，用来搭帐篷。终于，他们找到了合适的帆，是很久以前的一张分量很轻但体积很大的支索帆，它由轻质帆布制成，上面千疮百孔，到处都是补丁，实在不值得再保留了。于是，彼得·达克当即动手，在最需要补的地方打上几块补丁，弗林特船长则走进甲板室，为南希绘制了一张岛屿的示意图，这样就算向导们糊涂了她也不会走错。约翰和南希把水桶搬出了厨房，开始燕子号的装载工作，他们把小桶从船舷上放下来，并固定好，防止它在船上滚来滚去。大家都很卖力地干活，直到下午准备登陆。他们很晚才匆匆吃了一顿已经放凉了的午饭，然后比尔划着小艇带第一批人上了岸，他们是佩吉、提提、罗杰和吉伯尔。他们在最后一刻差点忘了吉伯尔，但它看到罗杰要离开船时，就自己从主桅索上爬了下来。南希找到了它的牵绳，把它拎上了船，然后他们就出发了。在野猫号上，苏珊和南希用望远镜观察着他们上岸，她们看到了提提和佩吉是如何坐在沙滩上的，看到了那只兴奋的猴子因为回到坚实的地面而兴高采烈，拖着它的主人在沙滩上跑来跑去。

但很快，比尔又回来了，苏珊和南希爬过船舷，上了小划艇。弗林特船长则趴在舷墙上，给南希船长作最后的指示。

蟹岛寻宝

茂密的森林

失事船只残骸

营地

达克港

吉伯尔山

新路沙

伯山

体滑坡

森林

比尔 小溪

登陆点

饮用水道

小山

森林

彼得达克于这里发现头骨

蟹岛

海里

N

W

E

S

281

"你一直沿着小溪走，就不会走错路。小溪流到滑坡边缘时你就往滑坡上爬，然后沿着滑坡顶端滑下去，直到你来到做了标记的树林里。接下来就不用担心了，但记得要留心那个新标记与旧标记汇合的地方。在那里左转，然后沿着昨晚我们才做的标记走，就能走到达克港上方的海滩上。另外，如果我们没能比你们先到，就在海滩上大椰子树与礁石外缘之间的一条线上生火。"

"用作灯塔吗？"

"是的。晚上风停了我们才能出发，所以，可能我们还没到天就黑了。"

"哦，明白了，长官。"

"祝你好运，南希。把你的人都聚在一起，弄出些声响来。虽然我们没有看见过蛇，但谁知道呢？"

"今晚见。"南希说，"再见，达克先生。再见，约翰。"

苏珊也跟她道了别，接着，比尔就载着她向岸边划去。但他只划了一两下，南希就开始划另一副桨了，并让比尔挪到船头处。南希确定好节拍，两人各自划着两支桨，合力将小艇划过水面。

"真像艘船长快艇。"彼得·达克说。

"是的。"约翰说。

"哎呀，"彼得·达克说，"我看着南希和船员一起划船，差点忘了她也是船长。"

约翰、彼得·达克和弗林特船长站在野猫号的甲板上，看着他们上岸，看着比尔又一次乘船离开，也看到其他人走上海滩，停下来挥手告別。他们看着比尔挥动自己的帽子，接着眼前只有空荡荡的海滩、绿色的森林以及划着小艇驶向大海的比尔。一群鹦鹉从树林里飞出来，看来，探险队员们已经出发了。

燕子号上的货物从未被打包得如此精细。铁锹、木铲和彼得·达克做的鹤嘴锄都被堆放在底板上。其次是食物，都是些管饱的固体食物，只有巧克力算得上是奢侈品。接着是炊具。水桶也已经被固定在桅杆的尾部了。所有松散的东西则都被塞在他们用来代替被褥的羊毛睡袋里。然后是那张旧帆，它把一切东西都罩住了，并紧紧地裹住。船上只剩下一点点空间给舵手，因此，弗林特船长打算躺在货物上面。

下午过后，他越发急切地想出发。风刚有缓和的迹象，他就把望远镜挂在脖子上，把背包扔给约翰，任其把包放在船尾板下面的水瓢旁边，然后拍拍比尔的背，再跟彼得·达克握握手，跨过舷墙，爬了下去。约翰也已经升起了那张褐色的小帆。

"再见，达克先生，"弗林特船长喊道，"野猫号有您和比尔照看会平安无事的，如果天气一有恶化的迹象，我就马上从山上回来。"

"再见，达克先生，"约翰船长喊道，"解开缆绳前进。"

彼得·达克笑了，他将缆绳顺着甲板拖到船尾，然后盘成一盘，放了下来。

"再见，约翰船长，"他说，"一路顺风！"

燕子号开始慢慢后退。它的船帆鼓鼓的，接着经过小纵帆船的船尾，驶出了海湾。

约翰抬头看了一眼"野猫号：洛斯托夫特"这几个字，那是他在洛斯托夫特港亲手刷上去的，而那里现在却仿佛远在天边一般。

比尔低头看着船尾的栏杆。

"再见，约翰船长。"他说，接着又说道，"祝您好运，先生。"

"再见，比尔。"约翰叫道。

"祝你钓到更多的鱼。"弗林特船长喊道。

彼得·达克和比尔在甲板室旁站了一会儿，目送着那张棕色的小帆向南而去。

然后，比尔开始彻底修整一根盘绕在甲板室屋顶的钓鱼线。

"那些钩子呢，达克先生？"他问道，但没有听到回应，就又问了一遍。

但是，彼得·达克看着那张棕色的帆消失在岬角后面，思绪沉浸在另一件完全不同的事情里。

"唉，"他说，"如果历经千山万水最后他还是一无所获，我会为他感到遗憾。倘若它值得寻觅的话。呃！少说话，小比尔。那是什么？钩子吗？你可以在我床铺底下的储物柜前找到它们。我们不妨把这些钓鱼线放出来吧。鱼饵就在厨房门后面。常言道，最肥美的鱼在黄昏时才咬鱼饵。他会在转角处遇到一阵风，不过他足够理智，会等风过去的。那是什么？少说话，孩子。来了，来了……"

他看了看甲板室，瞥了一眼计程仪，又看了一下钟，然后走了出来，敲了三下船上的铃铛，先急促地敲了两下，再长长地敲了最后一下。

"三声铃响。"他自言自语。比尔听到后从钓鱼线上抬起头来，补充道："没有他们，一切都安静了下来。就像回到老摆渡船上一样。"

过了一两分钟，两条带鱼钩和鱼饵的引线被抛进了船外的海里，溅起水花。彼得·达克抽着烟斗，靠在舷墙上，一只手握着钓竿，随时都能感受到鱼的轻微啃咬。比尔则紧挨着他，咀嚼着彼得·达克给他的一小块烟草。

"他们什么时候回来？"他终于开口问道。

"他不是一个轻易放弃的人。"老水手向水里吐了口唾沫，正色说道。

比尔也吐了一口唾沫。"其他人也不会轻易放弃，"他说，"这些孩子很靠谱。"

第二十三章

燕子号之旅

他们出发了。约翰昨天很享受把装载的淡水一桶桶地从岸边搬到船上。他更喜欢这次航行，因为，这才是真正的航行。他想起了洛斯托夫特港，想起了家乡群山之间的湖泊。然后，他看到了那碧绿的、羽毛状的棕榈树冠，绿色的森林爬满了吉伯尔山的山坡，还有辽阔的大海。此时的他驾着燕子号，驶在那片因为有鲨鱼而无法游泳的海域里，饱览岸边奇异的热带风光。是的，这是约翰最快乐的时刻，倘若有人问起他在这个世界上意欲何求，他不得不承认别无所求。此等良辰美景，夫复何求？

弗林特船长一直注视着野猫号，直到那艘精致漂亮的绿色小纵帆船收帆停在了海湾南端的树丛里。"有他们两个在船上，它会安然无恙的，"他说，"除非发生了非常糟糕的事情，但我们会提前收到预警，有充足的时间赶回去。"

他将思绪从野猫号上抽了回来，躺在塞满货物的燕子号上，把太阳帽推到脑后，哼起了《身手矫健的约翰尼》①的调子，他一般在非常高兴的时候才会哼这首忧郁的曲子。

"没有比这更好的了，"他最后说，"船越小越有乐趣。我说船长，你以前有没有在大浪中驾驶过小船？我们出了这座岛的天然屏障，就会体

① 《身手矫健的约翰尼》是一首升降索歌谣，水手们在升起较重的风帆时歌唱，流行于大帆船的黄金时代。

验到的。"

"在法尔茅斯港,"约翰船长说,"当然,夏天我们在湖上也遇到过一两次大浪。"

"嗯,"弗林特船长说,"这次不一样。但没什么可担心的。它是一艘非常好的海船。你驾驶它一直航行,它会表现出色的。"

他们很快就到了岛屿最南端的海湾。岬角远处一排长长的浪花泛着点点白光,浪花尽头一棵树也没有,从大西洋涌进的海浪不断拍打着沙滩。约翰从未听过如此震耳欲聋的海浪声。

"再过几分钟我们就到空旷地带了,"弗林特船长说,"如果你觉得风太大,我们可以在这里稍作停留。这风还是从东北方吹来的,我们绕过岬角就要与风狭路相逢了。"

"它可以顶住不少风,"约翰说,"我们把所有重物都装在它的底部了。"

"你了解它,"弗林特船长说,"它是你的船。不过,作为一名领航员,我只想说一件事。你会发现远方的海水总是平静的,但海水接触到海岸时就会变得很不安分。这一点我们两个都清楚。"弗林特船长侧翻了个身,一手遮挡着划起一根火柴点燃烟斗。然后他慢慢挪到迎风的一侧,用自己的体重来保持船的平衡,又看了看升降索是否拉紧,以防他得在匆忙中收帆。他还看了看船桨,确保万一需要用到就能把它们拿出来。

"达克先生说过风会慢慢缓和下来的,不是吗?"约翰问道。

"如果我没弄错的话,风已经缓和了一些,说不定太阳下山的时候我们就能登岸啦,但谁知道天气会不会再变化呢?"

"我想，我们会很顺利地开过去的。"约翰说。

在岛的最南端，随风飘舞着的棕榈树似乎忽然间就后退消失了，低矮的沙地上豁然出现一片更为开阔的海洋，一直绵延到树林尽头。燕子号开始起起落落，仿佛它已经知道自己无处可逃。约翰在不知不觉中已经驶离了那座岛。弗林特船长躺在迎风一侧的货舱顶上，他身子往前挪了几厘米，将一小块皱巴巴的旧帆布塞进货舱与船舷上缘之间，一股浪花飞了上来，溅在他脸上。

约翰咬紧牙关，深深吸入大西洋上的风，努力往回拽着帆脚索，满心期待在不放松它的情况下看看自己能坚持多久。他身子向后倾斜，眯起眼睛仰望着提提做的燕子号船旗在桅杆上飘扬，感到嗓子眼一阵颤动，一半是因为开心，一半是因为害怕犯错误。他强忍着激动，对弗林特船长也对自己说道："它一点也不担心。"

"没错。"弗林特船长说，"不过海浪没有一丝恶意。虽然它们看起来波涛汹涌，但并不想伤害任何人。"

海浪确实很汹涌。它们翻滚而下迎接燕子号，不停地把它往上抛，越抛越高，一直把它抛到由蓝色海水汇聚而成的高山山脊上，然后又迫不及待似的继续向前翻滚，燕子号则被冲下波谷，奇迹般地漂浮在水面上，并没有倾覆在海浪之下。一次也没有过。刚开始，约翰感到自己全身心都随着在海浪中浮浮沉沉的燕子号起伏不定：每当它经过大浪浪尖，自己的整颗心都提到了嗓子眼；下一个浪头席卷而来，燕子号又开始往上爬，自己悬着的那颗心总算落地了。他有很多事情要考虑。这里有大浪，真正的海浪，除此之外，在涌浪之下以及浪峰之间都是小风浪。不

航行中的燕子号

291

一会儿，约翰再遇到浪花时就不再去想会发生什么。他确实享受其中。毕竟，他驾驶纵帆船时有大把的时间来适应这种海浪。从燕子号上看，海浪似乎要大得多，但是他很开心看到船上只溅到一些水花。现在，他终于明白为什么弗林特船长提醒他让他一直航行下去了。燕子号在波涛之间的低谷里似乎失去了风力。它那棕色的小帆像在风平浪静的时候那样收了下来，突然间又鼓了起来，猛地扯了一下帆桁，等到下一个浪头追上它，把它越举越高直到再次把它放下来，而海浪则翻滚着朝远处的海滩奔涌而去。看到弗林特船长面带微笑地看着他，约翰开心地笑了。

"真不赖，约翰，嗯？"弗林特船长说。

"转弯要费一番工夫。"

"你自己决定什么时候开始，不要着急。我们静静待在这儿不会有任何损失。头脑简单的家伙只能在外围海域航行。在这里，就不能指望他们了。转弯时唯一要记住的就是，不要中途改变心意。"

约翰笑了。去年夏天，他教提提航海时，也对她说了同样的话。

他一直后退到离岛屿很远的地方，等到一个大浪过去后，就在平静下来的海面上轻松拐了个弯。燕子号朝着小岛疾驰而去。

"好样的，"弗林特船长说，他刚才在货物上面扭动身子，想把自己的重量移到另一边去，但现在他又抬起头来，因为帆桁已经安全地转过来了，"记住，如果有风吹来，就转向迎风行驶，或改变航线。啊，我们从这儿可以看到美丽的吉伯尔山啦。我们就是从那儿穿过去的，就在那些黑色的岩石下面。不好意思，约翰，你继续掌舵，别管我。你看，昨天我们绕行过的滑坡旁边还有另一座断崖，边上还有。山顶上的斜坡太

陡峭了，会塌的。奇怪的是，这些岛屿一直在变化。"

"不知道南希和其他人能不能从山上看到我们。燕子号的帆看起来一定很小。"

"如果南希尽职尽责，不让他们在路上闲逛，那他们早就过了滑坡，就在这一边下山了。在那片树林里你什么也看不见。昨天我们走到海滩之前，连大海的影子都没见着。"弗林特船长翻过身来，从臀部的口袋里掏出手表，"要知道，时间一直在流逝。如果他们现在还没到达克港，还想着我们什么时候会带着食物现身，那我也不会惊讶的。"

约翰又一次驾船来到颠簸的海面上。起初，弗林特船长一直在仔细观察着事情的进展，尽管他看起来只是懒洋洋地躺在货物顶上，但现在他已不再费心地把手放在离升降索触手可及的地方了。燕子号又沿着"之"字形路线在大海上向既定方向航行，它不停地上下颠簸，而约翰则已经逐渐习惯了这种行进方式。有一次，当年少气盛的约翰回头瞥了一眼岸上时，它的船头正好撞上了一波海浪，但船上只有一点点水，因为它的船头塞满了东西，彼得·达克用一块棕色的旧帆布把船上的东西盖了起来，保持干爽，并把空当处塞得满满的，于是桅杆前仿佛有一块坚实的甲板。

"没造成什么损失，"弗林特船长说，"不过，如果它再遇到大浪，就得小心点了。"

"好的。"约翰说。弗林特船长这时才意识到，在燕子号上，船长是约翰，不是他。因为，在野猫号上，约翰肯定会说："是的，是的，长官。"在这件事上，他和提提一样讲究。

　　小岛的样子似乎一直在变化。小岛西南角的小山丘上到处都是树木，有那么一会儿特别显眼，仿佛人的膝盖被一条绿色毯子给盖住了。然后，他们到达小岛南端的时候，它已经逐渐成为吉伯尔山的一部分了，现在他们向北走，它就完全消失在那座奇怪的青色山峰的绿色斜坡下面了。吉伯尔山的山顶也变了。有时，它看起来就像一个光滑的黑色圆锥体从森林中升起；有时，他们又能看到岩石断裂的地方，看到其中的裂缝和树木上面的黑色悬崖。

　　太阳正缓缓坠入小岛后面，忽然间，周围平静得连一丝风也没有。燕子号迷失了方向，棕色的帆飘动着，那面小旗则耷拉在桅杆上。舵柄不动了。约翰心头顿时涌上一种船只失控的可怕感觉。

　　"它不走了。"他说着，拼命地快速晃着船舵，想让船头迎着海浪。

　　"风向在变，"弗林特船长说，"我们应该立刻把它驶离岸边。看来，达克先生的话没错。"

　　但时间一分一秒地过去，燕子号在海面上翻滚，帆桁在头顶上晃来晃去，吊杆在弗林特船长白色太阳帽上方仅一两厘米处左右摇摆。

　　"用船桨怎么样？"约翰说。

　　"没别的办法了。"弗林特船长说。他降下帆，抽出桨来。

　　一下子，一切似乎又行得通了。燕子号终于不再像软木塞一样不停地来回翻滚了。弗林特船长尽力地划动小船，让船头朝向大海。

　　"刚刚真是太难受了。"约翰说。

　　"是一种无助的感觉。"弗林特船长说。

　　就在这时，不等他们有任何心理准备，海面上轻轻地吹来一阵风，

吹在约翰的后颈项上，他转过身来，简直不敢相信眼前的这一幕。弗林特船长也感觉到风吹在他的颧骨上。他们抬头看了看小旗帜。它升起来又降下去，再升起来，然后，像波浪一样从吊索处荡漾开去飞向高空，在桅杆上迎风飘扬。

"得起帆航行。"约翰说。

过了一会儿，弗林特船长停下燕子号让它迎接这股新风。尽管他们离海岸还有很远的距离，但还是扬起棕色的帆，再次出发向北驶去。

"你现在可以看到北边的山了，"弗林特船长说，"尽管我知道他在那里经历了什么，但一想到达克先生四十年前看到那些小山后，就再也不想靠近那里，真是令人毛骨悚然。"

"你在哪里找到'黑杰克'挖掘的地方？"约翰问道，弗林特船长突然朝大海和地平线周围看了看，然后才回答他。

"就在那儿，"他指着岸边说，"离真正埋东西的地方很远。"

"达克港在哪儿？"

"没那么远了。你会看到岩石从树林里横出来。我们最好仔细找找。我在那里的一棵大树上确定了一个方位，我想去看看。那棵树很高，但我忘了它后面的土地更高。"

"如果我们找不到它的话，还有其他的登陆点吗？"

"一个也没有。这是沿着那条海岸线唯一一处不被海浪侵袭的地方，也是唯一能把船安全靠岸的地方。"

他们默默地继续航行，注视着岸边无尽的白浪。"如果我们找不到那个地方怎么办？"约翰终于问道。

"除了返航，别无他法。这不是什么麻烦事，但是其他人会向我们问责，因为他们会没有水、没有食物，也没有帐篷过夜。"

约翰想起了苏珊。他几乎可以听到她告诉罗杰，燕子号一来他就应该吃晚饭了。也许此刻，他们中的许多人都在岸上的某个地方注视着燕子号棕色的船帆。如果他们看到它调头往回走，会怎么想？太阳已经下山了。在这里，黑暗来得如此之快。

突然，他看到了些什么，让他想起去年夏天的事。他看到，暗淡的蓝色烟雾在树林的映衬下袅袅上升。以前每当他从远处看到营火的烟雾时，总会急匆匆地赶回家。

"干得好，南希，"弗林特船长说，"现在我们不用烦恼了。但是，如果我们要尽快把事情搞定，那就不能再浪费时间了。"

"你要开始领航吗？"

"好，准备把它开进海港。"弗林特船长看了看他的袖珍罗盘，粗略地看了一眼从海滩上冒出来的浓烟，现在已经像管子那么粗了，"抢风转向。那股烟就是正确的方位。"

经过几次抢风转向，一会儿这边，一会儿那边，燕子号慢慢地靠近岸边。他们可以看到篝火周围有斑点在移动，却看不见进港的通道。这串长长的海浪中似乎根本没有开口。这里几乎看不到着陆的希望。但是，约翰突然喊道："是那棵树吗？天空下面，烟雾后面。天哪，有岩石矗立在我们和海岸之间。"

"你似乎不需要别人为你领航，"弗林特船长说，"你以前来过这里吗？是的，就是那棵树。正是那些岩石造就了海港。我们得从岩石南边

进去，到达它们后面平静的海面上。"

"风力减弱了。"

"不管怎样，我们都得划桨进去。"

弗林特船长一边说着，一边收起船帆，然后划起桨来。他朝岸边瞥了一眼。"你看礁石的尽头，浪花四溅。我们要和礁石尽头以及那棵大树，或与南希放的烟雾在同一条线上。她把火生在了正确的地方。好姑娘。"

"什么？"海浪的声音越来越大了。

弗林特船长大声喊了出来，约翰探身向前想听清他说的话。

"你把船开到礁石的尽头，与烟和大树保持一条直线。"

燕子号骑在浪尖上，朝着浪花和奔腾的海面冲去。

约翰紧紧握着舵柄，只看到礁石的尽头有一柱烟袅袅地升入空中，升入那棵巨大棕榈树羽毛般的树冠处。船离那儿越来越近了。

弗林特船长又回头瞥了他一眼。"对，"他喊道，"就这样保持下去。"

有那么几分钟，他们简直不能呼吸。靠近右舷船首，礁石的一端在波浪中露出水面。浪花在空中高高跃起，巨浪轰隆隆地撞击着从海岸延伸出来的黑色岩石长堤。在港口的边线上，一排排的海浪滚滚而来，拍打在金色的海滩上。燕子号滑过礁石一端后，海水突然间归于平静。在天然的防波堤后面，是一些毫无伤害地翻滚着的小波澜。在一片没有海浪拍打的沙滩上有大量岩石，还有他们熟悉的人们，爬在前面的岩石上挥舞着手，或大喊着什么，却什么也听不清。岩石似乎开了道口。弗林特船长在一条平静的狭窄小道里划了一两下船。一支桨触碰到一块岩石。没过一会儿，燕子号就在那片狭小的内港靠岸了，那儿正是五十多年前被绑在船柱上的实习水手彼得·达克被冲上岸的地方。暴风雨摧毁了他的船，淹死了船上其他人。今天，那里倒是一派繁忙的景象。南希去把燕子号拖上来停稳，弗林特船长则急切地上岸，去清点挖掘者的人数，看看有没有人走丢。提提、罗杰、佩吉和苏珊都在说话。猴子吉伯尔看准了机会，跳上船，沿着舷缘跑，来看看正在卸舵的约翰是不是他认识的人。

"幸亏你点了火，南希，"弗林特船长在她耳边喊道，"那棵高高的树，你要走近才能看见，因为它后面是一片树林……是的……它后面……是树林。"

因为海浪轰鸣，每个人都在大声喊叫，却很难听清别人说的话。

"你带提灯了吗？"那是苏珊的声音。

"这是燕子号最棒的一次旅程。"那可能是提提说的。

"这座港口好极了，不是吗？"这是南希的声音。

"逃走了。他们都逃走了。但他们还会回来的。"这话只有罗杰会说。

"来吧，"弗林特船长喊道，"快把货卸了。我们得把帐篷搭起来。是的，用桅杆来搭。另外，大副们要怎么做晚饭呢？她们需要食物和锅碗瓢盆。"

第二十四章

挖掘者的营地

　　岛上的一行人轻装上阵，一路上玩得很开心。他们毫不费力地找到了那条做了标记的小路，路上也没有磨蹭。唯一耽搁的一次（和一些小延误）是因为南希不喜欢弗林特船长之前做的新标记，她停了下来，用自己的袖珍小刀把它刻得更好。他们在达克港的海滩上行进时，燕子号那棕色的小帆还在岛的西南角，离他们很远，只是一个在海浪中时隐时现的小圆点。他们的向导，提提和罗杰带他们参观了那座小港口、那艘失事的旧船和螃蟹，尽管螃蟹像罗杰抱怨的那样，一开始是想逃跑的。然后，南希在岸上选了一个地方，正好在那棵大树和礁石尽头浪花碰撞处两者之间的连线上，他们努力生火来帮助燕子号的领航员找到进来的路。后来，苏珊和佩吉正忙着把绿叶放在火上生烟时，南希、提提和罗杰单独去北边的海滩上探索了一番，并且发现了什么，不过他们事先约好了，所以，那天晚上他们只字未提。虽然苏珊已经给大家分发了一定配额的巧克力，但是，等到燕子号停靠在达克港的时候，大家都迫不及待地想饱餐一顿。

　　所有人都开始卸货，水桶一被抬出来，就被塞进岩石中间一个近便的地方，这样就可以将水壶灌满了，苏珊和佩吉则匆匆把水壶抬到火堆上。弗林特船长从燕子号取下所有压舱物后，把她们叫了过来。大家一起把燕子号从岩石间的小海湾里拖到高水位的海滩上。然后，她们就回去做饭了。她们打算加热一些干肉饼。与此同时，弗林特船长和其他人正忙着搭帐篷。南希找到了一个搭帐篷的好地方，那儿，一小块光滑的沙地被延伸到大海的岩石遮挡住了，不受东北风的影响。另一块岩石从沙子上探出来，从另一边提供了遮蔽。在它的后面，伸出一大块岩石，高度刚好能搭建一根横梁。弗林特船长把燕子号的桨绑在一起，做了一根支柱来撑住另一端。

"要是我们把那把锯子带在身边，而不是让你把它放在燕子号上，"南希说，"那我们早就会砍一棵树来做一根合适的帐篷横梁了。"

"我们明天去砍一根。桅杆有点短，但今晚用没问题。"

桅杆当然是相当短的，因为一大部分必须固定在岩石上，一小部分还要搭在桨架上，但是把旧帆布铺在顶部后，帐篷看起来非常不错，尽管它对这么多人而言还是很小。他们决定挤进去。当然，有些人本想睡在那艘失事的旧船里，但他们查看之后打消了这个念头，因为那艘破船里全是螃蟹。

"真烦人，"南希说，"那我们要怎么钉帐篷边呢？"

"用这些。"弗林特船长说着，把一小袋木制帐篷钉倒在地上。

"那就是昨晚我听到的声音，"提提说，"不停削着什么的声音。我实在想不出那是什么声音。"

"达克先生在帆上缝了许多绳圈。"

十分钟后，帐篷搭好了。罗杰从火堆旁急匆匆地跑过来时，南希、提提和弗林特船长都在帐篷里面。他从那里大喊，但没人听得到他的声音，尽管他们已经学会了在震耳欲聋的海浪声中分辨别人在说什么。

"水开了，"他说，"苏珊让我来告诉你们带上杯子。因为有螃蟹，所

301

以她和佩吉不能离开火堆。"

"为什么？难道螃蟹还会抓水壶吗？"弗林特船长问道。

"它们会溜进火里去的，"罗杰说，"佩吉和我一直在拦住它们。但只
要有人稍不留神，往别处看去，就会有一只螃蟹像其他东西一样被烧焦。
尽管有我们在，但还是有很多螃蟹被烧死了。"

"再过半分钟，"弗林特船长说，"我会来看看能帮些什么忙。南希，
如果你能做到的话，试着把那一边拉直，把那两颗钉子钉起来，再往里
推一把。"

"我说。"罗杰说。

"什么？"弗林特船长说。

"你觉得这些螃蟹和咬达克先生的螃蟹是同一种吗？它们看起来小
多了。"

"如果你独自一人在岛上，那它们看起来就大多了。"弗林特船长说，
"不管怎样，我敢打赌，等你给自己的孙子们讲故事时，它们会比现在大
一些的。"

"也许夜里出来的螃蟹才更大。"罗杰说。

"它们在黑暗中可能看起来更大。你看，年少时的彼得·达克看到它
们时甚至没有借助火光，也没有一大群朋友来帮他把螃蟹吓跑。他很高
兴能够摆脱它们，这不足为奇。"

天很快就黑了。弗林特船长翻过岩石，沿着沙滩向火边走去，碰巧
看到佩吉和苏珊正忙着把那些黄色的螃蟹赶出去，在火光的照耀下，这
些螃蟹呈橙色，似乎执意要进入火堆。尽管两个大副尽力去救它们，但

在达克港驻扎下来

很多螃蟹已经到了火边，被烧焦后死在了火堆边上。

"这样可不是办法，"佩吉说，"我一转过身去，就会传来嗞嗞作响的声音。"

"它们比扑进烛火里的飞蛾还不要命。"苏珊说，

"不管怎样，我们还是会赶走一些螃蟹。"弗林特船长说着，从佩吉手里接过一根棍子，把火边上的死螃蟹扒拉走，扔得远远的。其他螃蟹立刻对火失去了兴趣，转而攻击同类的尸体。

弗林特船长急忙回到帐篷里，帮提提和南希把剩下的杯子拿过来。

"这儿有只螃蟹正往帐篷里爬。"南希从岩石上下来时喊道。

"把它踢出去。"弗林特船长喊道。

"别伤到它。"提提说。

在蓝色薄雾笼罩下的海滩上，他们围着火堆刚刚开始吃饭时，连提提也在对付螃蟹的问题上变得狠心了起来，因为螃蟹们根本没有一点同情心。它们抓住彼此，将对方撕成碎片，发出可怕的嘎吱嘎吱声。除掉它们的唯一方法就是扔掉几具尸体，其他螃蟹会立即扑到它们身上，挥舞着钳子，瞪大眼睛咬碎它们。对于这六个来自燕子号和亚马孙号的船员以及弗林特船长而言，这没什么好怕的。毕竟螃蟹并不算很大。但它们就是很讨厌，拒绝接受"不"这样的回答。几乎没有什么能使它们明白人们不想看到它们。南希一直在说："唉，要是比尔也在这儿就好了。他会毫不客气地打它们。"燕子号和亚马孙号的船员都不喜欢打螃蟹，但只有吉伯尔学会了害怕螃蟹。它自娱自乐地戳了戳一两只螃蟹，抓着它们的壳把它们捡起来扔掉，一边不让手指碰到它们的钳子。这时，一只

大螃蟹恰好爬到它身后，发现了它的尾巴，想在它那毛茸茸的尾巴上一试身手，于是狠狠地掐了它一下。吉伯尔痛苦地尖叫了一声，转来转去追着自己的尾巴，尾巴末端的大螃蟹像绳子上系着的球飞来飞去。最后，它终于松开钳子，像子弹一般射入黑暗之中，不过，吉伯尔从此就对螃蟹十分警惕，任何一只螃蟹靠近它，它都会大声呜咽发出警告。

螃蟹们也让大家的晚餐用得心惊胆战、惴惴不安。不管是谁，都不能在地上放一块干肉饼或一点饼干，哪怕是在喝水时放一小会儿。因为，它会立刻消失。解决掉残羹剩饭太容易了。

"它们比我们平常饭后清理得还干净。"苏珊说。

"只要它们不在我们没吃完之前清理就行。"弗林特船长说，"那只刚弄到一块好东西，就是那只眼睛睁得大大的、不停咀嚼的螃蟹。"

"是不是你要留到最后的那一点？"罗杰严肃地问道。

"这我不清楚，"弗林特船长说，"但那点残渣对螃蟹而言足够了。"

晚上，挖掘者们在帐篷里安顿下来后，螃蟹还是让人受不了。但并不是所有人都这么想。约翰把燕子号从比尔登陆点开到达克港后，感到出奇的累，完全超乎自己的想象。管他什么螃蟹，他连海浪的声音也听不到了，一钻进睡袋就睡着了。佩吉也几乎一下子就睡着了。苏珊醒着躺了一会儿，想着在露营时怎样吃饭和做饭才最好，她在脑子里列了一张清单，希望把它们都记在心里。突然，她吓了一跳，把一只小螃蟹从帐篷里扔进了黑暗中。她感觉到那只螃蟹在她的睡袋上爬来爬去。提提和罗杰在那之后也清醒了一会儿，等着看螃蟹是否也会在他们周围爬。但像苏珊一样，他们很快就酣然入梦了。晚饭后，弗林特船长在黄昏下的沙滩上走了一会儿，惊扰了萤火虫，也许还踩到了多年前玛丽·卡宏号船长与大副埋葬的彼得·达克的宝藏。他回到帐篷里时，其他人都躺在睡袋里，大部分已经睡着了，于是，他在帐篷入口躺下来，以抵御入侵者。他躺在那里，计划着明天的挖掘工作，但总是有螃蟹来咬他，最后他实在受不了，站了起来，用一把木铲把它们乱打一通后扔进了水里。此后，一切终于归于平静。最晚睡着的是南希船长——"海上魔王"，路上寻宝队的领队。她听着岸边轰鸣的海浪声，想到了螃蟹。她讨厌想到活螃蟹，也讨厌想到死螃蟹，但她最讨厌的是摸到它们的感觉。她这样想着，便觉得自己摸到的一切似乎都是螃蟹，就在这时，她的睡袋边缝恰巧碰到了下巴，吓得她差点尖叫出来，还好她及时克制住了，才没有吵醒其他人。"好你个斜桅索！"她自言自语，"但那是不可能的。比佩吉遇到雷雨还糟糕！"她咯咯笑了一声，很快就把螃蟹的事忘得一干二净。现在，海浪的声音似乎是从一艘在狂风中行驶的大船船头传来的。南希驾驶着野猫号驰骋在浩瀚无边的大海上。这对她是再快乐不过的美梦了。

第二十五章

挖掘者开工

　　日出时分，大家都醒了，这是他们在海上漂了这么久以来，第一次在岸上过夜，感觉有点怪怪的。弗林特船长已经在棕榈树脚下的沙滩上挖来挖去了。他那么着急地开始挖掘工作，以至于当南希问达克港里是否有鲨鱼时，其他人都有点不好意思了。但他还是说，他们最好先去洗个澡，不过他们得注意不要踩到海胆，岩石间有很多。他走到小港湾的入海口附近查看是否有鲨鱼，这样他们就可以在这个早晨好好洗个澡了。这会耗费点时间，却是值得的，因为他们在水里好好泡一泡，开始新的一天，很可能会更卖力地干活。尽管他们看到岩石外面的大西洋后，会觉得达克港看起来就像个小小的游泳池。

　　篝火在夜里已经熄灭了，但只要有一丝火焰闪烁，螃蟹就会继续爬进去。火堆周围有一圈烧焦了的死螃蟹，早晨，厨师们发现很多活螃蟹在吃这些死尸。他们重新生火做早饭时，把活螃蟹和死螃蟹一起扫到了一边。

　　早饭后，挖掘开始了。

　　弗林特船长第一次来到达克港时就认识到，这么多年过去了，就连彼得·达克本人也无法做到径直走过去，指出袋子被埋的地方。但他仍然认为，他们掌握大量信息，不用挖太久就一定能找到它。毕竟，达克先生已经尽其所能地帮助他们了。

　　"现在唯一的麻烦是，"他带领着自己的挖掘队走上海滩时说，"假如

达克先生的树真在这儿的话，我们也不知道是哪一棵。我不知道椰子树能活多久。他的那棵树可能早就死了，也可能是这些树中的一棵。但我们知道，这是他在轮船失事后被扔下的地方，他的树就在附近。"

"我们把这里都挖一下吧。"提提说。

"我们以这棵大树为中心，双向挖掘。"弗林特船长说，"是的，没错。约翰和南希继续用这两把铁锹挖。另外两个用木铲，直到大副们准备好。那么，现在，站开点。开始吧！"

他把彼得·达克用旧船锚和绞盘杆做成的奇怪的小鹤嘴锄挥起来，插进那棵最大的棕榈树下。它陷进了柔软的沙土里。他又把它挥起来，再插进土里。

有一块坚硬的东西碰在鹤嘴锄的铁尖上发出叮当的响声。

"哈！那是什么？"他大喊道，发疯似的继续刨了一两分钟，但那只是一块深埋在沙子里的小黑石。

约翰和南希只等了一会儿，然后就用考斯甜食店淘来的两把铁锹开挖了。提提和罗杰自作主张选了一个看起来可能埋有东西的地方，然后用木铲开挖，结果发现铲子不太好用，就用刀、手和棍子来挖。毕竟，他们在鸬鹚岛上可是全靠自己找到宝藏的，而且，不知怎的，他们私下认为他们在达克港也会有同样的运气。这更令人兴奋。在鸬鹚岛上，他们知道宝藏里没有金锭，事实上，大多数人根本不会称它为宝藏。但是，在达克港，人们对宝藏一无所知。唯一知道那里埋着什么的人就是埋葬它的两个人，而他们早在六十年前就在韦桑岛淹死了。提提和罗杰打算挖一整天。

弗林特船长也这样打算，但在拿着鹤嘴锄绕着大树急切地挖了半个小时后，他想到每一次挖掘失败都可能离揭秘更近一步，无论宝藏究竟是什么，并逐渐为没有足够的挖掘工具而备感后悔。他们需要的是六把大大小小的鹤嘴锄。约翰和南希用铁锹干得不错，但显然，木铲主要用于移开被鹤嘴锄弄松的泥土，不适合用来挖洞。但即便如此，也只有两把木铲。

"真希望我们有更多的铁锹，"他最后说道，停下来擦了擦额头上的汗水，"我们每人需要一把。用刀来埋藏宝藏倒是很合适，但是要用它把宝藏挖出来就不一样了，尤其是在地下布满了树根和石块的情况下。"

然后，他又开始用鹤嘴锄干起活来，他沿着一条线来挖，以便尽可能多地翻开沙土，然后再铲几下。两把小铁锹已经物尽其用了。约翰和南希正在挖一条有规则的沟渠，提提和罗杰则在一小块松软的沙土上，像兔子一样挖洞。

"让我试试鹤嘴锄吧，"南希终于开口道，"我们不能指望马上就能找到那个东西。今晚，我们肯定又要睡在这里了。我们砍一棵树，做一根横梁，来搭成一顶更大的帐篷怎么样？我们至少要花几天时间才能挖完一半你标记出来的区域。"

"有道理。"弗林特船长说，他走了一大段路，去营地拿来一把锯子，并动手锯一棵高高的小棕榈树，用来做横梁。但他很快就喊约翰来替他接着做这件事情，自己则返回去又用鹤嘴锄努力挖掘。苏珊和佩吉洗完早餐杯后也加入了挖掘者的行列。她们用的是木铲，而就在弗林特船长刚刚回到挖掘地点时，倒霉的佩吉在挖掘时用力过猛，弄断了铲子。但

努力挖掘

她继续挖着，用铲子断了的一端尽量把沙子铲出来。

弗林特船长盯着看了一会儿，但手上仍在不停地挥动着鹤嘴锄。

然后他停了下来。

"这样可不行，"他说，"我们需要更坚固的铁锹。我做的那两把根本不能用来挖东西。这不是你的错，佩吉。它断了，我一点也不惊讶。"

就在这时，高高的小棕榈树倒了下来，樵夫约翰过来问下一步要做什么。弗林特船长去看了看应该锯掉多少树梢。在森林边缘，靠近被砍倒的棕榈树的地方，躺着一棵更大的倒下的树。弗林特船长从罗杰手里接过锯子，拼命地锯出一块木板来。其他人看着，疑惑不已。

"我们得有一把大小合适的木铲。"他说。最后，他做了一把完整的铲子，非常粗糙，但比佩吉弄断的那把坚固得多。同时他把那把锯子磨得很钝，于是满心希望彼得·达克能在现场帮忙。

"这块木头硬得跟铁一样，"他说，"我从来没想过要带锉刀来磨锯子。"

"趁锯子上还有些口子，"南希说，"我们把帐篷杆搭好怎么样？"

"好吧，"弗林特船长说，"这活儿比我想象的还要耗时。当然，我们随时可能会碰到那只袋子，但我们也可能会先挖上一个星期。"

于是他锯好了横梁，把它带到了达克港。大家都停下手头的活儿，过来帮忙，新帐篷杆架在岩石和船桨之间，就这样，他们有了一顶比昨天晚上匆忙搭建的帐篷大得多的帐篷。约翰很高兴看到桅杆再次回到燕子号上。

就在弗林特船长搭完帐篷又开始继续挖掘时，南希才说出了他们前一天发现的秘密。

"干了这么多活儿，喝杯水怎么样？"她说着，瞥了一眼北边的海滩，挥了挥手。

"我们必须减少水面活动，"弗林特船长说，"我不想浪费时间到处航行来填满水桶，而且，要把它装满水运到岸上来，工作量实在是太大了。我可以坚持到午饭时间再喝水。"

提提沿着树林边躲闪着溜了出来。罗杰紧紧跟在她后面。

他们手上都拿着铁杯。

"我说，"弗林特船长说，"我知道这活儿很容易让人口渴，但是苏珊大副知道你们要去取水吗？"

"试试看，"南希说，"能喝吗？"

弗林特船长拿起罗杰的杯子，闻了闻。

"没什么问题。"他说，"不可能呀，这桶昨天才装满。"

"这不是桶里装的水。"提提说。

"你从哪儿弄来的？"

"是岩石间的一泉水，"南希说，"但它并不是一条小溪。它又消失了。"

"不管怎样，反正是淡水，"弗林特船长说，"也很好。"他将杯子里的水喝光，"我们去那里看看吧。看样子它会给我们省去很多麻烦。我真的被水桶弄烦了，因为许多人都在忍着口渴吃饭，还要干大量挖掘的活儿。"

南希发现的泉水离达克港不到三百米，但奇怪的是，彼得·达克一直没有发现它，即使它六十年前就在这里。一块高地延伸向海边。它被树木覆盖着，只有身处树林之中时才能看到树叶下面有一根黑色的岩石脊梁。南希、提提和罗杰在看完失事船只残骸里的螃蟹后，沿着海岸走到这条路上，他们注意到这些树上有一大群鸟在骚动。通常，当鹦鹉和其他鸟儿受到打扰时，都会立即起身飞走。但在这里，似乎飞走的和飞进来的鸟儿一样多，于是，他们这一行探险者便钻进森林，看看是什么造成了这种现象。他们一路跟着鸟儿，来到了蕨类植物深处一个小水塘前，鹦鹉们正在那儿饮水。没有溪水从那里流出来。水似乎浸没在沙子里。但他们看到，水塘上方有一股涓涓细流从黑色岩石的裂缝中渗出，源源不断地流出来。沿着岩石很容易爬到这股水流渗出的地方。南希用手掌接了一些水，尝了尝，但她不让其他人这么做，直到弗林特船长也尝了尝，确认水没问题，才允许其他人喝。

"这水和我们在岛屿另一边取到的水一样好。"弗林特船长说，"干得好，南希，还有你们两个。不管怎么说，我们不会渴死了。但是你们取水时一定要小心，是从这上面的水源，不是小水塘。那里除了鹦鹉，还有其他生物来取水。你们看那儿！"

其他人本来正在他旁边的岩石上攀登，但现在他们齐刷刷地转过头来，透过蕨类植物盯着大约两米以下的小水塘。只见一条浑身布满黑色花纹的青蛇趴在水塘边，头探入水里。它抬起头，滑进了水塘里，在里面一圈圈地游了一会儿，然后迅速滑出水面，消失了。

"如果一直从上面取水，就会很安全，"弗林特船长说，"但走路时要小心，要弄出点声响来。"

然后，他们又回去继续挖掘。去看南希发现的水塘让大家难得休息了一会儿。他们不停地挖掘，一直挖到午餐时分才停下来。天气很热。新的木铲虽然看起来像原始人做的那般粗糙，但比佩吉弄断的那把要好得多。不过，从考斯买到的那两把铁锹是唯一两把不先用鹤嘴锄松土就没办法挖土的工具，堪称最不得力。因此，午餐后，弗林特船长就用鹤嘴锄辛勤松土，一直干到晚上。其他人也跟着一起松土，然后轮流用没坏的铲子挖土，尽量和其他人挖得一样卖力。但没有一个挖掘者有任何发现，一些人甚至开始怀疑这里是否真的有东西可挖。

"或许，它就像螃蟹一样，"佩吉说，"在彼得·达克还是个小男孩的时候，它们看起来很大，但你自己也说过，它们可能只是在他讲故事的时候被夸大了一点。这些螃蟹其实没什么大不了的，"她捡起一只正偷偷靠近地上饼干屑的螃蟹，把它扔了出去，"宝藏可能也一样。"

当时，正值晚餐时分，呼啸的信风逐渐缓和了下来，天色也暗了下来，大家结束了一天的挖掘工作。弗林特船长转过身看向他的小外甥女，却发现苏珊也在看他，仿佛她也觉得他对此无话可说。

"当然啦，这没什么大不了的。"他不高兴地说。

"但寻找它的过程很有趣。"约翰说。

"不过，要是它根本就不存在呢？"佩吉问。

"或者早就被人拿走了呢？"

"真见鬼！"南希说，"这一出是为哪般？我们在这座美丽的港口扎营。任谁都能看出来那个'黑杰克'挖错了地方。而我们才挖了一天，其中一部分时间还用在搭帐篷上。"

"我们要一直挖到找到它为止。"提提说。

"你说呢，罗杰？"弗林特船长问道。

"我要和提提一起挖，"罗杰说，"吉伯尔也是。"

"那我们一定会找到它。"弗林特船长说，"听着，你们两个，"他补充道，"我们还没有大显身手呢。宝藏就在这里，所有挖掘工作都是值得的。每一次挖掘，我们都挖透了为止。这就像在有野兔的田里割草一样。野兔随时都可能跳起来，但是，如果它不跳起来，最后田里只剩一小片长草，而野兔就端坐在中间。不管怎样，只要有一半的人想放弃，那我们就立即回到帆船上去。"

晚饭过后，他想把新铲子的粗糙把手打磨光滑，却差点弄坏了小折刀的刀刃。然后他点上烟斗，走进暮色去散步，萤火虫在树荫里飞舞，其他挖掘者也都回到改进后的大帐篷里，躺在睡袋里歇息。

"要是他找不到宝藏，他会疯掉的。"南希坐在黑暗中的睡袋里说，"不只是因为他想要得到它，还因为他不远万里带我们来这里，空手回去的话就太可惜了。"

"要是它不在这里呢？"佩吉问。

"如果不在这里，别处也找不到。但不止吉姆舅舅认为它在这里。"

"要是我们找到它时，发现它一文不值呢？"

"你真是个呆子，"南希说，"不管是什么，那都是我们要找的东西，是要放在大英博物馆或其他博物馆供人参观的，并且题上'由远征蟹岛的野猫号探险队全体船员及船长呈献'这几个字，就像罗杰的海盗刀。我们只需要帮助他找到它。他失败了一次又一次。只要找到这样东西，他就会很开心。"

"我们的食物够吃一周,"苏珊说,"不管怎样,我们会坚持挖到最后的。"

"我们不妨就这么干吧,"佩吉说,"南希很可能是对的。"

"说不定明天我们一挖就找到它了。"提提说。

"没人让我试一试鹤嘴锄,"罗杰说,"明天早上该轮到我先用它了。"

弗林特船长在海滩上闲逛回来了,但还是对晚饭时的谈话耿耿于怀。他弄死了很多想进入帐篷的螃蟹,以便在它们的同类大快朵颐时好好休息一晚。然后,他在帐篷的入口处睡下,但他并不知道,帐篷里的人又一次充满决心和善意。

第二天,挖掘工作继续进行。

早上,罗杰第一次抡起鹤嘴锄时,并没有像他想的那样深深地扎进一袋金子里,反而是扎进了沙子里,也没有扎到应有的深度,如果它真的有用的话。他又使劲抡了一两下,然后非常乐意地把鹤嘴锄交给弗林特船长,又将那把断了的木铲拿过来,这铲子他用得倒是很顺手。

今天的挖掘工作更为规范,更像样子。昨天,大家都不断想出好点子来,笃定宝藏就在这棵树或那棵树下,然后径直走过去挖一挖,甚至把弗林特船长也喊过去,让他用鹤嘴锄试一试,看看会怎样。今天,大家则一致同意要沿着事先标记的路线挖掘。

"有理由相信,"弗林特船长说,"那两个恶棍把袋子埋在一棵小椰子树下时,他们自有方法认出那棵树。"

"他们很可能在树上做了标记。"提提说着，抬头看向棕榈树那高大的树干。

"不好意思，一等水手，但这正是我认为他们不会做的事情。一棵做了标记的树本身就是可疑的。所以，他们没有这么做，而是很可能选了一棵不需要做标记的树。他们需要的只是一棵树，一棵不管他们一年后、两年后还是更久回来都能找到的树。"

"但是所有的小椰子树都像系索桩一样，"罗杰说，"我听彼得·达克这样说的。"

"这就是问题所在，"弗林特船长说，"他们必须选择一棵能通过其他东西认出的树……比如，这些岩石。森林中间的一棵树周围环绕的树太多了，对他们没有用。他们选的树就在森林边上。另外，他们还会考虑一个因素。换作彼得·达克也会这么做。还记得吗？他选择的是同样的树，远离螃蟹不挡它们的路，但不会逃得太远。这一切都表明他选择了一棵离他被抛上岸的地方很近的树，而他们选择了一棵可以再次辨认出来的树，就在森林的边缘。它可能是延伸到岸边的岩石以北或以南的第一棵树，也可能是第二或第三棵。但有一件事清晰明了，彼得·达克也这么说……所以，这棵树一定就在我们站着的地方附近。"

"坐着。"罗杰说。

"闭嘴，罗杰，"提提说，"你现在可能就坐在宝藏上面。"

罗杰匆忙站了起来。弗林特船长则继续说了下去。

"我用来做记号的那棵大树，正好在达克港上方，而达克先生就是在那儿被冲上岸的。所以我才从那儿开始挖掘。我们将继续以那棵树为起点展开双向挖掘。只要我们把挖掘工作进行到底，就一定会找到它的。"

他在树前的沙地上插了两根棍子，在它们之间大致划了一道沟。"这道沟代表我们理应获得的物品。如果我们沿着这条线到所有树下去挖一挖，那么我们一定会找到东西。"

"这条线好长。"苏珊说。

"这样我们就更有把握不会找不到它了。不像'黑杰克'，他一开始就挖错了地方。我们知道挖对了地方，这是最重要的。"

到了那天傍晚，开挖出来的沟畦与森林边缘的椰树之间的整片土地，像一块犁过的田地一般。从地里挖出来的石头被放在一边，罗杰把它们堆成一排小石标。他们一直挖到最近的树木后面，却什么也没有找到。但在天黑之前，弗林特船长一直忙到大汗淋漓，他把紧挨着外围几棵树的整个地面都清理干净了，为第二天的挖掘工作做好了准备。

"你们瞧，"他说，当时，他们正一边围坐在篝火旁吃晚饭，一边驱赶着那些像马蝇一样烦人的螃蟹，"今天早上我就没想到这一点。这里大多刮东风，浅滩又在岛的这一边。所以，在这六十年里，海洋很有可能稍稍后退了一点，或者堆积形成了沙滩，而土地和森林可能正往岸边生长。也许长在森林边缘的那些树六十年前并不在那里，而我们要找的东西是在靠后一点的森林里，也就是曾经的森林边缘。"

"我们有大把的时间。"南希说。

弗林特船长急切地向外望去，目光停留在逐渐陷入黑暗的大海上。

第二十六章

恶劣的天气

开挖后的第三天早上，希望越来越渺茫。挖过的沙地边上堆着成堆的石头，代表着一次又一次的失望。鹤嘴锄打在地下的石头上叮当作响，却早已不再吸引大家兴冲冲地跑过来，期待揭开宝藏的面纱。现在，大家经常用手把一块黑色的石头从地里轻轻地挖出来，生怕自己不小心弄坏了什么值钱的东西。

中午吃饭时，约翰已经完全准备好放弃了。就连弗林特船长也开始觉得，也许这里根本没有什么宝藏。但是，两个大副对这里产生了不一样的感情。现在，苏珊已经习惯了在达克港的生活，暂时不想离开这里。并且，南希发现的水塘也让营地生活比她想象的轻松得多。弗林特船长曾说过，水塘里的水是极好的饮用水，而在大帆船上待了那么长的时间，淡水一直是定量配给的，这让苏珊更想留在这里了。佩吉和苏珊想法一致。于是，她们两个决心要在达克港住到食物吃完为止，这本身就足以让心存疑惑的人振作精神。午餐前，罗杰还不停地问提提，他们是不是要回到大帆船上去了，约翰也一直在想，要是能再出海就好了，但是，看到苏珊笃定他们至少还要再挖四天，约翰不知怎么忘记了自己的疑惑。罗杰说："当然，如果我们吃螃蟹的话，还可以待上整整一年。"弗林特船长看到其他人准备好继续挖掘，很自然地为轻言放弃感到惭愧。吃完饭后，大家又都开始卖力干活，就像第一天一样干劲十足。他们在外围的树荫下挖了一个下午，直到发生了一件事，才让他们暂时停下了手头的活儿。

"吉伯尔怎么了?"罗杰突然说道,南希正在附近挖掘,她抬起头来,看到这只猴子正瑟瑟发抖,好像突然受到了惊吓。

"你怎么了,吉伯尔?"南希问道。就在几分钟前,她还看到它学着自己主人的样子,抓着一根棍子假装挖东西。

只见这只猴子呜咽着,颤抖的牙关紧咬着嘴唇。它紧紧抓住罗杰,试图把头埋进罗杰的衬衫里。它抖得很厉害,罗杰也连带着哆嗦起来。

"吉姆舅舅!吉姆舅舅!"南希叫道,"吉伯尔要发烧了。"

"它千万别出事。"弗林特船长说,他一听到南希的呼喊声,扔下鹤嘴锄就跑了过来。然后,他握住猴子的手腕,仿佛医生在为病人把脉一般,"它只是受到了惊吓,说不定是看到了一条蛇。它之前在做什么?"

"它在帮我挖土,"罗杰说,"但是那里没有蛇。我一条也没看到。我们在那个洞里已经挖了很久了。"

"它一定是在害怕什么。"弗林特船长说。

这时,突然响起一声奇怪的巨响,尽管在有天然屏障的达克港两边,海浪不断冲击海岸发出咆哮声,但那响声震耳欲聋,大家都听到了。

大家都曾听过鹦鹉和燕雀叽叽喳喳的尖叫声。那没什么奇怪的。但是这一次,似乎岛上所有的鸟,都突然尖叫着从森林的每一个角落飞了出来。发出一阵尖锐刺耳的嘈杂声,一直持续了约三分钟的时间。然后又戛然而止,四周顿时一片寂静,只有海浪声和树梢上风的呼啸声。

"究竟是什么让它们突然这么反常?"南希疑惑地问。

"它们也很害怕。"弗林特船长说。他望向大海,就像每次他想起

"黑杰克"时那样。

过了一会儿，大家都被突然吹来的一阵寒风吓了一跳。几分钟后那股风又突然停了，但在那短短的时间里，所有岸上寻宝的人都跟猴子一样浑身发抖。接着，又吹来了温暖的信风，不过它转瞬即逝。对于这炎热的海滩来说，此刻的空气格外冰冷，仿佛是在晚上而不是下午，这使他们又一次颤抖起来。

"这天气不太对劲。"弗林特船长说道，然后，他沿着海滩跑到达克港，那里，他的大衣挂在帐篷长长的横梁末端，避开了螃蟹。

他慢慢地走了回来，然后先向北看了看，又向南看了看，再向北看了看，接着又扭头看向大海，每隔一秒就低头瞥一眼他刚刚取来的袖珍气压计。

"气压在直线下降，"他说，"已经下降了近两厘米。难怪猴子很不安。它能感受得到。鸟儿也如此。"

"怎么了？怎么了？"

"有非常糟糕的事情要发生。见鬼！真希望我知道该怎么办。"

"什么糟糕的事？"南希问。

"是船。"弗林特船长说。

"我们已经把它安全地拉上来了。"提提说。

"燕子号没事，"弗林特船长说，"但是，如果野猫号撞毁了，那我们就会陷入相当糟糕的境地。"

"它停在一个非常安全的锚地上。"约翰说。

"天气好的时候，"弗林特船长说，"那里很安全，白天吹一整天的信风，到晚上就会平息下来。它在那儿有岛屿作屏障，再好不过了。但那些冷空气意味着风向的转变，而且还不止于此。要是刮来一股强劲的南风，从四面八方吹来怎么办？要是我们遇到环形风暴又怎么办？别忘了，我们现在身处热带。"他像是在自言自语，又像是说给其他挖掘者听，"如果风从西南方或西北方吹来怎么办？野猫号在背风海岸上，狂暴的海水冲来后，这世上将没有什么锚能把它固定住。天哪！我真希望之前查看过气压计。"

"这种事情发生时，你会怎么做？"约翰问。

"我会先去近海，离开陆地，停止航行。然后，也许会去可调转方向的宽广水域，等一切平静下来后再回去。"

"达克先生不会这么做吗？"南希问。

"我不知道他会不会，"弗林特船长说，"但如果他遇到的是剧烈强风，那比尔一个人帮他是远远不够的。"

"你觉得会来强风吗？"罗杰问。

"当然，"弗林特船长说，"那些冷空气就是最明显的征兆了，还有气压计的变化。这是一定会发生的。吉伯尔也感应到了这一点。"

"它现在又没事了。"罗杰说。

"如果野猫号被摧毁、我们永远被困在了这里，"弗林特船长说，"那我一辈子都不能原谅自己。"

"那就只能等'黑杰克'带我们走了。"提提说。

弗林特船长又一次把目光投向大海和地平线处。

"看那儿。"他说道，于是，大家都朝着他指的方向向南望去。

他看到的不是一艘船，而是在他的船员看来没什么意义的东西。只见在遥远的南方，有一长串明亮的古铜色云朵低悬在海面上。

"风是从北方刮来的，"弗林特船长说，"而那云是从南方升起的，并且逆风而行。我们不能再浪费时间了。不管是什么，我们很快就有麻烦了。别再管挖宝藏的事了，我们需要多长时间来收拾行李？"

"装进燕子号吗？"苏珊问。

"等风停了我们才能乘燕子号出海，"弗林特船长说，"到那时就太晚了。我们必须把带不走的东西都留下。"

南方的云层明显在上升，明亮如铜壶一般。随着它慢慢升起，它已不再只是一缕云彩。它的底部变窄了，顶部却变宽，轮廓似雷雨云一般，但没人见过这种颜色的雷雨云。

"我们不能把一切都留下，"苏珊说，"而且，这些东西中有一半都是我们离不开的。就算我们必须快点，罗杰和提提也没法走得跟约翰和南希一样快。"

"那我们的睡袋怎么办？"佩吉问，"回到野猫号后，我们会需要它们的。"

"还有燕子号呢？"提提问。

弗林特船长看看这边，又瞧瞧那边，抬头望向北方，那里不断涌出奇怪的冷空气；再扭头向南方望去，那里的蓝天上一把古铜色巨大云扇铺展开来，它轮廓锐利，仿佛是从金属板上割下来的一样。

"风暴马上就要来了，"他说，"现在我们一秒钟也不能浪费。也许只有抓紧时间才能渡过难关。"

“不要把时间浪费在道别上，”南希坚定地指挥着大家，“说再见有什么用？你还是得走。要是大帆船有任何闪失，我们怎么回家呢？快，在这里我们很安全，不可能遇到什么危险。在达克港我们有食物、有水，还在陆地上，我们会安然无恙的。”

“要是我能肯定达克先生会驾船出海就好了。”弗林特船长说。

“但他不会，”约翰说，“他会等你回去的，因为你说过天气一有变恶劣的迹象，你就会马上回去的。”

“他肯定不会出海，”提提说，“他会记起自己在这里遇难、无法逃脱的感觉。”

“我想你是对的。”弗林特船长说。一想到即将到来的暴风雨，他就心烦意乱，又担心那艘帆船，毕竟，那是他们回家的唯一途径，“听着，南希，你是很有见识的，只要你谨慎用之。约翰也是。我对你们两个很信任。至于其他人，苏珊把他们照顾好游刃有余。”

“你回来的时候，”苏珊说，“别忘了再带些火柴来。我们这几天够用，但之后就需要更多的火柴了。”

“再带些巧克力。”罗杰说。

一股热风从南方吹来，热得好似从炉门里喷出来的一样，又像早先从北方吹来的冷空气一样强烈。

弗林特船长急忙掏出口袋里的东西。他的上衣口袋里有三盒火柴，都是半空的。一只裤兜里有两盒几乎满满的火柴，另一只裤兜里只有一根火柴。

“我猜也是这样，”苏珊笑着说，“我差点就猜到了。”她把空盒子给他，在里面放了六根火柴，"这样可以撑到你到岸，但一定要尽快。"

"我们会没事的。"南希说。

"代我向彼得·达克问好，"罗杰说，"也代吉伯尔向他问好。"

"代我们大家向他问好，"提提说，"还有波利。"

"当然，还有比尔。"南希说。

"有一件事你们得记住，"弗林特船长说，他注视着那团已经覆盖了近四分之一天空的铜色云，"如果真的刮起风来，那么天黑之前可能会有飓风侵袭，你们一定要远离树林。越少去树下躲风越好。树本身并不危险，但你们可不想它们被吹倒砸在你们头上。坚持待在空旷的地方，也许这里会比船上更安全。不管怎样，我觉得风向好像要转向西南方了。在这里你们会没事的，但我越快把野猫号弄出岛屿，对我们大家就越好。"

"别再磨蹭了，吉姆舅舅，"南希说，"你不能同时待在两个地方。我们已经向你道别了。"

"燕子号和亚马孙号万岁！"弗林特船长喊道，他没有穿上外套，而是把外套甩到肩上，然后匆匆跑进森林里去了。

"燕子号和亚马孙号万岁！再见！祝你好运！"

其他人在他身后喊道，但他已经消失在树林中了。这时，南方又刮来了一股奇怪的热风，大西洋上的信风也平静了下来，但拍击在海滩上的海浪声太大了，他可能没有听到他们的呼喊声。

"你觉得情况会变得很糟糕吗？"苏珊问。

"天哪，我怎么会知道？"南希说，"但无论如何，这不是我们第一次遇到飓风。想想我们在海湾顶风停航的经历。再想想我们在野猫岛上度过的最后一晚的飓风。"

"我真希望他还没走，"佩吉说，"感觉要打雷了。"

"打雷！"南希船长补充道，"打雷又怎么样？记住，你是亚马孙号上的勇士。我不知道为什么我的大副天生害怕打雷。她对付起枪炮来，却十分得心应手。"

"你觉得他会在风暴来临前走出树林吗？"提提问道。

"那些螃蟹都去哪儿了？"罗杰突然问道。他们四处寻找，却连一只螃蟹也没有看到，哪怕是在海滩上他们生火的地方。在那儿，他们平时稍微挪动一下都能踩到螃蟹。

"它们也很害怕，和吉伯尔还有那些鹦鹉一样。"提提说。

"风暴一定会很猛烈。"佩吉说。

"以后再回忆起来就更有趣了。"南希说。

燕子号和亚马孙号万岁！

第二十七章

狂风呼啸

幸好，苏珊想在暴风雨来临前把茶喝完。

"还记得去年夏天发生的事吗？"她说，"如果最后那个晚上的暴风雨来得稍微早一些，那我们就没有东西吃了。就算有，也没有热的。所以，我们快喝茶吧。"

"我们也快吃晚饭吧，好好地大吃一顿，"南希说，"这样，不管遇到什么风暴，我们都有十足的精力来应对它。"

"好。"约翰说着，眼睛盯着那奇怪的铜色云，它还在逆风上行，"那木柴呢？我们是不是最好在帐篷里储存一些？"

"我会把一部分放在帐篷里，"佩吉说，"我们在火堆旁堆了一大堆。除了这一顿，够做下一顿了。"

"很好，"约翰说，"那我们就继续挖掘到最后一刻。虽然弗林特船长走时什么也没说，但他知道后会很开心的。"

"好啊，"南希说，"但是，如果他一走我们就找到宝藏，那他会很不舒服的。"

"他不会的，"提提说，"无论是谁找到宝藏，他都会很高兴的。我真想知道他现在走多远了。"

"他高兴的话可以快步小跑着去。"南希说。

"好了，快干活吧，挖掘者们。"约翰说，"大副们，饭做好了就喊一声吧。"

"明白，长官。"苏珊说。这就像回到了以前一样。约翰和南希在指挥，感觉就像回到了家乡的小岛上，"快点，佩吉。火点着后只需往里面不断加柴火就行。谢天谢地，这附近没有螃蟹。午餐后火堆里仍留有很多红色的余烬。别在这儿碍手碍脚，你们这些水手。趁现在没风暴快去挖宝藏吧。我们做好了饭就喊你们。"

"你们不会现在就饿了吧？"佩吉说。

"我们很饿。"罗杰说。

"现在没有巧克力了，"苏珊说，"我们要先喝茶、吃晚饭，然后你可以在暴风雨来临时吃点巧克力，如果它真的会来的话……"

"如果不来呢？"罗杰问。

"逗你的，"苏珊说，"没来的话你还是会吃到巧克力的。"

"嗯，这还差不多。"罗杰说，然后，他匆忙去追赶提提，一起加入挖掘者的行列。吉伯尔追着他跑，又呜咽着想得到安慰。

在半个小时左右的时间里，两个大副忙着在火堆旁张罗做饭，铜色云逆风悄悄地爬了上来，弗林特船长则急匆匆地穿过小岛，以便把野猫号驶入安全地带。而在达克港里，人们正在紧张而忙碌地挖掘，仿佛一切刚刚开始，从未打算放弃。虽然弗林特船长不在那里看着他们，但约翰和南希轮流用临时制成的鹤嘴锄松土，提提和罗杰则用最好用的铲子把松散的土壤铲走，他们卖力地干活，就像在与暴风雨赛跑一般争分夺秒。就连吉伯尔看着他们如此急切地干活，也在沙滩上翻来找去，似乎忘了自己的恐惧。

他们理应找到些什么，但他们没有。不过在这场绝望的挖掘比赛中，時间过得格外的快，天空随着云层铺展开来也变得越来越阴暗。所以，当佩吉跑上海滩冲他们喊叫时，他们五个人都吓了一跳。

"你们听不见吗？"她喊道。到吃饭时间了，而她是其中一个做饭的人，"我们至少喊了两次。"

在挖掘的几个人一直没有留意听。即使他们有留心，可能也听不到，因为四周只听得到海浪的咆哮声和水花拍打在礁石上的声音。

"走吧，约翰。"南希说。

"好吧，反正我们已经尽力了。"约翰说，"嗨！罗杰，注意把铲子扛在肩上，不然会绊住你的脚。"

晚餐和茶水一起享用通常意味着一次冒险的圆满结束。今天却不是这样。没有人在闲聊发生了什么事，大家几乎什么话也没说。每个人都在想，弗林特船长走了多远，暴风雨多久会来临，岛的另一边又在发生着什么。大家都很不安，因为弗林特船长并不是一个大惊小怪的人，他是真的很担心野猫号，尽管它停在他们看来是世界上最平静的锚地上，那儿靠近比尔登陆点，还有吉伯尔山作天然屏障。

"比尔真是太幸运了，"提提吃完饭说，"他可以在野猫号出海时待在船上，而我们只能坐在岸上干等。"

"我们不可能都去的，"约翰说，"暴风雨随时都可能来临，如果弗林特船长等我们的话，那他可能很久都到不了锚地。他应该会及时赶到，而我们要照看好燕子号。快，大家来搭把手。我们把它拖得更高一些，以防万一。"

他们几乎二话不说，就用制作帐篷横梁的剩余材料做成的滚木，把燕子号拖到离达克港的海滩几米远的地方。弗林特船长有意把这些滚木放在一边，为燕子号的下一次下水做准备。那天晚上，他们忙着搭帐篷的时候，约翰对弗林特船长装帆的方式很不满意。因此，他现在把它改进得更加精巧。他把帆沿着吊杆卷起来，又用主帆索做成系带，将吊杆、帆桁和帆绑在了一起。

苏珊出了达克港，爬到了作其天然屏障的岩石北侧，又看了一眼埋在沙子里的旧沉船。奇怪的是，竟然连一只螃蟹也看不到，通常那里会有三四只螃蟹爬进爬出，数百只在里面爬来爬去。而现在，所有的螃蟹都消失了。她慢慢地从岩石上爬下来，回到帐篷旁其他人所在的地方。

"怎么了，苏珊大副？"南希问。

"我只是想知道这帐篷能承受多大的风。"苏珊说。

"它经得起风暴的侵袭。"佩吉说。

就在这时，那一大片铜色云笼罩了他们。从海上吹来的信风突然消失得无影无踪。接着，一股热气扑面而来，仿佛云层正把热浪泼洒下来。热气沿着海滩从南边传来，那里，茂密的绿色棕榈树已经隐匿于红棕色的薄雾中，仿佛它们蒙上了一层铜色的丝绸面纱。

罗杰是第一个开始咳嗽的。不一会儿，大家也都咳嗽起来。他们试图屏息凝气，可是人不能不呼吸。厚厚的云层带来了大量细小的红色尘埃，钻进了他们的鼻腔和喉咙，使他们无法呼吸。到处都落满了尘埃，火也被它一下子泼灭了。火堆上放着的一块白色搪瓷板，上面还放着罗杰的饼干，现在也失去光泽，变成了古铜色。

"我……我……我，没法……"罗杰喘着气，吞吞吐吐地说。

苏珊救了他们。

"把头伸进睡袋里！"她喊道。于是，大家冲进帐篷，像螃蟹钻进洞穴一样，先把头埋进睡袋里。罗杰把受惊的猴子猛地塞进它的小睡袋里，把绳子拉得紧紧的，这样吉伯尔就逃不出去了。"对它解释是没用的。"他一边自言自语着，一边把头埋进自己的睡袋里。毛绒绒的睡袋令人窒息，但它们或多或少地起到了过滤器的作用，让空气流通的同时隔绝了大部分尘埃。尘土一直在飘落，细小的尘埃虽轻柔却又细密，令人窒息。时不时有人因受不了睡袋里的闷热感而把头伸出来，脸涨得通红，眼睛也睁得圆圆的，但又立即把头缩回去，埋进那只令人窒息的睡袋里，以便呼吸到比外面更清新的空气。就算是在自己的睡袋里慢慢闷死，也比被红尘堵塞鼻子、喉咙和肺部要好。

云层终于过去了。南希第三、第四次探出头时，发现空气中仍积满了灰尘。虽然周围一丝风也没有，但已经不像刚才那样令人窒息了。她又看了一眼周围。海滩边上的树木已不再隐于浓浓的铜色雾中，它们好像已经变成了深棕色。于是，南希对其他人喊道："出来吧，你们这些鸵鸟！"她用手指戳了一下佩吉的肋骨。睡袋里的人纷纷探出头来。约翰跳了起来，将一团暗红色的灰尘抖落到空中，那是他和其他人躺在那里时，落在他身上的尘埃。

"小心点，"苏珊说，"别再把灰尘扬起来了，尽量轻轻地站起来。"

但是，无论他们多么小心翼翼，只要轻轻一动，还是会把落在他们身上厚厚的红色毯子一样的尘埃抖落在空气中。

"这些恶心的东西到处都是。"约翰咬着牙，尽量闭着嘴巴说，"天

哪！苏珊，要不是你想到用睡袋，我们可能都会窒息。你们看帐篷顶部！再看看海滩！"

海滩已经变了颜色。他们印象中亮晶晶的沙子现在一片灰暗。至于那张做了帐篷顶的野猫号的旧帆，它已不再是饱经风霜的灰色，而是变成了红棕色，仿佛是用厚毛毡做成的。

"到底发生了什么事？"南希问。

"一定是哪里的火山爆发了。"约翰说。

"就像培雷火山一样，"提提说，"它大概在几百千米以外。也许整座山喷出来的火山灰都被吹到了空中。"

"化为灰烬，"罗杰说，"然后又降落到了这里。"

"一定是这样。"南希说。

"你们看看燕子号吧。"约翰说。

只见凝滞的空气中，小船的船舷被落下来的尘埃染成了古铜色。尘土似乎把它的船舷上缘掀了起来，它的底板上也盖了一层厚厚的尘埃。

"帮我解一下吉伯尔的睡袋，"罗杰说，"它急着要出来。"

"你打了个死结。"南希说。

"哎呀，那就麻烦了！"罗杰说，"谁都可能失手。"

南希解开了绳结，吉伯尔呜咽着出来了。它一下子就嗅到了在他们脚边翻腾的红尘地毯，鼻子里充满了灰尘。它一边打着喷嚏，一边吱吱叫着跳到罗杰身上，并紧紧抓住他的脖子。

"你觉得我们要怎么解决睡觉的问题呢？"苏珊一脸疑惑地问，"让大家躺下来呼吸这些尘埃是不安全的，但如果我们让他们把头埋进睡袋里，他们是怎么也睡不着的。"

但这个问题几乎立即就有了答案。

"起风了,"约翰说,"这次是从海上来的。你们看!"

"你们听!"提提说。

在海浪的咆哮声中,他们听到一声嘶嘶巨响,一排白色泡沫正从大西洋向岛上冲来。不一会儿,风就刮到了他们身上。他们转身逆风而立,仿佛风是一堵墙。半秒钟的时间里,空气中又一次弥漫着红尘,然后顷刻间就消散了。海滩又变回了亮晶晶的沙滩。风把覆盖住一切事物的厚厚尘埃都吹走了,吹进了森林里。

"小心,帐篷要塌了。"苏珊喊道,狂风又一次怒号着向他们袭来。罗杰试图顶风保持平衡,风却迎面扑来。吉伯尔没抓牢罗杰的脖子,无助地被吹到了海滩上。

"快趴下!"南希喊道,同时四肢着地趴在地上。

只听周围响起三四声巨大的爆裂声和帆布裂开的声音。那张打满补丁的旧帆从帐篷的固定处挣脱出来,肆意飞扬着,将横梁甩在一旁,抛开支撑帐篷的桨,然后像一张薄纸一样旋转着飞向空中,飞过树梢,消失在他们视野之外。它就这样消失了。他们后来再也没看到过它。

"快保护睡袋!"约翰喊着,扑到睡袋上面,紧紧抓住他能抓住的一切。

南希、苏珊和提提尽力保护营地里的东西不被风吹走。佩吉纵身跃起,扑倒在沙滩上,把头埋在怀里,不想看到发生了什么事。家乡的雷暴已经够糟糕的了。这次虽然不是雷暴,但她还是无法忍受。

"有一只睡袋被风吹走了，"苏珊喊道，"又有一只。"

没有人听到那句话的前半部分，但大家都听到了后半部分，苏珊自己也很惊讶，她居然声嘶力竭地在喊叫。忽然间，狂风戛然而止，正如它悄然而来。他们能听到远处的风声呼啸着从树梢上飞驰而去，但是在这里，海滩上则是一片寂静，只有隆隆的潮声。在狂风呼啸之后，海浪的声音似乎显得微乎其微，因此苏珊就像无缘无故地在一间空荡荡的房间里喊叫一般。

"这就结束了？"佩吉气喘吁吁地问。

"这只是开始。"南希说，"你的睡袋还在吗？"

"我不知道它被吹到哪儿去了。"佩吉可怜兮兮地说。

"来找找看吧，"南希说，"只要它没被吹到吉伯尔山山顶上去，我们就能找到。"

营地里一片狼藉，但即便如此，苏珊还是对风满怀感激。不管发生什么都比忍受那些红尘要好得多。有四只睡袋安然无恙，算上吉伯尔的睡袋的话是五只，就是罗杰摔倒时抓住的那只。而佩吉和提提的那两只则被风吹走了。不过，虽然天快要黑了，但天色依然明亮。因此，他们在约一百米以外的森林边缘找到了那两只睡袋。约翰和南希把它们带了回来。约翰还在他们挖掘的地方找到了他的帽子，里面一半都是沙子。

他们回到曾经整洁有序的营地，看到苏珊正摇晃着那盏旧提灯，这灯是她在海滩某处找到的。

"快，再加点油，"她说，"天马上就要黑了。那一小罐油在燕子号上，应该安然无恙。提灯里一点油也没有。快，你们大家快把自己的包带过来。"

"我在包里找到了一盒巧克力。"罗杰说。

"我就知道。"南希笑着说,"你打算怎么做,苏珊?"

"我们要进入失事船只残骸,并在那里一直待到早上。反正所有的螃蟹都被吓跑了。那里面可能会有点臭,但如果真的有风暴来临,我们绝不能让罗杰和提提躺在外面。"

"一定会来一场大风暴,"约翰说,"总觉得有些不对劲。一定在某个地方发生了什么大事。"

"你们两个快点。"苏珊说。

他们仓促地从达克港的营地废墟转移到岩石北侧半埋在沙堆里的旧船残骸处。海滩上的天色越来越暗,在约翰拿来提灯之前,连苏珊自己都不愿穿过旧船肋拱之间的那个洞。苏珊在傍晚早些时候看到沉船里没有螃蟹,但那是在云层和沙尘来临之前,也是在海上那场把沙尘和帐篷都吹走的大风暴来临之前。而且,螃蟹很可能会在夜里轻松卷土重来。约翰迅速往旧提灯里加了一些油,在那没有一丝风的空气中点燃了它,火柴燃烧着,没有一丝闪烁。约翰提着提灯,带领着其他人爬过岩石。他将提灯穿过洞口伸进旧船的船头,把它挂在里面。它只照亮了灰色的肋拱和干裂的船板,那船板也曾风光地驰骋在海面上。船里没有螃蟹。

"没事,"约翰说着爬了进去,"连一只螃蟹也没有。但这里没多少空间。"他在试着站起来时撞到了头。

"不管怎样,你们都得钻进去,"南希再次发号施令,"快进去。最好马上钻进你们的睡袋里。胳膊肘戳到其他人的眼睛就不好了,但如果我

们都进去、想在里面安顿下来，还是会互相戳到眼睛。小心点，提提。你的右胳膊肘像针一样尖利。"

"她的胳膊肘一定有古怪。"罗杰说，但没有人笑话他或试图打断他，因为现在不是费劲说话的时候。

提灯的亮光似乎把黑暗像窗帘一样遮蔽了起来。约翰又从失事船只残骸中爬出来，以便在其他人安顿下来的时候给他们留出更多的空间。他发现自己已经快分不清哪里是森林的尽头，哪里是天空的起点了。但不久他就听到了新的风声，这次不是从海面上传来的，而是从岛的另一边传来的。

"又有一场狂风要来了。"他一边说着，一边爬进去，在提灯的灯光下眨了眨眼睛，看着正沿着旧船的肋拱蜷缩着的、裹在睡袋中像木乃伊一般的五个人。小船深深地埋在沙子里，唯一露在外面的只有它的船头。船的顶端以一定角度翘起，形成一座奇怪的掩体。虽然大家都可以倚靠在木板上、双脚牢牢地踩在沙子里、斜靠着休息，但谁也不能躺下来。当然，体型较小的挖掘者被安排在了最远的位置，因为船头越来越窄，空间也越来越小。放在残骸内沙滩上的提灯照亮了蹲在它旁边的猴子，照亮了南希欢快的笑脸，还有苏珊、佩吉、提提和罗杰的满脸愁容。所有人都似乎只见脑袋不见身体，因为它们都是从睡袋里探出来的，而且，残骸里的空间太小了，看起来仿佛不是五只睡袋，而是一只有五个洞的大睡袋，每个洞里都探出了一只脑袋。

"进来吧，"苏珊说，"你们两个最好乖乖睡觉。"

但在那个狂风肆虐的晚上，谁也睡不着。约翰还没来得及像其他人一样把自己变成木乃伊，新的风暴就又席卷了整座岛屿。

"那是什么声音？"罗杰问，"听着像什么东西断了的声音。"

"一定是树，"南希说，"但听起来像是有人怒气冲冲地把厚棉布撕成了碎片。"

狂风呼啸而来，从吉伯尔山穿过森林冲下来，在近乎可怕的寂静中停了一会儿，然后又沿相反的方向，伴随着刺耳的嘶嘶声以及喷涌的浪花拍打在岩石和残骸上的隆隆声，从海面上袭来。他们根本不知道下一阵风会从哪里来，也没有想到狂风似乎一阵比一阵强。

"今天的风比我们顶风前往韦桑岛的那天刮得要猛得多。"约翰在两场风的间歇中说。

"他们在野猫号上一定过得很糟糕。"苏珊说。

"幸好弗林特船长那么着急地离开了这里。"提提说。

南希低声笑了起来。

"怎么了？"约翰问道。

"我想起了比尔和熏肥肉。"南希咯咯地笑着说。

"别这样，"提提说，"就算在陆地上也不行。"

接着，风又刮了起来，它呼啸着穿过旧船的甲板，与风一起来的还有树木倒下发出的巨大撞击声。

风停了下来，很长一段时间里，一切都很平静，以至于藏在沉船里的六个寻宝者开始相信，最糟糕的时期一定已经过去了。

"好吧，"南希对佩吉说，"其实并不比家乡岛上的情况更糟。而且，不管怎样，这里没有下雨。"

"也没有打雷。"佩吉勉强高兴地说。

但是，就在她说话的时候，他们又听到了一种新的声音，那声音与其说是雷声，不如说是雷声消退时缓慢回响的隆隆声。只是，这隆隆声并没有像雷声在云间飘荡的回声那样渐渐消散，而是由开始时的低沉慢慢变得越来越大，直到变成不断咆哮着的怒号声。片刻后，群雷汇聚，发出震耳欲聋的巨响，犹如岩石相撞的巨大铿锵声，此时，树木断裂的声音似乎只不过是火柴的噼啪声。

突然，提灯没人碰却打翻了。猴子尖叫了起来。一阵剧烈的震动摇晃着那艘旧沉船，像摇晃一捆棍子似的。在船头的提提和罗杰撞到了一起。南希也差点侧身摔倒。约翰急忙弯下腰去捡提灯，头撞到了对面的一根木头上。那可怕的岩石劈裂声和隆隆声现在是从不到三十米远的达克港传来的。

约翰捡起提灯，在灯光熄灭前，看到了一张张惊恐万状的面孔以及罗杰伸出的手。

"苏珊，"罗杰尖叫着，"苏珊，一切都还好吗？"

苏珊抓住那只手，感觉罗杰吓坏了，但在那可怕的嘈杂声中，约翰听不见她说话。他看到佩吉把脸埋在南希的睡袋里。南希船长的眼睛似乎比平时睁得大一些，尽管她同时安慰着佩吉和猴子。那只猴子自从在尘土落下时被绑在睡袋里后，就再也不肯进去了。南希看着约翰，说着什么，但他什么也听不清。

"是地震吗？"她的口型似乎在说。

"大地震！"约翰大声喊道。

然后，他们感觉到身下的海滩又猛烈地晃动了一下，之后，噪声开始减弱，变成了另一种声音，似乎是从岛上的不同地方传来了第一声巨响的小小回声。然后，风又一次从岛上席卷而来，这次，连岩石相撞的声音也完全被淹没了，无数棵树嘎吱作响着折断了，根部拔地而起，一头撞在了地上。风中弥漫着一股奇怪的化学气味，约翰一度担心他们会再次被那红色的灰尘呛得喘不过气来。但那气味被吹散了，他们第一次近乎感激地听到了大雨倾盆的声音，好似几大杯水从高处泼溅下来，落在失事船只残骸破旧的甲板上。

过了一会儿，水从甲板和两边的接缝处涌了下来，倾泻到他们身上，他们拼命地想保护睡袋不被水打湿。这远没有地震、地面摇晃的感觉和岩石相撞的声音可怕，所以，他们开始莫名地互相嘲笑，他们提起睡袋，埋下头，把袋口变成兜帽，以防水顺着脖子流下来。

雨终于停了，四周出奇的安静。那场瓢泼的大暴雨使大海归于平静，几乎把海浪的声音也淹没了。约翰从他们避雨的入口处探出头来。

"天太黑了，什么也看不见，"他说，"但风很小。"

"一切都结束了吗？"罗杰问道。

"我不知道。"约翰说。

"这是我们经历的第一次大地震，"提提说，"不像家乡那次只会把洗手盆弄得咣当作响。"

"吃点巧克力吧，罗杰。"苏珊说。

大家都吃了一些巧克力，然后，他们突然疲惫不堪，就这样睡着了，既不躺着也不坐着，而是蜷缩在失事船只残骸湿漉漉的睡袋里，互相靠

在一起，或靠在滴水的木板上。猴子则给自己找了个新地方，蜷缩在罗杰和苏珊中间睡着了。

约翰醒来时，天已经亮了很久了，他惊奇地发现脚下的沙滩上有一盏提灯亮着，有那么一瞬间竟然惊讶于自己身处何方，然后扭动着身子从睡袋里爬出来，来到海滩上。他僵硬地挺直身子，环顾四周，然后砰的一声撞在残骸外部，把其他人都吵醒了。

"苏珊！"他大声喊道，"南希！出事了。吉伯尔山消失了。"

第二十八章

找到宝藏

　　其他人浑身酸痛，身体挤得发麻，他们打着哈欠一个接一个地从失事船只残骸中跌跌撞撞地走出来，盯着海滩上的森林看。就在昨天黄昏时分，他们还看到了吉伯尔山那高高耸立在树林间的黑色山顶。

　　其实吉伯尔山并没有如约翰以为的那样完全消失，只不过那座巍峨的山峰昨天还在那儿，今天就只剩下了一些奇怪的断壁。那些陡峭的黑色岩石不见了。整个山顶都滑到了一边，坍塌到了森林里。而森林也变成了一片废墟，仿佛有一千个巨人在那里玩耍过，像拔草一样把树拔了起来。在遥远的森林内陆，仍然到处都是棕榈树，在废墟上方摇曳着，但在吉伯尔山和东岸之间的广阔森林中，没有一棵树还站立着。它们东倒西歪，仿佛被人揪住，从地里扯了出来，扔到了一边。

　　"真的是地震。"提提说。

　　"好你个斜桅索！天啊！"南希说，"我应该想到是地震的。"

　　但是，森林附近发生了奇怪的事情。苏珊一从失事船只残骸中出来，就径直向老营地走去，她在刺眼的阳光下直眨眼睛，而且因为没睡多久还睡眼惺忪，很不舒服。吉伯尔山可能已经消失或改变了形状，但是罗杰和提提还在，所以，她得做好早餐，立即给他们送去。但她刚朝达克港走了两步，就发现那里也变得有些不同。岩石移位了，它们之间有一道很深的裂痕。现在，它们看起来已不再是从沙子里拔地而起的了。

　　"约翰，约翰，"她喊道，"一切都变了。"

"那燕子号呢？"约翰说，"过来，南希。"

提提听到后，就跟在其他人后面跑，他们已经爬上了那些大岩石，每一块岩石都移位了。佩吉、罗杰和吉伯尔也来了，但比其他人落后了一些。

事情并没有约翰一度担心的那么糟糕。尽管岩石移位了，但达克港仍然在那里，还是一座港口。燕子号也在那里，尽管它在地震前一直侧向右舷，现在则向左舷倾斜。约翰、南希和提提焦急地仔细检查了一下，看有没有损坏严重的地方。他们没有发现什么损坏，不过沿着右舷有一大片光秃秃的木板，上面所有新刷的白漆都掉了，就像是用砂纸擦掉的一样。

"风和沙，"约翰说，"我没想到它们连油漆都能弄掉。"

"幸好情况没有更糟，"南希说，"但如果我们把它靠在一块岩石上，就可能变得更糟。帆布怎么样？还好你把我的帽子放得好好的。要不然，它可能会跟帐篷一起飞到美洲去。"

约翰已经把他用来收帆的主帆索松开了。

"它看起来还好，"他说，"但不打开的话说不准。一切皆有可能。"他在脑海中想着，即使是卷起的船帆，那些狂风中的飞沙也可能不知怎么在上面擦出一个洞来。但是，当那张棕色的旧帆在沙滩上展开时，他们可以看到它的情况并不是很糟。虽然外面有一小块还是湿的，但其余都是干的。事实上，他们打开它的时候，古铜色尘埃从它的褶皱之间飞了出来。这些尘埃可能是在旧帆展开时被风吹进去的。提提好奇地看着它。

"自从我们把头藏进睡袋里后，"她说，"是不是过了很久？"

的确，很难相信的是，他们直到昨天下午，才注意到第一批反常的征兆。他们看到了逆风缓缓升起的古铜色云团，看到了弗林特船长急匆匆地跑进森林，争分夺秒地穿过小岛去帮助野猫号渡过难关。

"我说，"罗杰说，"看看我们一直在挖的那片地方就知道了。"他指向海滩。昨天，那里还伫立着一排羽毛状的棕榈树，以及那棵曾是燕子号地标的巨大棕榈树。昨天，那里还整整齐齐地堆着一堆堆石标，代表着寻宝者们的战壕。而今天，到处一片混乱，巨大的树根孤零零地伸向空中，仍然紧紧依附在与它们一起被撕裂的石头和泥土上。

但苏珊传来了最坏的消息。她径直走到搭过帐篷的地方。那根横梁断成两截散落在岩石的另一边。两支桨还被绳子绑在一起，在离海滩二十米远的地方。他们储存的食物则损失惨重。其中一只装饼干的罐子紧挨着一块岩石，岩石砸在上面，把罐子和里面的食物都给砸碎了。另一只已经空了一半的罐子被风吹到了海滩上，盖子已经掉了。它的身后有一些沙丁鱼罐头。其余的食物都没了。最糟糕的是，水桶也出事了。这只小桶被巧妙地卡在石头上，这样就可以从水龙头里抽水了。但它顶部的塞子松了。现在，木塞在地震的时候被摇了出来，水桶沿着海滩滚了下去，停在了最下面的坑洞里。里面装的每一滴水都白白流走了。

"除非有人去南希找到的水塘打水，否则，我们没法吃早餐。"

"我去。"南希说。

"我也去。"佩吉说，"我们要用什么来盛水？"

"哎呀，真烦！"苏珊说，"水壶不见了，平底锅也不见了。"

"水壶在那儿，"南希说，"就卡在那块岩石下面。"

那确实是水壶，但当苏珊把它拔出来时，她发现壶嘴被压扁了，只剩下一小块破金属片。不知怎的，在苏珊看来，这一不幸远比失去帐篷更糟糕。但找到平底锅使她稍感安慰。它像一顶旧帽子一样凹陷下去，把手弯了，但还是能装得住水。

"走吧，"南希说，"我们带上水桶，在那儿灌满水。走吧，佩吉。我们拿一支桨吧，然后借用燕子号的缆绳，把水桶吊起来抬着走。约翰船长不会介意的。只带一口平底锅有什么意思？"

"等我们回来的时候，你们可能连平底锅都没装满呢。"罗杰说。

"你去的话可能就会那样，"南希说，"不过，无论如何，我们最好马上把水桶灌满水，把它送过来。"

两分钟后，他们把水桶挂在船桨上，约翰和南希两个人一肩挑一头，爬过岩石，沿着海滩行进。

"来吧，罗杰。"佩吉说。

"是的，去吧，"苏珊说，"你一晚上都蜷在那里，该去舒展一下筋骨了。我和提提会在你们回来之前把火生好。有些木柴看起来很干燥。"

"一切都很好，"南希和约翰沿着海滩行进时说，"但是我们怎么知道从哪里拐进森林呢？我在一棵树上做了标记，那棵树扭曲着，看起来就像是折断后又被扶正了一样。现在，所有的树都倒下了，一切看起来都一样。我确定我们上次走得没比这远多少，那时，我看到了那些鸟儿，然后走进森林里想看看它们被什么给惊动了。"

"我们最好沿着森林边缘走。"约翰说。他们往上走，远远高出了高水位线，尽管在这里行走要比在较低地势下面的坚硬沙子上走艰难得多。这里满目疮痍，森林在前一天还一片葱郁，高大的棕榈树盖过头顶，蕨类植物足足和弗林特船长一样高，到处都是开花的树木，爬满攀缘植物那长而卷曲的藤蔓。但树木在风暴的摧残下东倒西歪，倒下时压碎了蕨类植物，还把那些鲜艳美丽的花帘全都压垮了，在此之前一群群的小蜂鸟还在这些花帘上空盘旋。现在这里连一只鸟也看不到。它们像螃蟹一样消失了。就连聒噪的鹦鹉也安静下来，蜷缩在废墟中的某个地方。

"想把水桶从这片废墟上搬过去是不可能的，"南希说，"没有人能做到这一点。等我们找到那个水塘后，就把水桶放在外面。"

"这不就是你的树吗？"约翰说。

南希盯着看了一会儿。那么多树在倒下时都扭断了，但她认识这棵树。"这是我做的标记，"她说，"但周围的一切都不一样。水塘上方的那块黑色岩石在哪里？"

在横七竖八倒下的树木间，他们可以依稀看出来，这里曾是那片绿树成荫的森林。就在昨天，他们还爬上那块岩石来接住滴水，俯视镶嵌在蕨类植物间的小水塘。而现在，那里什么都没有了。那块大岩石被劈成了成百上千颗碎石子。树木和蕨类植物也被泥土、沙子和石头埋了进去，仿佛南希发现的水塘从未存在过。

"你们最好就待在这儿，别进去。"南希对佩吉和罗杰说。

她和约翰放下水桶，艰难地走进森林，爬过废墟，寻找那股涓涓细流。它已经改道从其他地方渗入地面。但即使在那场热带雨之后，也没有留下任何水流的迹象，就连石头上也没有一块潮湿的地方。两个船长

四处寻找，结果却看不见对方了，他们俩立刻大声呼喊。"约翰!""南希!"在这样的荒郊野岭里哪怕有一瞬间感到孤单也是十分可怕的。最后，他们越过倒下的树干，又爬了出来。

"你们把水都洒光了。"罗杰看着南希的空平底锅说。

"根本没有水。"约翰说。

"那我们的早餐怎么办?"罗杰问。

"只能不喝水了。"南希说。

他们沿着海滩回头看，看到了他们过夜的那艘旧船，风化的灰色船头露出了沙地，还有长长的遮蔽着达克港的黑色岩石，而在达克港的另一边，则是苏珊生火袅袅升起的蓝烟。

他们知道，她一定在想是什么让他们耽搁了。如果他们带走了唯一的平底锅，却没有带回足够的水来做最重要的一顿饭，那生火又有什么用呢?

他们几个人垂头丧气地带着空水桶回到了达克港。

提提跑来迎接他们。

"苏珊说了'快点'，火很旺。"

"我们没有取到水。"罗杰说。

"南希发现的水塘已经不在那里了。"佩吉说。

苏珊平静地接受了这一噩耗。

"哦，好吧，"她说，"不管怎样，我们还是要生火，把睡袋烘干。过来吃沙丁鱼吧。我已经打开了三只罐头。我们每人半罐。撒在罐头外面的一些饼干被压扁了，现在还可以吃。在弗林特船长回来之前，我们不会有事的，然后他会把燕子号驶过来，用小溪里的水把水桶都灌满。"

"如果小溪也没了怎么办？"罗杰问。

"它不会消失的，就算它消失了，我们还有在野猫号里储存的水。"

"但如果野猫号不回来呢？"

"给，你的罐头，"苏珊说，"你和提提分着吃吧。你们共用一把叉子。坐下来痛痛快快地吃吧。"

苏珊和约翰共吃一只罐头。她只找到了两把叉子，因此，她把一把给了南希和佩吉，另一把给了一等水手提提和实习水手，她可不相信他们用手指吃东西时不会弄得一团糟，而约翰和她则完全可以应付。现在，她从罐头里拣了一条沙丁鱼，身体微微前倾，好让油滴在沙子上，而不是滴在自己身上。她把沙丁鱼小心翼翼地放进嘴里，一边舔着手指上的油，一边思考。

她很庆幸他们平安地熬过了这一夜。任何坏事都可能会降临到他们头上，整座岛屿都被地震和山体滑坡搞得摇摇欲坠，森林也被从四面八方刮来的狂风夷为平地。但这一切过去后，他们没有遇到任何不测。相反，他们还都在这儿，一起围坐在火堆旁吃沙丁鱼。（她从约翰手中接过罐头，伸长胳膊举着，又掏出一条沙丁鱼。）他们身上确实有点潮湿，但她觉得，要不是那艘失事的旧船和睡袋，情况可能会变得更糟。在这样的高温下，即使没有太阳，东西也会很快变干。但是，如果天气再次变坏，那就相当糟糕了。接着，她想到了弗林特船长。他把野猫号开出多远了？他多久会回来？不管怎样，眼下除了安抚好罗杰、让他别紧张兮兮之外，也没别的办法了。但缺水这件事很严峻。谁能在没有水和茶的

情况下安顿好营地呢？沙丁鱼油不太适合喝，而且也不够。有几分钟，她几乎听不到其他人在说什么。他们似乎和往常一样高兴。

"在他回来之前，一切都会像彼得·达克在这里遇难时一样，"提提说，"没有吃的，也没有喝的。"

"有椰汁，"南希说，"他靠椰子和螃蟹为生。"

"我们不可能吃螃蟹。"佩吉说。

"哪里有螃蟹？"罗杰说，"从昨天起我连一只也没见到。"

"它们一定知道要地震了，"提提说，"就一起躲开了。你们知道的。要下雨时奶牛也是那样的。"

"好吧，但就算有，我也不会吃。"佩吉说。

"不要吃螃蟹。"南希颤抖着说。

"我们可以吃香蕉、喝椰汁，"罗杰说，"也不会差到哪里去。还有足够的巧克力可以撑到弗林特船长来。他答应了会再带一些来。"

"他穿过小岛的时候会很艰苦，"南希说，"他要花好几个小时才能走出去。我们在找水塘的时候，只能一点一点地挪动。"

"他可能已经乘着野猫号航行了几千米，"约翰说，"在昨晚这样狂暴的天气里，他们会认为离陆地越远越好。而且现在风不大，他们要花点工夫才能回来。"

"我们把椰子好好地储藏起来吧，"罗杰说，"森林里那棵大树后面有一些香蕉。"

大家都朝海滩看了一眼。只见巨大的树根盘绕着在空中挥舞，那里曾经是一棵巨大的棕榈树，是通往达克港的地标。

"没有人会觉得那是同一个地方。"约翰说。

"没有人会觉得这是同一座岛。"提提说，"吉伯尔，你的山现在失去了顶峰，你是什么感觉？"

但那只猴子正忙着吃罗杰在口袋里找到的一些坚果。现在它已经打起精神，不再是昨天那只不停呜咽、惊恐不安的小东西了。此刻，地震已经过去了，它似乎并不关心岛上地貌发生了什么样的变化。

沙丁鱼罐头里的最后一滴油也被倒进了干渴的喉咙里。他们最后一次舔了舔手指，因为不用清洗餐具，所以大家一起走上海滩，在倒下的树木中寻找香蕉和椰子。

"如果我们继续挖掘，弗林特船长会非常高兴的。"南希说。

"挖掘？"约翰说，"地震和大风一夜之间比我们一整年挖的还要多。看看这里一团糟就知道了。"

海滩上森林边缘处一直耸立着高大的棕榈树，但现在，那里只剩下一片废墟。折断的树没有多少，但没有一棵树还像以前一样直挺挺地立着。就好像地震震松了它们的根部，狂风从四面袭来，轻而易举地将它们拔出地面。挖掘者们用勉强凑合的鹤嘴锄和使不上力的铲子辛苦劳作的成果——一条一条的壕沟，在树木被连根拔起时留下的大坑旁边，仿佛一道道浅浅的划痕。这些树木长得很密集。它们留下的大坑一个接一个地连在一起，有的敞开在海滩上；有的则被一团黑压压的东西盖得严严实实，里面有撕裂的树根、掉落的树干以及如羽毛般的树梢，它们再也不能在信风中摇曳了。

昨天还在这里挖掘的人们站在那里，看着一夜之间出现的无数坑洞。

突然间，大家都在昨天还是达克港地标的树根下看到了点什么。苏珊和佩吉不约而同地注意到了它。

佩吉惊讶得说不出话来，只是指着那个东西。

"那是什么？"苏珊说，"是……是不是……"她再也说不出话来了。

"什么？"其他人问道，然后，沿佩吉伸出的胳膊和手指望去，他们都立刻看到了那东西。

在那棕色的沙地上，他们看到了一只盒子的一角和一点侧面。

他们瞬间将其他事情都抛到脑后。

除了他们远渡重洋苦苦寻找的东西，还能是什么呢？

约翰和南希一起跳进洞里，用手把土扒开。

"这是什么？"约翰问。沙子从他翻找着的手指间渗下来，在他手里留下了一只小小的、扁平的金属环。"这里还有一只。还有一只。"

南希也找到了一只，她仔细地看了看。

"我们找到宝藏了，"她突然喊道，"我当然知道它们是什么。想想你们背包开口处的圆环。达克先生说他们埋下的是只袋子。但现在只剩这些了。盒子就像吉姆舅舅说的那样装在袋子里。袋子都腐化了，但这些是他们捆扎装口的金属环。这里应该有更多的金属环。"

"有，"约翰喊道，"看这里。"他正在清理盒子顶部的沙子，那里有六只紧贴在一起的小金属环。

"我们不能下来看看吗？"罗杰说。

"最好不要，"苏珊说，"也不要太靠近边缘。两边可能会塌陷。"

但她说得太晚了。话音未落，她所站的地面就塌了下来，她、提提、罗杰和那只吓得半死的猴子都被半埋进了沙子里，与约翰和南希并肩站在那棵倒下的大树树根下。

"当心，苏珊，"约翰说，"我们失去了一半的金属环。"

"没关系，"南希说，"它们其实并不重要。"

"我敢打赌弗林特船长一定很想看到它们。不，你下来了就别再试图爬出去了。南希和我继续清理盒子的时候，你们拿好金属环。它牢牢地卡在那些小树根之间。"

"我来拿。"罗杰说，"不，你别碰，吉伯尔！真烦人！它拿了一只。"

"其他的金属环得看好了。"约翰说。

提提和罗杰捡起金属环，把它们交给佩吉，只有她一个人没有掉下去。他们在沙子里到处摸索，又找到了一两只。吉伯尔从坑里爬上来，嘴里叼着它偷拿的那只，很好奇他们为什么那么大惊小怪的。毕竟，那只不过是金属。

"苏珊，你能抓住这根树根，把它拿开吗?"南希说，"然后，约翰，现在你把它往那边拉，我再把它往下推一点。好了。"

盒子终于被取出来了。

"它不是很重。"约翰说。

"这是一只非常小的盒子。"罗杰说。

"不管怎样，就是它了，"提提说，"我们找到宝藏了。至少佩吉和苏珊找到了。是她们最先看到的。"

"燕子号和亚马孙号万岁!"南希喊道，"为彼得·达克欢呼三声!要是弗林特船长在这儿，他一定会欣喜若狂。把它举起来。小心点，佩吉！别让它掉下来。"

佩吉从他们手中接过盒子，迅速把它拿到坑外稍远的地方，其他人把提提和罗杰推了上来，然后在松软的泥土和沙子里滑了好几次，挣扎着爬了出来。

"让我们好好看看。"南希说着，抖掉头发上的沙子，用手掸了掸短裤上的灰尘。

佩吉把它放在地上，轻轻地吹去上面的沙子。

"它没那么弱不禁风。"约翰说，"没关系，苏珊，"他接着说，"应该用手帕擦一擦。"他从衬衫口袋里掏出自己的手帕，小心翼翼地擦去盒子上面的污垢。大家都围过来看那东西。

那是一只小柚木盒子，四角有黄铜镶边，还有一只铜搭扣和铜扣钉，连同生锈的挂锁一起扣紧了盖子。

约翰用手指捏住挂锁，想把它周围的泥土掸走，但挂锁在铁环上锈迹斑斑，从他手中脱落了。

"应该用铜锁，"南希说，"但我猜他们当时手头没有。要不就是他们把它给弄丢了。"

"现在能打开了吗？"提提问。

约翰小心翼翼地从扣钉上解开搭扣，掀开了盖子。盖子打开时，大家纷纷上前去看，他们的脑袋撞在一起。只见，盒子里衬着一层铅皮，装着四只小皮袋子，袋口用像鞋带一样的牛皮绳扎着，绳子上系着骨头或象牙标签，盒子的另一边放着一只小皮夹。

"那些标签上写的是什么？"罗杰问道。

约翰在读上面的字。

"'波内斯''马利斯',"他说,"这到底是什么意思呢?'黑人''玫瑰'。我们看看袋子里有什么好吗?"

"我们等船长来了再看吧,"南希说,"现在把它合上吧。最重要的是,我们找到它了。"

发现宝藏

361

第二十九章

西班牙宝船

从巴拿马地峡 ① 驶来的西班牙大帆船，

在热带长满棕榈的绿海岸间航行，

船上满载货物，

有肉桂和葡萄牙金币，

有钻石、黄玉、祖母绿和紫水晶。

——梅斯菲尔德

　　他们毫不费力地找到椰子，有些里面充满椰汁；还找到几串香蕉，尚未被倒下的树完全压碎。但在发现那只黄铜镶边的柚木盒子之后，他们所有的计划都被打乱了。毫无疑问，这就是六十年前彼得·达克看到被埋在他树床下面的东西。至此，挖掘工作结束了。弗林特船长很快就会回来，继续留在达克港已经没有意义。到时候，他会知道该怎么办。约翰、苏珊，甚至南希都不赞成在经历了昨天晚上的剧变之后，这么快就带着陆上一行人横穿小岛。况且，还有燕子号。

　　他们在沙滩上商议时，那只小小的柚木盒子就放在沙子上，没人知道他们应该怎么办，只能坐等弗林特船长回来指挥，看看所发生的一切究竟

---

① 地峡，连接两块陆地或陆地与半岛间的狭窄地带。

是怎么回事：眼看就要失败的挖掘突然大获成功，就像变魔术似的。起初，他们以为船长随时可能大费周折地出现在海滩上。但后来，他们开始严肃起来，想知道他和彼得·达克把野猫号带到大海上多远的地方，并且开始相互提醒要强行穿过山体滑坡和一片废墟的森林，无论是谁都需要很长时间。"我们花了很长时间，"南希说，"当一切都还好好的时候，我们可以沿着那条做了标记的小路走下去，现在却像是穿越绵延数千米的坚硬树篱。"

约翰看着燕子号。昨夜的大雨使大海归于平静。海上无论刮什么风都是陆风，所以，返航不会有任何困难。但是，要是弗林特船长已经在路上，到这里时发现海滩上一个人也没有，燕子号也不见了，那该怎么办？不，现在唯一能做的就是待在原地。

"不过，我建议他一来我们就动身返航。"南希说。

"我们把燕子号放下水吧，这样我们就随时可以出发了，"约翰说，"这不麻烦的，滚木还在那儿。如果他天黑前还没来，我们可以轻松地再把它拖上来。"

"天黑前？"苏珊神色凝重地看着他。罗杰已经不停地在说椰汁只会让他更加口渴。并且，他们没有帐篷。没有人想在旧船残骸里再蜷缩一宿。至少，提提和罗杰应该好好睡一觉。再说，螃蟹又回来了。苏珊发现了第一只螃蟹，当时，她想用碎罐子里的一些饼干屑做顿饭。不久之后，罗杰和吉伯尔又找到了一只。然后，提提急忙回来报告说，那艘旧沉船残骸里又爬满了螃蟹。她本来想爬进去，再回想一下在那里过夜的情景。"我不知道它们是从哪里冒出来的，"她说，"但它们就在里面。"

"不管怎样，这意味着不会再地震了。"约翰说。

"但是我们不能和螃蟹一起睡在那里。"佩吉说。

"别傻了，"南希说，"我们不必那么做。"但一想到黑夜，想到没有帐篷、没有热茶和可可、吃的东西也几乎快没了，就连南希也觉得很愁闷。她喜欢想象喝椰汁的情景，但真正喝的时候却皱着眉头，尽量不去品尝它的味道。

香蕉和椰汁都很美味，但当上午过去、进入下午时分、仍然没有弗林特船长的踪迹时，即使是那些喜欢它们的人也饥渴难耐。

他们已经把所有能做的事都做了。他们将睡袋放在火边烘干了，把燕子号拖到了海边。因为不用再支撑帐篷了，他们把桨也收了起来，把它们和帆一起放进船里。他们都非常想再次打开盒子，看看那只皮夹和那些小袋子里装的是什么。但南希阻止了他们。只有等弗林特船长一起来分享这最后的胜利，才是公平的。他们甚至又把生锈的挂锁钩到了扣钉上，这样弗林特船长看到它时就和他们刚找到它的时候一模一样了。有很多次，他们一听到什么声音都以为他来了。但由于倒下的树稳稳当当地躺在原地，所以有太多嘈杂声听起来都像他沙沙的脚步声。最后，他们把盒子藏在了燕子号里，这样弗林特船长到营地时就看不到它，正好给他一个惊喜。他们坐在达克港上方的岩石上谈笑风生，谈到了家乡，以及那场暴风雨过后的第二天早晨，迪克逊太太拎着一桶热腾腾的粥从农场下来的情景，如今说起时才发觉那已是很久以前的事了。天空乌云密布，低矮的云层掠过铅灰色的海面。从昨天开始，他们就再也见不到第一次来时的那种阳光明媚的天气了。突然，佩吉跳了起来，指着岛的北面。接着，其他人也都跳了起来，他们看到了一艘纵帆船，正扯着低帆朝西南方驶来。

"野猫号！"约翰喊道。

"它终于来了。"南希喊道，"佩吉，你真幸运，任何东西你总是第一个看到的。一定是因为你一直心无旁骛，而我每次有什么东西出现时，总是在往另一个方向看。"

帆船在一片薄雾中若隐若现，然后，虽然它仍然离得很远，但还是被小岛的东北角挡住了。

"这下所有问题都解决了，"约翰说，"如果我们现在出发，就能在比尔登陆点与它会合了。这样弗林特船长就不用艰难地穿过残破不堪的森林了。我们能把所有东西都塞进燕子号吗，苏珊？海面现在一片平静，而且，风是陆风，也不大。快出发吧，南希船长！"

"已经没什么可以带的了，"苏珊说，"我们几乎失去了一切。"

"达克先生看到我们找到的东西时，会说什么呢？"提提问。

"弗林特船长一定会很高兴的。"南希说。

"还有比尔。"提提说。

"今晚能睡在床铺上真好。"佩吉说。

"而且没有螃蟹。"南希说。

苏珊看着罗杰，尽管罗杰看到纵帆船很兴奋，但他还是难以置信般地揉着眼睛。

"现在你确定海况合适吗？"她问。

"这是我航行以来状况最好的一次。"约翰说，他和南希从岩石上滑下来，抓起摊在岩石上晾晒的睡袋，向燕子号跑去。

这次装船十分轻松。

"地震也不失为一件好事，"罗杰说，想到现在他们又能回去吃上一日三餐，还有吃不完的巧克力，他开心极了，"它让燕子号给我们腾出大量空间。"

"它也为我们找到了宝藏。"佩吉说。

"没有什么比那张旧帆更占地方了，"约翰说，"不过，在保持其他物品干燥方面，它的确派上了大用场。"他望着大海补充道，"刚才还有大量的海浪涌动，现在却几乎没什么浪花。"

"把彼得·达克的盒子放在船中间，"南希说，"搬水桶的时候小心点。我知道它是空的，但还是要把它固定住，这样它就不会撞到别的东西了。"

"在盒子下面放只睡袋吧，"提提说，"再用其他的睡袋把它包起来。剩下的东西都不重要。燕子号可是一艘满载印度宝藏的西班牙大帆船。"

"把吉伯尔放在船底，"苏珊说，"从桅杆前塞进去，别让它再把自己给淋湿了。"

上船后，他们六个人和那只猴子紧贴在一起，苏珊还一度担心他们是否超载。但她又想到了罗杰，想到了那只空水桶，想到无论留下谁都不可能。因此，她什么也没说，只是尽本分地做着大副该做的事——尽可能地把所有东西小心翼翼地摆放好。

南希在他们还在达克港时就升起了那张棕色的小帆。约翰在船的一边划桨，看到燕子号朝着大海的方向缓缓行驶时，就从船尾爬了进去。于是，在陆风的吹拂下和礁石的掩护下，燕子号从港口漂离。

他们回头望着达克港。约翰和弗林特船长一起航行到那里的时候，多么困难才找到它。当时他们看到南希燃起的烟雾从海滩上升起，是多么高兴。现在，他们一离开就几乎看不到它了。那棵高大的棕榈树曾经是一个很好的领航标志，他们靠近小岛的时候，可以看到它高高地映衬在天空下，而不是淹没在那郁郁葱葱的山坡中，如今，再也看不见它了。山丘的形状也已经改变了。随着森林的毁灭，以及地震和山体滑坡造成的尘土飞扬，这座绿色的岛屿已经变成了暗淡的灰褐色。这里依然屹立着三座山，但如果人们不知道发生了什么，就不可能从这里的海上认出吉伯尔山。现在，它比其他两座山高不了多少。地震引起的剧烈山体滑坡使那座陡峭的黑色山峰整个跌进了树木茂密的低坡。那里，郁郁葱葱的森林曾经爬过了半山腰；从比尔登陆点出发，那条绕过断崖的小路，过去到处都是树木和巨大的蕨类植物，现在却遍地狼藉，除了岩石和泥土什么也没有。

"我相信我们出海是个正确的选择，"苏珊如释重负地说道，"任何人走完这样的路都需要很长时间。罗杰绝对做不到的。不管怎样，在那里再度过一个晚上……"

"开心点，苏珊，"南希说，"我们所做的一切在任何情况下都是正确的。出海当然是个正确的选择，而且，燕子号承受住了暴风雨，表现一流。"

"可不是嘛。"提提说，"庄严豪华的西班牙大帆船，正是对它的赞扬。它是一艘生而为大海建造的船。"

"它是一艘了不起的好船。"约翰说，"我说，南希，你愿意掌舵吗？"

"你继续吧，"南希说，"我不用。你比我更了解它。"

约翰想，跟他之前在信风激起的巨浪中与弗林特船长一起驾驶这艘船绕行时相比，这次航行简直就是小菜一碟。此刻，在夕阳的照耀下，海浪消失得无影无踪，它们曾经宛如安第斯山脉、帕米尔高原和塞拉斯山脉那样连绵不绝地从海边滚滚而来。海浪全都消失了，阳光也随之消失了。不知怎的，大海一片冷清，阴沉沉的，像天空一样，灰蒙蒙的，仿佛在沉睡中被一些不安的梦境困扰着。虽然之前的航行困难重重，但当时碧空万里，视野开阔。今天的航行很轻松，但约翰急于早点结束。他总感觉有些不对劲。昨晚的风暴尚未停息，此刻只不过是短暂的平静。还有别的事情要发生。他望向大海，望着那遮住地平线的低云。他看着那座已是一片废墟的荒岛。平静的天气中隐藏着一丝不可靠的迹象，尽管这次航行看似小菜一碟，约翰还是下定决心驾驶好燕子号，争分夺秒地绕过小岛，让小船再次安全地登上野猫号的甲板。他觉得只要南希愿意，就可以由她来掌舵，但他很高兴她拒绝了他的邀请。她坐在船中部，可以随时为可能发生的任何事情做好准备；同时，提提和罗杰忙着说话，想着从印度群岛起航回家的宝船，没有在船舱里动来动去。除了那只猴子，没有人在船上走动。但当他们驶离海港、朝岛屿南端行驶时，一点浪花飞上了船，溅在了猴子身上。从那之后，吉伯尔就和其他人一样，一动不动地蜷缩在主人身旁的船底板上。

随着燕子号缓缓驶出港口进入大海，海岸不知不觉地向后退去。他们从远处可以看到岛上荒凉的废墟，但当他们再次靠近时，仍然很难相信造成的破坏竟然如此之大。小岛南部的树木受损较小，也许是那些山

丘使它们躲过了最恶劣的狂风侵袭。棕榈树仍然耸立在海滩上，要是有明媚的阳光，要是鲜绿色的树叶没有因为灰尘而变得暗淡，那么，也许约翰会以为，自从他和弗林特船长一起从这里经过的那天起，一切都没有改变。但是，当他再次出海时，上方的斜坡进入了他们的视野，暴露了昨夜这里经历的可怕浩劫。

最后，他们转了一个大弯，驶离了岛的最南端，约翰在燕子号向北到达锚地时稍微松了松帆脚索。每次海浪托起船身时，他们都急切地向前方眺望，想要最先发现被棕榈树遮住的野猫号的桅杆。

"如果它不在那儿，那该怎么办？"南希说，"我们在附近抛锚吧，让他们来找我们。"

"我们会再次起航去迎接他们。"提提说。

"或者我们可以把水桶灌满水。"苏珊说。

"它安然无恙地回来了。"约翰喊道，靠近小岛岬角时，他们从岬角的上方眺望过去，透过树林望进远方的锚地。

"他们刚回来，"南希说，"还没有把帆好好地卷起来。"

"他们不会的，"约翰说，"他们会把帆松开。我敢打赌他们昨晚肯定被淋得湿透了。天哪！"他吓了一跳，把燕子号带到了风中，"不好意思！"他立刻镇静下来，"那里还有一艘纵帆船。有两艘。怎么可能……"

"是毒蛇号，"提提说，"它终究还是来了。"

"'黑杰克'！"南希说。

"好吧，他来得太晚了。"提提说，她把手放在那只用黄铜镶边的旧柚木盒子上，它被睡袋包裹得严严实实，稳稳当当地收在中央座板下方。

"他可是历经千辛万苦啊，"约翰说，"他的情况比我们更糟。看那张掉在水里的三角帆。我很好奇他为什么没把它收起来？不知为何他所有的帆都没有收起来。野猫号也没把帆收好，但它表现得比毒蛇号好。"

这一切是真的。那艘绿色的纵帆船停在那里，主帆的吊杆放在支柱上，两根斜桁都升起来了，船帆散开晾晒着，看起来整洁又干净。而那艘黑色的毒蛇号则截然相反。它的主帆桁无精打采地垂挂在舷墙上。斜桁耷拉在甲板左右两侧，吊索则在桅杆上松散地晃来晃去。一张三角帆拖在船首斜桅下方的水里，肯定是因为吊索没有系好。

"也许他们刚到这里。"南希说。

约翰看着她说："也许我们看到的从北方驶来的船只是它，而不是野猫号。"

"天哪！"南希说，"但他们在哪儿呢？他们为什么不做点什么？"

"如果他们刚到，那他们现在应该在吃晚饭，不是吗？"罗杰说，"或者在喝茶。"

"任何人在外面待一整晚后，都会想大吃一顿的。"南希说。

"难道他们不该在今天早上一切平静下来就好好吃一顿吗？"苏珊反问。

"我们的人又在哪里？"约翰问。

"我真希望他们没有上岸来找我们，"苏珊说，"说到底，也许我们该等一等的。"

"他们不会都去的，"南希说，"达克先生会在船上，也许比尔也在。天哪，"她补充道，"我想看看'黑杰克'看到比尔时的表情。"

"有人上岸了，"提提说，"你们看。比尔登陆点边上有两艘小船。"

"我不知道毒蛇号有多少小船，"南希说，"那天比尔在雾中弄丢了一艘。"

"其中一艘可能是我们的。"约翰说，"你们能看到岸上的人吗？"

"看不到，"苏珊说，"不过，你一定要好好掌舵。"

"不好意思。"约翰说着，瞥了一眼燕子号的尾流，它来回摇摆，很明显他有些分心了。

燕子号悄悄地滑了过去，越过岬角，进了海湾。停在那里的两艘纵帆船上都没有人影。海滩上似乎也没有人走动。在两艘纵帆船中，野猫号靠海滩更近，海水轻轻拍打在它绿色的甲板上，那艘黑色的毒蛇号则紧紧拖着锚绳，跟在它后面。

"你们看到了吗？"约翰说，"'黑杰克'一定是丢了锚链。他是用绞船索替代的。"

"也许他只是抛下了他的小锚。"南希说。

燕子号在从西边吹来的微风中滑得越来越近，海水静静地拍打着它的龙骨前端。这里只听得到海水冲击海滩的声音，而且也远没有小岛另一边的海浪那么震耳欲聋。这声音更像是海水在轻声低语，而不是狂暴怒吼。岛上被尘土染过的颜色已经慢慢褪去，连噪声似乎也被压低下去，周遭一片寂静。

"他们现在应该能听到我们的喊声。"约翰说，不知怎么，他的声音比往常小了很多，这一点连他自己也搞不懂。

"野猫号，喂！"南希用她那清脆而响亮的声音喊道。

"野猫号，喂，喂……"阵阵回声从登陆点后面的山上回荡过锚地。但那头红发并没有探出纵帆船的舷墙，老水手也没有从甲板室里出来欢迎他们。

"喂，野猫号！"约翰喊道，不知为何他没想到要第一个喊出来。

"野猫号……"回声从岸边传来。"毒蛇号上也没有人，"南希说，"他们怎么了？"

"我们的绳梯被放下来了。"提提说。于是，他们都看到了那架旧绳梯摇晃着悬挂在野猫号的绿色船舷上。

"准备抓住它。"约翰说着，急忙站了起来，"把帆降下来，南希。"

"好的，好的，长官。"南希说，但此刻连她也感到说完话就该赶紧闭嘴。

棕色的帆被降了下来。燕子号滑到旁边，南希抓住了绳梯。罗杰把缆绳从桅杆上解开。约翰爬上前去，在手腕上绕了一圈缆绳，双手紧紧抓着绳梯。

"让我们再喊一声。"他说。

"喂，野猫号！"他们一起喊道。

四周一片寂静，接着，回声又从水面上飘荡过来。

"没人回应。"罗杰说。

"你们听到什么了吗？"

"没有。"

"好吧，他们一定是睡着了。"约翰一边说，一边趁着小船上浮，双脚踏上绳梯，爬上了野猫号。

第三十章

卑鄙勾当

野猫号被撞的一刹那，比尔立刻知道毒蛇号来了。

从弗林特船长在岸上呼唤野猫号的那一刻起，他们就没有时间休息了。早在此前，彼得·达克就一直在说纵帆船在那种天气里待在海上会更好。于是，比尔翻进小艇，划上岸，把船长救上了船。十分钟后，他们已经扬起风帆，开始起锚，这比有六个充满活力的水手转动起锚机要辛苦得多。他们离港出海，竭尽全力地向西南方向驶去，因为弗林特船长预料暴风雨会从船尾方向席卷而来。他们也突然被那片铜色的云层笼罩着，被同样的红尘呛得喘不过气来，而挖掘者们正是因为躲进了睡袋才逃过了一劫。那是一个绝望的夜晚。狂风大作，从四面八方吹来，即使野猫号降了帆，还是被吹得东倒西歪，像不倒翁似的左摇右晃、上下起伏。他们不得不停航，结果风在它的船舱处盘旋，还没等他们把前帆收回来，船就被刮进了波涛汹涌的深海里。在遥远的海面上，他们感到有一股力量在冲击着船身，使他们格外担心船的桅杆。那是一种奇怪的力量，只有海底的剧烈震动才能产生这种力量。弗林特船长、彼得·达克和比尔谁也没有休息片刻，而且弗林特船长一直在说，狂风这么大，达克港的营地可能会出事。

"我不应该离开他们。"他说。但彼得·达克并不这样认为。"他们脚下有坚实的土地，"他说，"他们在哪儿？野猫号靠岸后，我们去哪儿等他们？它本可以很轻松地驶回岸边。但在这样的天气里，锚是不能把它

固定住的。"

随着黎明的第一缕曙光出现，弗林特船长立即扬帆向岸边驶去。他张帆时太过匆忙，前桅帆被撕开了一道口子，两张三角帆也从绳子上落了下来，达克先生要求他不要升起的那两张上桅帆，也在他把它们升起的那一刻裂开了。"都挂起来，"比尔听到他说，"即使不是我的，我也不能不管。"比尔一时摸不着头脑，后来才猜出弗林特船长说的不是帆，而是孩子们。

不管怎么说，天气一有平静的迹象，他们就急匆匆地赶回岛上。他们从远处通过望远镜看到吉伯尔山出事了，它的形状发生了变化，就更加急急忙忙地赶来。从那一刻起，弗林特船长就再也没有说过一句话。他一直站在那里，面无表情地望着面前的那座小岛，几乎一动也不动，直到傍晚时分，他们终于靠岸停了下来。然后，就在帆索升起、船锚抛下的那一刻，他就帮着把小艇放了下去，带着比尔，像个疯子般向登陆点划去。他在那里跳上岸，又把小艇推了出去。

"回去吧，比尔。你昨晚像个男子汉一样拼命干活，我不会忘记的。现在划船回去帮忙收帆吧。要不是为了孩子们，我是不会把这件事情留给达克先生去做的。"说着，弗林特船长跑上海滩，消失在树林里。

比尔划船回到野猫号。彼得·达克和他降下了帆，任其晾干。然后，他们都累得筋疲力尽，就像往常一样钻进了铺位里，彼得·达克睡在甲板室里，比尔则睡在下面的船舱里，一下子就睡着了。

他们根本没有看到那艘黑色的纵帆船，它在长途航行的最后几千米，由于风暴的肆虐，已经变得破烂不堪，从阴霾低洼的海岸向北滑到岛上。

他们也根本没有听到它在海湾里抛锚的声音。也许是因为不想被人听到，"黑杰克"没有把沉重的锚放在几米长的嘈杂的铁链末端，而是用一根无声的草绳放下了一只小锚。

不管怎么说，直到比尔的船舱被近旁的什么东西撞了一下，他才意识到毒蛇号的到来。

比尔睡意蒙眬地在他的床铺上动了动。他隐隐约约看到了一艘船。一定是弗林特船长忘了什么东西又回来了。比尔翻了个身。在暴风雨中拼命干活之后，他身上几乎没有一块肌肉不感到僵硬和疼痛。哎哟！好痛。他小心翼翼地伸出一条腿。但是船长是怎么上船的呢？不对呀，是比尔自己把小艇划回来的。那当然不是船长。但是那艘小艇在干什么？它没有在船尾荡来荡去，而是在船舷上撞来撞去，撞掉了漆面。是风向变了吗？又有风暴了？一定是这样。他想他应该到甲板上去看看是否一切都好，如果船在起锚的地方晃来晃去，就应该通知达克先生。但那是什么？那艘小艇正沿着船舷被运上来。也许是那些孩子回来了。但他们是怎么回来的？比尔突然被甲板上沉重的脚步声惊醒了。还有男人们的声音。比尔将一条腿从他的床铺上伸出来。是的，是达克先生在甲板室里走动。

但突然，他听到了一个老人的声音。

"你在那里做什么？在被扔出去之前离开这艘船！"然后，一声假意向全体船员发出的命令响起，"全体船员到甲板上来！"

比尔立即下了铺位，赤脚奔向前舱口。现在可不是穿上他翻进床铺

时踢掉的鞋子的时候。他爬上梯子，来到甲板上。

船尾的甲板上站着三个人。第四个人嘴里衔着一把刀，正爬过舷墙。比尔一眼就认出了"黑杰克"的哥哥，警察正在通缉他。当然，他也认识其他人——"黑杰克"本人、好斗的莫甘迪以及有前科的西米恩·布恩。

"把刀放下，你这个笨蛋，""黑杰克"说，"我们还不想杀人。"

莫甘迪紧握拳头，蹲在甲板室旁。

嘴里衔着刀的人现在已经登上了甲板，从船舷上方露出了一张刀疤脸，是"尽情畅饮"帆船酒馆的那个打手！

"你们其中一人去把前舱门关上。""黑杰克"说。

但就在这时，比尔又听到了老水手的声音。"出来吧。全体船员都到甲板上来！快滚下船，你这个人渣！"转眼间，老人从甲板室的拐角处走了过来，仿佛他身后有二十来个人在帮忙。

"你在这里干什么？"他说，但就在那一刻，蹲着的黑人朝前冲了上去。砰的一声，他的拳头打在了老水手的下巴上。

"我来了，达克先生！"比尔喊道，一头冲向莫甘迪的肚子。那高大的黑人呻吟着弯下腰来。

接着，比尔的头部侧面挨了重重一击。"黑杰克"的手指像钳子似的一把抓住比尔，把他的身体扭转过来，拎离地面。

"我会为此杀了你的。"莫甘迪呻吟道。

"你已经把那老头干掉了。""黑杰克"生气地说。

"让我抓住那个臭小子。"

379

毒蛇号船员上船了

"我来对付这孩子。""黑杰克"说，"不审问他们一番……就把他们杀掉有什么用？"他把比尔的头按在甲板室上，用拳头猛击。

"你，现在，说话！大声点！这就是那天你离开小艇后来的地方。你没淹死。在我们干掉你之前，你会希望自己淹死就好了。现在，说！船长在哪里？"

"不知道。"

这话刚从他嘴里说出来，"黑杰克"的拳头又挥了过来，比尔长满红发的脑袋撞到了甲板室的一侧。他晕了过去，倒在甲板上。

有人狠狠地踢他的肋骨。

他隐约听到了说话声。

"这又是谁干的？要是我打晕了那个老家伙，那你就杀了这个孩子。"

"把他们扔过来，干掉他们。"另一个声音说。

"我想杀了那个臭小子。"又是莫甘迪。

比尔的头像打桩机一样砰砰直响。起来，起来。砰！起来，起来。砰！他仿佛身处一波又一波的红色薄雾之中。薄雾慢慢地淹没了他，有几分钟他失去了意识。

脚踝的剧痛使他恢复了知觉。有人踩在上面滑倒了。一只沉重的靴子踩在他的后背上。发生了什么事？

"用绳子把他捆起来。"那是布恩的声音，他每说几句话就咕哝一声。他在嘟囔什么？比尔勉强睁开眼睛，小心翼翼地观察周围的情况。

他发现自己躺在厨房门旁边的甲板上。西米恩·布恩就在附近，他嘟囔着把绳子拉得紧紧的，然后捆紧；嘟囔着举起或放下一具沉重的身体；接着他又重复刚才的动作：把绳子拉紧，然后再拴紧。那具身体是彼得·达克的，布恩把他从头到脚绑了一圈又一圈。"黑杰克"则在用一根结实的绳子打一个松垮的大结。他把绳结塞进达克先生的嘴里，把绳子的两端系在他的脖子后面。

"如果你不告诉我，那你就休想再说话。"他咆哮着，让那失去知觉的脑袋倒在甲板上。

"这一切有什么用呢？"另一个声音说，那是莫甘迪，"把他们扔过来，干掉他们。我们知道自己想要什么。我们不是看到他们生火时冒出的烟了吗？就在你曾挖过的地方以北。显然那老头已经告诉他们该去哪里挖了。我们在这儿说话的空当，他们正在挖宝藏。"

"我们现在有枪了，"是"黑杰克"哥哥的声音，"上等的好枪。"

"那我们还在等什么？"莫甘迪说。

"对，""黑杰克"突然说，"我们不必再等了。你，莫甘迪，还有你，乔治，跟我来。其他两个人留下来守船。在我们击沉它之前，这里有很多我们想要的东西。而且，把它沉到浅水里是毫无意义的。考虑到他们有六个人，三个人上岛对付他们绰绰有余了。船上所有的枪都在。我知道这一点，因为上次在洛斯托夫特港，船上一个人也没有时，我仔细查看过。他们可能有左轮手枪。左轮手枪对付得了我们的枪吗？我们可以从很远的地方把他们干掉，就像在鸟窝里射杀雏鸟一样轻而易举、安全可靠。我们必须除掉他们，然后，就算他们还没有为我们挖出宝藏，我们手里还有这个老头，如果莫甘迪没把他杀死的话。我们会有办法让他开口的……"

"小事一桩。"一个新的声音响了起来。虽然比尔看不见那个人，但他马上就辨认出他是"尽情畅饮"帆船酒馆的那个打手。那声音狡猾而多疑。比尔看到西米恩·布恩一听到这句话就抬起头来。

"真是容易。布恩和我留在这儿，你们带着所有的枪离开。我们无法驾驶这些船，这你知道。我们让你们带着枪走了，然后你们到了岛的另一边，可我们怎么知道你们在那里做什么呢？这可是一笔省事的买卖，而我们对此一无所知。只是乖乖待在这里？不行。我们要知道你们在那里说了什么、做了什么。怎么样，西米恩？"

"有道理，我也这么觉得。"

"黑杰克"立即让步了。

"那好，"他说，"我和乔治待在这里，你们三个……"

"不要，"乔治说，"我不要待在这里。我是来寻宝的。"

除了"黑杰克"，他们当中没有一个人愿意留下来任由其他人登陆上岛，也没有一个人赞成把"黑杰克"留在船上。也许他们担心他会使出什么诡计，使他们在没有领航员的情况下，听凭他的摆布或束手无策。

"我们是在浪费时间，"莫甘迪说，"我们要团结在一起。这两个人是不会携船而逃的，你把那个老傻瓜绑好了吗？"

就在这时，当其他人都弯下腰去，查看彼得·达克那五花大绑得好像一捆棉花似的身体时，比尔却摇摇晃晃地站了起来，沿着甲板向前冲去。他自己也不知道为什么会这么做。这是一种本能，是老鼠被猫抓住受伤后求生的本能，当猫举起爪子，它会无望地挣扎以求自由。

"抓住他！"莫甘迪咆哮着。

Arthur Ransome

　　他身后的甲板上响起了隆隆的脚步声。比尔四肢伏地跪倒在前舱口。有人重重地扑在他身上。比尔从这人身下爬了出来。一只手紧紧地抓住比尔的肩膀，剧烈地摇晃着他，猫又抓住了老鼠。比尔抓住了吉伯尔笼子上的铁栏。栏门被摇开了。"黑杰克"把比尔拎了起来，使劲地摇着他，直到他觉得自己的牙齿都要被摇掉了。

　　至少在"黑杰克"抓住他的头撞在甲板室上时，有一颗牙已经被撞掉了。

　　比尔突然听到自己的尖叫声，那尖叫的声音几乎不像是他自己的。他不停地尖叫着，叫了一次又一次。

　　"再叫？我们有办法。""黑杰克"顺手捡起一大块肥皂，塞进比尔的嘴里，差点没令他窒息，然后在上面绑了一条手帕。手帕绑得很紧，直把肥皂往下推，抵在了他的喉咙深处，他难受得几乎要把嘴咧到耳朵边上。

　　比尔喘不过气来。他没有时间动手。西米恩·布恩带着一些绳子跟在杰克后面，从梯子上下来了。比尔感到他的双臂被抓住扭在一起，反剪在背后，然后被紧紧地捆住，一圈又一圈的绳子缠绕着他无助的身体。

　　他被拎起来，头朝下扔进了吉伯尔笼子底部的稻草里。笼门砰的一声关上了，然后，挂锁咔嗒一声被扣下了。

　　莫甘迪的头从舱口露了出来。"我要杀了那个臭小子。"

　　"你有的是时间，""黑杰克"说，"他会求你在我结果他之前把他杀掉。走吧，布恩。我们要先解决岸上的那帮人。"

　　只听一阵脚步声踏上绳梯。四周突然一片漆黑。前舱门砰的一声关上了。接着，餐厅里传来一阵嘈杂声。然后是储物柜门的砰砰声、甲板

384

上的脚步声以及说话声。"有两艘小艇。我们还缺一艘。""拿那些枪的时候小心点。"接着又响起小艇在船侧碰撞刮擦的声音。最后周围陷入了一片寂静。

比尔躺在吉伯尔笼子底部的稻草里,浑身被绑得酸痛,他费了很大劲才及时转过脸来,使自己不至于窒息。肥皂填满了他的喉咙和鼻子。那硬块使他的嘴张得大大的。肥皂混合着血滴到稻草上,但至少,这比吞下它要好。

也许,他想,一切就这样终结了。他们对达克先生做了什么?达克先生死了吗?他想要叫喊,但他的嘴巴被塞得太紧了,根本不能发出任何声音。于是,他静静地躺着、听着。甲板室里一点声音也没有。他们没有想到达克先生已经死了,否则他们绝不会用绳子那样把他捆起来。也许,他和比尔一样,还活着躺在某个地方,等待着"黑杰克"和毒蛇号的船员们回来还清旧账。弗林特船长呢?那些孩子呢?他们遇到这些想取他们性命的人时,又有多少胜算呢?船长什么都不怕,比尔对此深信不疑。但他能怎么对付这些持枪的亡命之徒呢?比尔似乎看到一小群挖掘者在达克港的海滩上愉快地交谈,而杰克、莫甘迪和西米恩·布恩手持猎象枪、散弹枪和步枪,在森林的掩护下神不知鬼不觉地跟踪着他们。他又一次使出全身的力气,好像要向他们发出警告。但是,在纵帆船黑暗的前舱口里,他脸朝下趴在猴子的稻草窝里,知道自己发不出声音,即使能,也不会传到他们那里。他又哽咽起来,泪水和依旧从他嘴里滴落的血与肥皂块混在一起。他忘记了"黑杰克"和莫甘迪会怎样威胁自己，只想着随时可能发生在那些孩子身上的事情。他想到了一等水手，还有南希船长，他曾用那个肥熏肉和绳子的古老故事为她治疗晕船。他们一直都是他的朋友。如果那些杀人犯将毒爪伸向他们，那他们会怎么样？比尔无助地躺在黑暗中的前舱口，泪流满面地倒在稻草里。

当他的思绪重新被拉回自己的危险处境中时，他已在黑暗中躺了近一个小时，对他来说似乎有好几年那么漫长。他听到不远处传来一声微弱的喊叫声。是海盗们改变主意了吗？是他们已经回来了吗？还是他睡着了？"生不如死。""黑杰克"曾这样说过，在这种事情上，比尔知道，他是个信守诺言的人。

船舷又被撞了一下。

比尔打了个寒战，他握紧了被绑住的双手，指甲都扎进了掌心，他下定决心要接受即将到来的一切，并在他们杀了他的时候高喊"野猫号万岁"。

然后，他听到了"喂，野猫号"的喊声在附近响起。那是约翰船长的声音，还有南希船长和其他人的声音。是那些孩子回来了。他必须警告他们……必须这样。比尔被肥皂扼住喉咙说不出话来，只能发出噗噗声，他弯下双膝，用尽全身力气，拖着他那伤痕累累、疼痛不堪的身体，一遍又一遍地猛撞笼子的铁栏杆。

第三十一章

唯一的希望

"那藏宝盒怎么办？"南希问，"要把它搬上船吗？"

"先不管它。我们先让船员上船吧。去吧，罗杰，你先上。好了，吉伯尔。谁说你可以扯我头发的？"

苏珊从后面将罗杰推上船，他双手抓住梯子，松开那只猴子，那猴子从他肩上跳到梯子上，紧紧抓住约翰的头发，然后爬上了舷墙。现在，它正欢快地沿着舷墙朝船头跑去。

就在约翰把罗杰推过栏杆的时候，提提瞅准机会跟着他爬了上去，踮起脚尖往甲板室里张望，她以为彼得·达克和弗林特船长正在睡觉，做梦也没想到一艘载有财宝的西班牙大帆船就停在旁边。佩吉爬上梯子。苏珊把睡袋一只接一只地扔了上去。藏宝盒则被放在燕子号的底板上。每当燕子号要撞到野猫号绿色的油漆时，南希都小心翼翼地避开。

"上去吧，苏珊，"她说，"我们会用吊索把盒子吊上去的。"

苏珊爬上梯子，这时，提提大叫着说她打不开甲板室的门，罗杰不耐烦地喊了一声，追着他的猴子往前走，却发现前舱门关着，下面传来奇怪的叮当声。

"快来把舱门打开，"罗杰喊道，"他们在下面敲打着什么东西。我猛敲舱门他们也听不见。"

佩吉和苏珊匆匆上前。约翰绕到甲板室门口，发现提提在摇门把手。

"你真是个笨蛋，提提，"他说，"钥匙掉了，就在甲板上。你差点就

踩在上面了。"

"他们为什么要把它锁起来？"提提问。

突然，从船头传来了一阵阵的喊声。"救命！救命！"提提和约翰立即沿着甲板冲过去。约翰这才注意到厨房门边有一块血迹，但他没有停下来看。前甲板上一个人也没有。苏珊为罗杰打开了舱门，他们都下到前舱里去了。苏珊的头从舱口露了出来。

"约翰！约翰！"她喊道，"快！快来！"

约翰跟着她冲下舱门，借着昏暗的灯光，他看到所有人都盯着吉伯尔的笼子，而吉伯尔则在铁栏外面愤怒地嘎嘎尖叫着，就像它平常待在笼子里调皮地喋喋不休。

"是比尔，"苏珊说，"他浑身被绑起来了。罗杰，挂锁的钥匙在哪里？"

"挂在我的脖子上，"罗杰说，"一直都在。"

"取下来。别浪费时间。"

罗杰在衬衫领口里一阵摸索，摸到挂绳，将它拉出来，然后，把钥匙插进挂锁里。苏珊拉开笼门，向比尔俯下身去。

"比尔！比尔！"她喊道。

比尔费了好大的劲才转过身来，想对她笑一笑，却几乎要了他的命。他又被嘴里的肥皂呛住了。苏珊和约翰立刻取出小刀，将那根结实粗壮的绳子割成几段。只要不伤到比尔，他们什么都不在乎。

"不要强行解开手帕，提提，"苏珊说，"让我来吧。"她把手帕割开了。比尔试图将那块肥皂从他那僵硬痉挛的嘴里吐出来。他突然很难受。

"达克先生！"他咳嗽起来，呻吟着努力挪动身子，"快！他在甲板室！"

"我就知道出事了。"提提说。

苏珊、提提和佩吉从甲板下方穿过去，爬上了舱梯。约翰爬出前舱口，冲到船尾去开甲板室的门，罗杰紧跟其后。

"喂！喂！"南希站在下面的燕子号里喊道，"你们都怎么了？我还要在这里待多久？你们在躲我吗？"

但没有人听到她说话。

苏珊和其他人穿过甲板下面时，看到一切都乱作一团。但在甲板室里，情况要糟糕得多。储物柜都空空地倒在地板上，枪也不见了。彼得·达克躺在地上，他的身体被绳子一圈又一圈地捆着，像一只包裹一样动弹不得。一只储物柜的抽屉横着压在他身上，是有人存心扔过来的。他甚至不能动一下来挣脱它。

"他死了吗？"罗杰问道。

"当然没有，你看他的眼睛就知道了。"苏珊说，"可怜的达克先生。快点，约翰。"

他更加不顾一切地割断这根结实的绳子。

"'黑杰克'一定来过这里。"罗杰说。

"一定来过，"提提说，"可是他为什么又走了呢？他现在在哪里？还有……"她的声音突然尖利了起来，"苏珊，约翰，弗林特船长在哪里？"

彼得·达克开口说的第一句话也问了同样的问题。

"船长在哪儿？"

约翰、苏珊和佩吉一起搀扶着老人站了起来。他踉踉跄跄地走了一两步，靠在放航海图的桌子上，手撑着头。"莫甘迪狠狠地给了我一拳。"他喃喃地说。接着，就像又轮到他来瞭望、由他掌管着这艘船似的，他厉声问道："船长在哪里？小比尔呢？他在哪里？你们又是怎么上船的？"

"乘燕子号。"提提说。

"我们返航了。"佩吉说。

彼得·达克冷静了下来，一瘸一拐地匆匆走出甲板室。

"他们会杀了小比尔的。"他说。

但是比尔正弯着腰沿着甲板走来，一只手里拿着用来堵住他嘴的肥皂。

他一看到达克先生就张开嘴，咧嘴一笑。他缺了三颗牙。

这时，南希再也忍不住了，她爬过舷墙来到甲板上。

"你们都在干什么？出什么事了？弗林特船长呢？"

"船长在岛上，"彼得·达克说，"到你们的营地去了，'黑杰克'和他那帮人拿着我们的枪在追他。那就是他们停在登陆点的船。"

"但他永远也无法穿越这座岛，"约翰说，"岛的另一边一半的树都倒下了，而且发生了地震。"

"没有什么阻止得了船长，"彼得·达克说，"也没有什么能阻止'黑杰克'。"

"这里出了什么事？"南希问道，"甲板上是谁的血？"

"我的。"比尔说着，咧开笑的嘴比以前张得更大了。

"比尔，"南希说，"你的牙齿呢？"

"肥皂里有两颗，南希船长，另外一颗肯定就在这附近的什么地方。"

"现在他们拿走了我们的枪，"彼得·达克说，"所以，船长只有一次机会，我们也是。那就是调头去接他，在其他人到达之前把他接走。他会比他们先到的。他这次的确很急。"

"不管是谁都至少要花半天工夫才能穿过这座岛，"约翰说，"那边整片森林都倒了，而且还发生了山体滑坡。"

"什么都无法阻止他，"老水手说，"他想到你们昨天晚上遇到的事，简直要发疯了。"

"我们都好好的。"罗杰说。

"但我们不知道这一点。"彼得·达克说，"那么，约翰船长，还有你，南希船长，你们能帮我把主帆重新升起来吗？前帆裂开了。其余人赶快起锚。你们的船呢？我们用它的桅杆和帆吧。把两只压舱物移到船尾，我们把船拖上来，以后再用它。你们在船里放的是什么东西？"

"是您的宝藏。"南希、约翰和提提异口同声地说。

彼得·达克目不转睛地盯着它。

"你们是从一只袋子里找到的吗？"他问道，但几乎没听到他们的回答，"我很高兴你们找到了它，"他说，"要是船长知道了，他会非常高兴的。但是如果'黑杰克'抓住了它，那我会后悔登上这艘船。"他迅速把系船索松垂的一端打了个活结，把它扔给南希。南希已经跳回燕子号，准备把压舱物移开，把桅杆和帆送上船去。"快点把盒子送上来，"他说，"这样我们就能把它安全地放在甲板上。如果我们现在把它弄丢了，那船长永远都不会原谅我们的。快，就是现在。可能没时间了。"

三分钟后，主帆的帆前上角帆索升起来了，约翰和老水手正在拉起顶桁吊索。南希往前跑，大喊着告诉他们起锚了。支索帆也升了起来。片刻之后，野猫号开始移动了。昔日船上的喧嚣熙攘如今变成了一片令人窒息的死寂。锚在船头。燕子号被人不耐烦地猛拉了一下缆绳后，正静静地跟在船尾。大家将缆绳一圈圈地盘起来。甲板收拾干净后，大家都来到了彼得·达克掌舵的地方，他正驾驶着船离开海湾南端，近乎愤怒地打量着那放在甲板室门边的小柚木盒子，上面的黄铜镶边已经生了铜绿。

"我敢说，那只盒子已经夺去了不止一个人的生命，"彼得·达克说，"我希望它不会再多夺走一条生命。你们当中派个人把它拿开，放在船长的铺位上。我不想看到它。"

风仍然从西边吹来，但风力不大。有时突如其来的一阵风使野猫号的船身突然倾斜，随着船头在浪花翻腾的嘈杂声中向前滑行，风力逐渐增强。接着，风静止下来，船身保持平稳，速度越来越慢，最后毫无征兆地又刮来一股风，将它再次吹歪，倾向一侧，燕子号的龙骨前端也随之被拖出了水面。

"我不喜欢现在的天气，"彼得·达克说，"恶劣的天气又要来了。我们还没有摆脱它。"

"那我们现在该怎么办？"约翰问道。

"把船开到尽可能靠近海岸的地方，等他一走下沙滩就把他带走。"

其他人都在忙着问比尔野猫号上发生了什么事，比尔将他所知道的一切都告诉了大家，也许还添油加醋了一把。

"你什么时候丢掉牙齿的？"苏珊问道。

"我没有丢掉它们，"比尔说，"我把另一颗牙齿也找到了，就在厨房门边上。等我弄到手表后，就把它们镶在我的表链上。如果你戴着一颗被狠狠打掉的牙齿，而不是拔掉的牙齿，那你就永远不会有厄运，也永远不会得风湿病。"

"他们是像海盗一样，嘴里衔着刀子从那边冲过来的吗？"提提问，"这肯定是一场恶战。"

"我已经尽力了。"比尔谦虚地说。他确实尽力了。

"是的，"彼得·达克说，"是比尔在跟他们搏斗。我一出甲板室就被打晕过去了。"

接着他们就开始讲昨天晚上发生的故事，或者更确切地说，是在互相讲述两个故事，一个是在达克港发生的，另一个是野猫号在海上历险的故事，以及它终于再次到达锚地时，弗林特船长是如何出发穿越小岛、去看看地震后的挖掘者们怎么样了。

所有人的目光都投向这座岛。弗林特船长正匆匆赶去营救挖掘者们，此刻，他可能走到了新生成的山体滑坡处，那里的土壤又疏松又险恶；也可能进入了废墟的森林里，艰难地穿过一棵棵倒下的树，又不停地被一株株攀缘植物缠住脚腕，而他们则已经安全地回到了船上。与其他人不同，比尔和彼得·达克看到的则是"黑杰克"和他那群野蛮的船员，他们正拿着比尔曾欣然视之为抵御他们的枪支在小岛某处潜行，并且就像他们已经表现出来的那样不择手段。彼得·达克和比尔很清楚，弗林特船长很有可能被人用自己枪支里的子弹击中。

　　小岛静静地座落在那里，在昏暗的夜色中隐秘无声。那里在发生着什么？难道弗林特船长到了达克港，发现挖掘者们已经走了，就调头回去了吗？他现在什么也不知道，会不会一头冲向他的敌人呢？还是他仍然穿梭于森林里那无数纵横倒下的树干之间，拼命向前行进，想在天黑前赶到达克港？岛上的其他人看到他了吗？他们是不是在跟踪他，拿着枪向他步步逼近？他见到他们了吗？现在，他是不是正从一座掩体逃到另一座掩体呢？他们盯着这座岛，却得不到任何答案。当这艘小帆船沿着东岸悄然滑行时，甲板上的瞭望者们正眯着眼睛用力地望进暮色，小岛可能永远听不到弗林特船长的脚步声，在他们看来它是那么的漠然、那么的凄凉。

　　"约翰船长，你来掌舵好吗？"彼得·达克终于说道，他拿起望远镜，沿着那片海岸望去。六十年前，他就是在那里被冲上岸的，身体被绑在一根船柱上。

　　"那棵大树倒了，"约翰说，"您找不到达克港的。"

　　"我找到它了，"彼得·达克说，"只有一个地方的沙滩上岩石密布。的确，岸上一个人也没有。地震和暴风雨把一切都搅乱了。要穿过小岛的话得走上六个小时，而以前快步走的话不超过一个小时。好了，我不敢把船靠得更近，浅滩就在这边了。"

　　他拿出水砣，在野猫号仍在徐徐前行时，将它扑通一声甩入前方的水里，来测量水深。"啊，我就知道。水深不足九米。靠得太近了。把舵向左转，约翰船长。好……可以了。南希船长，把支索帆的帆脚索升起来吧。现在使劲往下拉，让它顺风飘扬。"

他往前走去。野猫号迎风而行，迷失了方向。锚抛了出去。彼得·达克来到了船尾处。

"现在，"他说，"得有人划小船去岸边等着，时刻准备着船长一露面就带他划船离开。我们不能再浪费时间了。要是风向变了，就只能转向。他随时都可能出现，但从目前的情况来看，除非他插着翅膀，否则他不可能来过这里。那么，谁去？"

大家都想去，但彼得·达克选择了约翰和南希。

"他们是最好的划手，"他说，"不过，也许苏珊大副更有头脑。"约翰和南希虽然感到周围的气氛很凝重，但还是笑了起来。

比尔往回拖着燕子号的缆绳。约翰在它慢慢靠近时，爬了进去。南希也跟着他爬了进去。彼得·达克走进前舱口，回来时拿着一盏防风灯，比他们在达克港时带着的那盏还大，这盏灯就是野猫号在夜间停泊时常常挂在前桅支索上的那盏。

"天色变暗了，"他说，"你们最好一看不到树就把灯挂出来。我们可不想让他摸黑寻找你们。不要上岸，待在船上随时准备起航，如果你们怀疑那不是船长，就把灯熄掉。不过，我估计他会遥遥领先于那帮人。如果风向变了，就只能起航，到时候我会用牛吼雾角通知你们。"

"好的，好的，长官。"约翰和南希齐声说。

老彼得·达克突然一惊。"啊，"他说，"就是这样。我居然在下达命令。但我希望这不会维持太久。好了，现在放下小船，在他喊你们之前不要乱动。天很快就要黑了。"

其他人还没想到要跟他们告别，约翰和南希就已经在众人的注视下离开了纵帆船的船舷。然后，比尔跑上前去，因为牙缝太大而口齿不清地喊着："加油，两位船长！"接着，大家都纷纷喊了起来。水面上传来他们那欢快的呼喊声。而燕子号则在翻滚的海浪中上下起伏着，向远处驶去，听不到他们的声音了。

"比尔，降低斜桁外端。"彼得·达克说，"你们两个大副，降下支索帆，再在周围留一段绳子，这样我们就能随时把帆一下子升起来。这一带的天气明显不对劲，风可能会再次从东北方吹过来，将我们吹到背风的海岸。"

"噢，达克先生，"几分钟后苏珊从船尾处过来，说道，"我们没给他们一点吃的就把他们送走了，他们已经很渴了。"

"也许他们不会在那里待很久。"达克先生说，"船长一口东西都没吃就走了。就算你准备了吃的，又能怎样呢？"

他给每个人都分配了任务，自己却从未离开甲板。他一看到沙滩上的白色海岸线，就用望远镜来回扫视海滩。然后，天渐渐黑了，远处的防风灯在黑暗中闪闪发光，老人一句话也没说，只是不停地来回踱步，眼睛一直盯着远处闪烁的点点灯光。

第三十二章

黑暗中的
脚步声

　　南希和约翰奋力地快速挥桨，把燕子号驶向岸边。比起那天晚上他和弗林特船长在这里航行的时候，风浪小多了，但在达克港外的低矮暗礁上，风浪还是很大。他们快靠岸时，约翰回头看了一眼，他很高兴看到浪花在岩石上溅起的白色水花，因为这给了他方向感。他正与南希一起齐心协力划着船桨。他时而用力一拉，时而放松一点，这样就能让燕子号朝礁石的尽头驶去了。南希让约翰掌握方向。她稳住自己，尽量按既定方向匀速划桨，一次也不让自己回头看。

　　"他已经到岸边了吗？"由于他们正竭尽全力地划着船，所以她听起来上气不接下气。

　　"我没看到任何人。"约翰气喘吁吁地回答。

　　他们停了下来。即使南希承受能力极强，但对她而言，事情也发生得太快了。再说，当"海上魔王"倒也无妨，可是像"黑杰克"和他的狐朋狗友这样真正的海盗，就截然不同了。他们是恶霸也是懦夫，五个人一起欺负一个老人和一个小男孩。南希咬紧牙关，拼命地划着桨，约翰几乎跟不上她的节奏。她确实感觉到他的桨都碰到了她的背。

　　"不好意思。"约翰说。

　　"是我的错。"南希说。

　　在家乡的湖上一起划船时若要赶时间的话，他们也会这么说。但现在，他们还是这么说了，尽管他们是在黄昏时分划船到一座发生过山体滑坡和地震的小岛上，而且这里还有拿着偷来的枪、近乎丧心病狂的海盗在四处游荡。不过，有些事还是一如既往。无论你在哪里，如果你用前桨碰到了后桨，你都要说"不好意思"；如果你因为心不在焉而意外落后了，你就得说"是我的错"。

他们停了下来。

"放松点，"约翰说，"我们现在离礁石很近了。"

南希坚定地直视着停在远处的野猫号，它在暮色中若隐若现。她不愿回头。她依旧稳稳当当地划着，尽管船桨击碎浪花的声音只能传出几米远。

"我们进入达克港了。"约翰说。

暮色中，一块岩石出现在船的右舷。南希稳稳地划着船，看着它从她的左边滑过，溅起阵阵白色的水花。前方又一块岩石映入眼帘。还有一块更高大的。他们已经置身于礁石环绕的水中了。

"达克先生说过'不要上岸'！"

"我们不会的，"南希说，"我们把船停在港口吧，等他一到就原路返回。要是他还没到这里，发现达克港没人就转身回去了，怎么办？"

"他不可能这么做的，"约翰说，"只要来到海滩上，他就会看见野猫号。这样他就不会转身回去了。"

他们小心翼翼地将燕子号驶进了这座小小的港口，就在几个小时前，这艘载有宝藏的西班牙帆船才得意地驶离那里。一切似乎还和他们离开时一样，却又完全不同了，因为他们看这座岛时的心境已经完全改变了。这座岛已不再是他们的岛，不再只有他们。地震和山体滑坡还不足以造成这种差异。是毒蛇号的到来改变了他们的岛屿。昏暗的暮色中，那些恶棍就藏在这里倒下的树与拔地而起的树根之间，他们偷偷潜入野猫号，在其中一人将彼得·达克一拳打晕过去后，将他五花大绑，留在甲板室的地板上等死。还有一个人将比尔的牙齿打掉，堵住他的嘴，把他关在猴笼里窒息得半死，而这个恶徒却毫无愧疚感。谁能想到这座岛曾经是个快乐的地方呢？最糟糕的是，弗林特船长还在岛上，一心想着自己的船员，却对身后的危险一无所知。

起初，光线还足够亮，能看到他们的旧营地。那里已经没什么东西了，只留下了断裂的帐篷横梁、一只被压碎的储物罐、苏珊的旧火炉、一串他们留下的脚印一直延伸到水边，还有燕子号的龙骨在沙滩上留下的痕迹，这些痕迹显示他们是怎样从那里下来并让船扬帆而去的，当时他们以为会永远离开这个地方。螃蟹们回来了。看见他们后，它们不安地爬来爬去，从地上一跃而起，慢悠悠地左右挥舞着钳子，仿佛在雾中摸索着前进的道路一般。

"哎呀，"约翰说，"那是苏珊的一把勺子。跳上岸去拿它也没什么坏处。"

"是啊，我们最好去拿一下。"

勺柄埋在沙里，只留勺子从沙了里伸出来。约翰跳上岸，跑过去把它捡起来，沿着海滩东张西望了一会儿，又赶紧回到了船上。

"失事船只残骸周围有很多螃蟹。"他说，"喂，你为什么要把船调头？"

"快跳进去，"南希说，她已经划起两支桨，将燕子号的船尾转向海滩，"这样更好。我们随时可以撤离。"约翰爬进船舱，在船尾坐下来，南希则再次把船划到岸边，停在了小港口的中央。

"一个人待在这里太可怕了，"约翰说，"怪不得达克先生小时候不喜欢这里。听！"

他们仔细聆听着。今晚几乎没有一丝风，没有风刮过树梢发出的沙沙声，而且，岛的这一边几乎没有一棵树还站立着。他们听到远处惊鸟的叫声。此外，除了海水拍打岩石和沙滩的声音外，再没有别的声音了，而且这声音比平时小得多，因为有规律地从东方涌来的大浪不知怎么被暴风雨带走了，取而代之的是一片犹豫不定的大海，阴沉而暴躁。天气很闷热，尽管暮色很快就转为一片漆黑，他们只能看到天空映衬下大地的轮廓，但在荒芜的森林与海滩相接的地方，却没有欢快飞舞的萤火虫。

约翰坐在船尾的帆脚索上，正忙着点防风灯。他点着了灯，灯一亮，他和南希就看不到船外的任何东西了，只能看到离灯很近的地方。他们任由小船漂浮在海面上，灯光为他们照亮了遮蔽达克港的岩石的一侧，也照亮了黄色的船桨，南希轻轻地用它顶离岩石。在他们隔着灯对视的时候，灯光将他们的脸照得苍白，然后，约翰转向岸边，将防风灯举到一臂开外，在南希看来，他似乎变成了一个在她和灯光之间闪烁不定的巨大魅影。

"他应该会看到灯光的。"约翰说。

"他们也会看到的。"南希说。

约翰眯着眼睛凝视着黑暗，但似乎到处都是耀眼的光芒，使他眼花缭乱。

"好吧，不管怎样，我们看见也没有用，"他说，"我们不需要看。"

"我现在连野猫号都看不见了。不，它就在那儿。甲板室的门前有灯光。它离我们可远着呢。"

在这个乌云密布的夜晚，纵帆船远在大海上，本来是看不到它的，但厨房或甲板室里有一盏灯时亮时灭，然后又亮了起来，野猫号跟着船锚摇摆，灯光也随之摇曳不定。

"我要再把燕子号调个头，"南希说，"船尾转过来很容易，而且，野猫号上面有灯光的话就更容易了。你最好回到船头去，这样他来的时候你就不用再挪来挪去了。"

"好。"约翰说着，提着防风灯向前爬去。

不知怎的，他们现在说话的声音压得很低。有时南希故意大声说话，但她没有坚持下去。小声说话似乎更容易些。

"我希望他快点出现。"南希沉默地等了很久以后说。

"我说，"约翰说，"你不认为他们已经抓到他了吗？"

"当然不会，"南希说，"他们会打斗一番的，而且他们有枪。如果有枪声响起，我们肯定会听到的。"

"他已经去了很长时间了。"约翰说。

"嗯，"南希说，"试想一下，仅仅到森林里几米远的地方找我发现的水塘是什么感觉。"

"如果从岸边绕过去，会快一些。"

南希喘了口气。

"吉姆舅舅径直向对面走去。比尔看到他出发了。无论发生什么事，他都不会回头。但如果那帮人从岸边过来……那他们可能轻轻松松就能先到这里。"

达克港的夜晚

他们在明亮的灯光下互相凝视着，从灯光中望向将他们笼罩其中的黑暗。

"如果他们是从岸边来的，那他们就会看到野猫号，然后冲回去照看他们那艘野兽般的毒蛇号。"

"或是继续匆忙赶路。"南希说，"比尔听到他们说，他们看到了从我们营地冒出来的烟。"

"你口渴得厉害吗？"约翰过了半晌问道。

"是的，"南希说，"还很饿。我们别谈这件事了……"

他们经受住了狂风暴雨和地震肆虐的夜晚，体验到发现宝藏的兴奋，经历过返回帆船发现真相时的震惊，还深陷得知弗林特船长可能会受海盗摆布的恐惧中。现在他们饥肠辘辘、又渴又累，但已经感受不到，几乎昏昏欲睡，只能强睁着刺痛的眼睛。

突然，约翰惊跳起来。

"是他。"南希喊道。

他们俩终于听到了他们等待已久的声音，有树枝的劈裂声、树叶的沙沙声，还有黑暗中突然传来的有人在崎岖的地面上艰难行进的声音。

"也许不是他。"约翰说。

南希睁大了眼睛。"什么意思？"她说，"是他们中的一个？"

"仔细听。"约翰说。

岛上没有野兽会发出那样的声音。只有人才会用力推开树枝，直到一根接一根的树枝嘎吱作响着折断或摆动回来。然后，突然响起一阵碰撞声。那只可能是这个人强行穿过倒下的树木时，不时掉进树根隆起留下的洞里。

"靠岸，南希，靠岸！"

"如果不是他，我们该怎么办？"南希问。

从海滩某处传来了人被绊倒的声音和石头互相碰撞的声音。

"他在我们发现盒子的地方绊倒了……他正沿着海滩往下走。我们马上会见到他。把桨都准备好，把船倒出去……"

约翰站了起来，尽量把防风灯举得高高的。

黑暗中，那跌跌撞撞、高低不平、匆匆忙忙的脚步声越来越近了。

"来者何人？"南希突然高声喊道，声音仿佛不像她自己的，让人想起故事里战场上哨兵的叫喊声。

"是朋友。"黑暗中传来了一个声音，不一会儿，弗林特船长一瘸一拐地走进了防风灯的光亮中。他的脸被刮伤了，衣衫褴褛，一只膝盖被血染红了，血淋淋的大口子从他的法兰绒裤子里露出来。他拄着一根粗大的棍子，上面还有仍在发芽的树枝和绿叶，任谁都看得出来他几乎承受不住用右脚走路。

"你们的营地怎么样了？有人受伤吗？其他人呢？"

"快点，"南希说，"大家都很好。他们在船上等你。"

"我们的帆船？"

"它就停在那里。大家都在船上，都很好。"

"那营地怎么办？"

"打包收拾了。噢，快上来吧。其他人随时都可能来，他们拿走了我们所有的枪。"

"谁？什么？"

"吉姆舅舅，别停下来说话。上船吧！"

"要不是我在两块石头之间扭伤了脚踝，我早就过来了。但彼得·达克能想到把船开过来真是太好了。"

"快上船吧。"

弗林特船长艰难地爬进燕子号的船头。约翰跳到浅水里给他让路。

"你刚才说枪怎么了？"弗林特船长问道，他重重地倚在南希的肩膀上，跨过主座板，坐在了船尾处。

"'黑杰克'，"南希说，"他在这里。毒蛇号也在。他们都在岛上。现在，他们可能出现在任何地方。快，约翰。快划船离岸……"

"什么？什么？但是……"

"他们霸占了野猫号。不过，我们又把它夺了回来。他们上岸追捕你。它怎么不动，约翰？船尾太重了？"

南希站起来，用桨顶住水底把船推开。约翰把防风灯放在前面的座板上。想用双手用力推船。燕子号终于开始滑行了。约翰单腿跪在舷边，最后蹬了一次海岸。他们总算漂在了水面上。就在这时，从南边传来一声来复枪的清脆枪声，接着传来玻璃哗啦一声破碎的声音，防风灯从座板上掉了下来，熄灭了。

"现在你明白了吗？"南希说。

弗林特船长相当清楚。

"你们两个都趴下。"他说。

"胡说，"南希说，"现在灯灭了，他们看不到我们了，就没法开枪。我划桨出海时你们别动。别让船碰到那些礁石。从船尾伸出手把它挡开。"

"噢，我把你们带入了一团糟的境地，"弗林特船长说，"我不该把你们带到这里来的。整座岛被翻了个底朝天。昨晚任何事都可能降临到你们头上。现在又遇到这些恶棍……如果我们能逃过这一关，就立即起航出海。别管什么宝藏了！他们能找到的话就让他们拿去吧！我想通了。出发前我本该做出更明智的决定。如果现在出了什么差错，我永远也不会原谅自己……"

"可是我们找到宝藏了。"约翰平静地说，"那一定是礁石的尽头，"他又说，"把船转过来，让我来划前桨。"

"你们找到了？"弗林特船长问道，"真的吗？它在哪里？不是在岸上吧？"

他们在黑暗中看不见他，但他们能感觉到船有点颠簸，好像他突然半站了起来。

"在你甲板室的铺位上。"约翰说。

"天哪！"弗林特船长说。

第三十三章

全体船员
再次登船

　　因为三位船长都不在，其他人都不太愿意用餐，但最后看到佩吉和苏珊在餐厅里的桌子上摆开的饭菜，他们实在忍不住了。他们饿极了。这么久以来，他们只喝了几口水，吃了几块碰巧压碎了的饼干，还在烧水的时候吃了一点巧克力。在平常的日子里，这样的食物是司空见惯的，但在他们从前一天起就几乎没有东西吃的情况下，这些就远远不够了。那天晚上他们在野猫号上吃的那顿饭，是早餐、午餐、下午茶和晚餐合在一起的一顿饭。最后，苏珊问彼得·达克他们最好做点什么来打发等待三位船长的时间。彼得·达克说，船长回来后，看到他的船员们都饿着肚子，一定会很不高兴的。于是罗杰、提提、佩吉和可怜的比尔在餐桌旁坐了下来。比尔不得不把每样吃的都切成小块，因为他脸上青肿着，牙齿也掉了三颗，咬不动什么东西。

　　至于彼得·达克，他说他正在轮班瞭望，不能离开甲板。但苏珊还是切了一大块干肉饼代替蔬菜，用两块饼干做了一只三明治，中间夹了很多黄油。在坐下来吃饭之前，她把牛肉三明治和一大杯热茶端到老水手面前，老水手对此十分感激，但他的目光一刻也没有离开对面那阴暗的海岸。

　　而在甲板下面，几口饭菜和热茶下肚后，气氛也大不一样了。这顿饭是在沉默中开始的，仿佛他们每个人都是孤独的，或者看不见其他人。现在，那沉默突然变成了大声的、热切的交谈。他们有说不完的话。比尔对他们是如何找到宝藏的还一知半解。其他人还有许许多多的事情要问，他们想知道野猫号在暴风雨中的冒险经历、"黑杰克"的海盗团伙是如何登上船的，以及在甲板上发生的那场短暂而可怕的斗争。比尔解开手帕上的结，里面保管着他的牙齿，把它传给其他人看，并讲述了他是如何把头撞到莫甘迪肚子上的，以及那个高大的黑人是如何威胁要杀了他的。"我觉得他很想这么干。"比尔说，有那么一会儿，他几乎觉得自己把海盗从甲板上赶了下来，而不是被他们抓住绑起来扔进吉伯尔的笼子里。然后他想起了别的事情。"我以为他杀了达克先生。"他说。

提提看着苏珊。

"苏珊，"她说，"苏珊，弗林特船长还好吗？"

"他比他们早出发，而且他走得更快，"苏珊说，"他一定会平安无事的。"

她本想再说些什么，但她看到佩吉正带着怀疑和恐惧的眼神盯着自己，便突然不做声了。真的会没事吗？苏珊佯装吞咽食物，转头看向别处。

"我真希望他来了。"提提说。

"外面一片漆黑。"罗杰说。

彼得·达克站在甲板上，透过黑暗凝视着小岛。夜幕很快就降临了。孩子们去得正是时候。约翰和南希带到达克港去的那盏防风灯，在岸边闪烁着微光。风仍然是从西边吹来的，但是风力实在是太小了，以至于他怀疑在东风吹来之前，这风是否能持续一夜。空气中弥漫着一种可怕的沉重感，连海面上也是如此。在这种天气下，什么事都有可能发生。

"如果风从东面刮来，那我们就必须离开这里。"他自言自语，一边嚼着干肉饼和饼干三明治，一边喝着热茶。为什么船长在岛上待了那么久？他现在应该已经穿过小岛了。如果那些人抓住了他……彼得·达克生气地想起了放在甲板室铺位上的那只小柚木盒子。啊，他不该讲那个故事的。如果他当时对这件事闭口不谈，那他们现在就会在英吉利海峡上巡游，或正游览斯特兰福特湾，或在克莱德某处，或在波罗的海，又或者躺在里斯本或维戈，反正是在某个切合实际的地方，而不是错误地来到蟹岛，船长在岸上，还有六个刚从监狱里逃出来的亡命之徒，拿枪追着他。就在这时，他听到一声枪响，岸上的灯光突然消失了。

他的杯子掉到甲板上摔碎了。但彼得·达克几乎没有注意到。他仔细倾听着。枪声没有再次响起。但是灯光呢？他们是不是因为害怕暴露目标才把它熄灭的？但是船长要怎么在黑暗中找到他们？他们没有等他就划船走了吗？他们不会那样做的。但他们又能做什么呢？如果他当时想到"黑杰克"和他的一伙人会赶在船长之前穿过小岛，那他绝不会让他们两个人单独过去的。吹响雾角把他们喊回来？他走进甲板室，发现那只旧牛吼雾角还吊在屋顶下，它是船上还剩下的为数不多的几样东西之一。他听到比尔在下面的餐厅里嘟嘟嚷嚷地说着什么。如果真是他想的那样，那他又能对那些孩子说什么呢？他带着牛吼雾角走了出去。他把它放在嘴唇上，然后猛然前倾。那是什么？在一片嘈杂声中他是不会弄错的。他听到了在野猫号和海岸之间的某处有船桨啪嗒作响的敲击声。

是的，那声音千真万确。在黑暗中的某个地方，有一艘没有灯光的船划着桨，正朝野猫号驶来。有那么一会儿，彼得·达克想去把提灯从甲板室里拿出来，这样比从甲板室的窗户里透出来的光线更明亮。这时，他又想起了另一件事。那来复枪声是怎么回事？如果约翰和南希这两个船长上岸了，在那里受到突然袭击，而驶离的船上全是毒蛇号的杀手怎么办？或者，会不会是毒蛇号自己的船？上次他们就趁他的船员在睡觉时，轻松登上了野猫号。但无论如何，那种事不会再发生了，除非他们有不止一艘船。海盗们顺着栏杆爬上来的时候，孩子们甚至可以用系索桩敲打他们的指关节。他急忙绕过甲板室，向他的同伴们喊道："全体船员到甲板上来！"

"全体船员到甲板上来！"

彼得·达克轻轻喊了一声，但他的声音里暗含着什么，让盛满梨水罐头的勺子停在了盘子与嘴巴之间的半空中，甚至让罗杰话说到一半就停了下来。有那么一秒钟，餐厅里一片死寂。而在接下来的一秒钟，大家都争先恐后地冲向舱梯。

比尔最先登上甲板，提提和罗杰紧随其后。苏珊和佩吉在起身时小心翼翼，以免把桌子上的东西打翻，所以，她们走在最后面。但尽管如此，她们还是跌跌撞撞地冲到甲板上，差点踩到罗杰的脚后跟。

"船过来了，"彼得·达克说，"虽然不知道谁在上面，但我们不能再次被抓住。别让身后的灯光照到你们。是的，没错。把厨房门关上。每个人从右舷侧支索旁的架子上各拿一只系索桩来。一看到有手抓住护栏，就用系索桩将它砸得稀烂，别理会油漆。比尔呢？"

"他刚才在这儿。"提提说,"他们是谁?不是海盗吗?"

"如果是的话,他们上不了船的,"彼得·达克说,"一天之内不会让他们上来两次。他们也做不到,除非他们有两艘船。我只听到一艘船的声音。听!"就在这时,甲板室的一扇窗户发出的亮光照亮了比尔没牙的笑容,他抓着一根起锚棒跑到船尾。

"用它干掉他们其中的一个,正合适。"他说。

"别说话,"彼得·达克说,"听!"

"嘘,嘘。"其他人低声说着。

现在,船越来越近了,大家都能听到它的声音。每划完一桨,船桨都在桨架上发出尖锐的敲击声,以及需要上油的桨架发出的吱吱声。

"这听起来太像燕子号了,"佩吉低声说,"约翰说过他想给那些桨架上点油,但我想他还没有上。"

"他们为什么不亮灯呢?"罗杰低声问。

"是的,的确是燕子号,"彼得·达克说,"但谁在船上?"

"您觉得约翰和南希出事了吗?"提提问,"还有弗林特船长?"

彼得·达克咕哝了一声。那枪声还在他耳边回响,但只要忍得住,他不想告诉他们这件事。"最好做好一切准备。"他说。

就在纵帆船横躺在水流中、迎着从岸边吹来的习习微风时,靠近船头的地方突然响起一声响亮而热切的喊声。

"喂,野猫号!帮我们点盏灯!"

彼得·达克在黑暗中挺直了身子。他一直在弯腰倾听,像个佝偻的小老头,也许是被沉重的恐惧压弯了腰。现在他抬起头,高兴地说:

"是，是，长官！是，船长！"他说着急忙跑进甲板室里去拿提灯，不一会儿就拿来了。"把梯子扔到那边去，比尔。苏珊小姐，你有没有为他准备一杯热茶？梯子在左舷那边。"他大声喊道，手中的提灯在护栏上方晃来晃去。它已经照亮了下面的一张张脸，野猫号上的每个人都急切地向黑暗中望去，看到三个船长都在那里，两个在船桨边，另一个则在船尾处。比尔放下一根绳子，把它拖到主桅支索上，燕子号上的人则立即把绳子系紧了。过了一会儿，弗林特船长一步一步地爬上了梯子，他衣衫破烂，遍体鳞伤，身上布满刮痕。他疲惫不堪地将一条腿跨过护栏。

"好吧，就是这样，"他说，"在把你们弄得一团糟之后，我的运气比我应得的要好。"

其他人并不急于上船。

"嗨！达克先生，"南希叫道，"把提灯递给我们就行了。"

"你们自己的呢？"佩吉问道。

"要是还有的话，我们就会用的，"南希说，"谢谢。你确定你找到它了吗，约翰？"

"我能感觉到它。你拿到提灯了吗？"

下一刻，他们两个在下面的船上，借着灯光找到了它，甲板上的那一小群人听到南希高兴地叫了一声。"真的有。你们听到了吗？燕子号上有一颗子弹。约翰找到它了。我们永远都不会把它取出来。"

"但这是怎么回事呢？"罗杰问道。

"是打碎防风灯的那颗子弹。"约翰说。

"什么时候的事？"

"我们从未听到任何枪击声。"

"没有吗?"彼得·达克说,"好吧,还好是防风灯,不是我想的那样。现在,你们一起上来吧,把那盏提灯拿过来。我们这里一片漆黑。"

南希把提灯递了上去。然后,她和约翰爬上船,约翰从比尔手里接过绳子,拖到船尾,系紧,让燕子号停在纵帆船船尾处。

"你把宝藏的事告诉弗林特船长了吗?"提提跟着南希走进甲板室时问道。

但弗林特船长当时不愿看到宝藏。他只是隔着甲板室瞥了一眼放在他铺位上的宝藏。"是只盒子,"他说,"我就知道是这样。你们找到那只袋子了吗?"然后,他们还没来得及告诉他、罗杰还摸着口袋里的那些绿色的旧金属环,弗林特船长就已经转过身去,仿佛感到羞愧似的。他不愿再朝他的铺位多看一眼。"不,不!"他说,"我们必须先摆脱这一切。今天,我已经许了十几次愿,希望宝藏能沉入海底。您抛的什么锚,达克先生?"

"只有一只小锚,"达克先生说,"我想,如果风向突然变了,我就把它起开。"

"那太好了,"弗林特船长说,"我们起锚,离开这里吧。尽全力的话,我们可以在黎明前驶出蟹岛。我再也不想看到这个地方了。"

"我也这么想。"彼得·达克说。

尽管大家都迫切地想听到或说些什么,尽管他们还等着听毒蛇号的海盗们如何霸占野猫号的故事、他们如何被营救的故事、如何发现宝藏的故事、弗林特船长如何穿越岛屿的故事、燕子号在黑暗中的达克港等待的故事，以及那把打碎防风灯并在船舷上留下一颗子弹的来复枪的故事，他们还是装好了起锚棒，扬起了主帆和支索帆，用旧的备用三角帆代替了被风吹走的那张帆，用斜桁帆代替了在暴风雨中被从上到下撕开的那张帆，然后起锚。野猫号在黑夜中迎着从西边吹来的习习微风，离开了蟹岛。

"风力很小，"弗林特船长说，"我要试着发动引擎。"

"您不能在提灯光下那样做，先生，"彼得·达克说，"可能会适得其反。让这头小毛驴好好睡一觉吧，也许到了早上您就能发动它了。不过，那可是轮机手的活儿，不是水手的活儿。"

苏珊在餐厅里沏了一大壶新鲜的茶，弗林特船长、约翰和南希坐在那里狼吞虎咽地吃饭喝茶。其他人吃完了自己的晚餐，靠在桌子上看着他们。他们有太多的话要说，本来可以谈上一整夜，或者说他们以为会谈上一整夜。但罗杰的头慢慢地向前奔拉着，于是，苏珊站起来把他拖到床上。等她回到餐厅时，看到奇异的一幕。大部分人都睡着了，有的将头枕在胳膊上趴在晚餐的食物上，有的缩起身体蜷在座位上。弗林特船长吓了一跳，坐起身来，看着苏珊，他想往自己的空杯子里倒点水喝，便摇摇晃晃地穿过餐厅，来到舱梯旁。

"好吧，我不知道该干什么了，"苏珊自言自语，"也许我最好不要吵醒他们。"

她让其他人继续睡，然后轻手轻脚地爬上了舱梯。

"我们在向西北方行进，"彼得·达克说，"我们不会做得比这更好。如果我们想走捷径，就必须向北行驶，直到进入西风带。碰上信风实在是没有意义的。不，船长，我没什么事。我被打昏了，但我也许很幸运。不，不。我能一直干到天亮，这样我们就能更快地看到前方有什么。"

　　苏珊听到拖在野猫号船尾的燕子号船头有微弱的水波声。野猫号正在平稳地航行。于是，她又一次悄悄地溜到甲板下面，正好看到提提在走动，她半睡半醒地穿过餐厅进了自己的船舱，其他人则还在桌子上胡乱趴着。提提在黑暗中摸索着找到了自己的铺位，躺倒在上面。然后，苏珊悄悄地爬进上铺，一会儿就像提提一样睡熟了。

燕子号和亚马孙号万岁！

第三十四章

海上龙卷风

　　围着餐桌睡觉的人被修理引擎的声音吵醒时，已经是大白天了。他们伸了伸僵硬的胳膊，一边打呵欠，一边揉着不太愿意睁开的眼睛。他们站起来，像梦游者一样溜达到船尾，发现弗林特船长正蹲在甲板室下面像洞窟似的轮机舱里。吉伯尔和罗杰给引擎灌了太多的油，弗林特船长正在清理堵塞的部位，使之正常运转。佩吉后来说，他脸上有油渍，还有刮痕，他那件破烂衬衫已经不成样子，不妨当成工作服穿算了。他的确对他们说了声"早上好"，但也仅此而已，之后他便继续专心修理引擎了。

　　"他一定有什么心事。"南希说，这时他们正睡意蒙眬地走上舱梯的台阶。接着，他们一到甲板上就知道原因了。

　　夜里几乎没有一丝风。他们仍然能看到地平线处的蟹岛，但不止于此。天刚刚亮，弗林特船长和彼得·达克就看见一艘高大的黑色纵帆船在北岬角周围缓缓行驶着。是它，两根桅杆上挂着上桅帆。毒蛇号又在追踪他们了。

　　这一点本身就给弗林特船长足够的理由来修理引擎。但是，让正在掌舵的彼得·达克不安地环顾四周的，并不仅仅是因为"黑杰克"。谁都能看出来，天气还是有些不对劲。过去几周稳定的信风去哪儿了？在这片沉闷的金属色天空下，东边呈橙色和紫色，西边黑压压的，雷鸣不断，猫爪似的小风小浪一会儿从这边涌起，一会儿又从那边涌起，横扫过海面，这一切到底预示着什么？大海也不对劲。在这片海域，伴随普通信风而来的应该是从东北方不断涌来的滚滚海浪。但除了漫无目的漂浮在海面上的浪花外，什么也没有。

不过，那天早上，不管是看到毒蛇号，还是阴郁的天气，或是弗林特船长和彼得·达克阴沉的面孔，都无法使船员们的快乐心情蒙上阴影。他们终于又一次团聚在野猫号上，还带着宝藏，不管是什么，他们都安全地踏上了归途。其他一切似乎都不重要了。他们又匆匆下去换上泳衣，准备清洗甲板，就像远航以前那些愉快的早晨一样。两名船长以及他们身后的佩吉和比尔爬上前舱口时，苏珊、提提和罗杰已经在甲板上准备好了。他们将一桶桶水泼到彼此身上，然后轮流用长柄拖把沿着甲板把水拖开。他们围上前去看比尔右肩两侧正在蔓延的紫色淤青，那是"黑杰克"的手指紧紧抓住他的地方，又温柔地摸了摸他肿胀的脸。比尔倒是希望这些瘀伤能像文身一样永远留下来，因为约翰、罗杰和南希似乎很喜欢它们。但他至少总能展示自己的牙齿，它们会被一直保留下来。然后，在其他人将水拖到排水口时，佩吉和苏珊赶紧进厨房做早餐。佩吉说，很遗憾，没人想过带大量香蕉上船。她们在水快烧开的时候换上衣服。提提将鹦鹉带到了甲板上，罗杰也放出了猴子。除了弗林特船长和彼得·达克以外，大家都兴高采烈的。

"你们这些船长中过来一个人，要不就你吧，比尔，冲洗完甲板后，过来掌舵。"彼得·达克终于开口喊道，"你只要来这里，尽力驾船就行了。我想看看我们的储物柜里有什么船帆，船长正忙着在下面修理引擎呢。"

但就在这时，弗林特船长爬上梯子走进甲板室，将头探了进来。

"达克先生，这台引擎怎么也发动不了。我来掌会儿舵，您去看看能不能多弄点帆来。"

"我们有多少帆都会挂起来的，"达克先生说，"但现在没有帆可以挂了。要是我能把前帆修好，或者在主桅杆上加一些顶帆就好了……"

"吉姆舅舅，"南希说，"你去用那只水桶打些水，好好冲一下身上的污渍，你会感觉好多了。"

弗林特船长回头看了看远处的帆船，然后笑了起来，尽管他还是很担心。"你一直在学习苏珊啊，南希，"他说，"但我想你说对了。你们三个可以接管这件事，我只要一分钟的时间。"接着，他走到起锚机前，脱下那件破衬衫，把一桶又一桶的水倒在自己的头上。佩吉敲早餐铃的时候，他又回到船尾，看上去干净多了，也高兴多了。

他和彼得·达克都不肯下到餐厅里去吃早餐。于是，提提和比尔将早餐给他们送到了甲板上。弗林特船长在掌舵，彼得·达克已经在拼命地缝补前帆了。不管怎样，他可不信任引擎。

早饭后，大家都清楚地看到，毒蛇号正在向他们逼近。虽然它因为风时断时续而开得很慢，却一直紧追不舍。

"为什么不让我来启动引擎呢？"罗杰问道。

"你没听到我之前一直在试着发动它吗？"弗林特船长说，"你那只可怜的猴子已经将它堵满了油脂。除非我们把它拆成零件重装起来，否则我们什么也做不了。"

"这并不是吉伯尔的错，"罗杰说，"它尽了最大的努力，而且也很勤快地在干活。"

"是的，我知道，"弗林特船长说，"但是懒惰对于猴子来说是一种美德。"

尽管如此，当约翰、南希和比尔都有空帮忙掌舵时，弗林特船长还是把罗杰带到甲板室下面，整个上午他们都在拆卸引擎。吉伯尔很想加入他们，但罗杰不得不同意，此刻猴子还是待在船舱里更好。

早上有一两次，弗林特船长走出甲板室，向船尾瞥了一眼。

"引擎修好也没用。"彼得·达克说。

"但这是我可以做的事，"弗林特船长说，"我不擅长缝补。"

正午时分，南希将船上的铃敲了八下。"当当，当当，当当，当当。"铃声中，蟹岛逐渐隐没在地平线之下。

"再见。"提提突然挥着手喊道。

"你在向谁挥手？"比尔问道，"'黑杰克'吗？我看呀，我们摆脱不掉他的……"

小岛渐渐消失了，但野猫号并不孤单。那艘黑色的纵帆船紧追不舍，而且不难看出，它越来越近了。

天气闷热极了，看不到太阳。一大片乌云从天空的一边向另一边散开。

"野猫号和毒蛇号都有麻烦了，"达克先生说，"那场风暴还没有结束。现在，我们很快就会迎来一股狂风。在微风中，毒蛇号比我们快，但风力只要稍微加大一点，我们就会在他们忙着降帆时将它远远地甩在后面。但还有更多的事情要发生。"

大家都来到甲板上吃午饭。

但没有人想说话。

罗杰确实开口说话了，但当他看到弗林特船长的表情时，就算没有人告诉他，他也知道，现在不是提醒弗林特船长甲板室里的藏宝盒的时候。

整个下午，毒蛇号都在慢慢逼近。微风在阴沉的天空下吹来吹去，有时完全停了下来，留下两艘纵帆船在起伏不定的海面上东漂西荡，摇晃着它们沉重的斜桁和吊杆。

"天黑之前引擎是不可能发动起来的。"弗林特船长终于来到甲板上说。

"只要现在刮起风来，毒蛇号无法升起上桅帆，那我们就可以从它身边溜走。"彼得·达克说。他竭尽全力地缝补着，好为野猫号准备一张上桅帆。它的两张上桅帆都在地震后的狂风中被撕成了碎片，而那时，弗林特船长正急忙赶回岛上，不知道在那个可怕的夜晚，挖掘者们的营地里会发生什么。"有件非常可怕的事情要发生了，"老水手说，"实际上情况非常糟糕，我们此刻不得不留心了。"

风依旧时有时无，吹来的风不够猛烈，威胁不到"黑杰克"，他正加大马力步步逼近，每过一个小时，毒蛇号和野猫号之间的距离就越来越近。这艘曾经从他手里溜走的绿色小帆船，如果他愿意的话，就再也逃不出他的手心了。

毒蛇号越来越近了。那群在野猫号舵轮周围的小家伙不用望远镜也能看见有人正从黑色帆船的船头朝前张望。它的一张三角帆已经没有了，

换上了一张小一点的帆，但慵懒的风有气无力地从西南方向往西吹，而后又转向西北方向，如此循环往复，帆大帆小几乎无关紧要。单是它高高扬起的上桅帆，就足以使它完胜野猫号。即使将所有的帆都扬起来，野猫号也根本不是它的对手，除非遇到强风。

最后，达克先生终于缝好了上桅帆。"我缝得很差劲，"他说，"但总比光杆强。快，比尔，我们把它扬起来。南希船长，你能帮个忙吗？约翰船长负责照看船舵。"

"速度快多了。"提提喊道，这时，上桅帆已经展开，在桅杆和主帆的斜桁之间绷紧了，"噢，要是我们再做一张前桅帆就好了！"

就在这时，彼得·达克第一次发现了海上龙卷风。他走到船尾，望着跟在后面的毒蛇号。蟹岛已经消失在视野之外。

"望远镜呢？"他说。

提提把望远镜递了过来。

"我刚才还在想可怕的天气就要来了呢，"他说，"你们看那边。把船长喊过来。"

只见船尾后面的远方，海天相接的地平线处，一道细窄的光带在漫天的乌云下面显现出来，像一根铁条般轮廓分明、边缘坚硬。在那道窄窄的光带上，似乎有一根细细的黑线贯穿其中，将云与海连接在一起。

南希一喊弗林特船长，他便急匆匆地走了过来。

"您知道那是什么吗，先生？"彼得·达克问道。

"看起来像海上龙卷风，"弗林特船长说，"我在印度洋见过。架起望远镜看看吧。对，这的确是海上龙卷风。那会带来不少风。天哪，它移动得可真快。"

"它在往这边移动。"彼得·达克说。

罗杰正忙着摆弄那架小望远镜，试着将它对准毒蛇号，没看见其他人在看的东西。

"他们在前甲板上干什么?"他问道。

"快看海上龙卷风，罗杰，然后让我也看看。"提提已经把她的望远镜让给了彼得·达克。

"他们离得太近了，"罗杰说，"他们正在毒蛇号的前甲板上做些什么。"

"我说，吉姆舅舅，"佩吉说，"如果毒蛇号真的追上了我们，他们到底能做什么呢?"

"他们什么也做不了，"弗林特船长说，"什么重要的事都做不了。"

比尔张开嘴巴想说些什么，但又闭上了。彼得·达克奇怪地看了弗林特船长一眼，然后环视他们前方的地平线。

"我们离常规航线还远着呢。"他自言自语，但提提听到了他的话。

"为什么呢?"她问道。

彼得·达克严肃地看着她，脸上没有一丝笑容。

"因为没有其他航伴。"他说。

弗林特船长向后看了看毒蛇号。

"是的。我现在可不介意碰见另一艘船。"

但是，除了野猫号和毒蛇号之外，没有一艘船出现，而且，它们之间的距离也在不断拉近。

"海上龙卷风会经过离我们很近的地方，"南希说，"它正在以惊人的速度向前移动。"

云与海之间的那条深色线条现在变得更粗了。此刻，那片云已经完全遮蔽了天空，海上龙卷风每时每刻都在改变形状。它就像一根巨大的橡胶管，连接着天空和海洋。它的顶部与云层相接的地方变宽了，底部则像烛台的底座一样铺展开来。

"它像只旋转的螺丝锥。"提提说。

"的确是这样。"彼得·达克说。他的语气令弗林特船长不由一惊。

那东西现在离得越来越近了，近到能听见它的声音。只听一阵狂野刺耳的沙沙声席卷了整个海面。这根巨型柱子旋转着、摇晃着，离他们越来越近，舞动着掠过波涛汹涌的海面，所经之处灰色的海浪变成了白色的泡沫。

"这下他们可要犯愁了，"弗林特船长说，"那东西会带来猛烈的风，而且，您说过，毒蛇号的上桅帆在风中是撑不住的，不是吗，达克先生？"

"是的，长官。"彼得·达克说，他仍然盯着海上龙卷风。

他们看到，一股比他们那天遇到的任何风都要猛烈的风突然吹来，将毒蛇号托举起来，白色的浪花从它的船头下方喷涌上来。过了一会儿，他们自己也感觉到了风，弗林特船长抬头看了一眼刚补好的上桅帆。"在我看来，我们很高兴能在几分钟内再将上桅帆降下来，"他说，"真正的狂风来了。"

但彼得·达克什么也没说。他注视着向前推进的海上龙卷风，它正掠过狂风刮过的白色水面，旋转着向他们飞来。

"它朝我们这边来了。"佩吉说，她说话时音量高得把她自己吓了一跳，她不禁想知道其他人是否听出了其中的恐惧。

"关闭所有舱门！"弗林特船长突然发现海上龙卷风离他们很近了，"把前舱门关上好吗，比尔？关闭天窗。"

"如果那东西真的袭击我们，舱门也救不了我们。"彼得·达克平静地说，"水会重重地压在我们身上，我们会被砸得粉身碎骨。"

但是比尔已经冲上前去了。

过了一会儿，发生了一件令他们大为震惊的事，他们甚至忘了海上龙卷风。

"我们必须把那张上桅帆再降下来，达克先生，"弗林特船长说，"这可不仅仅是夏季的狂风。"

"啪"！

那股灰白色的烟是怎么回事？那股烟从追在后面的黑色纵帆船船尾喷涌而出，白色的泡沫飞过它的船头。

一声尖利的呼啸声从提提和达克先生之间划过，接着，砰的一声，正前方某处传来木头断裂的声音。

约翰和南希对视了一眼。又来了！他们还清晰地记得昨晚的事情。现在，燕子号不是唯一一艘中弹的船了。

"他们在向我们开枪，"罗杰说，"我不知道接下来他们准备干什么。"

弗林特船长从约翰手里接过舵轮。

"你们都下去！"他说，"这些醉醺醺的恶棍！我们船上可都是孩子啊！"

"我在想，应该不是那些酒鬼开的枪。"彼得·达克说，他依然盯着海上龙卷风而不是那艘纵帆船。

"啪"！

一颗子弹从他们头顶呼啸而过，接着，空中响起一声刺耳的撕裂声。新补好的上桅帆在帆缘处破裂了。斜桁掉了下来，在桅杆上晃来荡去。吊杆也掉了下来，要不是顶部的吊索阻止其继续下落，它就会撞到护栏上。

"真走运，"弗林特船长说，"一颗子弹就打中了帆绳。"

舵轮旁的那一小群人无不激愤万分。大家都抬头看着那一枪打断一根绳子后留下的野猫号主帆残骸，只有罗杰还将望远镜对准毒蛇号。

"替我们收了帆，"彼得·达克冷冷地说，"要修好那张上桅帆得费上一天工夫呢。好吧，这不是什么大不了的事。看那个！"

严重受损的野猫号失去了方向，同时一阵狂风则将毒蛇号吹进汹涌的白色浪花里，它的中桅像芦苇一样弯曲。但彼得·达克看的并不是毒蛇号。

空中又传来新的震耳欲聋的声音，好像大瀑布的声音，是海上飓风的声音。海上龙卷风现在变成了黑色的旋涡状水柱，比一座房子还粗，有上百米高，正向他们冲来。它底部周围的海水被搅动成了白色，黑色的柱子不断地从白色中旋转而出，向上升腾，直到再次伸展到顶部的云层之中。

"它正向我们正上方飞来。"佩吉说。

　　紧接着，突然之间，他们发现情况并非如此。

　　"看！看！"罗杰尖声叫道。

　　毒蛇号的两根桅杆突然间相继断裂。几乎就在同一时刻，海上龙卷风向它冲去，似乎立刻就要把它吸进去撕成碎片。在他们所有人中，罗杰是唯一一个确信自己看到这一幕的人。其他人只看见了海上龙卷风旁边的一艘纵帆船突然被狂风吞噬吹断了桅杆。接着，他们只看到了龙卷风，再没有看到那艘纵帆船。然后，就在他们眼前，那旋转的水柱开始从中间收窄。它越来越窄，越来越窄，最后似乎把自己扭成了两段，上半段还在旋转的部分被卷进了云层，下半段则轰隆隆地落回海里。他们看见一股巨大的洪流涌入空中，又落了下来，接着，大海里出现了一个巨大的旋涡，仿佛那水是在巨人洗完澡后流出来的。海面上那个巨大的洞被填满了，没有留下任何空隙，仿佛龙卷风从没来过似的。现在，海面上没有龙卷风，也没有毒蛇号了。只有野猫号张着斜桁帆和前帆乘风破浪。

　　一切都发生得太快了，从击落主帆的那一枪，到那团团围住毒蛇号的巨大旋转水柱，没有人来得及动弹一下。孩子们在第一颗子弹从他们身边呼啸而过时就被命令到甲板下面去，但他们仍然站在甲板上，面面相觑，仿佛是在确定他们全都看见了这可怕的一幕似的。弗林特船长和彼得·达克像他们的船员们一样沉默了几秒钟。接着，野猫号被卷进了生成龙卷风并把它带来的旋风外缘，彼得·达克绕过甲板室跑到主桅边，将帆前上角帆索降下来，于是，沉重的斜桁向外摆动，将乱糟糟的一团都带到了甲板上。

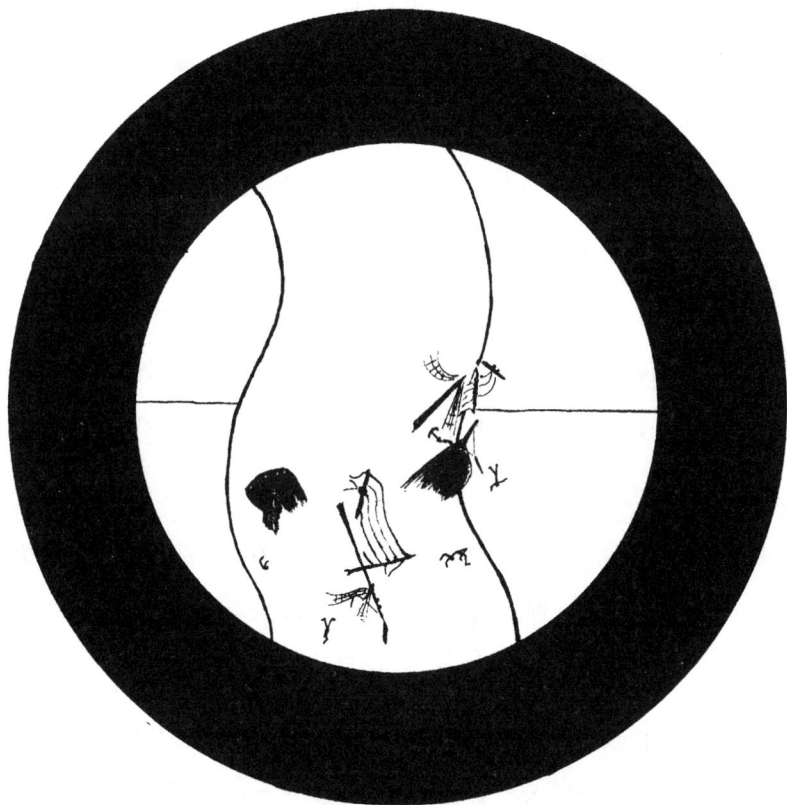

这是我从望远镜中看到的，别人都说不可能，但我确实看到了。

——罗杰

"往回拉斜桁帆帆脚索，"弗林特船长大喊道，"将支索帆取下来。"

"你要干什么？"南希问。

"回去救他们。"弗林特船长说。

但是，世界上最好的水手受到了阻碍，因为主帆桁横挂在船舷上，主帆毫无用处，顶桁吊索也不见了，他奋力在前桅上装上一张小斜桁帆和两张大前帆，急匆匆地迎风航行。那个从毒蛇号上开第二枪的人几乎让野猫号失去控制。不过，也许野猫号得因此感谢他。或许，正是由于突然失去了上桅帆和主帆，才使它免于失去一根桅杆，就像毒蛇号失去两根桅杆那样。在伴随着海上龙卷风刮来的第一股狂风中，野猫号在它那张缩短了的帆布下面安然无恙地航行着。但现在，如果弗林特船长想把它调头去营救毒蛇号上的船员，可能已经来不及了，因为在彼得·达克将摇摆的主帆斜桁安全地卸到甲板上之前，他什么也做不了。一完工，弗林特船长就想调转船头，向那里驶去。几分钟前，那里还有一艘黑色纵帆船在航行，上面的船员们满脑子想的都是谋杀和复仇。

彼得·达克往回拖着斜桁帆操控索，大声呼喊着求助。

"比尔，"他喊道，"降下支索帆！比尔，把它降下来！快挪动一下！"但可怜的比尔正坐在前舱，靠在起锚机上，右手握着他的左臂。船转向风中倾斜时，他的头滑向一边，一阵晕眩，整个人从甲板上滑了过去。

南希和苏珊发现出了问题，就跑上前去。约翰匆匆地跟在她们后面。

"降下支索帆！"弗林特船长喊道，他不知道那里出了什么事，使支索帆停止降落，这时，野猫号突然撞上了一个巨浪，一大片浪花从它的船头溅起，泼到了比尔和那些来帮助他的人身上。

"现在就把它降下来！"彼得·达克说着将支索帆的帆绳猛塞进约翰的手里，"船是第一位的。现在，降下支索帆，我来收帆。"宽松的帆布猛烈拍打的噼啪声汇入海风的呼啸声，与野猫号撞向低矮陡峭的海浪时发出的砰砰声混合在一起。

泼溅到身上的海水使比尔清醒过来，他睁开眼睛，看见苏珊和南希向他俯下身来。

"发生什么了？"苏珊问。

"他们打中了他。"南希喊道。

"出什么事了？"彼得·达克说。

比尔在疼痛中开心地笑着。

"少说话。"他喃喃地说，然后，试着挪动身子，脸色惨白。

"他们的第一枪打在了前舱口，"他说，"打中了我的胳膊……我确实看到了海上龙卷风……我看见他们消失了。"

说罢，他便又晕倒了。

"他的胳膊确实骨折了，"彼得·达克说，他看到胳膊那样垂下来时，轻轻地将比尔的袖子卷了上去，"是被击中了，但这里没有子弹。"

"你们看舱门上。"约翰说。只见一块木头被撞掉了。比尔跑去关舱门，他的胳膊不是被打在舱门上的跳弹打伤的，就是被那截被打飞的木头给砸断的。这到底是怎么回事他们不得而知，因为，就连比尔自己也只知道前臂突然受到猛烈一击。

彼得·达克没有再说什么，只是抱起比尔，将他从船尾抱到甲板室里去。苏珊急忙下楼去拿她的急救箱。

"他怎么了？"弗林特船长问道。

"第一颗子弹打断了他的手臂。"约翰说。

"他受伤了。"南希说。

"噢，比尔！"提提说。

"情况可能要糟糕得多，"彼得·达克将比尔放在他的铺位上后走出来说，"但那些干出这件事的人不值得去救。"

"我看，他们也没几个人能活下来，"弗林特船长冷冷地说，"水柱喷涌爆发的时候，没有人能在这片海里幸存下来。我们一定离他们出事的地方很近了。这里有一些残骸，但没有那些恶棍的踪迹。目前没有。如果他们没弄坏我们的主帆，没有胡乱射击一通，我们本可以航行得快一点。"

"我相信如此，"彼得·达克说，"但如果他们没有开枪射击，那么兴许龙卷风就不会影响到他们，就像绕开我们一样。船上的那群恶棍简直是在让魔鬼取走他们自己的性命，而它照办了，我倒觉得这样更好。居然这样对着一船的孩子开枪！"

弗林特船长扬起斜桁帆和三角帆，驾着野猫号在那片曾经狂风大作的海面上来回航行，那里是他们最后一次看见毒蛇号的地方。他们看到了甲板碎片、一只涂了颜色的救生圈、一根被绳索缠住的断桅杆和其他一些漂浮物。但是，尽管他们在那里巡航到黄昏，尽管除了可怜的比尔和忙碌的彼得·达克外，所有人都在仔细地搜索着海面，但还是没有看到任何生命的迹象，甚至没有迹象表明纵帆船上曾经有生命存在过。谁都没有想到，这艘帆船竟然如此突然地走向了终点，而它的结局是如此可怕。

第三十五章

"波内斯"和
"马利斯"

彼得·达克并不为没有机会救起"黑杰克"和他的狐朋狗友而感到遗憾。他们曾登上过一次野猫号,而且,至少一周后,他才会感受不到他们留在他下巴和后脑勺上的挫伤。这种恶徒来过一次就够让人受罪的了。他可不想再见到他们。他说,不管怎样,他们不可能在那旋涡般的水流中活多久。如果船长认为他一定要去救他们,也好,反正这位老水手几乎没有从船舷上看一眼。他有很多事要做,甲板上的一片狼藉还等着清理。这件事一做完,他就得动手砍几块木头夹板,用来固定比尔骨折的胳膊。那是另一件重要的事情。他已经点亮了甲板室里的灯,将夹板粗略加工后,才跟弗林特船长说话。

"我们越早开始给比尔医治越好,长官。"

弗林特船长叫约翰和南希来掌舵。

"如果有一丝风暴来临的迹象,"弗林特船长说,"就喊我一声。佩吉、提提和罗杰会帮忙时刻留心着。风暴来临前你们会听到声音的。不管怎样,已经没有船帆可言了。我要苏珊到甲板室去帮我和达克先生为比尔包扎绷带。"

其他人一句话也没有对两位船长说,因为他们正稳稳地掌着舵,透过小小的视窗注视着罗盘,驾着扬起小三角帆和斜桁帆的野猫号,在暮色中向北驶去。船长们也一句话都没说。大家都将甲板室看作医院手术室。比尔因胳膊骨折而疼晕过去时,他们看到了他那苍白的脸庞。现在,虽然他们不想听别人说话、自己也说不出话来，但他们无时无刻不在担心甲板室里会传来痛苦的呻吟声、叹息声或其他声音，他们知道，这种声音表明那种痛是比尔无法承受的。

不过，要不是因为那些声响，比尔可能根本就不会躲进甲板室。他们听到彼得·达克说，骨折后的胳膊通常比以前更结实，他们还听到他说，他被涌到船上的碧绿海水冲倒而后被抛进排水口时，他的两条胳膊当时是如何折断的。然后他们听到了弗林特船长的声音。"稳住。不要动。现在应该不疼。下一条绷带，苏珊。把末端展开。别针给我。"但是他们没听到比尔说一句话。接着，弗林特船长的声音又响了起来，这次声音更大、更有把握，"好孩子，比尔。换作是我的话就不可能一声不吭地坚持下来。只要你不将夹板弄移位，就会完全康复。但你这段时间得用一只手吃饭了。并且，你得睡在这儿，在手臂固定好之前不能爬上爬下。这几天我们必须交换一下船舱了。"

弗林特船长从甲板室走了出来，彼得·达克跟在他后面，将手里拿着的一卷绷带和木片扔到了一边。

苏珊带着她的急救箱出来了，这次它可派上大用场了。"好了，比尔，我会告诉他们的。"她回头说道。她一出甲板室的门就告诉了他们。

"比尔一直咧嘴笑着，除了刚把骨头接上的那一刻。"

听到这儿，提提感到一阵难受，南希也一样，罗杰赶紧转移了话题，而这一次倒是没有人介意。

"弗林特船长。"他说。

"怎么了？"

"你什么时候去看达克先生的宝藏啊？"

弗林特船长环顾了一下四周，抬头看了看天空。风势现在更平稳了，但还不够强劲，远远不够吹起野猫号的风暴帆。繁星点点，一簇一簇地出现在明亮的深蓝色夜空中。那悬在他们头顶的漫天黑云终于散开了。

"天气看起来好多了。"他说。

"是啊，"彼得·达克说，"来得快，去得也快。我们已经经历了一切。明天早上可能会迎来好天气。"

"是的，但你打算什么时候去看宝藏呢？"罗杰一旦铁了心要问就不会被搪塞过去。

"好吧，"弗林特船长说，"既然我们已经把它弄上船了，不妨看一看。我们不能把它永远放在我的铺位上，不如现在就去看看吧。"

"吉姆舅舅，"南希气愤地喊道，"别说得好像你希望我们没找到它似的。"

"我来掌舵。"达克先生说着接过了舵轮。

弗林特船长回到甲板室，其他人都跟着他。

比尔靠着枕头和一卷外套躺在彼得·达克的铺位上，他的左臂缠着一大捆白色的绷带，悬在胸前。其他人坚持各司其职，谢天谢地，船比之前平稳得多。在甲板室的灯光下，桌上那张大西洋航海图上留下一串红色十字，标示着他们远航的进程，那中间的确放着一只小柚木盒子，正是这只盒子使他们不远万里来到这里。弗林特船长一心想找到它，然而，在这可怕的最后几天里，他曾无数次地希望自己从没有来找过它。

现在他终于要知道，多年前，躲避螃蟹的小男孩彼得·达克看到被埋在树下沙地里的东西是什么了。

"当然，里面可能什么也没有，"他说，"没什么值钱的东西。"

"但里面有东西。"南希说。

"带有标签的袋子。"罗杰说。

"'波内斯'和'马利斯'。"提提说。

就像约翰在海滩上做的那样，弗林特船长从锁扣上取下生锈的挂锁。它快要成碎末了，尽管他动作轻柔，但还是有一缕生锈的棕色粉末掉在了航海图上。苏珊正要把灰尘吹走，弗林特船长试图用手将它掸掉，结果却弄脏了那张大西洋航海图。

"可以用橡皮把污渍擦掉。"苏珊说。

这时，小船颠簸了一下，甲板室突然倾斜，于是，六只手都伸出来保护藏宝盒不从航海图上的大西洋滑到欧洲去，甚至滑下桌子。但它并没有动。弗林特船长的手离得最近，他牢牢地抓住了盒盖。为防止小船再次颠簸，他等了一会儿才打开盖子。只见盒子里面原封不动地放着皮夹和四只皮袋子，就像挖掘者们第一次从倒下的树根下挖出盒子时一样，每只袋子上都贴着标签。

"这些标签是鲸鱼骨做的，"弗林特船长说，接着读了出来，就像孩子们当时念的那样，"'马利斯''波内斯''玫瑰''黑人'。"

"但它们是什么意思呢？"南希问，"不管那些笨蛋是谁，他们为什么不好好写清楚呢？"

弗林特船长拿起了标有"马利斯"的小袋子，它是四只袋子里装得

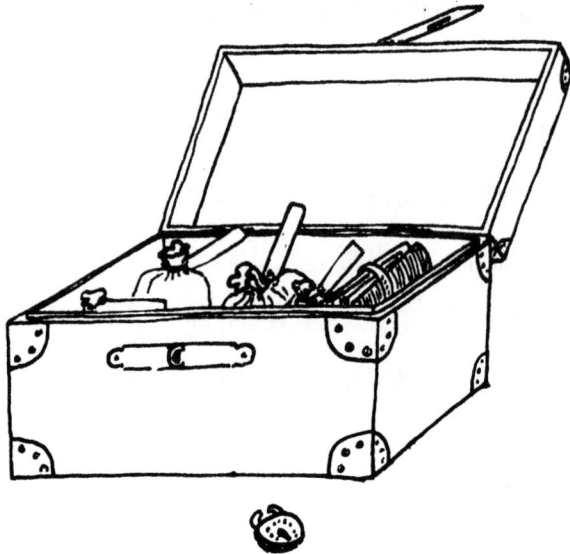

最满的一只。这一点他在拿起来时也感觉到了。

"可能是干豌豆，"他说，"但也可能不是。"

他解开了封住袋口的皮带，袋子里有一小包柔软的皮革。

"不是豌豆。"罗杰说。

"不太可能。"比尔从彼得·达克的铺位上坐起来说。

"别坐起来，比尔。"苏珊说。

弗林特船长打开那只小包裹，从里面往他张开的手掌里倒出一串白色的珠子，或类似珠子一样的东西，只是上面没有孔。它们不是纯白色的，从小包里慢慢滑到他手心里时，散发着微光。他一下子就知道那是什么了。

"是珍珠，"他说，"而且有一大堆。'马利斯'，"他若有所思地自言自语，"让我们来看看'波内斯'里的东西会不会更好。单靠那点东西没人能发财。"

"它们很漂亮。"佩吉说。

但弗林特船长已经把那些略显黯淡的小珍珠倒回包裹，放进袋子里，并把袋子靠在盒子的一角。现在，他打开了标有"波内斯"的袋子，这只袋子里的小包裹并没有那么大，但当里面的东西倒到他手上时，大家都知道它们成色更好。那东西晶莹剔透、闪闪发光，有些有豌豆那么大而饱满，而不像干豌豆一样小而干瘪。

"当然，我们很容易猜出他标的'马利斯'和'波内斯'是什么意思，"弗林特船长说。"写这些标签的家伙要么是从葡萄牙采珠人那里得到这些东西的，要么是从巴西人那儿弄到的，这个南美洲人的拉丁文暗语其实很简单。'马利斯'……对，梅勒斯 ①。是不值钱的东西，而且有很多。意外收获……很好。我想起来了。果然，这些'波内斯'非常值得一看。要是它们能多一些就好了。"

"那'黑人'呢?"提提问道。

"'黑人'，小黑球……是黑色的。如果那里有黑珍珠，他们为此大费周折就不足为奇了。而'玫瑰'应该是粉色的珍珠，如果它们果真是这种颜色的话，那可值一大笔钱呢。"

他的手指急切而敏捷地解开了标有"黑人"的袋子，里面的东西很少，只有不超过二十来粒乌黑的小东西。不过，其中有三四粒他似乎觉得特别好。"玫瑰"倒是有很多，但它们身上只有一层淡淡的粉色光泽，

---

① 原文为 Malus，苹果属，是蔷薇目蔷薇科的一属，包括人工种植的苹果在内有三十多个品种。苹果属植物原生于北半球的温带地区，在欧洲、亚洲及北美洲均有发现。

弗林特船长说，也许在六十年前，它们还是上等的珍珠，只不过现在已经褪色，无法复原了。

和几小袋珍珠放在一起的皮夹里，除了两张皱巴巴的旧羊皮纸外，什么也没有。弗林特船长将它们打开时，它们几乎破成了碎片。他把第一张羊皮纸放在灯光下的海图桌上，只见左上角刻有一顶王冠，下面盖着英国贸易局的徽章。弗林特船长开始大声读出来：

经枢密院贸易委员会批准，授予罗伯特·查尔斯·鲍林商船大副合格证书。经调查，您已获正式认定具备履行商船大副职责之资格，故授予此合格证书。于一八五九年二月十三日经委员会批准，由贸易局盖章，特此通告。

弗林特船长走到甲板室门口，跟正在掌舵的人攀谈起来。他有正当理由。

"达克先生，把您从蟹岛带走，并将船留在韦桑岛的玛丽·卡宏号船长叫什么名字？"

"乔纳斯·菲尔德。"达克先生的声音从黑暗中传来，果断而犀利。

"您之前说他手腕上文的字母是什么来着？"

"R.C.B[①]。"

"我就知道。那么，达克先生，我们这儿有些东西很值得一看。"

---

① R.C.B 是罗伯特·查尔斯·鲍林的名字首字母。

"我们不太可能会遇到任何船舶,"外面传来达克先生平静而又干脆的声音,"不过,如果您能派一名瞭望员去给船装上舷灯,将船收拾得整整齐齐的,那也无妨。"

"我来做这件事,"弗林特船长说着,回到甲板室,"你,约翰,帮他点上那些灯……不……我自己来。"于是,弗林特船长让船员们帮他照看宝藏,自己则点燃了两盏大舷灯,出去把它们放在侧支索各自的位置上。

其他人又读了一遍证书。第二张羊皮纸和第一张内容一样,只是名字不同。

"可是,他们为什么要把证书和珍珠放在一起呢?"约翰正说着,弗林特船长又急匆匆地走了进来。他立即回答了这个问题。

"这有点超出了达克先生讲的故事,"他说,"只有一点我们不能确定。但我敢打赌,在大副罗伯特·查尔斯·鲍林先生冒名顶替乔纳斯·菲尔德、指挥他的船并把它开到韦桑岛撞毁之前,乔纳斯·菲尔德就已经送了命。我觉得他以为或许有一天会重新使用自己的名字。不过,他们现在都死了,很久之前就死了,而我们永远也不会知道,鲍林大副和他的同伙是从菲尔德船长那里拿走珍珠的,还是从其他挡道的倒霉蛋手里拿来的。不知道那盒珠子夺走了多少条生命。"

"还有断胳膊跟牙齿。"比尔靠在床铺上,咧着嘴笑着说。

"你当然也赚到了一份。"弗林特船长说。

"它们值很多钱吗?"罗杰问。

"这我倒不知道,"弗林特船长说,"但无论如何,这是我有生以来第一次寻宝有所收获,还亲手把宝藏带回家。当然,我很高兴你们找到了它。但即使那只盒子如今安全地放在甲板室里，我还是要告诉你们，在过去的十二个小时里，我无数次希望自己从来没有听说过它。把你们大家带到这里来，谁也不知道会发生什么。"

"但不管怎样，我们都会想来的。"提提说。

"你现在该高兴了，"南希说，"想想你可以放进下一版《形形色色的苔藓》里的章节。"

"宝藏可比旧书珍贵多了，"罗杰说，"你从来都喜欢宝藏。"

"那是你一直想做的事，"佩吉说，"现在你做到了。"

"我们经历了一次伟大的航行，"约翰说，"我们将永远铭记于心。"

"并且这次航行还没有结束。"南希说。

"没有什么问题是无法修补的，"苏珊说，"连比尔的胳膊都能治好。当然，还有他的牙齿。是门牙还是磨牙，比尔？"

"都不是，"比尔说，"它们没掉。"

"好了，"弗林特船长说，"明天我们又要按时轮班瞭望了，所以，我们睡得越早越好。"

"还要吃晚饭。"罗杰说。

"我马上去烧点水。"佩吉说。

"你们都出去吧，"弗林特船长说，"我还有几句话要对达克先生说。"

但在野猫号全体船员中，就数彼得·达克对宝藏最不感兴趣。他不愿离开舵轮到甲板室去看珍珠。所以，直到吃过晚饭、大多数人都上床睡觉了，弗林特船长接过舵轮、开始从晚上八点到十二点的瞭望工作时，彼得·达克才匆匆翻阅了一下那些旧证书，在海图桌上的灯下逐字逐句地读了一遍。

"的确是这样，"他说，因为弗林特船长已经告诉过他自己的猜测，"我想玛丽·卡宏号上并没有乔纳斯·菲尔德这个人。我不知道他出了什么事，很可能是跟他的水手一起遇害了。这些珍珠引来了一大堆麻烦。"

"您不去看看它们吗？"比尔问道。

"珍珠？"老人说，"珍珠留到早上再看吧，我现在只想睡觉。"

第三十六章

西班牙女郎

再见，再见，美丽的西班牙女郎，

再见，再见，美丽的西班牙女郎，

我们要被派去古老的英格兰，

唯恐不复与你相见。

我们就像名副其实的英国海军，怒吼大啸，

海上威风四射，我们威风不减，

在英吉利海峡坠锤测深，

韦桑岛到锡利群岛，跨百里海疆。

多德曼，是我们到达的第一片土地，

接着到达雷姆岬，前往普利茅斯、起始湾、波特兰和怀特：

我们途经比奇、费尔莱特和多佛，

最后到达南部海岬灯塔。

——《水手之歌》

随着海上龙卷风过去，古怪、暴躁的天气也进入了尾声。从东方吹
来的一阵微风抚平了波涛汹涌的大海那漫无目的的翻腾，又用一股平

稳的风将海面犁出一道道平滑的长犁沟。其他的就平淡无奇，不足为道了。

彼得·达克修复了风暴和敌人对船造成的损害。在主桅顶上，他换了一根新的顶桁吊索，以取代被穷追不舍的毒蛇号碰巧射断的那根。第二天拂晓时，他拿着针做手工活，缝补在风暴中受损的帆，约翰、苏珊和南希围过来看着他，学习怎样用最好的针法缝补船帆，以及将绳子穿过船首斜桅帆的前缘时，每厘米该缝多少针。在他开始考虑其他事情之前，还有不止一天的活要干。他日复一日地坐在阳光下缝补，整天都在低声哼着返乡的老歌。

"听您的歌声，仿佛您归心似箭啊。"一天早上弗林特船长说。他已经听彼得·达克唱了上百遍"约翰尼该离开她了"。

"不希望回家的旅程一帆风顺的水手不是好水手。"彼得·达克说，他抬头看了看上空，那里，上桅帆又一次发挥作用为野猫号助航。虽然它们打着补丁，呈灰色，略逊一筹，不像刚出航时那面干净的淡黄色帆布，但它们仍是上桅帆，鼓满了风，尽忠职守，使野猫号在阳光下乘风破浪，摇摆着疾驰向前。

他们也经历了一段美好的旅程：其中一段航程可谓百年一遇，这百分之一的美好弥补了百分之九十九的不足。他们迎着信风一直驶到马尾藻海，那里风平浪静，而且，这次他们终于可以启动引擎，这让罗杰非常高兴，他现在已经知道，用废棉球把油擦掉有时比用油壶有用得多。吉伯尔照着罗杰的样子，也在擦拭清洁，但这次它造成的损害比上次小得多，没有把油洒得到处都是。但最后，摇曳着的绿色水草，像一片片绿色泡沫一般在平静的海面上绵延开去，缠绕在螺旋桨上，把它卡住了。于是，弗林特船长腰间缠着一根绳子跳入水里，彼得·达克和其他船员则站在一旁，随时准备吓走鲨鱼，并在必要时将船长拖离险境。他清理了螺旋桨上的水草，但它很快又被卡住了，这次，在清理完螺旋桨后，弗林特船长说，他们要保持螺旋桨畅通无阻，在需要靠它进港的时候再使用。他说，毕竟，现在早到几个小时或迟到几个小时都没什么关系。彼得·达克听了很高兴，再也没有人为这台引擎费神了。相反，他们打捞并采集了一些绿色的马尾藻，并在其中发现了小螃蟹，就像哥伦布四百多年前发现它们时一样。彼得·达克向他们展示了以前的水手们如何把一些杂草和一两只螃蟹放进细颈瓶中，再用涂了油的软木塞塞住，如果有封口蜡就把它密封起来，作为稀奇玩意儿带回家送给妻子和爱人，或是拿去海边的小酒馆里换一两杯酒，在那里，他们喜欢将这东西挂起来，以表示那里是适合水手的停靠港。

不久，风又从东南方向刮了过来，将长长的绿水草吹过那片油汪汪的海面，野猫号则继续往北稍偏东的方向航行了一小段，但没有走多远，因为弗林特船长正在向北方更远处寻找真正的西风，这样他们的归途就能一帆风顺。然后，有一天晚上，在太阳落山之后、破晓之前，南风减弱了，一阵徐徐的微风从西边吹来，野猫号迎风扬帆，准备回家了。

从一开始，他们就定期轮班瞭望，日子过得又快又轻松，一切都按部就班。早在他们穿越大西洋走到返程的一半时，他们就几乎开始忘记在岛上最后那两天经历过的混乱，忘记了地震、飓风、山体滑坡和毒蛇号的到来，还有他们知道弗林特船长与海盗一起待在岛上时的恐怖时刻。包括最后一天的惊恐万状，那天，毒蛇号步步紧逼，海盗们击落了他们的主帆，然后就在他们以为一切都完了的时候突然冒出一场惊心动魄的海上龙卷风，瞬间就消灭了他们的敌人。这一切现在回想起来就像一场梦，抑或是发生在别人身上的故事，而不是他们的亲身经历。

一天，当他们中的大部分人都坐在甲板上沐浴阳光时，彼得·达克正在掌舵，弗林特船长则在为他们朗读一本哈克里特的书，是从甲板室的书架上拿来的。他读着读着，偶然发现了一段关于另一艘小船返航的段落。一五九六年，托马斯·马萨姆船长和沃尔特·雷利爵士乘坐一艘叫瓦特的舰载艇来到圭亚那，他的报告中就记载了这一段。下面是弗林特船长读到的：

在西印度群岛的巴巴多斯岛和英格兰之间，我们经历了三次大风暴，多次经过无风带，遭遇到一些逆风。一五九七年六月十四日，有几头鲸在我们的小船周围潜水嬉戏，其中一头鲸游过我们的船头，潜入水里，用它的背摩擦我们的龙骨……

"哇，"听到这里，提提的眼睛就亮了起来，"为什么这样的事情没发生在我们身上呢？我说，这么激动人心的事情……"

弗林特船长从书上抬起头来，惊讶地望着她，然后又看了看比尔那断掉的胳膊，胳膊上还打着绷带，但已经很好地固定住了。在他看来，他们已经体验过一切新鲜刺激的事情了。

"哦，是的，"提提说，"但我们没看到鲸鱼！"

"这个嘛，没有人能事事如愿。"弗林特船长说。

他们顺着西风来到了英吉利海峡口，然后，风似乎在捉弄他们一般，反方向从东边吹来，他们不得不一路逆风而上，直到抵达怀特。但即便如此，也有好的一面。如果他们顺风航行的话，就不会看到多德曼角上的石头架。对约翰和苏珊而言，看到多德曼就像回到家一样亲切，因为他们和父亲一起从法尔茅斯出海时，曾在它下面近距离地经过，就在岬角和水底礁石外围汹涌的海水之间。然后，船转了个航向将他们带到了普利茅斯。在那儿，他们得以仔细地看看雷姆岬和矗立在海面上的艾迪斯通灯塔那威武的柱子。

> 多德曼是我们到达的第一片土地，接着到达雷姆岬，前往普利茅斯、起始湾、波特兰和怀特……

提提自顾自地唱着，彼得·达克听到了她的歌声。

"是的，"他说，"你可以听出，歌曲中的那些家伙都是逆风而行的。不然他们怎么会唱'韦桑岛到锡利群岛，跨百里海疆'呢？如果他们从西班牙顺风而行，天亮时到达韦桑岛，那他们就不会想到锡利群岛了。而且，他们也不会去普利茅斯湾，不会去的。他们为抵御东北的暴风而驶入了英吉利海峡，所以他们才来到那里。他们通过寻找多德曼角和雷姆岬以及歌中提到的其他地方，来判断究竟该转什么航向。如果他们顺

风行驶，在到达圣凯瑟琳之前他们什么都不用找。"

约翰和南希看到了起始湾的灯光，那时正好凌晨四点，正是他们换班瞭望的时候。约翰瞭望时看到它越来越近，轮到南希时，随着弗林特船长朝莱姆湾中央的浮标驶去，她看到它慢慢落在后面，在晨光中渐渐暗淡了下去。大家都来到甲板上看它那漆着黑白条纹的航标和刷在上面的"莱姆湾"几个大字。大家也都听到了它的声音，听到了那忧郁的钟声。至于波特兰那条又长又低矮的楔形坡道，他们在下午三点左右才离它最近，四个小时后，他们便已经接近圣奥尔本斯角了。那天晚上，他们看到了圣凯瑟琳岬上闪烁的灯光。凌晨四点换班后不久，东风逐渐减弱又转为西北风。到了早上八点，提提、罗杰和两个大副匆匆地来到甲板上时，野猫号正沿着航线稳稳地飞速向比奇角驶去，微风拂过陆地，奥沃号灯塔船也清晰可见。

"我们途经比奇、费尔莱特和多佛，"提提唱道，"不知能否全都看到。"

那天没人能忍受把时间浪费在餐厅用餐上。苏珊大副和佩吉大副在甲板上为大家斟满杯子，盛满碗。然后，他们背靠甲板室坐成一排，望着英国海岸。他们经过比奇那七座白色峭壁（罗杰说是八座），穿过一群普通的小渔船，那渔船深深地触动了比尔，他开始侃侃而谈，说起了他的家乡多格滩。然后他们又经过了皇家灯塔船，还有坐落在山上高处的费尔莱特教堂，那方形的黑色塔楼从深绿色的树木中拔地而起。黄昏时分，他们看到了狭长低矮的邓杰内斯角，然后，清晨经过多佛后，他们虽未到达歌曲中水手们所唱的南福兰灯塔，却到了不远处的迪尔，因为潮水十分汹涌，风也减弱了，风力不够强大，无法带他们过去。

"我们现在已经看到整首歌提到的地方了。"提提说。

几个小时后，他们又起航了，风向是西南风，正利于航行，却让弗林特船长谈起了恶劣的天气。他们再次驶过记忆中的灯塔船，那灯塔船为他们指明了回家的路，因为他们出海时就以它为标记。那天晚上船上一片骚动，就连罗杰也不愿按时上床睡觉。他们待在那里数着灯塔的个数，又在甲板室跑进跑出，去看航海图上灯塔船或灯塔的位置，数目竟然跟他们数的一样。提提和罗杰在甲板下受到热可可的诱惑，在餐厅里睡了一两个小时，但他们醒来后又出去看从哈里奇驶来的鹿特丹轮船上的灯光。之后，苏珊终于将他们哄上床睡觉了，但那只是因为他们听到弗林特船长说，他可不想载着连眼睛也睁不开的水手们将船开回家。

最后，在一个灰蒙蒙的早晨，野猫号驶进了洛斯托夫特的码头前端。比尔的胳膊还打着绷带，但已经好多了，他站在一边降下三角帆。苏珊已经准备妥当，手里拿着支索帆吊索。他们穿过码头前端时，号令声响起。约翰和南希一起收起前帆，使它们扑扑地拍打着降了下来。彼得·达克坐在舵轮处指挥着："降下前桅帆！降下主帆！"于是，约翰、南希、苏珊、佩吉、提提、比尔和弗林特船长最后一次降下了主帆。引擎也开始运转了，发出嘎吱嘎吱的声音。罗杰站在油门旁等待命令。他收到命令、将控制杆调到"半速前进"时，引擎的声音变了并开始运转。野猫号慢慢地向内港驶去，平旋桥在他们面前打开。桥上的行人在它经

过时俯视着这艘小帆船。他们低头看着船上晒黑了的船员们忙碌着；看着笼子里的鹦鹉；看着那只坐立不安的猴子，它不知道该跳向哪边：它一边想要忠于罗杰（罗杰从未离开过引擎控制杆），一边又对码头和港口充满了天生的兴趣，夹在两者之间左右为难，这里与开阔的大海、蟹岛或宁静的加勒比海锚地截然不同。他们低头看着那个正在掌舵、皮肤晒成棕色的老水手，他觉得不值得浪费时间看岸上的人一眼，直到看到自己的朋友——善良的港务长——他向野猫号挥手，指引它到一个空泊位上去，那正是它于初夏清晨轻轻离开的泊位，当时，它根本不知道自己的前方有多少艰难险阻。

至此，野猫号的航行圆满结束。

当然，在那之后，燕子号和亚马孙号的船员们不得不匆忙回归平凡的生活，以弥补他们失去的时间。"不过你不能说那是一种损失，"正如南希说的那样，"因为我们也学到了很多。"结果表明那些宝藏其实并不值多少钱，但弗林特船长并不介意。他以前曾无数次踏上寻宝之旅，但这次是他有生以来第一次带着宝藏回来。他要在他的书里再加上一个伟大的新篇章（滚石著《形形色色的苔藓》）。他没有宝藏也能过得很好，于是将自己得到的宝藏大部分送给了小比尔。彼得·达克则为他的三个女儿各配了一条珍珠项链，并给诺里奇之箭号涂了一层新油漆，又带着小比尔去了阿克莱、波特海格姆和贝克尔斯。比尔最喜欢彼得·达克住在贝克尔斯的女儿了，她也很喜欢他，上学时比尔搬去农场与她及其丈夫一起生活，周末、假日以及其他任何能抽出空的时间，他都和彼得·达克一起在老摆渡船上度过。他们载着一批又一批的货物沿着这些

内陆水域四处航行，偶尔钓会儿鱼。至于"黑杰克"和他的狐朋狗友们，

从来没有人问起过，自然也无需回答。

船长彼得·达克